Politik & Co. 9

Gemeinschaftskunde/
Rechtserziehung/Wirtschaft

Bearbeitet von

Dimitrios Kalpakidis
Jana Windisch

Gymnasium
Sachsen

C.C.BUCHNER

Politik & Co. – Sachsen

Gemeinschaftskunde/Rechtserziehung/Wirtschaft

Band 9

Bearbeitet von Dimitrios Kalpakidis und Jana Windisch

Zu diesem Lehrwerk sind erhältlich:

- Digitales Lehrermaterial **click & teach Einzellizenz**, Bestell-Nr. 710841
- Digitales Lehrermaterial **click & teach Box** (Karte mit Freischaltcode), ISBN 978-3-661-71084-6

Weitere Materialien finden Sie unter www.ccbuchner.de.

Dieser Titel ist auch als digitale Ausgabe **click & study** unter www.ccbuchner.de erhältlich.

1. Auflage, 2. Druck 2023
Alle Drucke dieser Auflage sind, weil untereinander unverändert, nebeneinander benutzbar.

Dieses Werk folgt der reformierten Rechtschreibung und Zeichensetzung. Ausnahmen bilden Texte, bei denen künstlerische, philologische oder lizenzrechtliche Gründe einer Änderung entgegenstehen.

Die Mediencodes enthalten ausschließlich optionale Unterrichtsmaterialien. An keiner Stelle im Schülerbuch dürfen Eintragungen vorgenommen werden. Auf verschiedenen Seiten dieses Buches finden sich Verweise (Links) auf Internetadressen. Haftungshinweis: Trotz sorgfältiger inhaltlicher Kontrolle wird die Haftung für die Inhalte externer Seiten ausgeschlossen.

Redaktion: Simon Hameister
Layout und Satz: Wildner + Designer GmbH, Fürth
Druck und Bindung: Firmengruppe Appl, aprinta Druck, Wemding

www.ccbuchner.de

ISBN 978-3-661-**71083**-9

Inhaltsverzeichnis

Anhang

METHODEN für das Fach Gemeinschaftskunde/Rechtserziehung/Wirtschaft

METHODEN für die Bearbeitung der Aufgaben

METHODEN für die Bearbeitung der WAHLBEREICHE

DIGITAL AKTIV/POLITIK AKTIV

Zur Arbeit mit dem Buch

Politik & Co. 9 wurde nach den Vorgaben des Lehrplans für den Unterricht im Fach Gemeinschaftskunde/Rechtserziehung/Wirtschaft des Gymnasiums in Sachsen neu konzipiert. Es ermöglicht euch, liebe Schülerinnen und Schüler, die zentralen Lern- und Wahlbereiche sowie die Kompetenzen des Faches anhand vieler Beispiele aus eurem Leben und eurer Umgebung zu erwerben. Für eure Lehrerinnen und Lehrer ist das Buch eine Hilfe, einen modernen und binnendifferenzierten Unterricht zu verwirklichen.

Kapitelauftaktseiten

Jedes Kapitel beginnt mit einer **Auftaktdoppelseite**. Eine Materialseite und offene Aufgaben ermöglichen euch eine erste Annäherung an die Inhalte des neuen Kapitels. Dabei könnt ihr auch zeigen, was ihr schon über das Thema wisst. Außerdem hilft euch ein kleiner Einführungstext, einen Überblick zu erhalten. Über welches Wissen und Können ihr am Ende des Kapitels verfügen solltet, könnt ihr unter „**KOMPETENZEN**" nachlesen.

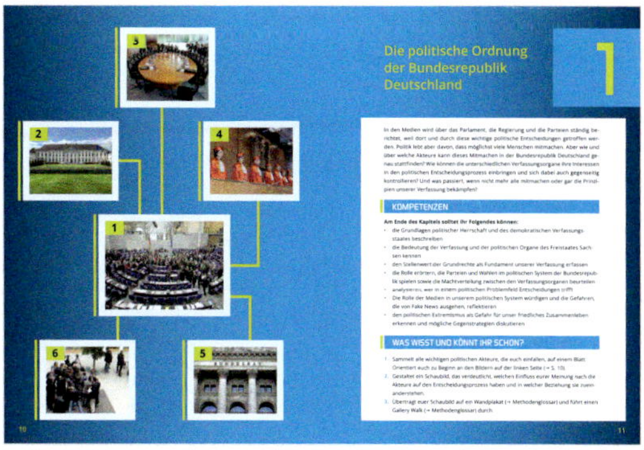
Die politische Ordnung der Bundesrepublik Deutschland 1

KOMPETENZEN

WAS WISST UND KÖNNT IHR SCHON?

Einführung in die Unterkapitel

150 2 Recht und Rechtsordnung in der Bundesrepublik Deutschland

2.2.2 Das Jugendschutzgesetz – sinnvoll oder lästig?

Zum Thema: Gesetze, die manchmal lästig, manchmal sogar störend oder gar überflüssig wirken, kennen wir alle. Doch wenn Gesetze vorgeben, durch Verbote Schutz zu spenden, wird es paradox. Thema dieses Unterkapitels ist die Frage, inwiefern das Jugendschutzgesetz Kindern und Jugendlichen mehr „Schutz" bietet als „Freude" verbietet.

M5 Fallbeispiel Discobesuch: Stellt euch vor...

Du freust dich die ganze Woche auf den Samstagabend. Dann ist es endlich soweit und du gehst mit deiner Clique in die Disco. Die anderen sind etwas älter als du, aber das ist ja gerade das Coole: du wirst trotzdem voll akzeptiert! Der Discoabend verläuft super, bis du – nur weil du etwas jünger als die anderen bist – die Disco verlassen musst...
Bearbeiterin

Jugendliche in der Disco an einem Samstagabend in Chemnitz

EINSTIEGSAUFGABEN
- Habt ihr ähnliche Erfahrungen gemacht, wie sie im Fallbeispiel **M5** dargestellt werden? Beschreibt eure Erfahrungen.
- Nennt weitere Situationen, in denen ihr mit den Regelungen des Jugendschutzgesetzes direkt konfrontiert werdet.

Jedes Unterkapitel beginnt mit einer knappen Einführung. In der Rubrik „**Zum Thema**" werdet ihr an das jeweilige Thema herangeführt. Hier erfahrt ihr bereits, was das zu behandelnde Problem der nachfolgenden Seiten ist bzw. mit welchen Themen es bearbeitet werden kann. Im Anschluss an die thematische Hinführung beginnt jedes Unterkapitel mit einem farblich hinterlegten Einstiegsmaterial und entsprechenden **EINSTIEGSAUFGABEN**. Hier wird in der Regel ein Problem aus eurem Alltag anhand unterschiedlicher Fallbeispiele dargestellt.

Materialien und Methoden innerhalb der Kapitel

Durch die Arbeit mit dem **Materialienteil** und den speziell ausgewiesenen **Methodenseiten** schult ihr eure Lern-, Methoden-, Sozial- und Urteilskompetenzen. Die sorgfältig ausgewählten Quellen (Zeitungsartikel, Bilder, Karikaturen, Grafiken etc.) zeigen unterschiedlichste Perspektiven und vertiefen die zentralen Themenaspekte.

METHODE 53

Parteien-Steckbriefe erstellen

I. Worum geht es?

Steckbriefe von Parteien zu erstellen, bedeutet zunächst, Inhalte zu recherchieren. Hierbei helfen Suchmaschinen im Internet. Sie bieten aber viele Tausend verschiedene Homepages an, um z. B. über Parteien zu recherchieren. Die Recherche im Internet muss daher zunächst strukturiert angegangen werden, um dann im Anschluss wesentliche Informationen für einen Steckbrief zu erhalten.

II. Geht dabei so vor:

1. Schritt: Homepages der Parteien im Internet aufrufen

SPD: www.spd.de
Bündnis 90/Die Grünen: www.gruene.de
CDU: www.cdu.de
Die LINKE: www.die-linke.de
FDP: www.fdp.de
AfD: www.afd.de

2. Schritt: Steckbrief erstellen und Suche eingrenzen

Erstellt zu jeder Partei einen Steckbrief, indem ihr euch auf folgende Fragen konzentriert:
a) Wann wurde die Partei gegründet?
b) Welche prominenten Mitglieder hat sie?
c) Wann und wo war/ist die Partei an der Regierung beteiligt?
d) Hat die Partei eine Jugendorganisation?

DIGITAL AKTIV 171

Mithilfe einer Expertenbefragung einen Podcast zum Thema Jugendstrafrecht erstellen

I. Worum geht es?

Das Wort „Podcast" setzt sich aus dem Wort „Pod" von der Marke eines tragbaren MP3-Players und dem Wort „cast" zusammen. „Cast" kommt vom englischen Wort „Broadcast" und heißt Rundfunk. Podcasts sind also aufgenommene Audiobeiträge, die man sich aus dem Internet auf einen MP3-Player oder ein Smartphone laden und anhören kann. Eigenproduzierte Podcasts können ebenfalls im Internet veröffentlicht werden, z. B. auf der Website eurer Schule.

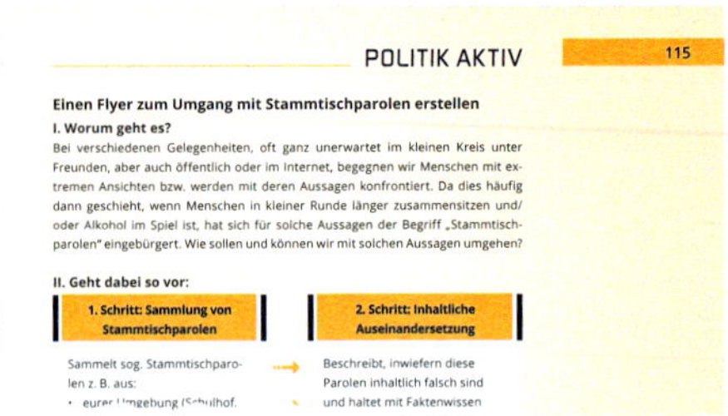
POLITIK AKTIV 115

Einen Flyer zum Umgang mit Stammtischparolen erstellen

I. Worum geht es?

Bei verschiedenen Gelegenheiten, oft ganz unerwartet im kleinen Kreis unter Freunden, aber auch öffentlich oder im Internet, begegnen wir Menschen mit extremen Ansichten bzw. werden mit deren Aussagen konfrontiert. Da dies häufig dann geschieht, wenn Menschen in kleiner Runde länger zusammensitzen und/oder Alkohol im Spiel ist, hat sich für solche Aussagen der Begriff „Stammtischparolen" eingebürgert. Wie sollen und können wir mit solchen Aussagen umgehen?

II. Geht dabei so vor:

1. Schritt: Sammlung von Stammtischparolen — 2. Schritt: Inhaltliche Auseinandersetzung

Sammelt sog. Stammtischparolen z. B. aus: → Beschreibt, inwiefern diese Parolen inhaltlich falsch sind und haltet mit Faktenwissen

Selbstgesteuertes Lernen

Im GRW-Unterricht sollt ihr nicht nur einfach Fakten stur auswendig lernen und wiedergeben. Da Politik, Recht und Wirtschaft heutzutage zudem überwiegend medial vermittelt werden, ist ein gut überlegter Umgang mit Medien Voraussetzung dafür, dass ihr als mündige Bürgerinnen und Bürger am Leben in einer „Demokratie" teilhaben und es aktiv mitgestalten könnt. Unter den Rubriken „**DIGITAL AKTIV**" und „**POLITIK AKTIV**" könnt ihr daher zeigen, dass ihr über einen längeren Zeitraum alleine oder in der Gruppe etwas „Digitales" oder „aktiv Politisches" selbstgesteuert erarbeiten könnt. Dabei schult ihr gleichzeitig eure Medienkompetenz.

Erklärfilme, Hilfestellungen und Forderaufgaben

In den Randspalten werden zentrale Begriffe und wichtige Zusatzinformationen knapp erklärt. Zudem finden sich dort u. a. **Erklärfilme** zu ausgewählten Themen, die ihr jederzeit auf der Verlagshomepage (www.ccbuchner.de) abrufen könnt. Mithilfe von Mediencodes könnt ihr sie entweder direkt (QR-Code ↔ Smartphone) oder über die Eingabe des jeweiligen Mediencodes in das Suchfeld der Verlagshomepage beziehen.

Am Ende jedes Unterkapitels findet ihr einen **Aufgabenblock**. Die Aufgaben enthalten in der Regel konkrete Handlungsanweisungen (Operatoren).

Natürlich lernt und arbeitet nicht jeder gleich schnell. Deswegen gibt es in der Randspalte immer wieder **Hilfen** oder **Zusatzangebote** zu den einzelnen Aufgaben. Wenn ihr z. B. „mal auf dem Schlauch" steht, könnt ihr euch zu manchen Aufgaben Hilfe, gekennzeichnet mit dem Symbol **H**, auf den Seiten 188 ff. holen. Wenn ihr eine Aufgabe viel schneller erledigt habt als die anderen oder euch ein Thema besonders interessiert, stehen für euch unter dem Symbol **F** zusätzliche Aufgaben und Herausforderungen bereit.

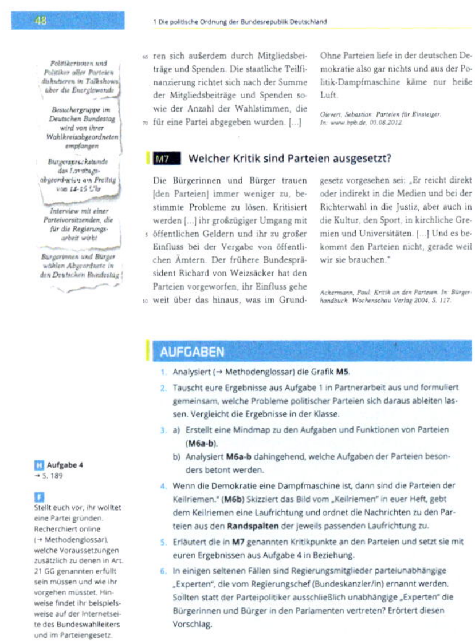
48 1 Die politische Ordnung der Bundesrepublik Deutschland

M7 Welcher Kritik sind Parteien ausgesetzt?

AUFGABEN

1. Analysiert (→ Methodenglossar) die Grafik **M5**.
2. Tauscht eure Ergebnisse aus Aufgabe 1 in Partnerarbeit aus und formuliert gemeinsam, welche Probleme politischer Parteien sich daraus ableiten lassen. Vergleicht die Ergebnisse in der Klasse.
3. a) Erstellt eine Mindmap zu den Aufgaben und Funktionen von Parteien (**M6a-b**).
   b) Analysiert **M6a-b** dahingehend, welche Aufgaben der Parteien besonders betont werden.
4. Wenn die Demokratie eine Dampfmaschine ist, dann sind die Parteien der Keilriemen." (**M6b**) Skizziert das Bild vom „Keilriemen" in euer Heft, gebt dem Keilriemen eine Laufrichtung und ordnet die Nachrichten zu den Parteien aus den **Randspalten** der jeweils passenden Laufrichtung zu.
5. Erläutert die in **M7** genannten Kritikpunkte an den Parteien und setzt sie mit euren Ergebnissen aus Aufgabe 4 in Beziehung.
6. In einigen seltenen Fällen sind Regierungsmitglieder parteiunabhängige „Experten", die vom Regierungschef (Bundeskanzler/in) ernannt werden. Sollten statt der Parteipolitiker ausschließlich unabhängige „Experten" die Bürgerinnen und Bürger in den Parlamenten vertreten? Erörtert diesen Vorschlag.

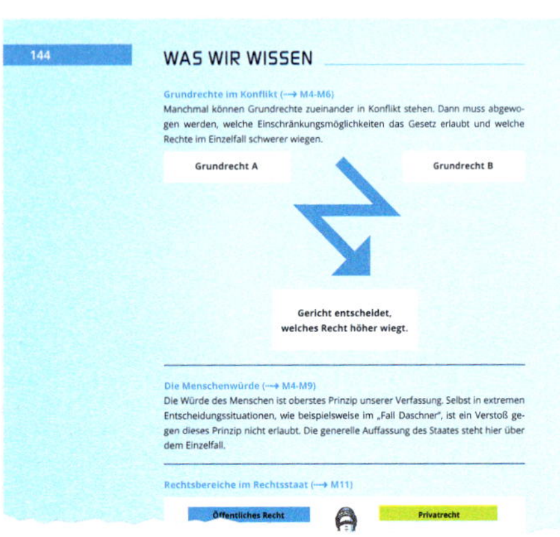
144 WAS WIR WISSEN

Grundrechte im Konflikt (→ M4-M6)

Manchmal können Grundrechte zueinander in Konflikt stehen. Dann muss abgewogen werden, welche Einschränkungsmöglichkeiten das Gesetz erlaubt und welche Rechte im Einzelfall schwerer wiegen.

Die Menschenwürde (→ M4-M9)

Die Würde des Menschen ist oberstes Prinzip unserer Verfassung. Selbst in extremen Entscheidungssituationen, wie beispielsweise im „Fall Daschner", ist ein Verstoß gegen dieses Prinzip nicht erlaubt. Die generelle Auffassung des Staates steht hier über dem Einzelfall.

Rechtsbereiche im Rechtsstaat (→ M11)

Zusammenfassungen

Die Seiten „**WAS WIR WISSEN**" schließen die Unterkapitel ab. Auf diesen Seiten könnt ihr die wesentlichen Inhalte des vorangegangenen Unterkapitels noch einmal verständlich zusammengefasst nachlesen. Die Informationstexte und selbsterklärenden Schaubilder könnt ihr außerdem für die Vorbereitung auf Klassenarbeiten nutzen.

Kapitelabschluss und Kompetenzüberprüfung

Anhand der Rubrik **SELBSTDIAGNOSE** und der **WAS WIR KÖNNEN**-Seiten könnt ihr überprüfen und zeigen, ob ihr die im Kapitelverlauf erworbenen Inhalte und Kompetenzen beherrscht und in einer konkreten Entscheidungssituation sinnvoll anwenden könnt.

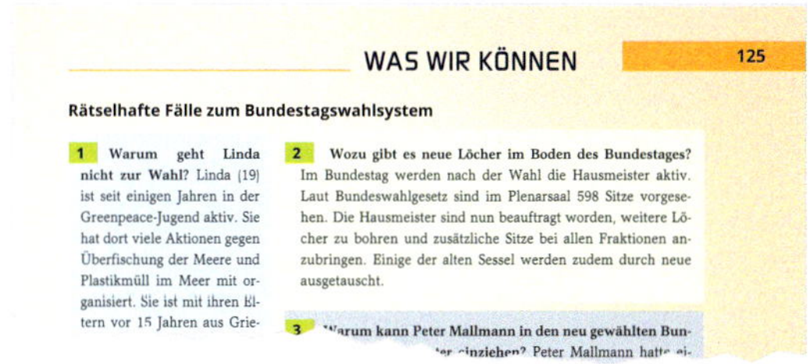

WAS WIR KÖNNEN 125

Rätselhafte Fälle zum Bundestagswahlsystem

1 Warum geht Linda nicht zur Wahl? Linda (19) ist seit einigen Jahren in der Greenpeace-Jugend aktiv. Sie hat dort viele Aktionen gegen Überfischung der Meere und Plastikmüll im Meer mit organisiert. Sie ist mit ihren Eltern vor 15 Jahren aus Grie-

2 Wozu gibt es neue Löcher im Boden des Bundestages? Im Bundestag werden nach der Wahl die Hausmeister aktiv. Laut Bundeswahlgesetz sind im Plenarsaal 598 Sitze vorgesehen. Die Hausmeister sind nun beauftragt worden, weitere Löcher zu bohren und zusätzliche Sitze bei allen Fraktionen anzubringen. Einige der alten Sessel werden zudem durch neue ausgetauscht.

3 Warum kann Peter Mallmann in den neu gewählten Bun-

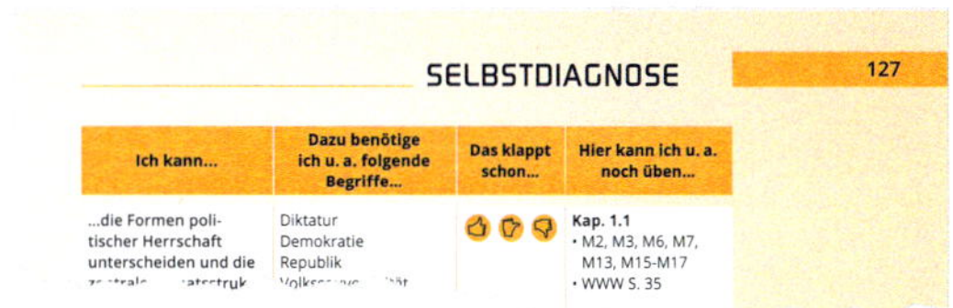

SELBSTDIAGNOSE 127

Ich kann…	Dazu benötige ich u. a. folgende Begriffe…	Das klappt schon…	Hier kann ich u. a. noch üben…
…die Formen politischer Herrschaft unterscheiden und die	Diktatur Demokratie Republik		Kap. 1.1 • M2, M3, M6, M7, M13, M15-M17 • WWW S. 35

Allgemeine Hinweise

- Das **Methodenglossar** am Ende des Buches bietet euch wichtige Methoden, um die Aufgaben besser bearbeiten zu können.
- Ein **GRW-Lexikon** zum Nachschlagen wichtiger Grundbegriffe aus den jeweiligen Kapiteln und ein Register zum Auffinden von Querverweisen können euch wichtige Hilfsmittel sein und das selbstständige Arbeiten mit dem Buch erleichtern.
- **Geschlechtergerechte Sprache**: C.C.Buchner lebt Vielfalt und Gleichheit unabhängig von Alter, Herkunft, Handicap, sexueller Orientierung, Geschlecht und individueller Identität. Wenn in Texten entweder lediglich die männliche oder die weibliche Form verwendet wird, dient dies in der Regel ausschließlich der besseren Lesbarkeit. Sie beziehen aber selbstverständlich stets alle Menschen jeglichen Geschlechts mit ein.
- Sofern bei Materialien aus dem Internet kein Verfasserdatum ermittelt werden konnte, wird das „**Abrufdatum**" genannt.
- Die URL/vollständigen Internetadressen aller verwendeten Materialien aus dem Internet könnt ihr über den nebenstehenden QR- und Mediencode einsehen.

URL aller verwendeten Materialien aus dem Internet

Mediencode: 71083-01

3

2

4

1

6

5
BUNDESRAT

Die politische Ordnung der Bundesrepublik Deutschland

1

In den Medien wird über das Parlament, die Regierung und die Parteien ständig berichtet, weil dort und durch diese wichtige politische Entscheidungen getroffen werden. Politik lebt aber davon, dass möglichst viele Menschen mitmachen. Aber wie und über welche Akteure kann dieses Mitmachen in der Bundesrepublik Deutschland genau stattfinden? Wie können die unterschiedlichen Verfassungsorgane ihre Interessen in den politischen Entscheidungsprozess einbringen und sich dabei auch gegenseitig kontrollieren? Und was passiert, wenn nicht mehr alle mitmachen oder gar die Prinzipien unserer Verfassung bekämpfen?

KOMPETENZEN

Am Ende des Kapitels solltet ihr Folgendes können:

- die Grundlagen politischer Herrschaft und des demokratischen Verfassungsstaates beschreiben
- die Bedeutung der Verfassung und der politischen Organe des Freistaates Sachsen kennen
- den Stellenwert der Grundrechte als Fundament unserer Verfassung erfassen
- die Rolle erörtern, die Parteien und Wahlen im politischen System der Bundesrepublik spielen sowie die Machtverteilung zwischen den Verfassungsorganen beurteilen
- analysieren, wer in einem politischen Problemfeld Entscheidungen trifft
- Die Rolle der Medien in unserem politischen System würdigen und die Gefahren, die von Fake News ausgehen, reflektieren
- den politischen Extremismus als Gefahr für unser friedliches Zusammenleben erkennen und mögliche Gegenstrategien diskutieren

WAS WISST UND KÖNNT IHR SCHON?

1. Sammelt alle wichtigen politischen Akteure, die euch einfallen, auf einem Blatt. Orientiert euch zu Beginn an den Bildern auf der linken Seite (→ S. 10).
2. Gestaltet ein Schaubild, das verdeutlicht, welchen Einfluss eurer Meinung nach die Akteure auf den Entscheidungsprozess haben und in welcher Beziehung sie zueinanderstehen.
3. Übertragt euer Schaubild auf ein Wandplakat (→ Methodenglossar) und führt einen Gallery Walk (→ Methodenglossar) durch.

1.1 Grundlagen des demokratischen Verfassungsstaates in der Bundesrepublik Deutschland

1.1.1 Welche Formen politischer Herrschaft gibt es?

Zum Thema: „Demokratie heißt, sich in seine eigenen Angelegenheiten einzumischen", so umschrieb es der Schriftsteller Max Frisch einst sehr knapp. Aber was sind eigentlich die Merkmale einer modernen Demokratie? Und welche andere Herrschaftsform gibt es noch? Um die Beantwortung dieser Fragen dreht sich das folgende Unterkapitel.

M1 Demokratie in Nordkorea? – eine satirische Stellenanzeige

Seit dem 29.12.2011 ist Kim Jong-un „Oberster Führer" Nordkoreas.

Sind Sie unser Typ?

Wir sind ein kleiner, familiär betriebener Staat im Norden der koreanischen Halbinsel mit einer langen Familientradition seit 1953.

Für unsere demokratische und volksnahe Regierung in Pjöngjang suchen wir ab dem 29.12.2011 eine/n motivierte/n

DIKTATOR/IN

Sie haben langjährige Erfahrung in Unterdrückung der Pressefreiheit, Verletzung der Menschenrechte, Folter, Mord und Verfolgung politisch Andersdenkender oder religiöser Minderheiten? Dann sind Sie unser/e Mann/Frau!

Möchten Sie mehr über uns oder unser herzliches Arbeitsumfeld erfahren, dann informieren wir Sie gerne unter:

www.igfm[1].de

Wir freuen uns auf Sie!

[1] igfm = Internationale Gesellschaft für Menschenrechte

Am 17.12.2011 verstarb der nordkoreanische Führer Kim Jong-il, weshalb Nordkorea ein neues Staatsoberhaupt suchte.

Am 20.12.2011 schaltete die „igfm" eine Stellenanzeige für diese „frei gewordene Stelle", um auf die Menschenrechtsverletzungen in Nordkorea aufmerksam zu machen. Schließlich trat Kim Jong-un, der Sohn des verstorbenen Führers, am 29.12.2011 die Nachfolge an.

Nach: Internationale Gesellschaft für Menschenrechte: Stellenanzeige – Diktator für Nordkorea gesucht. In: www.igfm.de (Abruf am 13.12.2012).

EINSTIEGSAUFGABE

Erstellt eine Liste mit Merkmalen einer Diktatur, die sich aus der satirischen Stellenanzeige **M1** ergeben.

M2 Zwei Formen von Diktaturen

In der konkreten Ausprägung der Diktatur gibt es Unterschiede. Man unterscheidet insbesondere zwischen zwei Typen, einer autoritären und einer totalitären Diktatur.

In einer *autoritären* Diktatur hat der Einzelne noch Freiräume, solange er das Machtmonopol nicht infrage stellt. Parteien, Gruppen oder Einzelne können also nicht am Staat mitwirken, andere Meinungen werden unterdrückt. Ein Beispiel für eine autoritäre Diktatur in Europa war das Franco-Regime in Spanien, welches von 1938-1977 unter Francisco Franco bestand.

In einer *totalitären* Diktatur erhebt die herrschende diktatorische Macht den Anspruch, alle gesellschaftlichen Verhältnisse zu steuern und zu kontrollieren. Kein freies Denken soll mehr möglich sein. Eine bestimmte Weltanschauung mit eigenen Zielen und Absichten (sog. Ideologie) beherrscht alle Lebensbereiche. Eine Zensur stellt sicher, dass die Bürger nur das erfahren, was die Regierung mitteilen will: Der Staat kontrolliert also, was in Zeitungen und im Internet geschrieben wird, was im Fernsehen ausgestrahlt oder welche Bilder und Filme gezeigt werden. Die Macht wird meist besonders gewaltsam durchgesetzt, z. B. indem Gegner gefoltert, eingesperrt oder sogar getötet werden. Totalitäre Diktaturen im 20. Jahrhundert in Europa lagen beispielsweise unter den Nationalsozialisten in Deutschland (1933-1945) oder während der Zeit Stalins in der Sowjetunion (1927-1953) vor.

Bearbeiter

Herrschaftsformen

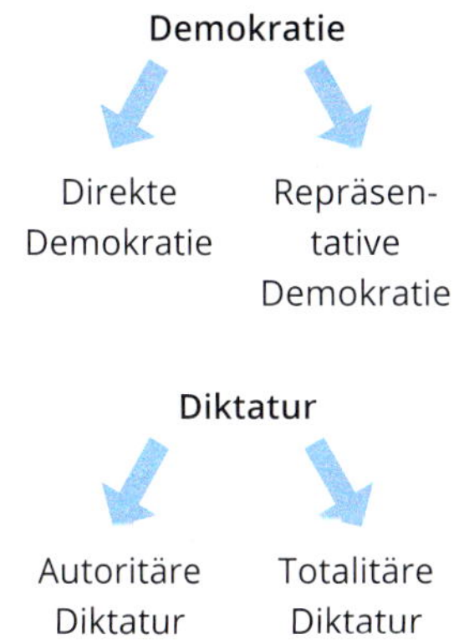

M3 Was zeichnet Demokratien besonders aus?

Rechtsstaatlichkeit

Jedes staatliche Handeln (Gesetze erlassen, einen Strafzettel ausstellen...) ist formal an das Gesetz gebunden, der einzelne Bürger könnte also juristisch dagegen vorgehen, z. B. eine Klage erheben (formaler Rechtsstaat). Auch inhaltlich ist der Staat gebunden: Er muss sich an den Grundsatz der Gerechtigkeit sowie an die Menschenrechte halten. Diese inhaltliche Bindung nennt man materiellen Rechtsstaat.

Volkssouveränität

Das grundlegende Prinzip jeglicher Demokratie (griech., Volksherrschaft) ist die Volkssouveränität (Souveränität = oberste Herrschaftsgewalt). In einer Demokratie geht „alle Staatsgewalt vom Volk aus" (Art. 20 GG).

Pluralismus

Viele Interessengruppen sollen sich um den politischen Einfluss in einem Staat bemühen und unterschiedliche Lösungen einbringen können. So wird auch für den Einzelnen die Mitbestimmung (Partizipation) ermöglicht.

Gewaltenteilung

Die staatlichen Gewalten der vollziehenden Gewalt (Regierung und Verwaltung = Exekutive), der gesetzgebenden Gewalt (Parlament = Legislative) und der richterlichen Gewalt (Gerichte = Judikative) sind voneinander getrennt und kontrollieren sich gegenseitig. Die Ausübung staatlicher Gewalt wird so auf verschiedene Mächte verteilt (→ Kapitel 1.1.2).

Bearbeiter

Zitate zu Demokratien

„Demokratie ist die Notwendigkeit, sich gelegentlich den Ansichten anderer Leute zu beugen."

Winston Churchill (1874-1965), britischer Politiker und Nobelpreisträger (übersetzt von Walter Lipgens)

„Demokratie lebt vom Streit, von der Diskussion um den richtigen Weg. Deshalb gehört zu ihr der Respekt vor der Meinung des anderen."

Richard von Weizsäcker (1920-2015), deutscher Bundespräsident (1984-1994)

„Das Schneckentempo ist das normale Tempo jeder Demokratie."

Helmut Schmidt (1918-2015), deutscher Bundeskanzler (1974-1982)

M4 Leben in Nordkorea – Klassenfahrt zur Hinrichtung

Die Teilnahme an Massenveranstaltungen – wie beispielsweise öffentliche Hinrichtungen – ist für nordkoreanische Schülerinnen und Schüler Pflicht.

Kindern wird von klein auf eingetrichtert, dass der oberste Führer wichtiger ist als das eigene Leben [...]. Der Unterricht ist auf Führerkult ausgerichtet, genauso die Paraden und Massenveranstaltungen, bei denen Teilnahme Pflicht ist. Schon im Kindergarten beginnen wöchentliche Kritikstunden, in denen sich die Jungen und Mädchen zu den Prinzipien der Kim-Dynastie bekennen und Verfehlungen beichten müssen. Plakate, Monumente, Parolen – Propaganda durchdringt das öffentliche Leben. [...]

Außer auf Propaganda setzt der Staat auf totale Kontrolle. Kommandos des Staatssicherheitsdienstes durchforsten Häuser nach geschmuggelten Handys, Radios und Filmen. [...] Gefahr lauert auch durch Arbeitskollegen und Nachbarn. Jeder ist angehalten, beim anderen herumzuschnüffeln. Siedlungen sind unterteilt in „Neighbourhood Watch"-Einheiten, Auffälligkeiten dem jeweiligen Vorgesetzten zu melden. [...] Fast jeder Nordkoreaner hat nach Einschätzung der UN-Kommission mindestens einer Exekution beigewohnt. Sie finden auf öffentlichen Plätzen statt, häufig wird die Bevölkerung gezwungen zuzuschauen. Selbst die Angehörigen und Kinder werden nicht verschont. Die Geflohenen Choi Younghwa und Kim Joo-il waren zehn Jahre alt, als sie das erste Mal einer Hinrichtung zusehen mussten. In beiden Fällen unterbrach der Lehrer den Unterricht und führte die Klasse gesammelt zum Exekutionsort.

Lee Jae-geun erlebte mindestens zehn Exekutionen in 30 Jahren. „Sie schickten uns zu öffentlichen Hinrichtungen wie auf eine Exkursion, damit niemand wagte, die Partei und die Ideologie von Kim Il-sung infrage zu stellen", erinnerte er sich. Einmal hatten sich rund 1.000 Zuschauer versammelt. Ein Mann wurde hingerichtet, weil er die Arbeiterpartei kritisiert hatte.

Tjong, Sandra: UN-Report zu Nordkorea – Teil drei: Klassenfahrt zur Hinrichtung – Wie Kim Jong Un mit Herrscher-Kult sein Volk quält. In: www.focus.de, 21.02.2014.

AUFGABEN

1. Erklärt die Unterschiede zwischen einer autoritären und einer totalitären Diktatur (**M2**).
2. Formuliert ausgehend von den Zitaten in der **Randspalte** neben **M3** eigene Definitionen von Demokratie.
3. Erklärt die vier zentralen Merkmale moderner Demokratien (**M3**), indem ihr diese vier Begriffe den jeweiligen Merkmalen von Diktaturen gegenüberstellt (**M1-M4**).
4. a) Beschreibt die politische Situation in Nordkorea (**M4**).
   b) Ergänzt mithilfe von **M4** eure Listen von Merkmalen einer Diktatur aus der Einstiegsaufgabe zu **M1**.
5. Beurteilt anhand euer persönlichen Maßstäbe für das Zusammenleben von Menschen die Situation in Nordkorea (**M4**).

F Aufgabe 1
Recherchiert nach Beispielen für beide Typen von Diktaturen. Begründet, warum eine eindeutige Zuordnung nicht immer möglich ist.

H Aufgabe 3
→ S. 188

F Aufgabe 5
Formuliert in einem fiktiven Brief an den nordkoreanischen Machthaber Kim Jong-un eure Forderungen.

1.1.2 Die Staatsstrukturprinzipien unseres Staates – Artikel 20 Grundgesetz (GG) als Verfassung in Kurzform?

Zum Thema: 1949 trat das Grundgesetz als Verfassung der Bundesrepublik Deutschland in Kraft. Darin sind die Prinzipien des Staatswesens der Bundesrepublik Deutschland (BRD) festgelegt. In welchem Grundgesetzartikel man die Staatsstrukturprinzipien der BRD finden kann und welche dies genau sind, erfahrt ihr im folgenden Unterkapitel.

M5 Was gehört wozu...?

1 Republik

2 Demokratie

3 Bundesstaat

4 Sozialstaat

5 Rechtsstaat

a Keine Monarchie, also kein gekröntes oder fürstliches Staatsoberhaupt.

b Alle Macht geht vom Volke aus.

c Föderativer Staatsaufbau, Bund und Bundesländer mit unterschiedlichen Kompetenzen.

d Soziale Gerechtigkeit – die Lebensbedingungen der Staatsbürger sollen ähnlich sein.

e Rechtssicherheit, Gesetzlichkeit: Exekutive, Legislative und Judikative sind an Recht und Gesetz gebunden.

EINSTIEGSAUFGABE

Ordnet den Begriffen 1-5 die Beschreibungen a-e zu (**M5**).

M6 Die Staatsstrukturprinzipien im Grundgesetz

Art. 20 GG (1): Die Bundesrepublik Deutschland ist ein demokratischer und sozialer Bundesstaat.

Art. 20 GG (2): Alle Staatsgewalt geht vom Volke aus. Sie wird vom Volke in Wahlen und Abstimmungen und durch besondere Organe der Gesetzgebung, der vollziehenden Gewalt und der Rechtsprechung ausgeübt.

Art. 20 GG (3): Die Gesetzgebung ist an die verfassungsmäßige Ordnung, die vollziehende Gewalt und die Rechtsprechung sind an Gesetz und Recht gebunden.

Während im ersten Absatz die Staatsstrukturprinzipien Republik, Demokratie, Sozial- und Bundesstaat genannt werden, bezieht sich Absatz 3 auf den Rechtsstaat. Der zweite Absatz beinhaltet die Volkssouveränität und die Gewaltenteilung.

Art. 79 (3) GG garantiert, dass die Staatsstrukturprinzipien nicht auf dem Wege einer Verfassungsänderung beseitigt werden können. Man spricht daher von der „Ewigkeitsklausel".

Bearbeiter

Staatsstrukturprinzipien (Verfassungsprinzipien)
Verpflichtende Normen und Grundsätze, die eine Verfassung (grundlegende Rechtsregeln für das Zusammenleben in einem Staat) ausmachen. Sie sind sowohl von staatlichen Stellen als auch von den Bürgerinnen und Bürgern einzuhalten. Das Grundgesetz, die Verfassung der Bundesrepublik Deutschland, legt die fünf Staatsstrukturprinzipien der Bundesrepublik Deutschland in Art. 20 GG fest.

Was bedeutet „Republik"?
Republik ist die Bezeichnung für die Staatsform. In der Politikwissenschaft unterscheidet man zwei Staatsformen voneinander – Republik und Monarchie. Während die Monarchie über ein gekröntes oder fürstliches Staatsoberhaupt verfügt, sind alle Staaten ohne Kaiser, König oder Fürsten Republiken.

M7 Überblick über die Staatsstrukturprinzipien des Grundgesetzes

Republik (→ Randspalte),
Demokratie (→ M3),
Bundesstaat (→ M15-M17),
Sozialstaat (→ M13), Rechtsstaat (→ M13)

Bearbeiter

Vertikale Gewaltenteilung
Gesetzgebung, Verwaltung und Rechtsprechung des Bundes sind nicht für alle Themen zuständig. Bundesländer und Kommunen haben eigene Institutionen, die unabhängige Entscheidungen treffen. Auch das soll verhindern, dass zuviel Macht gebündelt wird.

M8 Gewaltenteilung in Deutschland

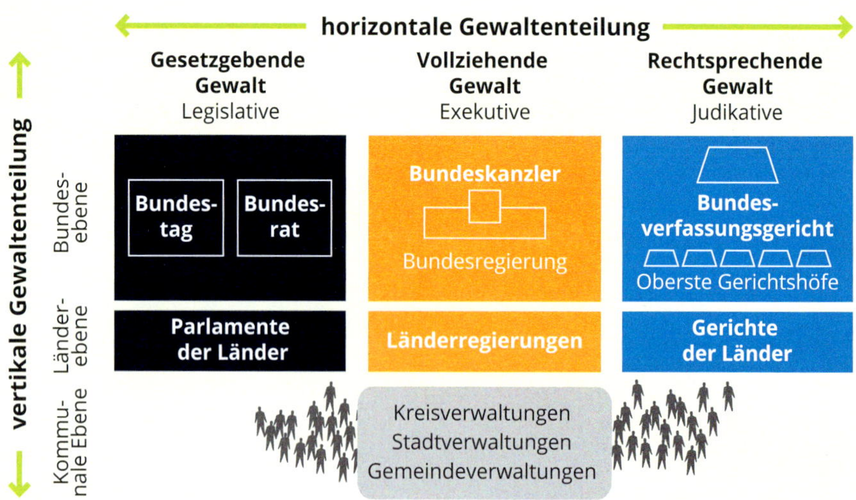

Bergmoser + Höller Verlag AG, Zahlenbilder 61 110

Der französische König Ludwig XIV. (1643-1715) beanspruchte in der absoluten Monarchie die alleinige Macht. Er begründete das mit der Rechtfertigung „L'état c'est moi" („Der Staat bin ich"). In den heutigen demokratischen Staaten ist die Gewaltenteilung in den Verfassungen verankert. Um Missbrauch

der staatlichen Gewalt zu verhindern, wird die Macht des Staates aufgeteilt. Damit soll verhindert werden, dass eine einzelne Partei (wie z. B. zur Zeit der Nationalsozialisten 1933-1945) oder eine einzelne Person (wie z. B. Ludwig XIV.) alles alleine bestimmen kann.
Die Legislative ist die gesetzgebende Gewalt. Sie beschließt die Gesetze. In Deutschland besteht die Legislative aus dem vom Volk gewählten Bundestag und dem Bundesrat.
Die Exekutive ist die ausführende Gewalt. Hierfür sind die Regierung und die Verwaltung zuständig. Sie führen die von der Legislative beschlossenen Gesetze aus. Im Alltag ist das zum Beispiel die Polizei, die die Einhaltung der Gesetze überwacht.
Die Judikative ist die rechtsprechende Gewalt. Das höchste Gericht, das Bundesverfassungsgericht, überprüft zudem, ob die Gesetze und Entscheidungen der Legislative mit dem Grundgesetz übereinstimmen.

Sonderbriefmarke der Deutschen Bundespost aus dem Jahr 1981

In Deutschland spricht man auch von einer „Gewaltenverschränkung“: Mitglieder der gesetzgebenden Macht (Bundestag), sind auch Teil der Exekutive, wozu auch die Regierung gehört.
Die Kontrolle verläuft also zwischen der parlamentarischen Opposition auf der einen Seite und der Regierungsmehrheit in Exekutive und Legislative auf der anderen Seite.

Bearbeiter

Gewaltenteilung im Erklärfilm

Mediencode: 71083-02

AUFGABEN

1. Beschreibt den Zusammenhang zwischen den Staatsstrukturprinzipien und der Ewigkeitsklausel (**M6**, **M7**).
2. Begründet, warum gerade Artikel 20 GG von der Ewigkeitsklausel geschützt wird (**M6**).
3. Ordnet mithilfe der **Randspalteninformation** neben **M7** folgenden Staaten ihre jeweils aktuelle Staatsform zu:
   Großbritannien, USA, Polen, Spanien, Frankreich.
4. Entwickelt Vorschläge, wie sich die drei Gewalten gegenseitig kontrollieren können (**M8**).
5. Welches Staatsstrukturprinzip ist für euch persönlich das wichtigste? Bringt die Prinzipien hierzu in eine Reihenfolge (1: sehr wichtig für mich usw.).
6. Begründet, warum Artikel 20 GG oft auch als „Verfassung in Kurzform“ bezeichnet wird.

F Aufgabe 5
Nennt konkrete Beispiele, wo wir im Alltag die Bedeutung der Staatsstrukturprinzipien erkennen können.

1.1.3 Sozialstaat und Rechtsstaat – ein Spannungsverhältnis?

Zum Thema: Das Sozialstaatsprinzip ist ein zentrales Staatsstrukturprinzip des Grundgesetzes. Damit wird der Staat verpflichtet, sozial Schwächere und Arme zu unterstützen. Was heißt dies aber konkret? Wie und in welchem Umfang sollte der Staat dieses Prinzip in der politischen Praxis umsetzen? Und welches Spannungsverhältnis ergibt sich daraus zu anderen Staatsstrukturprinzipien wie beispielsweise dem Rechtsstaatsprinzip? Antworten auf diese Fragen erhaltet ihr im folgenden Unterkapitel.

M9 Hängen Armut und Reichtum zusammen?

Bertolt Brecht (1898-1956), dt. Dramatiker und Lyriker

Reicher Mann und armer Mann
Standen da und sahn sich an.
Und der Arme sagte bleich:
Wär ich nicht arm, wärst du nicht reich.

Bertolt Brecht, Das Alfabet (Auszug), 1934

EINSTIEGSAUFGABEN

- Erklärt, welchen Zusammenhang Bertolt Brecht zwischen Armut und Reichtum sieht (**M9**).
- Hat Brecht eurer Meinung nach Recht? Positioniert euch hierzu auf einer Linie (→ Methodenglossar) im Klassenzimmer und begründet kurz eure Meinungen.

M10 Wie hoch ist das Risiko, zu verarmen?

Ausgewählte Armutsquoten 2017 (Angabe in Prozent)

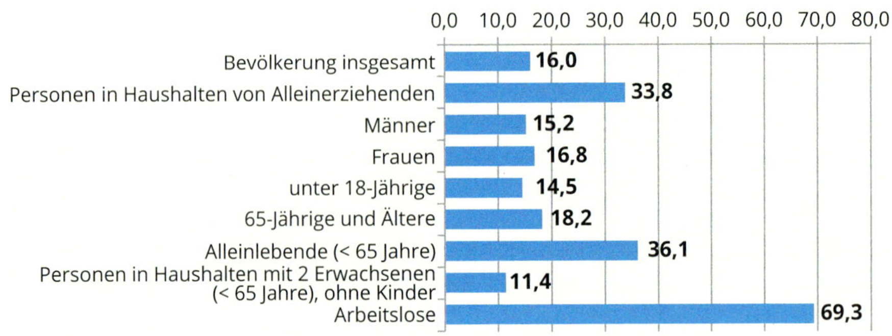

Quelle: Statistisches Bundesamt: Gemeinschaftsstatistik über Einkommen und Lebensbedingungen (EU-SILC) Lizenz: cc by-nc-nd/3.0/de/ (Abruf am 17.04.2020).

M11 Die Schere zwischen Arm und Reich wird größer

„Immer mehr Einkommen konzentriert sich bei den sehr Reichen", heißt es in [einer] Studie [des Wirtschafts- und Sozialwissenschaftlichen Instituts (WSI)]. Denn die hohen Einkommensgruppen profitierten von den sprudelnden Kapital- und Unternehmenseinkommen. Dagegen seien die 40 Prozent der Haushalte mit den geringsten Einkommen weiter zurückgefallen [...].

„Immer mehr Menschen sind von Armut betroffen", heißt es in der Studie. Die Zahl der Haushalte, die weniger als 60 Prozent des mittleren Einkommens zur Verfügung haben und deshalb nach gängiger wissenschaftlicher Definition als arm gelten, sei zwischen 2010 und 2016 von 14,2 auf 16,7 Prozent gewachsen.

Und den Haushalten unterhalb der Armutsgrenze gehe es immer schlechter. Die Armutslücke – der Betrag, der dem durchschnittlichen armen Haushalt fehlt, um über die 60-Prozent-Hürde zu kommen – sei beträchtlich größer geworden. Lag der Fehlbetrag 2005 noch bei 2.873 Euro im Jahr, so erreichte er 2016 inflationsbereinigt schon 3.452 Euro – eine Steigerung um fast 30 Prozent.

Einer der stärksten Treiber der Entwicklung sei die zunehmende Spreizung der Löhne in Deutschland. Eine wachsende Bevölkerungsgruppe am unteren Rand habe den Anschluss an die Lohnsteigerungen in der Mitte der Gesellschaft verloren.

Die untersten zehn Prozent der Haushalte im Einkommensranking hätten 2016 nach Anzug der Inflation sogar weniger Einkommen gehabt als 2010, berichteten die Forscher. [...]

Um der wachsenden Ungleichheit entgegenzuwirken, empfehlen die WSI-Experten ein ganzes Bündel von staatlichen Maßnahmen: von der Stärkung der Tarifbindung über die Erhöhung des Mindestlohnes bis zu einer stärkeren Besteuerung von Spitzeneinkommen und sehr hohen Erbschaften.

Eine kürzlich veröffentlichte Studie des Deutschen Instituts für Wirtschaftsforschung (DIW) kam zu dem Ergebnis, dass auch das Vermögen in Deutschland sehr ungleich verteilt ist. Demnach besitzen die reichsten zehn Prozent der Bevölkerung mehr als die Hälfte des gesamten Vermögens (56 Prozent). Die ärmere Hälfte hat dagegen nur einen Anteil von 1,3 Prozent.

RND/dpa: Kluft zwischen Arm und Reich wird immer größer. In: www.rnd.de, 07.10.2019.

Art. 14 GG

(1) Das Eigentum und das Erbrecht werden gewährleistet. Inhalt und Schranken werden durch die Gesetze bestimmt.
(2) Eigentum verpflichtet. Sein Gebrauch soll zugleich dem Wohle der Allgemeinheit dienen.
(3) Eine Enteignung ist nur zum Wohle der Allgemeinheit zulässig. Sie darf nur durch Gesetz oder aufgrund eines Gesetzes erfolgen, das Art und Ausmaß der Entschädigung regelt.

Das Bundesverfassungsgericht zum Sozialstaat

„Das Sozialstaatsprinzip des Grundgesetzes enthält infolge seiner Weite und Unbestimmtheit regelmäßig keine unmittelbaren Handlungsanweisungen [...]. Es zu verwirklichen ist in erster Linie Aufgabe des Gesetzgebers." (BVerfG 65, 182 (193))

M12 Was bedeutet Sozialstaatlichkeit?

Das Prinzip der Sozialstaatlichkeit verpflichtet die Bundesrepublik Deutschland, eine Grundsicherung seiner Bürger zu garantieren. Dies ist eine bedeutsame Festlegung. Während sich ein liberaler Staat lediglich dazu berufen fühlt, Sicherheit und Freiheit seiner Bürger zu schützen, beansprucht ein sozialer Staat darüber hinaus, für ein Mindestmaß an Wohlergehen aller Bürger durch sozialen Ausgleich zu sorgen. Die konkrete Ausgestaltung dieses Prinzips wird im Grundgesetz nicht weiter definiert und unterliegt daher politischen Mehrheitsentscheidungen.

Bearbeiter

Hartz IV

Die Grundsicherungsleistung in Deutschland. Das Geld bekommen Hartz IV-Bezieher für ihren Lebensunterhalt vom Bund bezahlt.

M13 Rechtsstaat und Sozialstaat im Spannungsverhältnis

Die Bundesrepublik Deutschland ist ein Rechtsstaat und ein Sozialstaat. Beide Staatsstrukturprinzipien vereinigt der Begriff „sozialer Rechtsstaat" in Art. 28 GG […]. Das Grundgesetz erläutert den Begriff nicht näher, es will jedoch dahingehend verstanden werden, dass die Zielsetzung des Rechtsstaates – Freiheit des Einzelnen – mit der des Sozialstaates – soziale Gerechtigkeit für alle – in Einklang gebracht wird. Wichtigste Bestandteile des Rechtsstaatsprinzips sind Rechtssicherheit und Gerechtigkeit. […] Der Rechtsstaat wurde ursprünglich von der bürgerlichen Gesellschaft zum Schutz der persönlichen Freiheitsrechte ausgebildet. Der Sozialstaat entwickelte sich demgegenüber aus den Ausgleichs- und Hilfebedürfnissen der modernen Industriegesellschaft und aus dem wachsenden Bedarf an öffentlichen Leistungen. Er setzt deshalb die Pflicht zum Ausgleich sozialer Gegensätze und die Sorge für eine gerechte Sozialordnung vor das absolute (Eigentums-)Schutzinteresse des Einzelnen. Die soziale Gerechtigkeit orientiert sich am Gleichheitsprinzip, das zum Freiheitsprinzip des liberalen Rechtsstaates in einem gewissen Spannungsverhältnis steht. Der Grund liegt darin, dass der Rechtsstaat vor allem der Freiheit des Einzelnen und seiner Rechte dient, während der Sozialstaat ausgleichend und umverteilend in das Leben der Bürger eingreift.

Grafik und Text nach: Bergmoser + Höller Verlag AG, Zahlenbilder 60 050

AUFGABEN

1. a) Analysiert, wer von drohender Armut am häufigsten betroffen ist (**M10**).
   b) Nennt mögliche Gründe dafür.
2. Erörtert, ob und – wenn ja – auf welche Weise der Staat in die ungleiche Verteilung von Vermögen über Umverteilungsmaßnahmen eingreifen soll (**M11**, **M12**).
3. Erläutert am Beispiel von „Hartz IV" und der „Pflicht zur Entrichtung von Steuern", wie Rechtsstaat und Sozialstaat zueinander im Spannungsverhältnis stehen (**M13**).

1.1.4 Bundesstaat Deutschland: Mehr Demokratie durch Föderalismus?

Zum Thema: Ein Bundesstaat setzt sich aus mehreren Teilstaaten zusammen. Aber welche Aufgaben und Kompetenzen haben die 16 deutschen Bundesländer eigentlich genau? Und behindert das Bundesstaatsprinzip nicht ein effizientes Arbeiten in einem Staat? Oder fördert dieses Prinzip eher die Demokratie durch mehr Bürgernähe? Antworten auf diese Fragen erhaltet ihr im folgenden Unterkapitel.

M14 Von Bundesland zu Bundesland...

Karikatur: Thomas Plaßmann/Baaske Cartoons

Die 16 deutschen Bundesländer
Baden-Württemberg
Bayern
Berlin
Brandenburg
Bremen
Hamburg
Hessen
Mecklenburg-Vorpommern
Niedersachsen
Nordrhein-Westfalen
Rheinland-Pfalz
Saarland
Sachsen
Sachsen-Anhalt
Schleswig-Holstein
Thüringen

EINSTIEGSAUFGABE

Arbeitet aus der Karikatur **M14** heraus, wie der Zeichner den Föderalismus in Deutschland bewertet.

M15 Sechzehnmal Deutschland

Deutschland ist eine „Bundesrepublik", was heißt: das Land „Deutschland" ist ein Bund (eine Gemeinschaft) verschiedener Deutschländer. Denn Deutschland ist unterteilt in insgesamt 16 Bundesländer, zum Beispiel Thüringen, Nordrhein-Westfalen, Hessen, Sachsen usw. Drei Bundesländer sind sogenannte „Stadtstaaten", weil sie nur aus je einer Stadt bestehen: Berlin, Hamburg und Bremen.

Jedes Bundesland darf und soll möglichst viel selbst regeln und beschließen. Dafür gibt es eine Landesregierung (Chef ist der jeweilige Ministerpräsident, in Stadtstaaten der Erste Bürgermeister) und Landesparlamente. Alle Bundesländer sind wiederum in weitere kleinere Einheiten geteilt: Bezirke, Kreise, Gemeinden. Da Probleme, wenn möglich, vor Ort gelöst werden sollen, gibt es dort sozusagen Mini-Parlamente. [...]

Wenn es nicht nur eine zentrale Regierung gibt, sondern Bundesländer mit einer eigenen Verwaltung, nennt man das Föderalismus.

Im Gemeinderat, Kreistag oder Landtag haben Nachwuchspolitiker die Möglichkeit zu zeigen, was sie können. Wichtig daran ist, dass im Grunde alles erst mal auf der niedrigsten möglichen Ebene behandelt werden soll. Denn warum sollte man in Berlin wissen, was gut für Mainz ist? [...]

Dass der Föderalismus eingeführt wurde, als 1949 die Bundesrepublik gegründet wurde, hat [...] historische Gründe. Man wollte nach den Erfahrungen mit Adolf Hitler sichergehen, dass nie wieder so viel Macht in einer Hand konzentriert sein kann. Viele Bundesländer mit eigenen Landesregierungen und Landtagswahlen schienen ideal, um die demokratische Kontrolle innerhalb Deutschlands zu garantieren. [...]

Der Bundestag soll vor sich hin arbeiten, der Bundesrat hat eine Kontrollfunktion. Diese ist im Grundgesetz durch die sogenannte „Ewigkeitsklausel" vor einer Abschaffung geschützt. [...] Bundespolitik ist das, was Kanzler machen. Landespolitik wird in Deutschland von Ministerpräsidenten gemacht.

Nach: Slomka, Marietta/Westland, Daniel: Kanzler lieben Gummistiefel. München: cbj 2009, S. 64 f.

M16 Die Bundesstaatlichkeit im Grundgesetz

GG Artikel	Was dazu im Grundgesetz steht
20	„Die Bundesrepublik Deutschland ist ein demokratischer und sozialer Bundesstaat".
79	Das bundesstaatliche Prinzip darf nicht aufgehoben oder geändert werden.
30	Eigenstaatlichkeit der Länder
50 23	Mitwirkung der Länder an der Gesetzgebung des Bundes und in Angelegenheiten der Europäischen Union durch den Bundesrat
70 – 75	Gesetzgebung: Aufteilung der Zuständigkeiten zwischen Bund und Ländern
83 – 91d	Zuordnung der staatlichen Verwaltungsaufgaben
104a – 109a	Finanzhoheit: Verteilung des Steueraufkommens zwischen Bund und Ländern

Bergmoser + Höller Verlag AG, Zahlenbilder 60 060

M17 Aufgabenteilung zwischen Bund und Ländern – eine Auswahl

Bearbeiter

Föderalismus im Erklärfilm

Mediencode: 71083-03

M18 Argumente für und gegen den Föderalismus

In den verschiedenen Bundesländern wird zu unterschiedlichen Zeiten gewählt, die Mehrheitsverhältnisse im Bundesrat verändern sich ständig. Das macht es schwierig, große und komplizierte Gesetzesvorhaben zu bearbeiten und durchzusetzen.

Der Föderalismus erhöht das Gefühl der Zugehörigkeit der Menschen zum Staat. Die Entscheidungen werden näher an ihrem Heimatort getroffen.

Durch die Wahlen zum Landtag und auf kommunaler Ebene haben die Bürgerinnen und Bürger mehr Möglichkeiten, sich politisch zu beteiligen und ihre Meinung zu äußern.

Der Gesetzgebungsprozess ist sehr langsam und aufwändig, da sehr viele verschiedene Akteure und Interessen zustimmen müssen.

Weil die Entscheidungen näher am Bürger getroffen werden, kann besser auf die Bedürfnisse der Menschen eingegangen werden. Regionale Besonderheiten können besser berücksichtigt werden.

Im Kleinen, also z. B. in einem Bundesland, kann eine Lösung für ein Problem getestet werden, die bei Erfolg auch in anderen Ländern übernommen werden kann. Dadurch entstehen viele gute Ideen.

Jedes Land hat seinen eigenen Landtag, seine Verwaltung... Das kostet viel Geld und ist doppelte Arbeit.

Weil die Entscheidungen auf verschiedenen Ebenen gefällt werden, wird die Anhäufung von Macht verhindert.

Bearbeiter

AUFGABEN

1. Stellt dar, warum die Bundesrepublik 1949 als föderaler Bundesstaat gegründet wurde (**M15**).
2. Befragt Mitschülerinnen oder Mitschüler, die in mehreren Bundesländern die Schule besucht haben, nach ihren Erfahrungen. Können diese die Aussage der Karikatur **M14** bestätigen?
3. Partnerarbeit: Partner A wählt aus **M17** zwei Aufgaben aus, für die der Bund zuständig ist. Partner B wählt zwei Aufgaben aus, für die die Länder zuständig sind. Begründet eurem Partner, warum gerade diese Aufgaben vom Bund bzw. von den Ländern wahrgenommen werden und nicht umgekehrt.
4. a) Ordnet unter Verwendung der folgenden Methodenseite „Politisch Urteilen mithilfe von Kategorien und Kriterien“ (→ S. 25 f.) die Argumente für und gegen den Föderalismus jeweils einem passenden Kriterium zu (**M18**).
   b) Erstellt eine Tabelle, in der die Pro- und Kontra-Argumente zu demselben Kriterium einander gegenüberstehen.
5. Beurteilt den deutschen Föderalismus. Verwendet hierzu die Argumente, die für euch persönlich besonders wichtig sind (**M18**).

F
Recherchiert, welche Bedingungen im Grundgesetz für die Neugliederung des Bundesgebietes (z. B. Zusammenschluss von Bundesländern) erfüllt sein müssen. Präsentiert diese in Form eines Kurzvortrags (→ Methodenglossar).

Politisch Urteilen mithilfe von Kategorien und Kriterien

I. Worum geht es?

Um etwas beurteilen zu können, braucht man einen Maßstab, an dem man sich orientieren kann. Man kann z. B. ein Fußballspiel als „Weltklassespiel" oder als „Grottenkick" beurteilen. Aber woran macht man das fest? Bei diesem Beispiel würden die meisten wohl Kriterien wie „Atmosphäre im Stadion"; „Anzahl der Tore"; „spannende Schlussphase" o. Ä. heranziehen.

Bei der Beurteilung von politischen Problemlagen, Positionen oder Entscheidungen spielen andere Kategorien und Kriterien eine Rolle. Kategorien und Kriterien haben u. a. die Funktion, bisher unbedachte Argumente aufzuspüren. Außerdem können Argumente (Pro und Kontra) damit besser aufeinander bezogen werden, sie helfen also bei der Strukturierung einer Beurteilung oder Debatte.

II. Geht dabei so vor:

1. Schritt: Ein spontanes Urteil fällen

Eine kontroverse politische Entscheidung zwingt euch, Position zu beziehen. Ihr fällt ein spontanes Urteil.

2. Schritt: Das spontane Urteil überprüfen

Euer Spontanurteil muss überprüft werden. Dazu sind mehr Informationen nötig. Kategorien und Kriterien helfen euch dabei:

Kategorien:	Effizienz	Legitimität	Grundwerte
	Ist eine politische Position/Entscheidung o. Ä. *wirtschaftlich*?	Ist eine politische Position/Entscheidung o. Ä. *anerkennungswürdig*?	
	Effizienz bzw. *Wirtschaftlichkeit* lassen sich z. B. belegen durch Argumente zu folgenden Fragen:	*Legitimität* bzw. *Anerkennungswürdigkeit* lassen sich z. B. belegen durch Argumente zu folgenden Fragen:	
Kriterien:	Führt die Position/Entscheidung dazu, dass schnell gehandelt werden kann? (**Schnelligkeit**)	Hält sich die Position/Entscheidung an die geltenden Gesetze (Legalität)?	Berücksichtigt die Position/Entscheidung angemessen den Wert der...?
	Führt die Position/Entscheidung dazu, dass mit den eingesetzten Mitteln möglichst großer Nutzen erzielt wird? (**Maximalprinzip**)	Respektiert/fördert die Position/Entscheidung die Verfassung und die Grund- und Menschenrechte?	**Freiheit**

Kategorien:	Effizienz	Legitimität	Grundwerte
Kriterien:	Führt die Position/Entscheidung dazu, dass Kosten gesenkt werden bzw. Mittel sparsam eingesetzt werden? (**Minimalprinzip**)	Fördert die Position/Entscheidung das Gemeinwohl?	**Sicherheit**
	Führt die Position/Entscheidung überhaupt zum erklärten Ziel? (**Wirksamkeit**)	Ist die Position/Entscheidung im Sinne der Wählerwünsche?	**Gerechtigkeit**
	Können die Entscheidungen/Positionen im System überhaupt durchgesetzt werden? (**politische Durchsetzbarkeit**)	Garantiert die Position/Entscheidung ausreichend politische Teilhabe? (Partizipation)	**Solidarität**
	Werden **unerwünschte Nebeneffekte** vermieden?	Ist die Position/Entscheidung nachvollziehbar (Transparenz) und kontrollierbar?	**Ökologische Nachhaltigkeit**
		Ist der Einsatz der Mittel verhältnismäßig?	

H **„2. Schritt"** → S. 188

Überprüft anschließend euer Spontanurteil aus dem „1. Schritt", indem ihr folgende Frage beachtet: Welche Fakten bzw. Argumente sprechen innerhalb einer Kategorie bei den einzelnen Kriterien für oder gegen die aufgestellte Problemfrage?

3. Schritt: Teilurteile bilden

H **„3. Schritt"** → S. 188

Wägt nun innerhalb jeder Kategorie und jedes Kriteriums ab, welcher Seite (dafür/dagegen) ihr eher zustimmt. Schaut euch dazu die Argumente beider Seiten an. Überlegt, was euch wichtiger ist oder was überzeugender für euch ist. Ihr bildet Teilurteile.

4. Schritt: Zu einem Gesamturteil kommen

Ihr fasst Teilurteile zusammen und wägt sie gegeneinander ab. Als Ergebnis werdet ihr entweder euer Spontanurteil bestätigen können oder aber ihr müsst es nach Abwägung aller Kriterien revidieren und neu formulieren.

Bearbeiter

1.1.5 Die Verfassung des Freistaats Sachsen – Aufbau und Besonderheiten

Zum Thema: Mit der Entscheidung, die beiden deutschen Staaten wieder zu vereinigen, fiel auch der Entschluss, die Wiedervereinigung gemäß Art. 23 GG (und nicht gemäß Art. 146 GG), wie er von 1949 bis 1990 galt, umzusetzen. Da die DDR die Länder 1952 aufgehoben und in eine zentralistische Verwaltungsstruktur mit Bezirken überführt hatte, musste zunächst die Länderstruktur wiederhergestellt werden. Dies geschah zeitgleich mit der Vereinigung der beiden deutschen Staaten am 3. Oktober 1990. Aus den ehemaligen Bezirken Leipzig, Dresden und Karl-Marx-Stadt (heute Chemnitz) wurde der Freistaat Sachsen gebildet. Die Verfassung, die in der Folgezeit erarbeitet wurde, ist Ausdruck des Staatscharakters, den die Gliedstaaten in einer föderalen Ordnung der Bundesrepublik Deutschland haben. Wie die Sächsische Verfassung aufgebaut ist und welche Besonderheiten sie umfasst, erfahrt ihr im folgenden Unterkapitel.

Art. 23 GG in der Fassung vom 23. Mai 1949
Dieses Grundgesetz gilt zunächst im Gebiete der Länder Baden, Bayern, Bremen, Groß-Berlin, Hamburg, Hessen, Niedersachsen, Nordrhein-Westfalen, Rheinland-Pfalz, Schleswig-Holstein, Württemberg-Baden und Württemberg-Hohenzollern. In anderen Teilen Deutschlands ist es nach deren Beitritt in Kraft zu setzen.

M19 Ein feierlicher Akt

Feierliche Unterzeichnung der neuen Sächsischen Landesverfassung durch den damaligen Landtagspräsidenten Erich Iltgen (r.) und den ersten Ministerpräsidenten Kurt Biedenkopf am 27. Mai 1992

Ausgaben der Sächsischen Landesverfassung

EINSTIEGSAUFGABEN

- Beschreibt zunächst beide Bilder (**M19**).
- Versucht anschließend zu erklären, welche Bedeutung eine Landesverfassung für ein Bundesland wie Sachsen besitzt.

M20 Warum „Freistaat" Sachsen? – ein historischer Exkurs

Freistaat
Neben Sachsen tragen auch Bayern und Thüringen die Bezeichnung Freistaat.

Die Bezeichnung „Freistaat" verweist auf die demokratische Tradition Sachsens. Die Entsprechung des französischen Wortes „Républiqueʺ betont, dass das Land nicht von einem Souverän, sondern von seinen freien Bürgern regiert wird. Über einhundert Jahre war Sachsen Königreich. Davor war es Kurfürstentum, Herzogtum und Markgrafschaft. Als nach Ende des Ersten Weltkriegs in Deutschland die Monarchie abgeschafft wurde, rief ein Arbeiter- und Soldatenrat am 10. November die „Republik Sachsenʺ aus. Die Bezeichnung „Republik" hatte nicht lange Bestand, und der deutsche Begriff „Freistaat" war bald erfolgreicher. Im Februar 1919 wurde die erste „Sächsische Volkskammerʺ gewählt. Als sie am 28. Februar das „Vorläufige Grundgesetz für den Freistaat Sachsenʺ verabschiedete, wurde die Bezeichnung amtlich. Auch die am 1. November 1920 beschlossene endgültige Verfassung behielt diesen Begriff bei. Mit dem „Gesetz über die Gleichschaltung der Länder mit dem Reichʺ vom 31. März 1933 wurde der Freistaat abgeschafft und mit ihm die Regierungsform der parlamentarischen Demokratie. Auch in der DDR spielte der Freistaat keine Rolle. Das Landesgebiet wurde in drei Verwaltungsbezirke aufgeteilt. Erst nach der Friedlichen Revolution in Deutschland knüpfte man bei der Wiedereinführung der Länderstruktur im Jahr 1990 erneut an die demokratische Tradition des Freistaates an. Privilegien oder rechtliche Besonderheiten hat der Freistaat Sachsen gegenüber anderen Bundesländern keine, wohl aber sehr viel ältere staatliche Traditionen.

Bearbeiter

M21 Der Aufbau der Sächsischen Verfassung

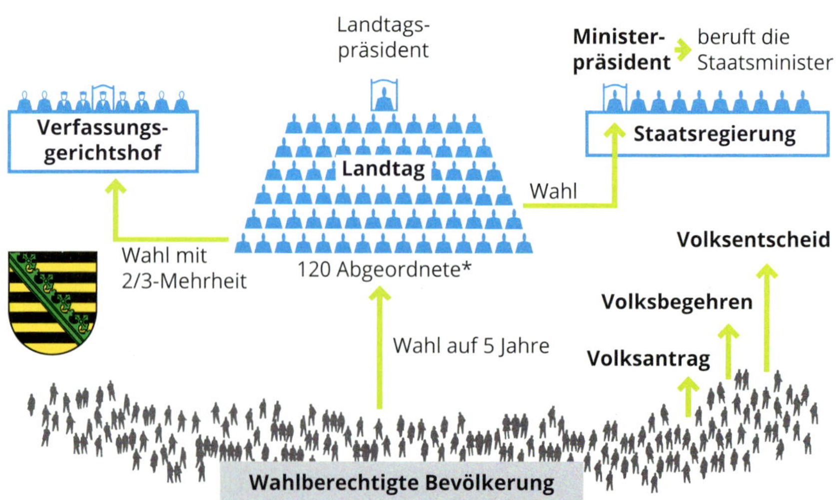

**ggf. zusätzliche Überhang- und Ausgleichsmandate*

© Bergmoser + Höller Verlag AG; Zahlenbilder 72 670

M22 Die Besonderheiten der Sächsischen Verfassung

Die Verfassung des Freistaates Sachsen wurde am 26. Mai 1992 vom Sächsischen Landtag [...] beschlossen, am 5. Juni im Gesetz- und Verordnungsblatt verkündet und am 6. Juni 1992 in Kraft gesetzt. Sie war damit die erste Verfassung, die in den neuen Ländern nach der friedlichen Revolution verabschiedet wurde. [...]

Die Sächsische Verfassung enthält einen kompletten Grundrechte-Katalog, der über das Grundgesetz hinausgeht. Diese ausgeprägte Rechtsstaatlichkeit und der umfangreiche Freiheitsschutz, den die Sächsische Verfassung gewährt, steht in bewusstem Gegensatz zum Unrechtsstaat DDR, der die Grundrechte seiner Bürger missachtet und ihre Freiheiten radikal beschnitten hat.

Die Sächsische Verfassung enthält darüber hinaus auch über die grundgesetzlichen Regelungen hinaus gehende direktdemokratische Elemente. Sie ermöglichen eine Mitsprache der Bürger in Form einer Volksgesetzgebung und sind Ausdruck einer selbstbewussten Bürgerschaft, die im Verlaufe der friedlichen Revolution ein wachsendes Zutrauen in die eigene Gestaltungsfähigkeit von Politik erworben hat. Auch hinsichtlich der besonderen sozialen Staatsziele (Arbeit, Wohnraum, Bildung, Gleichstellung von Frauen und Männern, Schutz von Kindern und Jugendlichen, Schutz der natürlichen Lebensgrundlagen, Förderung von Kunst und Kultur, grenzüberschreitende Zusammenarbeit) geht die sächsische Verfassung über die abstrakten grundgesetzlichen Sozialstaatsgebote hinaus und entspricht damit der besonderen Bedeutung, die die Bürger der Bewahrung sozialer und kultureller Errungenschaften beimessen. Angesichts von massiver Umweltzerstörung und exzessivem Raubbau an der Natur in der DDR stellte der Schutz der natürlichen Lebensgrundlagen ein zentrales Ziel der Verfassungsgeber in Sachsen dar und führte zur Verankerung des Umweltschutzes als Staatsziel. Spezielle Regelungen des Minderheitenschutzes sieht die Sächsische Verfassung für die sorbischen Bevölkerungsteile vor. Besonders Gewicht legten die Verfassungsgeber nach den Erfahrungen mit der Stasi in der DDR auf den Schutz der Persönlichkeitssphäre und den Datenschutz.

Rehfeld-Staudt, Annette: Verfassung. In: www.slpb.de (Abruf am 17.04.2020).

Die Symbole des Freistaats Sachsen

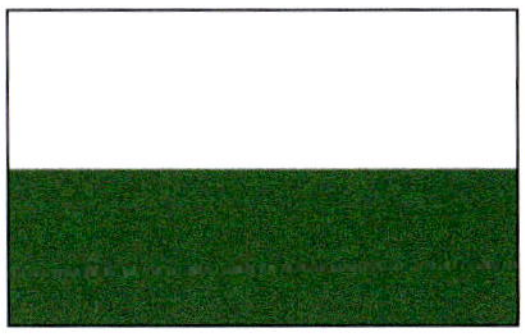

Landesflagge

Landeswappen

AUFGABEN

1. Informiert euch darüber, welche andere Möglichkeit bestanden hätte, den Prozess der Wiedervereinigung der beiden deutschen Staaten zu gestalten (**„Zum Thema", Randspalte S. 27**).
2. a) Erläutert den Unterschied zwischen Grundrechten und Staatszielen, wie sie in Art. 7 der Sächsischen Verfassung verankert sind (**M22**).
   b) Diskutiert anschließend deren Bedeutung.

F
Vergleicht den Grundrechtskatalog des Grundgesetzes mit dem der Verfassung des Freistaats Sachsen und notiert die Unterschiede.

1.1.6 Der Sächsische Landtag – ein politisches Organ für die Bürgerinnen und Bürger Sachsens?

Zum Thema: Der Sächsische Landtag ist die gewählte Vertretung des Volkes im Freistaat Sachsen. Das Plenum, die Vollversammlung des Landtags, ist eine an die Öffentlichkeit gerichtete Veranstaltung. Das Plenum tagt in der Regel an zwei Tagen pro Monat. Aber wie wird der Landtag genau gewählt? Und welche Aufgaben hat er? Dies erfahrt ihr im folgenden Unterkapitel.

M23 Der Landtag in Sachsen ...

Landtag in Dresden mit Vorplatz

Plenum des Landtags

EINSTIEGSAUFGABE

Stellt Vermutungen darüber an, weshalb der Landtagsvorplatz in Dresden unter anderem mit der architektonischen Absicht gestaltet wurde, dass dort Demonstrationen stattfinden können (**M22**).

M24 Wann und wie wird der Landtag gewählt?

Sächsischer Verfassungsgerichtshof
Er besteht aus neun Richtern sowie neun Stellvertretern. Die Richter werden vom Sächsischen Landtag auf Vorschlag der Staatsregierung bzw. des Landtagspräsidiums mit einer 2/3-Mehrheit für neun Jahre gewählt.

Alle fünf Jahre wird im Freistaat Sachsen der Sächsische Landtag als Vertretung des Volkes gewählt. [...] Wahlberechtigt sind – mit wenigen gesetzlichen Ausnahmen – alle deutschen Staatsbürgerinnen und -bürger mit Hauptwohnsitz in Sachsen, die das 18. Lebensjahr vollendet haben. Gewählt werden können alle Wahlberechtigten, die seit mindestens zwölf Monaten ihre Hauptwohnung in Sachsen haben. [...] Genauso wichtig wie die Entscheidung für eine Partei oder Person ist die korrekte Stimmabgabe. Dabei kommt es immer wieder vor, dass sich die Wähler über die Bedeutung ihrer beiden Stimmen nicht genau im Klaren sind. Das Zweistimmensystem ist in der Tat nicht ganz einfach, lässt sich aber in wenigen Schritten erklären:

1. Jeder Wähler hat zwei Stimmen, mit denen er die Verteilung der 120 Landtagsmandate beeinflusst: eine Direktstimme für die Wahl eines Wahlkreisabgeordneten (Direktbewerber) und eine Listenstimme für die Wahl der Landesliste einer Partei.
2. Obwohl beide Stimmen gleichwertig

sind, beeinflussen allein die Listenstimmen die Sitzverteilung im Landtag, da anhand von ihnen die prozentuale Zusammensetzung des Parlaments errechnet wird. Sie entscheiden über das anteilsmäßige Verhältnis der Parteien im Parlament zueinander. Bei der Verteilung der Sitze werden dabei nur Parteien berücksichtigt, die mindestens fünf Prozent der abgegebenen Listenstimmen erhalten (Fünf-Prozent-Klausel) oder in mindestens zwei Wahlkreisen ein Direktmandat (Alternativ-Klausel) errungen haben. Sie können dann so viele Personen von ihrer Landesliste in den Landtag entsenden, wie Mandate auf sie entfallen sind.

3. Die errungenen Direktstimmen einer Partei, also die erfolgreichen Wahlkreiskandidaten, werden auf die ihr zugesprochene Gesamtzahl der Sitze im Landtag angerechnet. Sie sind dabei vorrangig gegenüber den Listenkandidaten. Auf diese Weise erhält die Entscheidung der Wähler eine stärker personalisierte Note, entscheidet die Direktstimme doch über den Gewinn eines der 60 Wahlkreise durch einen Kandidaten.

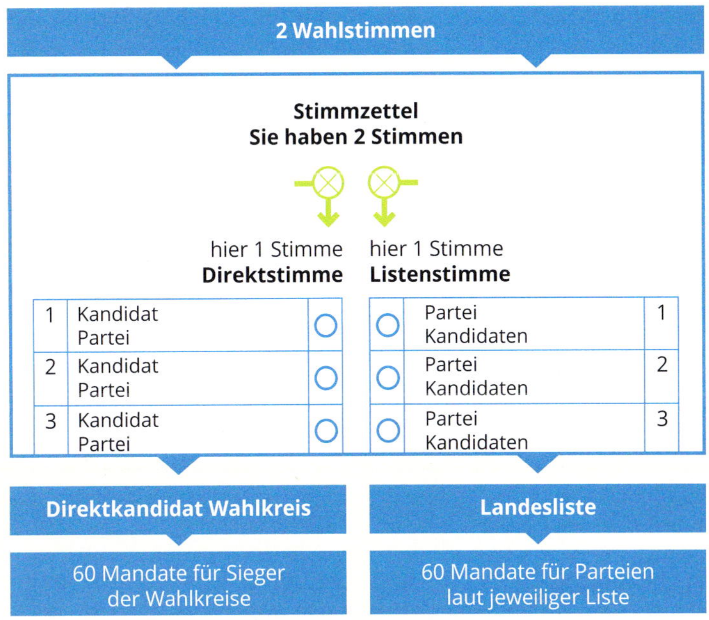

Schematischer Stimmzettel zur Landtagswahl

4. Hat eine Partei dabei mehr Direktmandate als Listenmandate gewonnen, entsteht ein sogenannter Überhang. Sie kann mehr Plätze im Landtag besetzen, als ihr verhältnismäßig zustehen. Für die Überhangmandate einer Partei erhalten die anderen im Parlament vertretenen Parteien sogenannte Ausgleichsmandate. Dieser Ausgleich geschieht, bis die ursprüngliche verhältnismäßige Verteilung der Sitze wiederhergestellt ist.

Sächsischer Landtag: Wahlverfahren. In: www.landtag.sachsen.de (Abruf am 02.04.2020).

M25 Die Aufgaben des Landtags

„Der Landtag übt die gesetzgebende Gewalt aus, überwacht die Ausübung der vollziehenden Gewalt nach Maßgabe dieser Verfassung und ist Stätte der politischen Willensbildung." (Sächsische Verfassung, Artikel 39 Absatz 2) Die wichtigsten Aufgaben des Sächsischen Landtags sind daher die Gesetzgebung und die Kontrolle der Regierungsarbeit. Außerdem entscheidet das Parlament über den Landeshaushalt und zeichnet für eine Vielzahl von Wahlen verantwortlich (u. a. Wahl des Ministerpräsidenten). Nicht zuletzt ist der Landtag ein Zentralort der politischen Diskussion und Kommunikation im Freistaat Sachsen:

Sächsische Staatsregierung
Sie bildet die Spitze der sächsischen Exekutive im Rahmen der politischen Gewaltenteilung (Art. 59 SächsVerf). Gleichzeitig ist die Staatsregierung auch an der Gesetzgebung (Legislative) beteiligt.
Sie hat u. a. das Recht, Gesetzesvorlagen in den Landtag einzubringen. Dies entspricht der Gewaltenverschränkung.

Abwahl eines Ministerpräsidenten
Diese kann nur durch ein konstruktives Misstrauensvotum erfolgen. Danach ist die Abwahl nur durch gleichzeitige Neuwahl eines Nachfolgers mit der Mehrheit der Stimmen aller Landtagsmitglieder möglich.

Organstreit
Der Begriff bezieht sich auf Streitigkeiten, die die Verfassungsorgane (in Sachsen: Landesparlament, Landesregierung und Landesverfassungsgericht) mit- oder untereinander führen. Bei der Frage um die Rechtmäßigkeit von Sanktionen oder Maßnahmen kann ein Verfassungsorgan beim Landesgerichtshof ein Organstreitverfahren einleiten, um den Sachverhalt vom höchsten Gericht klären zu lassen.

Gesetzgebung – Der Sächsische Landtag wird vom Volk gewählt. Er ist der Ort, an dem unterschiedliche Auffassungen über den richtigen politischen Weg formuliert, diskutiert und entschieden werden. Verschiedene Interessen der Bevölkerung werden aufgegriffen und in politische Reaktionen verwandelt. Zu den wichtigsten Aufgaben des Sächsischen Landtags gehört deshalb die Gesetzgebung. Seine Gesetzgebungsbefugnis eröffnet dem Landtag weitreichende Möglichkeiten zu politischer Gestaltung und zur Verwirklichung eigener Konzeptionen auf Landesebene, so etwa zur eigenen staatlichen Organisation, im kulturellen Bereich, insbesondere im Schul- und Bildungsbereich sowie in der Medienpolitik und im kommunalen Bereich. Zu den eigenständigen Gestaltungsmöglichkeiten kommen Ausführungsregelungen zu den Bundesgesetzen hinzu, soweit der Bund sie der Landesgesetzgebung überlassen hat. Die Abgeordneten entscheiden auch über den Landeshaushalt. Mit der Beschlussfassung über den Staatshaushalt bestimmt der Landtag den Rahmen für die Einnahmen und Ausgaben des Landes einschließlich deren Verwendung. Auf diese Weise steckt er den Handlungsspielraum für Staatsregierung und Verwaltung ab.

Kontrolle der Regierung – Der Sächsische Landtag ist außerdem für die Kontrolle der Arbeit der Regierung zuständig. Die Staatsregierung ist verpflichtet, dem Landtag Rede und Antwort zu stehen. Der Landtag erhält so die Möglichkeit, Sachverhalte aufzuklären und politisch Einfluss zu nehmen. Diese Form der parlamentarischen Kontrolle der Regierung ist ein unverzichtbares Element des parlamentarischen Regierungssystems.

Wahlen im Landtag – Eine weitere wichtige Aufgabe sind Wahlen, allen voran die Wahl des Ministerpräsidenten. Die Wahl des Ministerpräsidenten verdeutlicht die herausgehobene Stellung des Landtags. So kann die Staatsregierung ihre Legitimation nur vom Landtag ableiten. Die Mitglieder des Sächsischen Landtags wählen neben ihren eigenen Repräsentanten (Landtagspräsident, Vizepräsidenten) eine Vielzahl weiterer Personen.

Sächsischer Landtag: Aufgaben des Landtags. In: www.landtag.sachsen.de (Abruf am: 02.04.2020).

F
Recherchiert nach
a) der aktuellen Zusammensetzung und Sitzverteilung des Sächsischen Landtags.
b) dem/den Abgeordneten aus eurem Wahlkreis.
c) den Namen und der Parteizugehörigkeit des aktuellen sächsischen Ministerpräsidenten sowie seiner Ministerinnen und Minister.

AUFGABEN

1. Diskutiert die Vor- und Nachteile der gegenüber dem Deutschen Bundestag um ein Jahr längeren Wahlperiode des Sächsischen Landtags (**M24**).
2. Recherchiert drei vom Sächsischen Landtag verabschiedeten Gesetze, die euer Leben direkt beeinflussen (**M25**).

1.1.7 Minderheiten in Sachsen – durch die Sächsische Verfassung ausreichend geschützt?

Zum Thema: Jeder von uns kennt Personen, die sogenannten Minderheitengruppen angehören. Doch kaum einer kann sagen, was genau Minderheiten sind und welche Rechte sie in Deutschland haben. In diesem Unterkapitel geht es um die Fragen, ab wann Gruppen zu Minderheiten gehören und welcher Schutz ihnen in Deutschland gewährt wird.

M26 Fallbeispiel: Sorben in Sachsen

Sowohl im Freistaat Sachsen als auch im benachbarten Brandenburg liegt die Heimat einer nationalen Minderheit, der Sorben, eines westslawischen Volkes. Besucher der Lausitz bemerken dies zuerst an den zweisprachigen Beschriftungen, zum Beispiel auf Wegweisern und Ortsschildern. Ab und zu begegnet man noch Menschen in Tracht, und besonders um die Osterzeit kann man die hiesigen Feste und Bräuche hautnah erleben [...]. Gäbe es einen sorbischen Staat, er wäre nicht größer als eine typisch deutsche Kleinstadt. Rund 60.000 Sorben leben in Deutschland, davon etwa 20.000 Niedersorben in der brandenburgischen Niederlausitz und 40.000 Obersorben in der sächsischen Oberlausitz [...]. Die Rechte der Sorben sind in den Verfassungen der Länder – des Freistaates Sachsen und des Landes Brandenburg – verankert und dadurch besonders geschützt. Die „Hauptstadt" der Sorben ist Bautzen/Budyšin. Hier befindet sich das „Haus der Sorben", in dem u.a. die Domowina [– Bund Lausitzer Sorben] e.V. [...] ihren Sitz [hat]. [Sie] ist der Dachverband sorbischer Vereine und vertritt die Interessen des sorbischen Volkes in der Öffentlichkeit.

Sächsisches Staatsministerium für Wissenschaft, Kultur und Tourismus: Sorben. In: www.sorben.sachsen.de (Abruf am 02.04.2020).

Sorben in Sachsen
Art. 6 SächsVerf sowie das Sächsische Sorbengesetz schützen und gewährleisten das Recht auf Bewahrung der sorbischen Identität. Dazu gehören im deutsch-sorbischen Siedlungsgebiet u. a. die Zweisprachigkeit (z. B. die Beschilderung) oder die Möglichkeit, die sorbische Kultur und Sprache an den Schulen zu erlernen (Art. 2 SächsSchulG).

EINSTIEGSAUFGABE

Sammelt im Unterrichtsgespräch Informationen über die Sorben (**M26**). Was wisst ihr bereits über Sprache und Kultur dieser Volksgruppe?

M27 Minderheiten und Minderheitenschutz in Deutschland

a) Was sind Minderheiten?

Minderheit bezeichnet eine Bevölkerungsgruppe, die sich von der übrigen Bevölkerung aufgrund bestimmter sozialer bzw. ökonomischer Unterschiede, politischer oder religiöser Überzeugung, ethnischer Zugehörigkeit etc. abgrenzt oder die abgegrenzt wird.

Schubert, Klaus/Klein, Martina: Das Politiklexikon. Bonn: Bundeszentrale für politische Bildung 2016, S. 202.

Art. 3 GG
(1) Alle Menschen sind vor dem Gesetz gleich.
(2) Männer und Frauen sind gleichberechtigt. [...]
(3) Niemand darf wegen seines Geschlechtes, seiner Abstammung, seiner Rasse, seiner Sprache, seiner Heimat und Herkunft, seines Glaubens, seiner religiösen oder politischen Anschauungen benachteiligt oder bevorzugt werden. Niemand darf wegen seiner Behinderung benachteiligt werden.

b) Minderheitenschutz im Grundgesetz

Im Grundgesetz ist der Minderheitenschutz nicht ausdrücklich geregelt. Die „Väter und Mütter der Verfassung" wollten diesen vielmehr mit der strikten Gleichbehandlung, die in Artikel 3 GG festgeschrieben ist, zum Ausdruck bringen. Minderheiten benötigen aber häufig nicht nur Gleichstellung, sondern auch zusätzliche Rechte. Das Grundgesetz gewährt diese in Form von Freiheitsrechten, wie z. B. Religionsfreiheit, Meinungsfreiheit, freie Persönlichkeitsentfaltung, Erziehungsrecht der Eltern ..., die aber nicht nur für Minderheiten, sondern für alle gelten und nur durch die anderen Grundrechte beschränkt werden. Zusätzlich zu den im Grundgesetz verbrieften Grundrechten, die den Minderheitenschutz eindeutig einfordern, haben einige Bundesländer (Schleswig-Holstein, Brandenburg und Sachsen) den Schutz nationaler Minderheiten in ihre Landesverfassungen aufgenommen. Auf europäischer Ebene werden die Rechte nationaler Minderheiten insbesondere durch das Rahmenübereinkommen des Europarats zum Schutz nationaler Minderheiten und durch die Europäische Charta der Regional- oder Minderheitensprachen geregelt.

Bearbeiter

M28 Wie kann der Staat Minderheiten schützen?

Der Staat soll...

1 ...Gesetze beschließen, durch die Minderheiten geschützt werden.

2 ...Aufklärungskampagnen machen, die für Vielfalt in der Gesellschaft werben.

3 ...dafür sorgen, dass Minderheiten in einem abgeschlossenen Gebiet nur unter ihresgleichen leben.

4 ...Anti-Diskriminierungsstellen einrichten, die Menschen helfen, wenn Diskriminierung vorliegt.

Bearbeiter

AUFGABEN

1. a) Erklärt mit eigenen Worten, was genau Minderheiten sind (**M27a**).
   b) Erläutert, ob bzw. inwiefern das Grundgesetz dem Anspruch des Minderheitenschutzes gerecht wird (**M27b**).
2. Ordnet die in **M28** genannten Vorschläge zum Minderheitenschutz entsprechend euer persönlichen Präferenz. Begründet jeweils eure Entscheidung. Bezieht das Grundgesetz als rechtlichen Rahmen in eure Überlegungen mit ein.
3. Ermittelt in der Gruppe mithilfe einer Erkundung (→ Methodenglossar), inwieweit es ausreicht, einen Minderheitenschutz per Verfassung festzuschreiben (**M26-M28**).

F Beschreibt eine Alltagssituation, in der euch Diskriminierungen von Minderheiten schon begegnet sind.

F Begründet, weshalb Minderheiten in Sachsen geschützt werden sollten.

Formen politischer Herrschaft (··→ M2, M3)

Die bekanntesten Herrschaftsformen sind Demokratie und Diktatur. Während in modernen Demokratien die Volksvertreter durch Wahlen bestimmt werden, setzen sich Diktatoren meist mit militärischer Gewalt an die Spitze eines Staates. Oft regieren sie mit brutaler Gewalt und unterdrücken ihr Volk. Politische Freiheiten und Rechte sind in der Diktatur nicht verwirklicht. Deutschlands Herrschaftsform ist die Demokratie. Der Begriff kommt aus dem Griechischen und setzt sich aus den Wörtern demos (Volk) und kratia (Herrschaft) zusammen. Zentrales Wesensmerkmal der Demokratie ist die Volkssouveränität. Das bedeutet, dass alle politische Herrschaft vom Volk ausgeht. Zur Ausübung der Volkssouveränität ist die Partizipation, d. h. die Teilnahme der Bürger am politischen Leben, notwendig. Nur so ist garantiert, dass Herrschaft zum Wohle der Allgemeinheit ausgeübt wird und nicht im Interesse einzelner Gruppen.

Die Staatsstrukturprinzipien der Bundesrepublik Deutschland (··→ M6, M7, M12, M13, M15-M17)

In Artikel 20 des Grundgesetzes sind die Staatsstrukturprinzipien festgelegt. Neben dem schon genannten **Demokratieprinzip** sind dies:

Das Staatsstrukturprinzip **Republik** bezeichnet die Staatsform Deutschlands. In der Politikwissenschaft gilt heute u. a. das „Staatsoberhaupt" als das wesentliche Unterscheidungskriterium für Staatsformen. Während die Monarchie über ein gekröntes oder fürstliches Staatsoberhaupt verfügt, sind alle Staaten ohne Kaiser, Könige oder Fürsten Republiken.

Das **Sozialstaatsprinzip** verpflichtet die staatliche Gemeinschaft zum Schutz von sozial und wirtschaftlich Schwachen. Anders als die anderen Staatsstrukturprinzipien lässt es dem Gesetzgeber einen großen Spielraum zur Ausgestaltung. Der Staat muss aber zum einen die Existenzgrundlage seiner Bürger sichern (soziale Sicherheit); zum anderen muss er für sozialen Ausgleich zwischen sozial schwachen und sozial starken Bürgern sorgen.

Die Bundesrepublik als Gesamtstaat (Bund) besteht aus mehreren Gliedstaaten bzw. **Bundesländern** – seit 1990 aus insgesamt 16. Diese sind ebenso Staaten wie der Bund, jedoch mit eingeschränkter Souveränität. Sie haben ihre eigenen staatlichen Organe, z. B. Landesregierungen. Dass die Länder andererseits nur teilsouverän sind, verdeutlicht die Tatsache, dass sie nicht über ein Verteidigungsministerium oder eine eigene Außenpolitik verfügen.

Das **Rechtsstaatsprinzip** bindet die gesamte Staatsgewalt an Recht und Gesetz. Es wird u. a. durch folgende Grundsätze konstituiert: Rechtsbindung – Bindung der Legislative an die Grundsätze der Verfassung: Vorrang des Gesetzes gegenüber jeder anderen staatlichen Handlung; Gesetzesvorbehalt – Handeln der Verwaltung nur auf Grundlage eines Gesetzes; Rechtssicherheit – Rechtswegegarantie, rechtliches Gehör für jedermann; Rechtsgleichheit – Gleichbehandlung gleich liegender Sachverhalte; Verhältnismäßigkeit – Schutz des Einzelnen vor unnötigen staatlichen Eingriffen; Unabhängigkeit der Gerichte – Freiheit der Rechtsprechung, keine Bindung an Weisungen der Regierung, aber Ausrichtung juristischer Entscheidungen an Recht und Gesetz.

WAS WIR WISSEN

Gewaltenteilung und -verschränkung (··➔ M8)

Durch die Gewaltenteilung, also die Aufteilung der Staatsgewalt auf verschiedene Organe und Personen, sollen Machtkonzentration und Missbrauch politischer Macht verhindert werden. Sie ist ein Grundprinzip der Demokratie. Bei der klassischen Gewaltenteilung werden die drei grundlegenden Staatsfunktionen, die gesetzgebende Gewalt (Legislative), die ausführende Gewalt (Exekutive) und die rechtsprechende Gewalt (Judikative) unabhängigen Staatsorganen (Parlamenten, Regierung, Gerichten) zugewiesen. In der politischen Praxis in Deutschland ergeben sich jedoch Abweichungen von der strikten Gewaltenteilung, da z. B. die Regierung (Exekutive) und Teile des Parlaments (Mehrheitsfraktionen) als Einheit handeln (Gewaltenverschränkung). Deswegen fällt die Aufgabe der Kontrolle im besonderen Maße der Opposition zu.

Die Sächsische Verfassung und der Sächsische Landtag (··➔ M20-M22, M24, M25)

In der Sächsischen Landesverfassung von 1992 wird das Repräsentationsprinzip als Konsequenz aus den Erfahrungen der friedlichen Revolution von 1989 um Datenschutzbestimmungen und erweiterte plebiszitäre Elemente (Volksbegehren und Volksentscheid) ergänzt. Der Sächsische Landtag setzt sich aus mind. 120 Abgeordneten zusammen. Die wichtigsten Funktionen des Landtags sind die Wahl des Ministerpräsidenten, die Verabschiedung von Gesetzen (einschließlich des Staatshaushaltes – Ausübung der Budgethoheit) und die Kontrolle der Regierung und der Verwaltung. Analog zur Bezeichnung des Landes als „Freistaat“ wird die Landesregierung Sachsens „Staatsregierung“ genannt. Das Regierungskabinett setzt sich aus dem Ministerpräsidenten und den Staatsministern zusammen. Der Ministerpräsident beruft und entlässt die Mitglieder der Regierung (Minister). Gesetzesvorlagen werden meist von der Staatsregierung oder von den Landtagsfraktionen in den Landtag eingebracht.

Minderheiten in Deutschland (··➔ M26, M27a-b)

In Deutschland lebende Bevölkerungsgruppen, die sich von der Mehrheit der Bevölkerung unterscheiden, genießen einen besonderen Schutz, wenn sie bestimmte Kriterien erfüllen. Diese Kriterien sind u. a., dass sie ihre Traditionen pflegen, eine eigene Geschichte haben und ihre eigene Sprache sprechen. Die Sächsische Verfassung schützt die Rechte des sorbischen Volkes und gewährleistet „[...] das Recht auf die Bewahrung ihrer Identität sowie auf Pflege und Entwicklung ihrer angestammten Sprache, Kultur und Überlieferung [...].“ (Art. 6 Abs. (1) SächsVerf). Sorben, Friesen, Sinti und Roma sind in Deutschland offiziell anerkannte Minderheiten. Damit genießen sie in der Bundesrepublik einen Minderheitenschutz, der ihnen garantiert, dass sie z. B. weiterhin ihre Sprache als offizielle Zweitsprache auch in der Schule verwenden dürfen und dabei vom Staat unterstützt werden – also z. B. das zweisprachige Schulwesen finanziert wird. Einige Landesverfassungen, z. B. in Schleswig-Holstein, Brandenburg und Sachsen-Anhalt enthalten den Minderheitenschutz explizit, in anderen Bundesländern wiederum gibt es gesonderte Verträge, wie z. B. in Baden-Württemberg. Dieser Vertrag dokumentiert, dass Sinti und Roma ein Teil von Baden-Württemberg sind und dies ihre Heimat ist.

1.2 Grundrechte in Deutschland

1.2.1 Grundrechte – inwiefern regeln sie unseren Alltag?

Zum Thema: „Was wäre das Leben ohne Regeln?" Die Antwort auf diese Frage kennt ihr bereits aus eurem GRW-Unterricht der Klasse 7. Nämlich: „Chaos überall!" Zu den wichtigsten Regeln unseres Zusammenlebens gehören die Grundrechte. Welche Bedeutung sie in unserem Alltag haben, ist Gegenstand dieses Unterkapitels.

M1 Konflikte in der Klasse: Sind Grundrechte verletzt?

In der letzten Zeit nehmen in der Klasse 9c Konflikte zu: Peinliche Fotos Einzelner werden in ein soziales Netzwerk gestellt und mit beleidigenden Kommentaren versehen. Aber bei uns herrscht ja Meinungsfreiheit, heißt es bei denen, die die Bilder und Kommentare ins Netz gestellt haben...

Bearbeiter

EINSTIEGSAUFGABE

Begründet, ob im Fallbeispiel **M1** Grundrechte verletzt werden.

M2 Grundrechte als Fundament unserer Verfassung

a) Grundrechte im Grundgesetz für die Bundesrepublik Deutschland

© Bergmoser + Höller Verlag AG, Zahlenbilder 60 110

Art. 1 GG
(1) Die Würde des Menschen ist unantastbar. Sie zu achten und zu schützen ist Verpflichtung aller staatlichen Gewalt.

Art. 2 GG
(1) Jeder hat das Recht auf die freie Entfaltung seiner Persönlichkeit, soweit er nicht die Rechte anderer verletzt und nicht gegen die verfassungsmäßige Ordnung oder das Sittengesetz verstößt.

Art. 3 GG
(1) Alle Menschen sind vor dem Gesetz gleich.

Grundrechte
Die Grundrechte in Deutschland bestehen aus den Bürger- und Menschenrechten.

- **Bürgerrechte** gelten nur für Bürgerinnen und Bürger eines jeweiligen Staates (z. B. für Deutsche).
- **Menschenrechte** gelten hingegen für alle Menschen.

b) Unterschiedliche Arten von Grundrechten

Das Grundgesetz (GG) ist die Verfassung der Bundesrepublik Deutschland. Die Grundrechte als Fundament unserer Verfassung finden sich ganz am Anfang in den Artikeln 1-19. Dies spiegelt die besondere Bedeutung der Grundrechte wider.

Die Grundrechte sollen zum einen die Freiheit des Einzelnen vor staatlichen Eingriffen sichern. Damit werden sogenannte Abwehrrechte der Bürgerinnen und Bürger gegen den Staat angesprochen. Zum anderen gewährleisten die Grundrechte, dass alle Bürgerinnen und Bürger der Bundesrepublik gleich behandelt werden müssen (Gleichheitsrechte, v.a. Artikel 3 GG). Zudem finden sich in den Grundrechten die sogenannten Anspruchsrechte der Bürgerinnen und Bürger gegenüber dem Staat, d.h. der Anspruch auf staatliche Vorkehrungen zum Schutz der grundrechtlich geschützten Freiheit.

Manchmal können Grundrechte in Konflikt zueinander stehen. Dann muss für den Einzelfall abgewogen werden, welches Recht schwerer wiegt.

Bearbeiter

M3 Entscheidungsspiel: Sind Grundrechte berührt?

Fall 1: Vor einem Einkaufsmarkt in Meißen sitzen zwei Frauen mit Kopftuch und unterhalten sich. Zwei Jugendliche kommen hinzu und fordern die beiden auf, die Bank zu räumen, denn mit Kopftüchern hätten sie hier in der Öffentlichkeit nichts zu suchen.

Fall 2: Malina (16) hat sich für einen Aushilfsjob in einer Druckerei beworben. Im Bewerbungsgespräch teilt ihr der Chef mit, dass seine Druckerei auf dem absolut neuesten technischen Stand sei, man für diese Aushilfstätigkeit viel technisches Verständnis mitbringen müsse und er an eine männliche Aushilfe gedacht hatte.

Fall 3: Alle Schüler mit Ausnahme von Mattis (13) haben Religionsunterricht. Der Schulleiter bestimmt, dass auch Mattis am Religionsunterricht teilnehmen muss. Die Schule würde sonst ihre Aufsichtspflicht verletzen.

Bearbeiter

AUFGABEN

1. a) Ordnet die Grundrechte in **M2a** jeweils den Anspruchsrechten, den Abwehrrechten bzw. den Gleichheitsrechten (**M2b**) zu.
   b) Nennt für jede Grundrechtsart mindestens ein Beispiel.
2. Entscheidet für die Fälle in **M3**, ob so, wie beschrieben, verfahren werden darf. Begründet eure Entscheidungen.
3. Überprüft eure Ergebnisse aus Aufgabe 2 mit dem Grundrechtekatalog des Grundgesetzes (**M2a-b, M3**).
4. Erläutert die Aussage: „Grundrechte sind fester Bestandteil unseres Alltags".

H Aufgabe 3
→ S. 188

1.2.2 Warum das Grundgesetz die Menschenwürde garantiert

Zum Thema: „Die Würde des Menschen ist unantastbar. Sie zu achten und zu schützen ist Verpflichtung aller staatlichen Gewalt." So lautet Art. 1 (1) GG. Damit wird die Menschenwürde in Deutschland durch den Staat garantiert und deren besondere Bedeutung herausgestellt. Warum aber wurde gerade die Menschenwürde an den Anfang unserer Verfassung gesetzt? Und was genau bedeutet überhaupt Menschenwürde? Antworten auf diese Fragen erhaltet ihr im folgenden Unterkapitel.

M4 Menschenrechte in Bildern

Die Vertreter der Vereinten Nationen haben am 10.12.1948 die Allgemeine Erklärung der Menschenrechte formell angenommen.

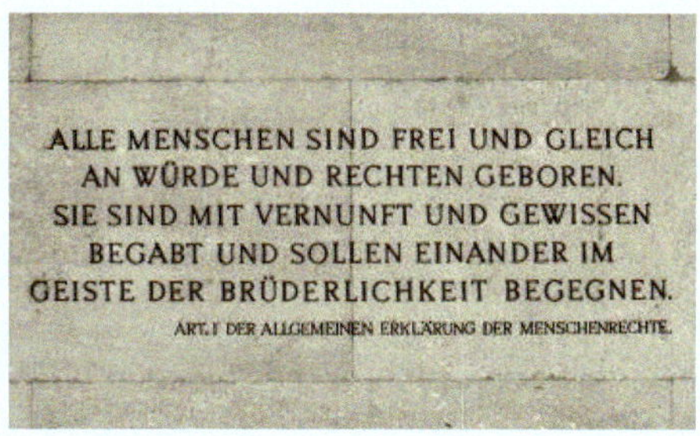

Beschriftung am österreichischen Parlament in Wien

Das universelle Logo für Menschenrechte verbindet die Silhouette einer offenen Hand mit der eines Vogels (Friedenstaube) und soll als friedlicher Beitrag zur Stärkung der Menschenrechte verstanden werden und als solcher über alle Kultur- und Sprachengrenzen hinweg Verbreitung finden.

EINSTIEGSAUFGABEN

- Stellt Vermutungen darüber an, warum Artikel 1 der Menschenrechtskonvention noch heute so prominent herausgestellt wird, wie am österreichischen Parlament in Wien (**M4**).
- Begründet spontan, warum die Bedeutung der Menschenrechte gerade an einem Parlament angebracht wurde.

M5 Die Merkmale der Menschenwürde

Bearbeiter

M6 Besondere Merkmale der Grundrechte

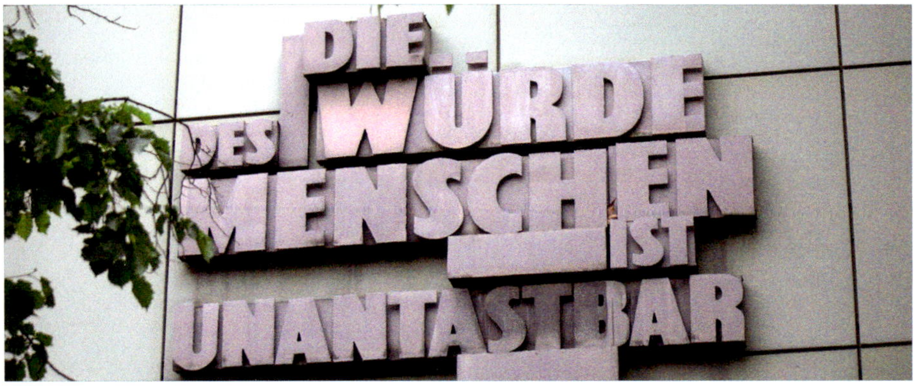

Der erste Satz des Artikels 1 GG am Gebäude des Landgerichts Frankfurt am Main. Der vollständige Text der Artikel 1-19 ist z. B. auf der Homepage des Deutschen Bundestages unter dem Stichwort „Grundgesetz" zu finden.

„Die Würde des Menschen ist unantastbar. Sie zu achten und zu schützen ist Verpflichtung aller staatlichen Gewalt" – mit diesem Satz beginnt nach der Präambel nicht nur der Grundrechtsteil, sondern der gesamte Text des Grundgesetzes. Die Menschenwürde ist der Grund dafür, dass es die Menschenrechte gibt, sagt Artikel 1 des Grundgesetzes. Sie sind „Grundlage jeder menschlichen Gemeinschaft, des Friedens und der Gerechtigkeit in der Welt". Das Grundgesetz selbst spricht also zuerst von Menschenrechten. Dann aber heißt es in Artikel 1, Absatz 3: „Die folgenden Grundrechte binden Gesetzgebung, vollziehende Gewalt und Rechtsprechung als unmittelbar geltendes Recht." Das Grundgesetz nennt also beides, die Grund- und die Menschenrechte, denn beide Begriffe benennen etwas sehr Ähnliches, aber nicht das Gleiche. Der Begriff der Menschenrechte kommt ursprünglich aus der Philosophie und der Staatstheorie. Seit dem 19. Jahrhundert hat sich mit Schwerpunkt in der westlichen Welt die Vorstellung durchgesetzt, dass jeder Mensch von Geburt an Rechte hat. Das geht auf die Aufklärung und den Humanismus zurück, die diese Menschenrechte als Teil der menschlichen Natur ansahen, aus christlicher Sicht sind sie von Gott gegeben. Sie sind unveräußerlich, das heißt, auf sie kann niemand verzichten, sie sind unteilbar und gelten weltweit. Diese Rechte hat der Mensch also, auch ohne dass der Staat sie gewährt. Deshalb sind sie ungeschriebenes Recht, ihre Grenzen sind also auch nicht genau definiert. Eine Definition aber haben alle Mitgliedstaaten der Vereinten Nationen unterschrieben: die Allgemeine Erklärung der Menschenrechte von 1948.

Grundrechte sind etwas ganz Ähnliches: Ihrem Inhalt nach sind sie oft identisch mit den Menschenrechten. Der Unterschied besteht darin, dass der Staat selbst sie anerkannt hat, sie sind staatlich garantiert, so wie es die Grundrechte im Grundgesetz sind. Dadurch, dass der Staat sie anerkennt, haben sie in ihrer Formulierung eine konkretere Form bekommen und sind – je nach Staat und System – für den Einzelnen einklagbar und durchsetzbar. Das Grundgesetz bezieht sich also auf die Idee der Menschenrechte und stellt klar, dass es sie mit den Grundrechten umsetzen will.

Geuther, Gudula: Grundrechte – Informationen zur politischen Bildung 305, Bundeszentrale für politische Bildung, 1/2010, S. 4.

Bundestagspräsident Wolfgang Schäuble zur Menschenwürde in der Corona-Krise

„Aber wenn ich höre, alles andere habe vor dem Schutz von Leben zurückzutreten, dann muss ich sagen: Das ist in dieser Absolutheit nicht richtig. Grundrechte beschränken sich gegenseitig. Wenn es überhaupt einen absoluten Wert in unserem Grundgesetz gibt, dann ist das die Würde des Menschen. Die ist unantastbar. Aber sie schließt nicht aus, dass wir sterben müssen. [...] Der Staat muss für alle die bestmögliche gesundheitliche Versorgung gewährleisten. Aber Menschen werden weiter auch an Corona sterben."

Birnbaum, Robert/Ismar, Georg im Gespräch mit Schäuble, Wolfgang: Schäuble will dem Schutz des Lebens nicht alles unterordnen. In: www.tagesspiegel.de, 26.04.2020.

M7 Die Garantie der Menschenwürde

„Die Würde des Menschen ist unantastbar. Sie zu achten und zu schützen ist Verpflichtung aller staatlichen Gewalt." [...] Was bedeutet diese Garantie und warum ist sie ins Grundgesetz gekommen? Für den Parlamentarischen Rat war sie eine bewusste Antwort auf die systematische Menschenverachtung und tausendfache Verletzung der Menschenwürde durch das NS-Regime. Die Menschenwürde sollte künftig unantastbar, ihre Achtung und ihr Schutz das Fundament der neu zu errichtenden Ordnung sein. Und dies nicht nur als allgemeine Proklamation, sondern als verbindliche, normativ verpflichtende Grundentscheidung für alles staatliche Handeln und das Zusammenleben in der Gesellschaft. [...] Was ist der Inhalt dieser Menschenwürdegarantie? Über ihren Kerngehalt waren sich die Väter und Mütter des Grundgesetzes [...] einig; er ergab sich für sie einerseits aus christlicher Wurzel, dem Gedanken der Gottebenbildlichkeit des Menschen (Genesis 1,26), anderseits aus der Tradition des Humanismus und der Philosophie der Aufklärung, insbesondere Kants. Dieser Kerngehalt umfasst die Anerkennung und Achtung jedes Menschen als eigenständiges Subjekt, als Träger grundlegender Rechte und der Freiheit zur eigenen Entfaltung und verantwortlichem Handeln, den Ausschluss von Entwürdigung und Instrumentalisierung nach Art einer Sache, über die beliebig verfügt werden kann. Die so verstandene Garantie ist ein zentraler Gründungsakt, auf dem unsere Verfassungsordnung ruht. Ihr verdanken wir die insgesamt menschenfreundliche Gestalt unserer Rechtsordnung. An ihr gilt es festzuhalten, sie darf nicht durch den Hinweis auf die Offenheit des Menschenwürdebegriffs in Frage gestellt oder relativiert werden. Dies wird [...] allgemein akzeptiert. Gleichwohl zeigen sich, wenn es um die konkrete Anwendung dieser Garantie auf neue Problemlagen [...] geht, Gefährdungen, denen entgegengetreten werden muss, soll die Garantie ihre Integrität behalten.

Böckenförde, Ernst-Wolfgang: Die Garantie der Menschenwürde. In: www.bundestag.de (Abruf am 11.11.2007).

Parlamentarischer Rat
Der Rat sollte eine für den von den Westalliierten kontrollierten Teil Deutschlands vorläufig gültige Verfassung ausarbeiten. Statt einer verfassungsgebenden Versammlung wurde daher nur ein „Parlamentarischer Rat" eingesetzt. Vom 01.09.1948 bis 08.05.1949 erarbeitete der Rat das Grundgesetz (GG).

AUFGABEN

1. a) Erklärt mit eigenen Worten, welche Merkmale die Menschenwürde kennzeichnen (**M5**).
   b) Nennt Beispiele aus eurem Alltag, wo die einzelnen Merkmale der Menschenwürde eine Rolle spielen.
2. Grenzt die Begriffe „Menschenrechte" und „Grundrechte" voneinander ab, indem ihr Gemeinsamkeiten und Unterschiede aus **M6** herausarbeitet.
3. Begründet, warum im Grundgesetz die Menschenwürde garantiert wird (**M7**).

F
Bundestagspräsident Wolfgang Schäuble gab am 26.04.2020 ein vielbeachtetes Interview, in dem er die im Grundgesetz garantierte Menschenwürde als unantastbar hervorhob, gleichzeitig aber den in Art 2. GG verankerten Schutz des Lebens in seiner Absolutheit infrage stellte (**Randspalte S. 40**). Für seine Aussage erntete er viel Kritik, aber auch Zuspruch. Begründet, ob ihr Schäubles Ansicht teilt oder nicht.

H Aufgabe 3
→ S. 188

WAS WIR WISSEN

Grundrechte – Funktionen und unterschiedliche Arten (··➔ M2a-b, M6)

Die klassische Funktion der Grundrechte ist deren Abwehrfunktion gegenüber Eingriffen des Staates. Sie verpflichten den Staat und alle staatlichen Gewalten (Legislative, Exekutive, Judikative), diese Grundrechte zu gewähren und zu schützen. Grundrechte sichern somit dem Einzelnen einen Freiraum gegenüber dem Staat. Konkret bedeutet das, dass der Staat jedem Bürger den durch das Grundgesetz garantierten Freiraum gewähren muss und der Bürger etwaige Eingriffe abwehren kann. Diese Gewährleistung der Grundrechte stellt eine unabdingbare Voraussetzung für das Funktionieren unserer freiheitlich-demokratischen Grundordnung dar. Grundrechte können nach verschiedenen Kriterien eingeteilt werden. Üblich ist die Unterscheidung z. B. nach dem geschützten Personenkreis und dem Schutzzweck oder der Zielrichtung der betroffenen Grundrechte:

Grundrechte

- **Menschenrechte**
  Das sind Rechte, die allen Menschen zustehen.
  - **Freiheitsrechte**
    Art. 2 (1) GG
    Freie Entfaltung der Persönlichkeit
  - **Gleichheitsrechte**
    Art. 3 (1) GG
    Gleichheit aller Menschen vor dem Gesetz
  - **Unverletzlichkeitsrechte**
    Art. 2 (2) GG
    Recht auf Leben und Recht auf körperliche Unversehrtheit
  - **Soziale Rechte**
    Art. 6 (1) GG
    Schutz von Ehe und Familie
- **Bürgerrechte**
  Grundrechte, die nur den deutschen Staatsangehörigen zustehen.
  - **Wie z. B.:**
    Art. 8 (1) GG
    Versammlungsfreiheit

Manchmal können Grundrechte zueinander in Konflikt stehen. Dann muss abgewogen werden, welche Einschränkungsmöglichkeiten das Gesetz erlaubt und welche Rechte im Einzelfall schwerer wiegen. Dies geschieht durch Gerichte.

Die Menschenwürde (··➔ M5, M7)

Die Würde des Menschen ist oberstes Prinzip unserer Verfassung. Selbst in extremen Entscheidungssituationen ist ein Verstoß gegen dieses Prinzip nicht erlaubt. Die generelle Auffassung des Staates steht hier über dem Einzelfall. Als Grundrechte werden die Menschen- und Bürgerrechte bezeichnet. Menschenrechte stehen jedem Menschen, Bürgerrechte nur deutschen Staatsbürgern zu. Die Grundrechte schützen jeden einzelnen Menschen gegen Ansprüche und Übergriffe der Staatsgewalt. Ausnahmslos jeder Mensch hat demnach ein Recht auf Leben, körperliche Unversehrtheit und Gleichbehandlung vor dem Gesetz. Als eigenverantwortliches Wesen soll er außerdem seine Persönlichkeit frei entfalten können, solange er nicht die Rechte anderer verletzt und nicht gegen die verfassungsmäßige Ordnung oder das Sittengesetz verstößt.

1.3 Parteien und Wahlen in Deutschland – fördern oder bremsen sie politische Mitwirkung?

1.3.1 Politische Mitwirkung in Deutschland – nur was für Politiker?

Zum Thema: „Politiker machen doch sowieso, was sie wollen", heißt es schnell, wenn über politische Entscheidungen in der Gemeinde, im Land oder im Bund gesprochen wird. Ist dem wirklich so? In diesem Unterkapitel erfahrt ihr, inwiefern ihr in „unserer Demokratie" auch jenseits von Parteien und Wahlen mitmachen, euch einmischen und gestalten könnt.

M1 Fallbeispiel: Den Wald retten! Was können Maja und Jonas unternehmen?

Seit Maja (15) und Jonas (16) denken können, gehört der Wald am Stadtrand zu den schönsten Freizeitgebieten in ihrer Umgebung – auch wenn sie sich dort nur noch am Wochenende mit ihren Klassenkameraden an einer Bank treffen.

Jetzt haben sie erfahren, dass der gesamte Wald abgeholzt werden soll, um einen Windpark zu bauen. Sie sind entsetzt. Sie verstehen nicht, warum man einen so guten Kohlendioxid-Speicher wie den Wald abholzen will, um umweltfreundlich Energie zu produzieren.

Beide sind bisher noch nicht richtig politisch aktiv gewesen, möchten aber jetzt unbedingt etwas unternehmen...

Bearbeiter

Soll ein Windpark den Wald am Stadtrand ersetzen?

EINSTIEGSAUFGABE

Maja und Jonas möchten etwas gegen die geplante Abholzung des Waldes unternehmen (**M1**). Zählt deren Möglichkeiten auf, um politisch Einfluss zu nehmen. Haltet die Ergebnisse auf unterschiedlichen (Info-)Karten fest.

M2 Welche politischen Mitwirkungsformen lassen sich unterscheiden?

Petition
Laut Artikel 17 GG hat jeder das Recht, sich einzeln oder in Gruppen schriftlich (das geht auch online!) mit Bitten oder Beschwerden an die zuständigen Einrichtungen des Staates und an die Volksvertretung (z. B. an den Bundestag) zu wenden. Ein hierfür eingerichteter Ausschuss muss die Beschwerdeführer und Bittsteller anhören und eine Überprüfung und Beweisführung durchführen.

In der Politikwissenschaft werden zwei Grundformen politischer Beteiligung („Partizipation“) unterschieden.
Zum einen gibt es Beteiligungsformen, die durch die Verfassung, in Deutschland das Grundgesetz (GG), oder Gesetze direkt als solche vorgegeben sind. Dazu zählen u. a. die Teilnahme an Wahlen und Abstimmungen, die Möglichkeit einer Petition sowie die Arbeit in den Parteien. Diese Formen werden auch als „verfasst“ (d. h. durch die Verfassung und Gesetze verbindlich verankert) bezeichnet.
„Nichtverfasst“ sind demgegenüber alle anderen Mitwirkungsformen, die zwar durch die Grundrechte der Meinungsfreiheit und der Versammlungsfreiheit geschützt sind, jedoch nicht verbindlich festgelegt sind. Hierzu zählen beispielsweise Unterschriftenaktionen, Demonstrationen, Protestaktionen, Flugblätter, Internet-Blogs. Zudem gibt es Protestformen, die keinen formalen Vorgaben folgen. Ihr wichtigstes Mittel ist der kollektive Protest. Sie erlangen umso mehr Sichtbarkeit und entfalten umso mehr Druck, je größer und einsatzfreudiger die Zahl der Anhängerinnen und Anhänger ist. Ein Beispiel hierfür ist die „Critical Mass“-Bewegung. Fahrradfahrerinnen und Fahrradfahrer setzen sich für eine klimafreundlichere Verkehrspolitik ein, indem sie gemeinsam durch die Straßen einer Stadt fahren.

Bearbeiter

M3 Partizipation heute: Alle vier Jahre ein Kreuzchen reicht nicht mehr

Robert Vehrkamp von der Bertelsmannstiftung erklärt die „Partizipation im Wandel“:

Herr Vehrkamp, was genau bedeutet Partizipation innerhalb unseres politischen Systems?

Robert Vehrkamp: Partizipation heißt Bürgerbeteiligung. Das Herzstück dieser Beteiligung in unserer Demokratie sind und bleiben Wahlen. Partizipation ist aber auch die Mitarbeit in einer Partei oder Bürgerinitiative oder die Teilnahme an Demonstrationen. Darüber hinaus gibt es Formen direkter Beteiligung, wie Bürgerbegehren in Kommunen, Volksbegehren in den Bundesländern und die Bürgerbeteiligung an großen Bau- und Infrastrukturmaßnahmen.

In einer Demokratie nimmt das Volk ja bereits über die Wahlen eine wesentliche, mitbestimmende Funktion ein. Wozu dann noch Partizipation?

In der repräsentativen Demokratie wird Politik hauptsächlich von den gewählten Volksvertretern gemacht. Aber in den letzten Jahren haben sich die Erwartungen der Bürger geändert. Wählen alleine reicht vielen Menschen nicht mehr, sie wünschen sich konkretere Möglichkeiten der Mitsprache. Gerade die jüngeren Deutschen gehen immer seltener zur Wahl und engagieren sich weniger häufig in politischen Parteien [...]. Auf der anderen Seite beteiligen sich immer mehr Menschen an Bürger- und Volksbegehren. In einer unserer Umfragen bekunden 67 Prozent der Bürger, dass sie viele Entscheidungen lieber selber treffen möchten. [...]

Neu ist, dass Bürgerinnen und Bürger heute stärker als je zuvor Mitsprache fordern, etwa wenn es um neue Straßen, Flughäfen oder Stromtrassen geht. Sie scheuen sich auch nicht „Stopp" zu rufen und ihre direktdemokratischen Rechte wahrzunehmen, wenn sie mit Entscheidungen, die von Politik und Verwaltung getroffen wurden, nicht einverstanden sind. Dies zeigt sich in der kontinuierlich steigenden Zahl von Volks- und Bürgerentscheiden, mit denen immer wieder Projekte und Vorhaben gekippt werden. [...]

Wenn die Menschen mehr Partizipation wollen, heißt das, dass sie den alten Institutionen nicht mehr genug vertrauen?

Nein. Bei der repräsentativen und partizipativen Beteiligung handelt es sich um zwei Seiten einer Medaille. Für die Bürger ist es heute zunehmend selbstverständlich, dass die klassischen Entscheidungsprozesse mit neuen Beteiligungsverfahren Hand in Hand gehen. Es geht nicht um ein Nebeneinander und schon gar nicht um ein Gegeneinander, sondern um ein Miteinander direkter, dialogischer und repräsentativer Demokratie.

Robert Vehrkamp, „Senior Advisor" des Programms „Zukunft der Demokratie" der Bertelsmannstiftung

Also verändert Partizipation unsere Demokratie?

Ja, sie wird vielfältiger. Partizipation ist kein Ersatz, sondern eine Bereicherung und Ergänzung unserer rein repräsentativen [Demokratie]. Von den Bürgern als erfolgreich wahrgenommene Beteiligung hilft der Demokratie, schafft Zufriedenheit und Vertrauen und stärkt auch die demokratischen Institutionen.

Bertelsmannstiftung/Vehrkamp, Robert: Demokratie wird partizipativer. In: www.bertelsmann-stiftung.de (Abruf am 14.11.2018).

AUFGABEN

1. Entwerft eine Grafik über die Partizipationsformen in **M2**.
2. Ergänzt eure Karten aus der Einstiegsaufgabe mithilfe von **M2** und **M3** und ordnet sie im Anschluss den dort genannten Kategorien zu.
3. Kennzeichnet die Beteiligungsmöglichkeiten, die ihr für besonders erfolgversprechend haltet, und begründet eure Einschätzung (**M2**, **M3**).
4. Bearbeitet das Interview **M3** zunächst in Gruppenarbeit.
   a) Erklärt, wie sich politische Partizipation nach Robert Vehrkamp verändert hat.
   b) Zählt Beispiele auf, die Robert Vehrkamps These von der sich wandelnden politischen Partizipation belegen/widerlegen.
5. Diskutiert abschließend in der Klasse die Aussage Robert Vehrkamps in **M3**, dass „Partizipation kein Ersatz, sondern eine Bereicherung unserer Demokratie" sei.

H Aufgabe 1
→ S. 189

F Aufgabe 3
Ordnet mithilfe des Grundgesetzes den in **M2** genannten Beteiligungsformen die passenden Artikel zu.

1.3.2 Warum gibt es überhaupt Parteien?

Zum Thema: Wer meint, Parteien seien von gestern und nicht imstande, die Probleme von heute zu lösen, muss beantworten, inwiefern wir ohne Parteien besser dastünden. Gegenstand dieses Unterkapitels sind Parteien und ihre Rolle für die Gesellschaft und für jeden Einzelnen von uns.

M4 Parteien – und wie wir sie sehen...

Partei
Gruppe gleichgesinnter Bürgerinnen und Bürger, die sich die Durchsetzung gemeinsamer politischer Vorstellungen zum Ziel gesetzt haben. Nach dem Parteiengesetz sind „Parteien Vereinigungen von Bürgern, die dauernd oder für längere Zeit [...] auf die politische Willensbildung Einfluss nehmen und an der Vertretung des Volkes [...] mitwirken wollen, wenn sie [...] eine ausreichende Gewähr für die Ernsthaftigkeit dieser Zielsetzung bieten.

Karikatur: Gerhard Mester/Baaske Cartoons

EINSTIEGSAUFGABE
Analysiert (→ Methodenglossar) die Karikatur **M4**.

M5 Mitgliederentwicklung der Parteien in Deutschland

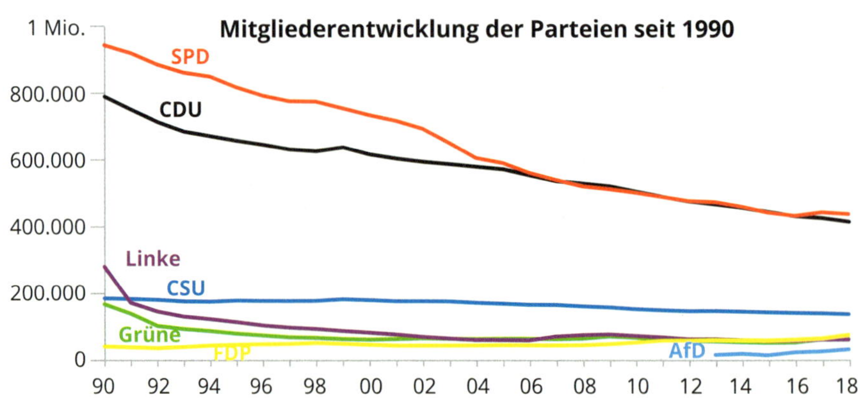

Stand: jeweils 31. Dezember/Quellen: SPD; Experte(n) (Prof. Dr. Oskar Niedermayer); FU Berlin (Otto-Stammer-Zentrum)

© Statista 2019

M6 Aufgaben und Funktionen von Parteien

a) Parteien als „Sprachrohr" des Volkes und „Formerinnen" des Volkswillens

Die „Ware" einer Partei ist ihr politisches Programm, das sie dem Wähler zur Entscheidung anbietet. Dabei erfüllen die jeweiligen Parteiprogramme vor allem zwei Hauptfunktionen. Einerseits sollen sie die Interessen der Bevölkerung artikulieren (Parteien als „Sprachrohr" des Volkes), andererseits gehört es zu den Aufgaben der Parteiprogramme, die Willensbildung der Staatsbürger zu beeinflussen (Parteien als „Formerinnen" des Volkswillens).

Backes, Uwe/Eckhard, Jesse: Parteidemokratie. In: Bundeszentrale für politische Bildung (Hrsg.): Informationen zur Politischen Bildung 207, 1996

b) Parteien als demokratisches Bindeglied zwischen Staat und Gesellschaft

Stellt man sich die deutsche Demokratie als Dampfmaschine vor, dann sind Parteien der Keilriemen: Sie sorgen dafür, dass Bewegung von einem Teil der Maschine in den anderen kommt – und zurück. Parteien werden deshalb oft auch als demokratisches Bindeglied zwischen Staat und Gesellschaft bezeichnet. Es gibt kaum politische Entscheidungen in Deutschland, an denen sie nicht beteiligt sind. Fast alle Abgeordneten in den Parlamenten gehören einer Partei an – obwohl es die Möglichkeit gibt, direkt für ein Amt zu kandidieren. Die Bundesrepublik Deutschland wird daher häufig als Parteiendemokratie bezeichnet. [...]

Wozu gibt es Parteien?

Parteien sollen der Demokratie beim Funktionieren helfen: Sie sollen sicherstellen, dass die unterschiedlichen Interessen der Bevölkerung in politische Entscheidungen umgesetzt werden und dass umgekehrt die Ideen der Politiker bei den Bürgern ankommen. Zentrale Aufgabe der Parteien ist es, an Wahlen teilzunehmen, politische Ideen und Forderungen in Parteiprogrammen zu bündeln und Personal für politische Ämter bereitzustellen, wie etwa Bundestagsabgeordnete oder Stadträte. Außerdem sollen sie in der Gesellschaft für Akzeptanz der Politiker-Entscheidungen sorgen, die Menschen für Politik interessieren und zum Wählen bewegen. Im Wahlkampf werden Parteien daher besonders aktiv und betonen ihre inhaltlichen und personellen Unterschiede. [...]

Wie funktionieren Parteien?

Im Inneren sind Parteien Zusammenschlüsse von politisch interessierten Menschen, die nach demokratischen Grundsätzen organisiert sind – so schreibt es das deutsche Parteiengesetz vor. In Parteien wird laufend gewählt: Bevor ein politisches Amt zur öffentlichen Wahl steht, wurde schon parteiintern über die Bewerber abgestimmt. Auch die Parteiführung wird in demokratischen Parteien grundsätzlich gewählt. Jeder Bürger kann Mitglied einer Partei werden, aber er muss sich für eine Partei entscheiden: Mehrfachmitgliedschaften sind in den Parteisatzungen in der Regel untersagt. [...]

Eine Gruppe von politisch interessierten Menschen gilt nach dem Grundgesetz und Parteiengesetz jedoch nur dann als Partei, wenn sie laufend und dauerhaft Politik machen und in ein Parlament auf Bundes- oder Landesebene gewählt werden will. Dies unterscheidet Parteien von Bürgerinitiativen oder Lobbyverbänden. Parteien werden vom Staat mit Steuergeldern unterstützt und finanzie- →

Art. 21 GG

(1) Die Parteien wirken bei der politischen Willensbildung des Volkes mit. Ihre Gründung ist frei. Ihre innere Ordnung muss demokratischen Grundsätzen entsprechen. Sie müssen über die Herkunft und Verwendung ihrer Mittel sowie über ihr Vermögen öffentlich Rechenschaft geben.

Parteiengesetz

Das Parteiengesetz (PartG) konkretisiert die Rolle, Aufgaben und Anforderungen der Parteien. Gleich zu Beginn wird dort formuliert: „Die Parteien sind ein verfassungsrechtlich notwendiger Bestandteil der freiheitlich-demokratischen Grundordnung."

Parteien in den Nachrichten

Die Parteien erweitern ihre Informationsangebote im Internet

Bundestagsabgeordneter diskutiert mit Schülern über den Syrien-Einsatz der Bundeswehr

Eine Umfrage alarmiert die Regierung. 2/3 der Befragten sind mit Steuererhöhungen unzufrieden

Politikerinnen und Politiker aller Parteien diskutieren in Talkshows über die Energiewende

Besuchergruppe im Deutschen Bundestag wird von ihrer Wahlkreisabgeordneten empfangen

Bürgersprechstunde des Landtagsabgeordneten am Freitag von 14-16 Uhr

Interview mit einer Parteivorsitzenden, die für die Regierungsarbeit wirbt

Bürgerinnen und Bürger wählen Abgeordnete in den Deutschen Bundestag

ren sich außerdem durch Mitgliedsbeiträge und Spenden. Die staatliche Teilfinanzierung richtet sich nach der Summe der Mitgliedsbeiträge und Spenden sowie der Anzahl der Wahlstimmen, die für eine Partei abgegeben wurden. […] Ohne Parteien liefe in der deutschen Demokratie also gar nichts und aus der Politik-Dampfmaschine käme nur heiße Luft.

Gievert, Sebastian: Parteien für Einsteiger. In: www.bpb.de, 03.08.2012.

M7 Welcher Kritik sind Parteien ausgesetzt?

Die Bürgerinnen und Bürger trauen [den Parteien] immer weniger zu, bestimmte Probleme zu lösen. Kritisiert werden […] ihr großzügiger Umgang mit öffentlichen Geldern und ihr zu großer Einfluss bei der Vergabe von öffentlichen Ämtern. Der frühere Bundespräsident Richard von Weizsäcker hat den Parteien vorgeworfen, ihr Einfluss gehe weit über das hinaus, was im Grundgesetz vorgesehen sei: „Er reicht direkt oder indirekt in die Medien und bei der Richterwahl in die Justiz, aber auch in die Kultur, den Sport, in kirchliche Gremien und Universitäten. […] Und es bekommt den Parteien nicht, gerade weil wir sie brauchen."

Ackermann, Paul: Kritik an den Parteien. In: Bürgerhandbuch. Wochenschau Verlag 2004, S. 117.

AUFGABEN

1. Analysiert (→ Methodenglossar) die Grafik **M5**.
2. Tauscht eure Ergebnisse aus Aufgabe 1 in Partnerarbeit aus und formuliert gemeinsam, welche Probleme politischer Parteien sich daraus ableiten lassen. Vergleicht die Ergebnisse in der Klasse.
3. a) Erstellt eine Mindmap zu den Aufgaben und Funktionen von Parteien (**M6a-b**).
   b) Analysiert **M6a-b** dahingehend, welche Aufgaben der Parteien besonders betont werden.
4. Wenn die Demokratie eine Dampfmaschine ist, dann sind die Parteien der Keilriemen." (**M6b**) Skizziert das Bild vom „Keilriemen" in euer Heft, gebt dem Keilriemen eine Laufrichtung und ordnet die Nachrichten zu den Parteien aus den **Randspalten** der jeweils passenden Laufrichtung zu.
5. Erläutert die in **M7** genannten Kritikpunkte an den Parteien und setzt sie mit euren Ergebnissen aus Aufgabe 4 in Beziehung.
6. In einigen seltenen Fällen sind Regierungsmitglieder parteiunabhängige „Experten", die vom Regierungschef (Bundeskanzler/in) ernannt werden. Sollten statt der Parteipolitiker ausschließlich unabhängige „Experten" die Bürgerinnen und Bürger in den Parlamenten vertreten? Erörtert diesen Vorschlag.

H Aufgabe 4
→ S. 189

F
Stellt euch vor, ihr wolltet eine Partei gründen. Recherchiert online (→ Methodenglossar), welche Voraussetzungen zusätzlich zu denen in Art. 21 GG genannten erfüllt sein müssen und wie ihr vorgehen müsstet. Hinweise findet ihr beispielsweise auf der Internetseite des Bundeswahlleiters und im Parteiengesetz.

1.3.3 Deutsche Parteiprogramme – überwiegen die Gemeinsamkeiten oder die Unterschiede?

Zum Thema: „Deutschlands Parteienlandschaft wird immer bunter!" – heißt es in der Wissenschaft. Anders sieht es an den Stammtischen aus. Dort sind „Parteien doch eh alle gleich!" Was stimmt denn nun? In diesem Unterkapitel erfahrt ihr, welche Parteien sich wofür einsetzen und wen sie repräsentieren.

M8 Probleme beim Plakatieren?

Karikatur: Thomas Plaßmann/Baaske Cartoons

EINSTIEGSAUFGABEN

- Analysiert (→ Methodenglossar) die Karikatur **M8**.
- Formuliert im Anschluss alternative Überschriften, die zur Aussage der Karikatur passen.

M9 Welche (großen) Parteien gibt es in Deutschland?

In Deutschland gibt es zwei große sogenannte Volksparteien, die CDU und die SPD. Als Volksparteien wollen sie möglichst viele Wählerstimmen und Mitglieder unterschiedlicher gesellschaftlichen Schichten und Weltanschauungen gewinnen. Sie sind auf Interessenausgleich und Kompromisslösungen hin orientiert. Sie streben eine Regierungsbeteiligung an und sind auf allen politischen Ebenen präsent und aktiv. Daneben gibt es mit Bündnis 90/Die Grünen, der FDP und der Linken drei etablierte Kleinparteien, die eher als Anwälte spezifischer Interessen und Themenfelder mitwirken. Sie übernehmen in der Opposition oder in Koalitionsregierungen wichtige Rollen. In allen Länderparlamenten vertreten ist mittlerweile auch die AfD. Darüber hinaus gibt es zahlreiche soge-

Opposition
Besteht in Parlamenten aus den Parteien (bzw. deren Fraktionen)/Abgeordneten, die nicht der Regierung angehören.

Koalitionsregierungen
Regierungen, die sich aus mind. zwei Parteien (bzw. mind. zwei Fraktionen) zusammensetzen.

nannte „Splitterparteien", die häufig unter „Sonstige" zusammengefasst werden. Einige sind nur kurzlebig, andere existieren schon lange, sind aber mangels Wählerstimmen nicht bzw. nur selten in den Parlamenten vertreten. Sie repräsentieren meistens Einzelinteressen oder Protesthaltungen (z. B. die „Tierschutzpartei" oder die NPD).

Bearbeiter

M10 Ergebnisse der Parteien bei Bundestagswahlen

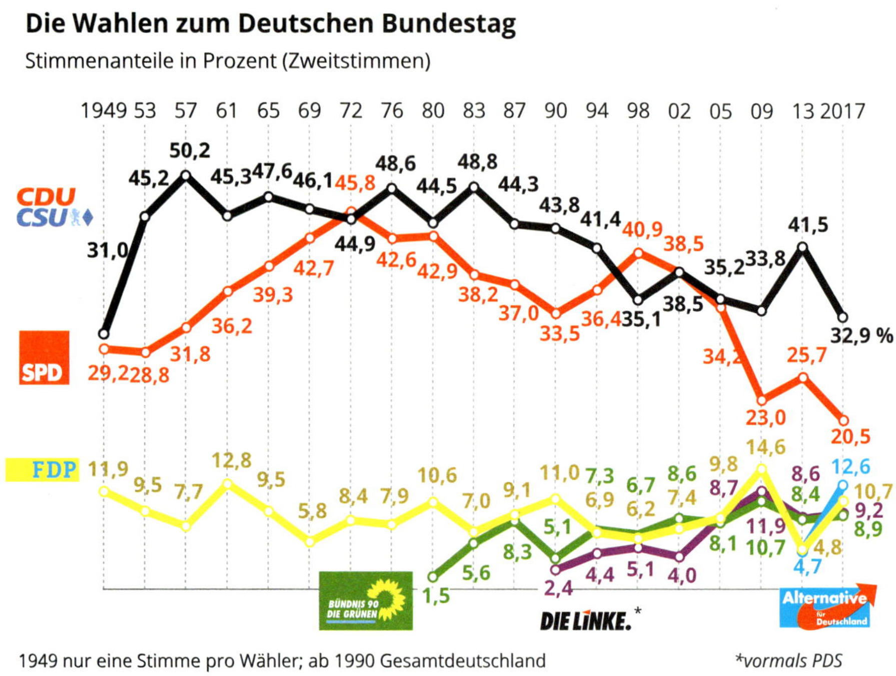

Globus-Grafik 12060; Quelle: Bundeswahlleiter

M11 Parteien im Vergleich – welche Partei steht wofür?

Gründungsjahr: 1945

a) Christlich Demokratische Union Deutschlands (CDU)

Programmatisch ist die CDU offen für nationale, liberale, konservative und sozial orientierte Wähler, sie will die christlich geprägten Wertgrundlagen unserer freiheitlichen Demokratie bewahren und stärken.

Zusammen mit der (nur in Bayern vertretenen) „Schwesterpartei" CSU setzt sie sich z. B. für die Soziale Marktwirtschaft mit geringer staatlicher Regulierung, eine Stärkung von Ehe und Familie, eine größere wirtschaftliche Eigenverantwortung der Menschen, ein geeintes Europa, innere Sicherheit, Abbau der Staatsverschuldung und für die Beibehaltung des gegliederten Schulsystems ein. Beide Parteien gehen auf Bundesebene in der Regel eine Koalition ein und werden auch „Unionsparteien" genannt.

b) Sozialdemokratische Partei Deutschlands (SPD)

Die SPD beruft sich auf die Grundwerte „Freiheit, Gerechtigkeit und Solidarität". Die SPD hat ihren Ursprung in der Interessenvertretung der Arbeiterschaft, möchte jedoch ähnlich wie die CDU möglichst viele Wählergruppen erreichen. Sie setzt sich u. a. für den Erhalt und Ausbau eines umfassenden und vorsorgenden Sozialstaats, faire Löhne, Mitbestimmungsrechte für Arbeitnehmer, Chancengerechtigkeit im Bildungssystem (z. B. durch möglichst langes gemeinsames Lernen) sowie eine stärker durch den Staat regulierte Marktwirtschaft ein.

Gründungsjahr: 1875

c) Bündnis 90/Die GRÜNEN

Die GRÜNEN sind in Westdeutschland aus den sogenannten neuen sozialen Bewegungen (Umweltschutz-, Anti-Atomkraft-, Friedens-, Frauen- und Bürgerrechtsbewegung) entstanden. Nach der Wiedervereinigung schloss sie sich mit der ostdeutschen Bürgerrechtsbewegung (seit 1990 „Bündnis 90" genannt) zu Bündnis 90/Die GRÜNEN zusammen. Ihr Leitgedanke ist die ökologische, ökonomische und soziale Nachhaltigkeit. Zu ihren zentralen Zielen gehören: erneuerbare Energien fördern, bessere Vereinbarkeit von Familie und Beruf durch Ganztagsschulen, Kita-Plätze und Teilzeitstellen; höhere Steuern für Spitzenverdiener, ökologische Landwirtschaft und artgerechte Tierhaltung sowie eine Stärkung der Rechte von Asylsuchenden und Flüchtlingen.

Gründungsjahr: 1980

d) Die LINKE

Die LINKE vereint verschiedene Strömungen aus Ost- und Westdeutschland. Ihr Leitgedanke ist der Vorrang des Menschen und der Gesellschaft vor dem Geld. Sie orientiert sich an der Zielvorstellung eines demokratischen Sozialismus*. Die LINKE setzt sich u. a. für das Zurückdrängen der Profitinteressen großer Konzerne, einen sehr starken Sozialstaat, hohe Mindestlöhne, eine Kontrolle des Finanzsektors, stärkere Besteuerung der Wohlhabenden sowie gegen militärische Einsätze im Ausland ein. Der Schutz von Minderheiten und Flüchtlingen ist ihr ein besonderes Anliegen. Im Bereich der Schulpolitik setzt sich die LINKE für eine flächendeckende Gesamtschule ein.

** Demokratischer Sozialismus: Politische Zielvorstellung, die die Herrschaftsform „Demokratie" und die politische Ideologie „Sozialismus" als Einheit betrachtet.*

Gründungsjahr: 2007

e) Freie Demokratische Partei (FDP)

Der Leitgedanke der FDP ist die Freiheit des Menschen, vor allem vor staatlicher Einwirkung: „So viel Staat wie nötig, so wenig Staat wie möglich!" Die FDP setzt sich vor allem für eine Wirtschaftspolitik ein, bei der der Staat möglichst wenig eingreift. Sie möchte die Staatsverschuldung reduzieren, spricht sich für einen „schlanken" Sozialstaat* aus und fordert die Eigenverantwortung der Bürger. Die FDP fordert Steuersenkungen und Vereinfachungen des Steuerrechts. Einen gesetzlichen Mindestlohn lehnt sie ab, ebenso Gesetze wie die Vorratsdatenspeicherung, die die Grundrechte einschränken. Außerdem lehnt die FDP die Gesamtschule ab.

** Schlanker Sozialstaat: wenige bzw. geringe Sozialleistungen*

Gründungsjahr: 1948

Gründungsjahr: 2013

f) Alternative für Deutschland (AfD)

Die Alternative für Deutschland (AfD) wurde als Reaktion auf die „Euro-Rettungsprogramme" gegründet. In ihrem Wahlprogramm plädiert die AfD für eine geordnete Auflösung des Euro-Währungsgebietes: „Deutschland braucht den Euro nicht. Anderen Ländern schadet der Euro". Darüber hinaus setzt sie sich für eine stärker eingeschränkte Zuwanderung nach Deutschland ein, plädiert für eine Förderung von (deutschen) Familien und gegen Abtreibung („Willkommenskultur für Neu- und Ungeborene"), für eine „deutsche Leitkultur statt Multikulturalismus", gegen die Anerkennung des Islam als Bestandteil Deutschlands sowie für ein gegliedertes Schulsystem.

Bearbeiter

M12 Volksparteien in der Karikatur

Hinweise zur Karikatur
Die in der Karikatur im Vordergrund dargestellten Personen symbolisieren Bundeskanzlerin Angela Merkel (CDU) und den ehemaligen SPD-Parteivorsitzenden Sigmar Gabriel.

Karikatur: Jan Tomaschoff

AUFGABEN

1. Lest **M9** und definiert jeweils in einem Satz die genannten Parteitypen (Volkspartei, Kleinpartei, Splitterpartei).
2. Analysiert **M10** und stellt einen Bezug zu **M8** und **M9** her, indem ihr die Parteien und ihre Ergebnisse bei Wahlen nach Typen unterscheidet.
3. Erstellt mithilfe der folgenden Methode „Parteien-Steckbriefe erstellen" (→ S. 53) Steckbriefe für die in **M11** beschriebenen Parteien.
4. Analysiert (→ Methodenglossar) die Karikatur **M12** auch im Hinblick auf die Frage: „Volksparteien – überwiegen die Gemeinsamkeiten oder Unterschiede?"

Parteien-Steckbriefe erstellen

I. Worum geht es?

Steckbriefe von Parteien zu erstellen, bedeutet zunächst, Inhalte zu recherchieren. Hierbei helfen Suchmaschinen im Internet. Sie bieten aber viele Tausend verschiedene Homepages an, um z. B. über Parteien zu recherchieren. Die Recherche im Internet muss daher zunächst strukturiert angegangen werden, um dann im Anschluss wesentliche Informationen für einen Steckbrief zu erhalten.

II. Geht dabei so vor:

1. Schritt: Homepages von Parteien im Internet aufrufen

SPD: www.spd.de

Bündnis 90/Die Grünen: www.gruene.de

CDU: www.cdu.de

Die LINKE: www.die-linke.de

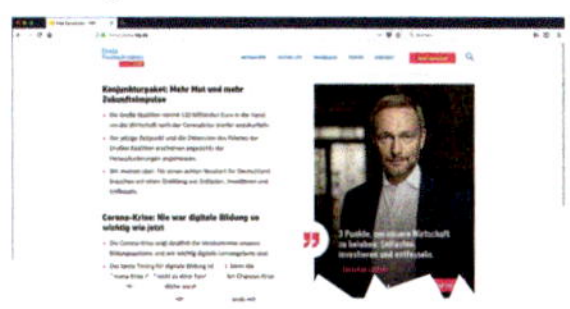
FDP: www.fdp.de

AfD: www.afd.de

2. Schritt: Steckbrief erstellen und Suche eingrenzen

Erstellt zu jeder Partei einen Steckbrief, indem ihr euch auf folgende Fragen konzentriert:

a) Wann wurde die Partei gegründet?
b) Welche prominenten Mitglieder hat sie?
c) Wann und wo war/ist die Partei an der Regierung beteiligt?
d) Hat die Partei eine Jugendorganisation?
e) Ihr könnt die Internetauftritte der Parteien auch nach verschiedenen Kriterien (z. B. Gestaltung, Navigation etc.) bewerten.

3. Schritt: Parteipositionen recherchieren und analysieren

- Einigt euch auf ein aktuelles politisches Streitthema und recherchiert, welche Position die Partei dazu vertritt (z. B. zur Bildungspolitik).
- Analysiert die Positionen der Parteien zum jeweiligen politischen Streitthema. Entscheidet euch abschließend, welches Programm euch am meisten zusagt bzw. am wenigsten einleuchtet. Begründet eure Entscheidungen.

Bearbeiter

1.3.4 Wählen gehen – warum eigentlich?

Zum Thema: Die Menschen haben sich das Recht, zu wählen, über Jahrhunderte erkämpft und doch gehen heute viele nicht zur Wahl. In diesem Unterkapitel geht es um die Frage, warum sie dies nicht tun.

M13 Wählen oder nicht wählen? Ein Schlagabtausch unter Erst(nicht)wählern

Luisa: Ich finde, es ist meine Pflicht, wählen zu gehen. Andere Menschen auf der Welt haben dieses Recht gar nicht. Dann kann ich doch dieses Recht nicht einfach so wegschmeißen, wenn Menschen in anderen Ländern sich darum schlagen, wählen zu dürfen. [...] Mir geht es beim Wählen darum, dass auf keinen Fall eine falsche Partei an die Macht kommen darf. Das möchte ich verhindern.

Fabian: Eure Argumente überzeugen mich überhaupt nicht! Ihr habt alle möglichen Gründe, warum ihr wählen geht, und kein einziger davon hat mich überzeugt. Ich kann doch wählen, wen ich will – es versprechen alle dasselbe. Also ist meine Stimme doch komplett egal! Egal, in welche Partei ich sie reinstecke.

Streit von, Alexandra: WAHL ZEIT. In: fluter Nr. 03/2002. Bundeszentrale für politische Bildung (Hrsg.), S. 8.

EINSTIEGSAUFGABE

Lest euch die Stellungnahmen der Jugendlichen in **M13** durch und wählt den Standpunkt aus, der euch am meisten überzeugt. Begründet eure Entscheidung.

M14 Warum Wahlen bedeutsam sind

Die Einflussmöglichkeiten der Bürgerinnen und Bürger auf die Politik sind [...] umfassender und längerfristiger, als es der kurze Wahlakt vermuten lässt – vorausgesetzt, es stehen tatsächlich unterschiedliche Personen, Parteien und Programme zur Wahl. Parteien sowie Politikerinnen und Politiker reagieren auf Trends der öffentlichen Meinung und berücksichtigen die Erwartungen sowie die Reaktionen derjenigen, die sie gewählt haben, in ihren Entscheidungen. Karl R. Popper hat diesen Zusammenhang treffend beschrieben: „Jede Regierung, die man wieder loswerden kann, hat einen starken Anreiz, sich so zu verhalten, dass man mit ihr zufrieden ist. Und dieser Anreiz fällt weg, wenn die Regierung weiß, dass man sie nicht so leicht loswerden kann." [...] Die Regierung bleibt durch die Wahlen gegenüber der Wählerschaft politisch verantwortlich. Der Wahlakt ist eine aktive Teilhabe am politischen Entscheidungsprozess. Aber auch diejenigen, die nicht wählen, üben Einfluss aus. Die Höhe

Typen von Nichtwählern

Der Unzufriedene
Der Unzufriedene ist ein Protestwähler, der dem politischen System kritisch gegenübersteht und sich bewusst für die Nichtwahl entscheidet.

Der Rationale
Der Rationale tendiert zu wechselhaftem Wahlverhalten und entscheidet sich je nach Bedeutung der Wahl kurzfristig auch für die Nichtwahl.
→

der Wahlbeteiligung hat Auswirkungen auf das Ergebnis. Je nach Wahltypus können die Wählenden über die Zusammensetzung der Parlamente, über die Regierungsbildung und somit über die politischen Sachprogramme der kommenden Jahre entscheiden.

Korte, Karl-Rudolf: Wahlen in Deutschland. Bonn: Bundeszentrale für politische Bildung 2017, S. 7.

Der Gleichgültige
Der Gleichgültige ist desinteressiert und hat keinerlei Verbindung zur Politik.

Der Verhinderte
Der Verhinderte ist im Urlaub, krank oder kürzlich verstorben. Diese Gruppe ist in den meisten Fällen die geringste Gruppe der Nichtwähler.

M15 Warum Nichtwähler nicht wählen

Im Interview mit heute.de informiert der Politikwissenschaftler Karl-Rudolf Korte über Gründe und Folgen der niedrigen Wahlbeteiligung vergangener Wahlen.

Welche Auswirkungen hat es, wenn immer weniger Bürger wählen gehen?
Immer weniger entscheiden über immer mehr. Denn auch die wenigen Stimmen, die abgegeben werden, führen am Ende zu einer Entscheidung. Außerdem sind auch die Chancen höher, dass extreme Parteien bei geringer Wahlbeteiligung aufgewertet werden. Geringe Wahlbeteiligung führt also immer mehr dazu, dass das Ergebnis am Ende nicht repräsentativ ist, dass nicht alle Bevölkerungsgruppen abgedeckt werden – und letztlich auch dazu, dass sich die Spaltung unserer Gesellschaft vergrößert. Geringe Wahlbeteiligung ist immer auch ein Indiz für nachlassende Integrationskraft einer Gesellschaft.

Liegt darin auf Dauer auch eine Gefahr für die Demokratie?
Wenn es Ausmaße annimmt, die die Legitimität der Wahlen generell unterhöhlen. Es gibt aus der Wahlforschung zwar keine Zahl, bei der man sagt: Jetzt wird es kritisch für die Demokratie. Bei Bundestagswahlen ist die Beteiligung noch relativ hoch. Dramatischer ist es bei all den Ebenen darunter. Es gab schon Landtagswahlen, bei denen der Anteil der Nichtwähler höher war als der Anteil der Wähler. Das verändert die Qualität der Demokratie, die sich ja durch Teilhabe ausdrückt. [...]

Besonders niedrig ist die Wahlbeteiligung bei denen, die zum ersten Mal wählen dürfen. Was lässt sich konkret dagegen tun?
Schulen können zum Beispiel spezielle Formate anbieten, in denen Wählen geübt wird. [...] Außerdem müssen Parteien selbst Ideen entwickeln, um junge Menschen anzusprechen. Jugendliche haben ein großes Vertrauen gegenüber bestimmten Sängern und Musikern. Wenn man diese Idole dazu bringt, für eine Partei Farbe zu bekennen, erreicht man auch die Jüngeren.

Interview durch Haas, Christine mit Korte, Karl-Rudolf: Warum Nichtwähler nicht wählen. In: www.heute.de, 20.09.2013.

Wahlbeteiligung in Deutschland bei Bundestagswahlen

Jahr	Wahlbeteiligung
1949	78,5 %
1953	86,0 %
1957	87,8 %
1961	86,8 %
1965	86,8 %
1969	86,7 %
1972	91,1 %
1976	90,7 %
1980	88,6 %
1983	89,1 %
1987	84,3 %
1990	77,8 %
1994	79,0 %
1998	82,2 %
2002	79,1 %
2005	77,7 %
2009	70,8 %
2013	71,5 %
2017	76,2 %

AUFGABEN

1. Erläutert die Bedeutung von Wahlen in einer Demokratie (**M14**).
2. Viele Menschen gehen nicht zur Wahl. Gestaltet in Gruppen ein Werbeplakat, das Nichtwähler zum Wählen animieren soll (**M13-M15**).

F Aufgabe 2
Bei vielen Abstimmungen und Wahlen kann man sich enthalten. Sollte auch eine Enthaltung bei der Bundestagswahl möglich sein? Begründet eure Antworten auf diese Frage.

1.3.5 Das Wahlsystem zum Deutschen Bundestag – ein gerechtes System?

Zum Thema: „Erst- und Zweitstimme", „Direktmandate", „Landesliste", „5 %-Hürde", „Überhang- und Ausgleichsmandate" usw. machen unser Wahlsystem zum Deutschen Bundestag recht kompliziert. Doch das Wissen, wie die eigene Stimme bestmöglich eingesetzt werden kann, entscheidet Wahlen. Hier lernt ihr, wie genau eure Stimmen bei Bundestagswahlen verwertet werden.

M16 Fallbeispiel: Sonntag, Bundestagswahl – eine typische Situation...

Art. 38 GG
(2) Wahlberechtigt ist, wer das achtzehnte Lebensjahr vollendet hat; wählbar ist, wer das Alter erreicht hat, mit dem die Volljährigkeit eintritt.
(3) Das Nähere bestimmt ein Bundesgesetz.

Sophia (43) und Elias (45) sitzen beim Frühstück und sprechen mit ihren Kindern Anna (16) und Philip (13) über den für heute geplanten Ausflug. Plötzlich fällt Sophia ein, dass sie ja noch wählen gehen muss und ärgert sich: „Hätte ich doch nur Briefwahl beantragt..." Elias: „Dann fahren wir eben kurz am Gutenberg-Gymnasium vorbei, das liegt doch auf dem Weg." Sie gehen alle zusammen in das Wahllokal. „Mist, ich habe meine Wahlbenachrichtigung vergessen!", flucht Sophia. Eine Wahlhelferin steht daneben und beruhigt sie sofort: „Der Personalausweis reicht." Elias und die Kinder warten vor dem Raum mit den Wahlkabinen. Anna fragt ihren Vater, warum er bei dieser Wahl eigentlich nicht teilnimmt. Elias ist Däne und hat einen Wohnsitz in Deutschland, besitzt aber nicht die deutsche Staatsangehörigkeit. Anna hätte große Lust zu wählen und ärgert sich sehr, dass auch sie nicht darf. Sophia kommt aus dem Wahlraum: „Stellt euch vor: Der Kandidat für Bündnis 90/Die GRÜNEN war in meinem Abiturjahrgang." Wie sie gewählt hat, will sie aber nicht sofort sagen – nur, dass sie die beiden Stimmen „gesplittet" hat.

Bearbeiter

Beispiel für einen Stimmzettel zur Bundestagswahl

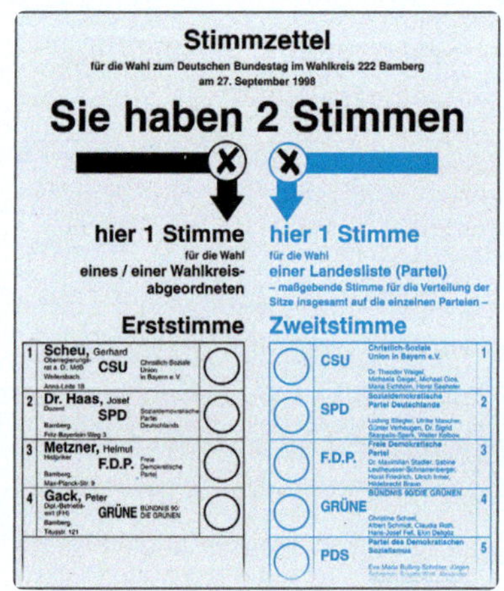

Bundestagswahl im Erklärfilm

Mediencode: 71083-04

EINSTIEGSAUFGABEN

- Fasst die Probleme aus dem Fallbeispiel **M16** zusammen und tauscht euch mit einem Partner darüber aus, ob ihr ähnliche Situationen an einem Wahltag erlebt habt.
- Vergleicht eure Ergebnisse im Anschluss in der Klasse.

M17 Welche Wahlprinzipien nennt das Grundgesetz?

Demokratie bedeutet „Herrschaft des Volkes". Das Volk übt also die Herrschaft über sich selbst aus. Da in jedem Staat unterschiedliche Interessen vorherrschen, gilt es, den Willen des Volkes zu ermitteln. Dies geschieht u.a. durch Wahlen. Wahlen müssen daher klaren, transparenten und möglichst einfachen Regeln folgen, um allgemein akzeptiert zu werden. Mit anderen Worten: Wird das Wahlrecht als gerecht anerkannt, kann es auch seine legitimierende Wirkung, nämlich die Ermittlung des Volkswillens, entfalten. In Deutschland bilden die Wahlprinzipien in Art. 28 und 38 GG das Fundament dieser Voraussetzung.

Bearbeiter

Art. 28 GG
(1) [...] In den Ländern, Kreisen und Gemeinden muss das Volk eine Vertretung haben, die aus allgemeinen, unmittelbaren, freien, gleichen und geheimen Wahlen hervorgegangen ist. [...]

Art. 38 GG
(1) Die Abgeordneten des Deutschen Bundestages werden in allgemeiner, unmittelbarer, freier, gleicher und geheimer Wahl gewählt.

M18 Von der Wählerstimme zur Sitzverteilung im Bundestag

Der Bundestag wird auf vier Jahre gewählt und zwar nach dem Verfahren der sogenannten „personalisierten Verhältniswahl".

Die Erststimme und ihre Bedeutung
Das Gebiet der Bundesrepublik ist in 299 Wahlkreise eingeteilt. Jeder Wähler entscheidet sich für einen Kandidaten seines Wahlkreises. Gewählt ist, wer mindestens eine Stimme mehr hat als jeder andere Bewerber (*relative Mehrheitswahl*). Ein gewählter Direktkandidat kommt auf jeden Fall ins Parlament, auch wenn seine Partei die 5 %-Hürde nicht schafft.

Die Zweitstimme und ihre Bedeutung
Nach der Gesamtzahl der Zweitstimmen, die für eine Partei bei der Wahl abgegeben werden, richtet sich die Anzahl der Sitze, die diese Partei im Bundestag erhält (*Verhältniswahl*). Die Wähler geben ihre Stimme dabei der Landesliste einer Partei in ihrem Bundesland. 299 Abgeordnete ziehen bei der Sitzverteilung über diese Listen in den Bundestag ein.

Verteilung der Sitze auf die Parteien
Bei der Vergabe der Sitze werden nur Parteien berücksichtigt, die bundesweit mindestens 5 % der Zweitstimmen oder drei Direktmandate errungen haben *(Sperrklausel)*. Wie viele Abgeordnetensitze den Parteien zustehen, wird mithilfe der *Divisormethode mit Standardrundung* (Sainte-Laguë/Schepers) berechnet. Die Stimmen der Parteien werden dazu durch einen Divisor geteilt. Als Divisor eignet sich die Zahl der durchschnittlich auf einen Sitz entfallenen Stimmen. Die Ergebnisse der Division werden anschließend mit Standardrundung zu ganzen Zahlen auf- oder abgerundet. Die ganzen Zahlen entsprechen der Sitzverteilung. Ist die Summe der Sitze größer/kleiner als die zu vergebenden Sitze, so wird das Verfahren mit einem größeren/kleineren Divisor wiederholt. Beispielrechnung:

Partei	Zweitstimmen	Divisor	Ergebnis	Sitze
A	3.700.000	18.896	195,80	196
B	5.500.000	18.896	291,06	291
C	2.100.000	18.896	111,13	111
598 Sitze zu vergeben	gesamt: 11.300.000	bereinigte Gesamtstimmenzahl / Gesamtzahl der Sitze	Stimmen für Partei X / Divisor	nach Standardrundung

§ 12 Bundeswahlgesetz (BWahlG) – Wahlrecht
(1) Wahlberechtigt sind alle Deutschen im Sinne des Artikels 116 Abs. 1 des Grundgesetzes, die am Wahltage
1. das achtzehnte Lebensjahr vollendet haben,
2. seit mindestens drei Monaten in der Bundesrepublik Deutschland eine Wohnung innehaben oder sich sonst gewöhnlich aufhalten.

Landeslisten
Landeslisten sind in einer Rangfolge festgelegte Kandidatenlisten, die eine Partei für jedes Bundesland aufstellt. Parteimitglieder, die weit oben auf der Liste stehen, haben höhere Chancen in den Bundestag einzuziehen.

Bundesland Y

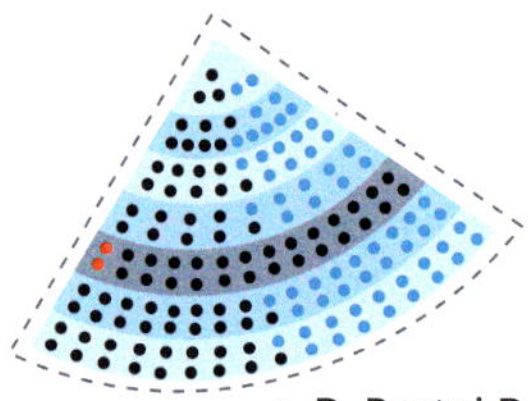

z. B. Partei B

• = Listenmandat
• = Direktmandat
• = Überhangmandat

Überhangmandate

Hat eine Partei in einem Bundesland mehr Direktmandate errungen als ihr – den Zweitstimmen nach – zustehen, erhält sie Überhangmandate. Beispiel: Die Partei B hat im Bundesland Y 28 Direktmandate gewonnen. Nach Zweitstimmen stehen ihr nur 26 Mandate zu. Die zwei fehlenden Sitze erhält die Partei als Überhangmandate. Die Gesamtzahl der Sitze im Bundestag nimmt um die Überhangmandate zu. Damit das Größenverhältnis der Parteien nach dem Zweitstimmenergebnis gewahrt bleibt, werden die Überhangmandate durch Ausgleichsmandate ergänzt. Beispiel: Partei A hat 200 Mandate und 20 Überhangmandate errungen, Partei B nur 100 Mandate. Die Sitzanzahl wird so erhöht, dass Partei B im Verhältnis zu Partei A wieder die Hälfte der Mandate hat. Partei A käme auf 220 Sitze, Partei B auf 110.

Bereinigte Stimmenzahl
Bereinigte Stimmenzahl bedeutet: nur die Zweitstimmen der Parteien, die über der 5 %-Hürde liegen.

Die Sitzverteilung nach Zweitstimmen

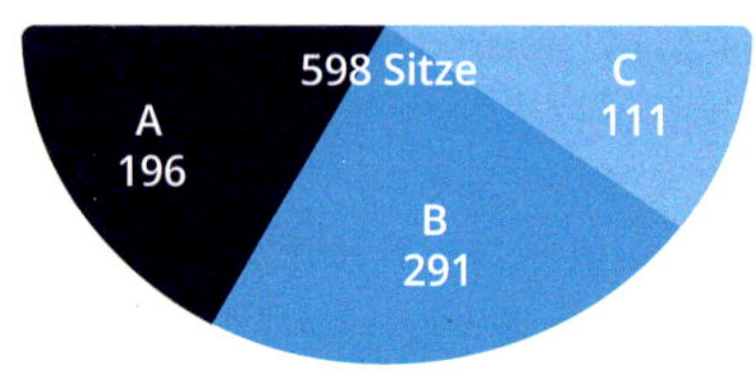

Verteilung der Sitze auf die Landeslisten der Parteien

Der Landesverband einer Partei erhält die Anzahl an Sitzen, die dem Anteil an Zweitstimmen entspricht, der auf seine Landesliste entfiel.

Partei	Sitze insgesamt	Zweitstimmen im Bundesland Y	Gesamtzahl der Zweitstimmen der Partei B		Sitze im Bundesland Y
B	291	x 500.000	: 5.500.000	= 26,45	26

Die Anzahl der errungenen Bundestagssitze wird dann zunächst mit den in dem Bundesland direkt gewählten Wahlkreiskandidaten dieser Partei besetzt (*Direktmandate*), die verbleibenden Sitze mit Kandidaten der Landesliste (*Listenmandate*).

Bearbeiter

F Aufgabe 3
Bereitet einen Kurzvortrag (→ Methodenglossar) zum personalisierten Verhältniswahlrecht vor und haltet ihn anschließend.

F
Angenommen, ihr bekommt vom Bundeswahlleiter den Auftrag, zu prüfen, inwiefern das Wahlsystem zum Deutschen Bundestag „verständlicher" gemacht werden könnte, um die Wahlbeteiligung zu erhöhen. Entwerft in Gruppenarbeit ein Gutachten (→ Methodenglossar), das die Überhangmandate und/oder das „Wählen mit zwei Stimmen" infrage stellt bzw. verteidigt.

AUFGABEN

1. Im Fallbeispiel **M16** sind einige Fakten im Zusammenhang mit dem Verfahren der Bundestagswahl enthalten. Gebt so viele wie möglich wieder und haltet sie an der Tafel/auf einem Wandplakat (→ Methodenglossar) fest.
2. Stellt die Wahlprinzipien nach Art. 28 GG und Art. 38 GG in eigenen Worten dar (**M17**, **Randspalte S. 57**).
3. Lest zunächst alleine die Erklärungen zum personalisierten Verhältniswahlrecht (**M18**). Klärt offene Fragen im Anschluss mit einem Partner. Entwickelt Quizfragen einschließlich ihrer Antworten zum Wahlsystem. Beispiel: Warum ist die Zweitstimme die entscheidende Stimme?

1.3.6 Verhältnis- und Mehrheitswahl im Vergleich – welche Vor- und Nachteile gibt es?

Zum Thema: Wird die Regierungsbildung schwierig, werden schnell Rufe nach einem Mehrheitswahlrecht laut. Hier erfahrt ihr, wie das Mehrheitswahlrecht funktioniert und welche Auswirkungen es für Parteien und Wähler in Deutschland hätte.

M19 Fallbeispiel: Mehrheitswahlrecht in Großbritannien

Überblick über das Wahlergebnis von 2015

In Großbritannien wählt die Bevölkerung das Unterhaus (House of Commons) nach dem relativen Mehrheitswahlrecht. („The winner takes it all" oder „First-Past-The-Post" genannt). Wahlberechtigt sind britische Staatsbürger, die mindestens 18 Jahre alt sind. Das Land ist in 650 Wahlkreise aufgeteilt. Jeder Wähler hat in seinem Wahlkreis eine Stimme. Der Premierminister wird vom Monarchen ernannt und ist in der Regel der Vorsitzende der stärksten Partei im Parlament.

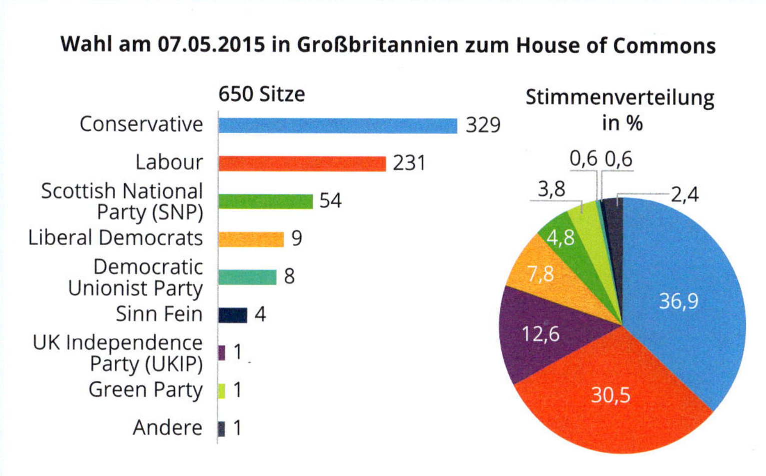

Bearbeiter

EINSTIEGSAUFGABEN

Arbeitet in Kleingruppen.

- Beschreibt das Wahlergebnis in **M19**.
- Vergleicht die Sitzverteilung mit der Stimmverteilung in Prozent.
- Erläutert, aus welchen Gründen der Parteichef einer kleineren Partei vermutlich das Mehrheitswahlrecht abschaffen möchte.

M20 Verhältniswahlrecht und Mehrheitswahlrecht im Vergleich

a) Mehrheitswahl

Das Wahlgebiet wird in Wahlkreise eingeteilt. Die Parteien stellen für jeden Wahlkreis jeweils einen Kandidaten auf. Alle Abgeordneten werden direkt in den Wahlkreisen gewählt. Wer im Wahlkreis die meisten Stimmen auf sich vereinigen konnte, zieht ins Parlament ein. Parteilisten gibt es nicht. Die Stimmen für alle nicht gewählten Kandidaten wirken sich nicht auf die Zusammensetzung des Parlaments aus.

Bearbeiter

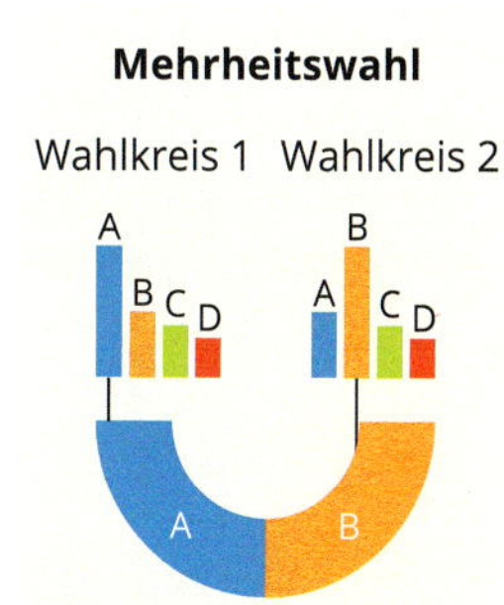

Verhältniswahl

Wahlkreis 1 Wahlkreis 2

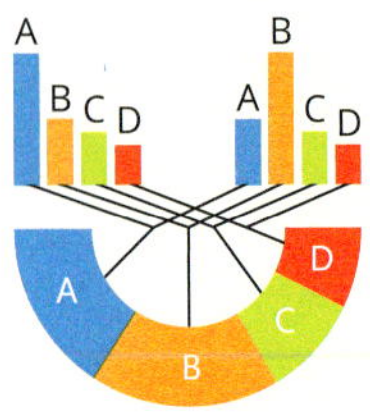

b) Verhältniswahl

Bei der reinen Verhältniswahl dagegen gibt es keine direkt gewählten Wahlkreiskandidaten. Die Stimmberechtigten entscheiden sich für die Kandidatenlisten einer Partei. Jede Partei schickt so viele Abgeordnete ins Parlament, wie es ihrem Anteil an den abgegebenen Wählerstimmen entspricht. Wenn es keine Sperrklausel gibt, entspricht die Zusammensetzung des Parlaments genau der Verteilung der Stimmen auf die Listen, die zur Wahl standen.

Bearbeiter

M21 Zwei verschiedene Verfahren, um Wählerstimmen in Sitze umzuwandeln: eine Modellrechnung

In diesem fiktiven Wahlgebiet haben die Wähler in 10 Wahlkreisen ihre Stimme einem von vier Kandidaten bzw. einer von vier Parteien gegeben:

Wahlkreis	Stimmen für Kandidat A/ Partei A	Stimmen für Kandidat B/ Partei B	Stimmen für Kandidat C/ Partei C	Stimmen für Kandidat D/ Partei D	Ergebnis Mehrheitswahl	Ergebnis Verhältniswahl
1	33.000	37.000	16.000	6.000		
2	35.000	36.000	29.000	8.000		
3	61.000	11.000	10.000	5.000		
4	44.000	45.000	12.000	11.000		
5	34.000	43.000	19.000	5.000	Ins Heft	Ins Heft
6	45.000	26.000	12.000	8.000		
7	34.000	35.000	10.000	16.000		
8	40.000	29.000	18.000	7.000		
9	47.000	22.000	15.000	8.000		
10	38.000	40.000	14.000	9.000		
gesamt						

Bearbeiter

M22 Das Wahlsystem zum Bundestag in der Kontroverse: ein Plädoyer für das relative Mehrheitswahlrecht

Das Ergebnis der letzten Wahlen zum Bundestag [...] hat das Nachdenken über eine radikale Wahlrechtsänderung, das viele Jahre geruht hat, wieder in Gang gesetzt. Das gegenwärtige Fehlen der wirksamsten aller Kontrollen, der bloßen Existenz einer regierungsfähigen Opposition im Deutschen Bundestag, hat es zusätzlich angeregt. Ein weiterer Anstoß kommt sodann aus den seither gemachten Erfahrungen mit der Politik der dritten Großen Koalition, immerhin bereits der zweiten seit 2005. Wären heute wieder Wahlen zum Bundestag, so dürfte kaum jemand ein Urteil darüber abgeben können, welche Leistungen und Fehlleistungen dem einen oder dem anderen Koalitionspartner zuzurechnen sind. Eben dies müsste man aber können, da sich ja die beiden Partner nicht gemeinsam in kollektiver Verantwortung als amtierende Regierung, sondern wie üblich separat zur Wahl stellten. Hier ist der wahre Grund dafür zu suchen, warum die Wählerinnen und Wähler das Gefühl haben, ohne Einfluss auf die Politik zu sein. Dieses wachsende Unbehagen ist hinreichender Anlass, an dem erwähnten Nachdenken teilzunehmen. [...] Die vorrangige Funktion der Wahl in einem parlamentarischen Regierungssystem ist es, regierungsfähige Mehrheiten und die Chance eines Machtwechsels sicherzustellen. [...] Will man [...] eine durchlaufende politische Willensbildung, die vom Volk über durch Parteien organisierte Wahlen und über das Parlament zu einer handlungsfähigen Regierung und dem Schattenkabinett der Opposition als möglicher Alternativregierung führt, dann muss man sich für das relative Mehrheitswahlsystem entscheiden, wie es insbesondere aus Großbritannien und den USA bekannt ist.

Geismann, Georg: Regierungs- oder Bekenntniswahlsystem? Ein Plädoyer für das relative Mehrheitswahlrecht. In: www.bpb.de, 09.09.2014.

AUFGABEN

1. Lest **M20** und erläutert, warum welches Wahlrecht dem deutschen Wahlsystem bei der Bundestagswahl entspricht.
2. Berechnet jeweils die Sitzverteilung für das Beispiel in **M21** – einmal nach dem Mehrheitswahlrecht und einmal nach dem Verhältniswahlrecht. Erläutert euch gegenseitig das Ergebnis.
3. Vergleicht die Unterschiede bei den Sitzverteilungen in der Klasse (**M21**).
4. Ordnet nachfolgende Aussagen den beiden Wahlsystemen zu.
   a) Neue politische Parteien können leicht in das Parlament einziehen.
   b) Es gibt in der Regel zwei starke Parteien und klare Mehrheiten. Stabile Regierungen lassen sich leicht bilden.
   c) Jede Wählerstimme hat gleiches Gewicht.
   d) Kleine Parteien haben sehr geringe Chancen, ins Parlament einzuziehen.
   e) Es gehen viele Wählerstimmen verloren.
   f) Wer als Kandidat ins Parlament einzieht, bestimmen die Parteien.
5. Nehmt in einem Leserbrief Stellung zu dem Vorschlag in **M22**, in Deutschland das Mehrheitswahlrecht einzuführen. Berücksichtigt dabei die unterschiedlichen Perspektiven der Wähler, kleiner Parteien, großer Parteien und des parlamentarischen Systems (**M19-M22**).

WAHLBEREICH

Eine aktuelle Kontroverse in der Politik

Ein Pro-Kontra-Streitgespräch zur Einführung des Mehrheitswahlrechts durchführen

I. Worum geht es?

Im Pro-Kontra-Streitgespräch wird ein kontroverses Thema von allen Seiten beleuchtet. Es geht dabei nicht darum, den „Gegner“ durch bessere Argumente zu „schlagen“, vielmehr soll ein Thema facettenreich erschlossen werden. Die Teilnehmer sammeln in zwei Gruppen zu einer These Argumente zur Begründung ihres Standpunktes. Es ist durchaus erwünscht, Positionen zu vertreten, die nicht mit der eigenen Meinung identisch sind. So können festgefahrene Positionen verlassen werden und die Thematik wird neu durchdacht. Nach der Sammlung der Argumente in den Kleingruppen erfolgt eine Diskussion mit Vertretern der zwei Gruppen. Außer Befürwortern und Gegnern der These gibt es sowohl einen Moderator als auch Beobachter. Der Moderator ist neutraler Leiter des Streitgesprächs. Als Beobachter agieren die Gruppenmitglieder, die nicht aktiv am Streitgespräch teilnehmen.

II. Geht dabei so vor:

1. Schritt: Vorbereitung

- Aufteilung in zwei Gruppen (Pro- bzw. Kontra-Gruppe)
- Festlegung der jeweiligen Redner (drei pro Gruppe)
- Vorbereitung der Argumentation zur These **„Reform des Wahlrechts für eine effizientere Regierungsbildung: Einführung des Mehrheitswahlrechts in Deutschland“** mithilfe der Materialien aus den Unterkapiteln 1.3.5 und 1.3.6.

2. Schritt: Durchführung des Streitgesprächs

a) Darstellung der These durch den ersten Redner der Gruppe „Pro“ – max. drei Minuten
b) Widerrede durch den ersten Redner der Gruppe „Kontra“ – max. drei Minuten
c) Striktes Abwechseln der zwei Gruppen: geregelter Austausch der Argumentation
d) Zusammenfassendes Schlusswort durch den jeweiligen Hauptredner

3. Schritt: Auswertung

- Distanzierung: Redner äußern ihre Gefühle und Erfahrungen
- Bewertung des Streitgesprächs durch Beobachter
- Abstimmung über Streitpunkt im Plenum

Nach: Reinhardt, Sibylle: Politik-Didaktik. Praxishandbuch für die Sekundarstufe I und II. 7. Auflage. Berlin: Cornelsen Scriptor 2018, S. 203 ff.

Politische Partizipation und Wahlen (⋯→ M2, M3, M14, M17)

Um ihre Interessen in den politischen Prozess einzubringen, haben Bürgerinnen und Bürger vielfältige Möglichkeiten, sich zu beteiligen. Sie können beispielsweise selbst aktiv werden und sich direkt beteiligen: Bürgerinnen und Bürger können sich u. a. in Bürgerinitiativen organisieren oder an Demonstrationen teilnehmen. Die häufigste Form der Beteiligung ist aber Parteivertreter durch Wahlen (Art. 28 GG und Art. 38 GG) zu beauftragen, ihre Interessen in den Parlamenten zu artikulieren.

Aufgaben und Funktionen von Parteien (⋯→ M6a-b)

Mitwirkung: Parteien ermöglichen den Bürgern als Wähler oder als Mitglieder die Teilnahme am politischen Geschehen. Als Parteimitglied kann der Bürger bei Programmformulierungen und bei der Auswahl der Kandidaten mitwirken.
Meinungsbildung: Parteien nehmen – vor allem mithilfe der Medien – auf die öffentliche Meinung Einfluss.
Interessenvermittlung: Parteien bündeln gesellschaftliche Interessen und transportieren sie als „Keilriemen der Demokratie" in den politischen Entscheidungsprozess der staatlichen Institutionen.
Personalbereitstellung: Über Parteien rekrutiert und selektiert sich in Deutschland das politische Personal, das dann die staatlichen Führungsämter einnimmt.
Integration: Parteien sorgen für eine kontinuierliche Verbindung zwischen Staat und Gesellschaft, indem sie einerseits die Bürgerinteressen gegenüber staatlichen Institutionen artikulieren und andererseits den Bürger über staatliche Entscheidungen aufklären und diese erläutern. Diese Funktion trägt wesentlich zur Stabilität des politischen Systems bei.

Unterschiedliche Wahlsysteme (⋯→ M18, M20a-b, M22)

Bei der reinen Verhältniswahl erhalten die Vertreter der Parteien genauso viele Mandate im Parlament, wie es ihrem Anteil an den abgegebenen Stimmen entspricht. Beim reinen Mehrheitswahlsystem erhalten nur die Kandidaten ein Mandat, die in einem Wahlkreis die meisten Stimmen auf sich vereinigen konnten. Für die Wahl der Abgeordneten des Bundestages haben die Wähler zwei Stimmen: Mit der Erststimme entscheidet der Wähler nach dem Prinzip der relativen Mehrheitswahl, welcher Wahlkreisabgeordnete einen Sitz im Parlament erhalten soll. Die Zweitstimme, die nach den Prinzipien der Verhältniswahl abgegeben wird, ist die wichtigere Stimme, denn durch sie wird die Zahl der Sitze festgelegt, die jeder Partei im Bundestag zustehen. Hat eine Partei die Sperrklausel (fünf Prozent der Zweitstimmen oder drei Direktmandate) überwunden, wird die Gesamtzahl der für sie abgegebenen Zweitstimmen in Mandate umgerechnet. Das Wahlsystem zum Deutschen Bundestag wird häufig als „personalisierte Verhältniswahl" bezeichnet. Dies verdeutlicht, dass das Stimmenergebnis auf der Verhältniswahl beruht, durch die Erststimme aber die Möglichkeit besteht, direkt einzelne Personen zu wählen (Personalisierung). Immer wieder werden Stimmen nach einer Wahlrechtsreform laut. Gründe dafür sind u. a. eine einfachere Regierungsbildung und die Reduzierung von Abgeordnetenmandaten.

1.4 Der politische Entscheidungsprozess in Deutschland – ist die Macht demokratisch verteilt?

1.4.1 Die Bundesregierung und der Bundeskanzler – was heißt es, zu regieren?

Zum Thema: „Regieren heißt Problemlösen." Die Menschen in Deutschland erwarten, dass die Regierung die wichtigsten politischen Probleme löst. Doch wer ist eigentlich diese „Regierung" und nach welchen Prinzipien arbeitet sie? Diese Fragen sind Gegenstand dieses Unterkapitels.

M1 Womit beschäftigt sich die Bundesregierung?

Kaputte Infrastruktur

Das deutsche Verkehrsnetz muss in vielen Bereichen erneuert werden.

Corona-Pandemie

In Pandemiezeiten muss der Krisenstab der Bundesregierung die Rückholung von mehr als hunderttausend im Ausland gestrandeten Deutschen organisieren.

Klimawandel

Eine der größten politischen Herausforderungen stellt der Klimawandel dar.

EINSTIEGSAUFGABE

Was heißt es, zu regieren? Erläutert ausgehend von den Fotos in **M1**, welche politischen Probleme die aktuelle Bundesregierung bearbeitet.

M2 Welche Aufgaben erfüllt die Bundesregierung?

Opposition
Die Gruppe von Abgeordneten im Parlament, die der Regierungsmehrheit gegenübersteht.

Der ehemalige SPD-Vorsitzende Franz Müntefering sagte einmal: „Opposition ist Mist. Lasst das die anderen machen – wir wollen regieren." Alle Politiker wollen regieren! Sie treten in Wahlkämpfen für ihre Parteien an, um eine Mehrheit zu erreichen und „an die Regierung zu kommen". Denn wer regiert, hat die Macht im Land und kann seine politischen Vorstellungen umsetzen und die wichtigsten politischen Probleme des Landes angehen.

Die Regierung kann weitreichende Entscheidungen vorbereiten und beeinflussen: Sie kann dadurch politische Führung zeigen und Gesetze initiieren und entscheiden, ob Steuern erhöht werden, ob die Bundeswehr zu einem Einsatz ins Ausland geschickt wird, ob soziale Leistungen gekürzt werden oder ob man mehr Geld in Bildung investiert. Dazu arbeiten die Ministerien Gesetzesentwürfe aus und bestimmen maßgeblich den politischen Prozess. Allein die Regierung ist somit berechtigt, den Kurs des Landes zu bestimmen, und deswegen wollen Politiker wie der ehemalige SPD-Vorsitzende Müntefering regieren.

Bearbeiter

M3 Wie arbeitet die Bundesregierung?

So arbeitet die Bundesregierung

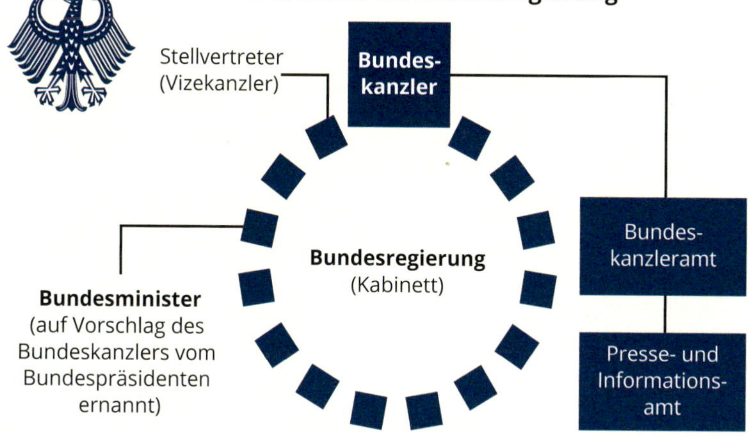

Kanzlerprinzip	Ressortprinzip	Kollegialprinzip
Der Bundeskanzler bestimmt die Richtlinien der Politik und trägt dafür die Verantwortung.	Innerhalb der Richtlinien leitet jeder Minister sein Ressort selbständig und in eigener Verantwortung.	Die Regierung berät und beschließt u. a. über alle Gesetzentwürfe und bei Streitfragen zwischen den Ministern.

© Bergmoser + Höller Verlag AG, Zahlenbilder 67 123

M4 Die verfassungsrechtliche Stellung des Bundeskanzlers

Der deutsche Bundeskanzler nimmt eine zentrale Rolle im politischen System ein. Seine starke machtvolle Stellung ist im Grundgesetz festgelegt. Der Bundeskanzler verfügt über eine besondere Legitimation, denn aus der Bundesregierung wird nur er direkt vom Bundestag gewählt. Auf seinen Vorschlag werden die Minister vom Bundespräsidenten ernannt. Er kann somit über die Zusammensetzung des Kabinetts entscheiden. Mit seiner Amtszeit endet auch die der gesamten Regierung. Die verfassungsrechtliche Basis für seine starke Stellung liegt in seiner „Richtlinienkompetenz" (Art. 65 GG). Damit kann er unliebsame Entscheidungen verhindern und die zentralen Ziele der Bundesregierung bestimmen.

Auch gegenüber dem Parlament hat der Bundeskanzler Machtmittel, die er gezielt einsetzen kann. So kann er nach

Die Bundesregierung
Der Bundeskanzler und die Bundesminister bilden zusammen die Bundesregierung. Während der Bundeskanzler vom Bundestag gewählt wird, werden die Bundesminister auf Vorschlag des Bundeskanzlers vom Bundespräsidenten ernannt (und auch entlassen).

Art. 65 GG
Der Bundeskanzler bestimmt die Richtlinien der Politik und trägt dafür die Verantwortung. Innerhalb dieser Richtlinien leitet jeder Bundesminister seinen Geschäftsbereich selbständig und unter eigener Verantwortung. Über Meinungsverschiedenheiten zwischen den Bundesministern entscheidet die Bundesregierung.

Bundesregierung zwischen Verfassungsnorm und -realität
Unter „Verfassungsnorm" werden die Normen, die in der Verfassung festgeschrieben sind, verstanden. Beispielsweise wird in Art. 3 GG die Gleichberechtigung von Männern und Frauen festgelegt: „Männer und Frauen sind gleichberechtigt." „Verfassungsrealität" ist die tatsächliche Umsetzung und Verwirklichung einer im Grundgesetz festgeschriebenen Norm. Im Beispiel der in Art. 3 GG festgelegten Gleichberechtigung von Männern und Frauen unterscheiden sich „Verfassungsnorm" und „Verfassungsrealität", da →

die Gleichberechtigung noch nicht in allen Bereichen verwirklicht ist. Im Bereich der politischen Institutionen gibt es häufig eine Spannung zwischen Verfassungsnorm und Verfassungsrealität. So verfügt der Bundeskanzler nach dem Grundgesetz über eine große Machtfülle (Verfassungsnorm) – in der politischen Praxis kann er diese Macht aber nicht immer ausspielen, da er nicht alleine regiert (Verfassungsrealität).

Art. 68 GG im Deutschen Bundestag die Vertrauensfrage stellen, um politische Ziele zu erreichen. Verweigert ihm das Parlament die Zustimmung, kann der Bundespräsident auf Antrag des Bundeskanzlers das Parlament auflösen und Neuwahlen ausrufen.

Bearbeiter

M5 Macht und Ohnmacht des Bundeskanzlers

Trotz der Richtlinienkompetenz des Bundeskanzlers (Art. 65 GG), gibt es in der politischen Praxis Rahmenbedingungen, die großen Einfluss auf die tatsächliche Macht des Regierungschefs haben.

Bildet der Bundeskanzler z. B. sein Kabinett aus starken und beliebten Persönlichkeiten, wird er darauf achten müssen, diese auch bei strittigen Entscheidungen in der Bundesregierung zu halten. Ferner wird der Bundeskanzler meist von einer Koalition mehrerer Parteien gewählt, sodass er bei der Formulierung von politischen Zielen Rücksicht auf diese Parteien und deren Interessen nehmen muss. Einige Gesetze müssen auch den Bundesrat passieren. Findet ein Gesetz dort keine Zustimmung, ist es in der Regel gescheitert.

Ebenfalls großen Einfluss auf die Macht des Kanzlers haben die öffentliche Debatte und die Stimmung in der Gesellschaft. Schließlich will er wiedergewählt werden und dazu braucht er die Zustimmung der Wählerinnen und Wähler. Überzeugen muss er auch die vielen Interessenverbände. Manche von ihnen sind mächtig, gut vernetzt und stellen somit starke Akteure im politischen Prozess dar.

Bearbeiter

Bundesrat
Vertretung der Länder auf Bundesebene

Interessenverbände
→ S. 79

AUFGABEN

1. Arbeitet aus **M2** die Beweggründe heraus, warum Politiker regieren wollen.
2. Nennt die zentralen Prinzipien der Arbeitsweise der Bundesregierung (**M3**).
3. Beschreibt die verfassungsrechtliche Stellung des Bundeskanzlers (**M4**).
4. „Regieren ist eine Kunst." (Ludwig Börne) Erläutert ausgehend von diesem Zitat, inwiefern Regieren schwierig ist (**M2-M4**).
5. „Der Bundeskanzler regiert nicht alleine."
   a) Arbeitet aus **M5** heraus, welche Rahmenbedingungen die Macht des Bundeskanzlers schwächen können.
   b) Erstellt aufgrund eurer Ergebnisse eine Liste mit Rahmenbedingungen, die die Macht des Bundeskanzlers stärken können.
   c) Begründet eure Entscheidungen (**M5**).
6. Erklärt mithilfe des Kategorienpaars „Verfassungsnorm – Verfassungsrealität" die besondere Stellung des Bundeskanzlers (**Randspalten S. 65 f., M5**).

F Aufgabe 5
Entwickelt eine Strategie für gutes Regieren.

1.4.2 Welche Aufgaben hat der Deutsche Bundestag?

Zum Thema: Das einzige politische Organ, das auf Bundesebene von den Bürgerinnen und Bürgern direkt gewählt wird, ist der Deutsche Bundestag. Welche besonderen politischen Aufgaben daraus resultieren und wie parlamentarische Arbeit überhaupt aussieht, erfahrt ihr im folgenden Unterkapitel.

M6 Was macht der Deutsche Bundestag?

Angela Merkel und Bundestagspräsident Wolfgang Schäuble

Abgeordnete im Plenarsaal des Deutschen Bundestages

Schriftzug am Eingangsportal des Reichstags, dem Gebäude des Deutschen Bundestages

Angela Merkel spricht zu den Abgeordneten des Deutschen Bundestages.

EINSTIEGSAUFGABE

Beschreibt die Bilder im Hinblick auf mögliche Aufgaben des Deutschen Bundestages (**M6**).

M7 Die Aufgaben des Deutschen Bundestages

Die Gesetzgebung ist die Aufgabe des Parlaments; der Deutsche Bundestag [...] beschließt – unter Beteiligung des Bundesrates – alle Gesetze, die in den Kompetenzbereich des Bundes fallen. Die Abgeordneten und Fraktionen des Bundestags können – genau wie der Bundesrat und die Bundesregierung – [...] Gesetze als Entwürfe in den Bundestag einbringen. Hier findet nach einem festgelegten Ablauf die Debatte, Beratung und Abstimmung über den Gesetzentwurf statt.

Eine Aufgabe des Bundestags ist die Wahl des Bundeskanzlers oder der Bundeskanzlerin. Der Vorschlag für eine Kandidatin oder einen Kandidaten kommt vom Bundespräsidenten, so sieht es das Grundgesetz vor. Die Wahl erfolgt ausschließlich durch die Abgeordneten, und zwar ohne vorherige Aussprache und mit verdeckten Stimmzetteln – also geheim. Der Kandidat benötigt die absolute Mehrheit der Stimmen des Parlaments.

Als direkt gewählte Vertretung des Volkes kommt dem Bundestag neben seiner Funktion als Gesetzgeber eine weitere sehr wichtige Aufgabe zu: die Kontrolle der Bundesregierung.

© Deutscher Bundestag: Parlament – Aufgaben. In: www.bundestag.de (Abruf am 26.08.2019).

M8 Die Rechte des Parlaments gegenüber der Regierung

Fragerechte des Bundestags

Große Anfrage

Schriftliche Anfrage zu einem größeren politischen Themenkomplex durch eine Fraktion bzw. mindestens 5 % der Abgeordneten

An die Beantwortung durch die Bundesregierung schließt sich in der Regel eine Debatte vor dem Bundestag an.

Kleine Anfrage

Schriftliche Anfrage zu konkreten Einzelthemen durch eine Fraktion bzw. mindestens 5 % der Abgeordneten

Die Antwort erfolgt schriftlich durch das jeweils zuständige Bundesministerium.

Fragestunde

Einzelfragen zur mündlichen oder schriftlichen Beantwortung, von einzelnen Abgeordneten eingebracht

Mündliche Beantwortung in den beiden wöchentlichen Fragestunden des Bundestags

Möglichkeit für die Abgeordneten, mit Zusatzfragen nachzuhaken

Hauptfunktionen:

- **Beschaffung von Informationen**
- **öffentliche Herausforderung der Regierung durch die Opposition**
- **Gelegenheit, die Haltung der Opposition darzulegen**

Aktuelle Stunde

Politische Debatte mit Kurzbeiträgen zu einem aktuellen Thema auf Verlangen einer Fraktion bzw. von mindestens 5 % der Abgeordneten oder nach Vereinbarung

Redezeit für die Abgeordneten: 5 min; Gesamtdauer: 1 Stunde + Redezeit der Regierung

Nach: © Bergmoser + Höller Verlag AG, Zahlenbilder 66 250

Bundestagspräsident
Der Bundestagspräsident bekleidet das zweithöchste Amt in unserem Staat. (Das höchste Amt hat der Bundespräsident.) Wenn ein neuer Bundestag gewählt worden ist, wählen die Abgeordneten in geheimer Wahl ihren Präsidenten oder ihre Präsidentin. Normalerweise gehört er oder sie der stärksten Fraktion im Bundestag an. Der Bundestagspräsident repräsentiert den Deutschen Bundestag nach außen und leitet zusammen mit seinen Stellvertretern und Stellvertreterinnen die Sitzungen des Parlaments.

Schneider, Gerd/Toyka-Seid, Christiane: Das junge Politik-Lexikon. In: www.hanisauland.de (Abruf am 17.04.2020).

M9 Die Arbeitsweise des Deutschen Bundestages

Der Bundestag ist eine Mischform aus Arbeitsparlament und Redeparlament. Im Plenum finden richtungweisende politische Debatten statt. Und „hinter den Kulissen" arbeiten die Ausschüsse. Die Vollversammlung aller Abgeordneten des Deutschen Bundestags nennt man Plenum. In den Plenarsitzungen finden die öffentlichkeitswirksamen Auseinandersetzungen statt. Diese Parlamentsdebatten dienen vor allem dazu, die Wähler über die verschiedenen Positionen der im Bundestag vertretenen Parteien zu informieren. […]
Die Dauer einer Debatte wird vom Ältestenrat festgesetzt. Wie viel Redezeit dabei die einzelnen Fraktionen enthalten, wird von deren Größe bestimmt: Je größer eine Fraktion, desto mehr Redeminuten stehen ihr zu. Welche Politiker sprechen dürfen, legen die Fraktionen selbst fest. Der Verlauf folgt dem Prinzip von Rede und Gegenrede: auf eine bestimmte Position soll eine abweichende Meinung folgen. […]
Das Plenum nimmt wichtige Kontrollrechte des Parlaments wahr: In aktuellen Stunden, großen Anfragen, Regierungsbefragungen und Fragestunden befassen sich die Abgeordneten mit aktuellen Themen oder fordern mündliche Stellungnahmen der Bundesre-

gierung ein. [...] In den Ausschüssen können die Abgeordneten in kleinerer Runde die Gesetzesvorlagen diskutieren und den hinzugezogenen externen Sachverständigen zuhören. Die Fraktionen entsenden die Experten unter ihren Abgeordneten in die Ausschüsse. Dieses geschieht entsprechend ihren Kräfteverhältnissen im Parlament. Die Ausschüsse erarbeiten die Vorlagen, die anschließend dem Plenum zur Abstimmung vorgelegt werden. Die anderen Fraktionsmitglieder werden durch ihre Vertreter in den Ausschüssen über die Vorlagen informiert und übernehmen häufig deren Rat.

Hetterich, Martin/Trinius, Stephan: Aufgaben des Bundestags. In: www.bpb.de, 28.08.2013.

M10 Wen oder was wählt der Deutsche Bundestag?

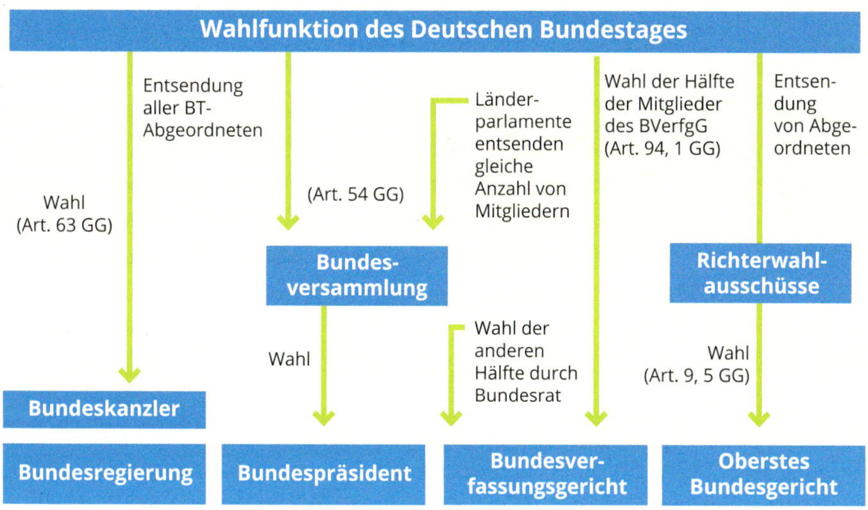

Bearbeiter

M11 Worauf stützen der Bundeskanzler und seine Regierung ihre Handlungsfähigkeit im Parlament?

Die Regierung ist [...] abhängig vom Parlament – und zwar nicht nur für die Inkraftsetzung ihrer Vorhaben, sondern in ihrer schieren Existenz. [...] Die Mechanismen von Abberufung und Bestellung [der Regierung] bringen zwei den Parlamentarismus prägende Handlungseinheiten hervor: die Regierungsmehrheit und die Opposition. Erstere besteht aus der Parlamentsmehrheit und der von ihr gestützten Regierung, letztere aus den Fraktionen, die diese Regierung nicht tragen. Der Kitt, der die Regierungsmehrheit im Innersten zusammenhält, ist das Interesse am politischen Erfolg – und Erfolg heißt hier letztlich: Erhalt der Regierungsmacht. [...] Die [Regierung] kann [...] nur erfolgreich sein, wenn sie sich die Gefolgschaft der Parlamentsmehrheit bewahrt.

Schüttemeyer, Suzanne S.: Die Logik der parlamentarischen Demokratie. In: www.bpb.de, 22.08.2007.

Konstruktives Misstrauensvotum
Der Bundestag kann nach Art. 67 GG den Bundeskanzler abwählen, indem er mit der absoluten Mehrheit seiner Mitglieder einen Nachfolger wählt. Damit wird gesichert, dass der Bundeskanzler nur dann aus dem Amt entfernt werden kann, wenn sich im Bundestag eine neue Regierungsmehrheit zusammenfindet. Ein konstruktives Misstrauensvotum hat es im Bundestag bisher zweimal gegeben, das gescheiterte gegen Bundeskanzler Willy Brandt 1972 und das erfolgreiche gegen Bundeskanzler Helmut Schmidt 1982.

M12 Kritik als Kernaufgabe der Opposition

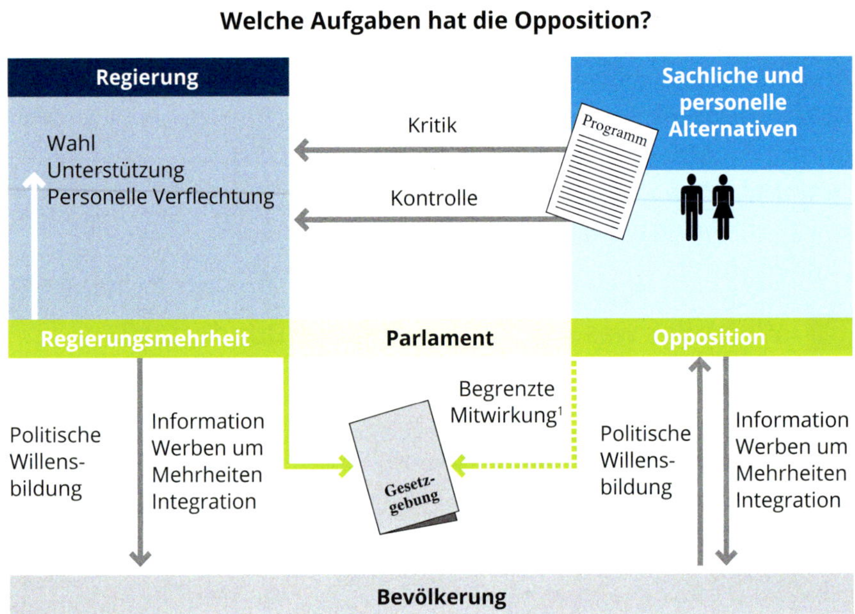

Nach: © Bergmoser + Höller Verlag AG, Zahlenbilder 67 260, [1] über Ausschüsse, evtl. Bundesrat

AUFGABEN

1. Der Deutsche Bundestag ist das Herzstück der Demokratie in Deutschland. Nennt die zentralen Aufgaben, die der Bundestag erfüllt (**M7**).
2. Ordnet die Bilder in **M6** den Aufgaben des Deutschen Bundestages zu (**M7**, **M9**).
3. Erklärt mithilfe von **M8**, welche Rechte dem Deutschen Bundestag zur Verfügung stehen.
4. Erläutert, weshalb man den Deutschen Bundestag als Mischform aus Rede- und Arbeitsparlament bezeichnen kann (**M9**).
5. Erklärt mithilfe von **M10**, inwieweit der Deutsche Bundestag seine Wahlfunktion erfüllt.
6. Erläutert, welche Rolle Regierungsmehrheit und Opposition im Parlament spielen (**M11**, **M12**).
7. Überprüft die Aussage: „Die politische Grenzlinie verläuft nicht zwischen dem Parlament und der Regierung, sondern zwischen der Regierungs- beziehungsweise Parlamentsmehrheit und der Regierung auf der einen Seite sowie der Opposition auf der anderen Seite" (**M6-M12**).

F Aufgaben 6-7
Erstellt eine Liste von Akteuren, auf die der Bundeskanzler und die Regierung beim Lösen von Problemen angewiesen sind. Begründet eure Auswahl.

1.4.3 Wie frei ist ein Abgeordneter?

Zum Thema: Die Abgeordneten des Bundestags werden in freien Wahlen bestimmt. Sie verfügen dadurch über eine hohe Legitimation. Im politischen Alltag stehen sie aber einer Regierung gegenüber, die ihre Gesetzesinitiativen durch den Bundestag bringen will. In diesem Unterkapitel geht es um die Frage, inwieweit sich die Abgeordneten in dieser Situation behaupten können.

M13 Das freie Mandat der Abgeordneten in der Karikatur

Karikatur: Harm Bengen

Hinweise zur Karikatur
Volker Kauder war von 2005-2018 Vorsitzender der CDU/CSU-Fraktion im Deutschen Bundestag. Bei der Abstimmung über die Aufnahme der Verhandlungen mit Griechenland für ein drittes Hilfspaket hatten Mitte Juli 2015 insgesamt 60 Abgeordnete von CDU und CSU gegen das von der schwarz-roten Bundesregierung vorgelegte Maßnahmenpaket gestimmt.

EINSTIEGSAUFGABE
Sammelt ausgehend von der Karikatur Rahmenbedingungen (z. B. eigenes Wahlergebnis im Wahlkreis), die die Freiheit der Abgeordneten beeinflussen (**M13**).

M14 Die Stellung des Abgeordneten: freies Mandat und Fraktionsdisziplin

a) Das freie Mandat

Die Abgeordneten haben weder Instruktionen der von ihnen Vertretenen noch solche ihrer Parteien zu befolgen. Vielmehr obliegt ihnen, allein das zu tun, was nach ihrer persönlichen Überzeugung dem Wohl von Volk und Staat am besten dient. Durch die Entkoppelung des Abgeordneten von jeglicher Bindung an Aufträge und Weisungen versetzt die Verfassung ihn in den Stand, aufgrund seiner durch die Wahl erworbene Legitimation am Prozess der parlamentarischen Willensbildung zu partizipieren und dadurch zugleich an der Integration der Bürger zum Staatsvolk mitzuwirken und ihre Vorstellungen zum überindividuellen Gesamtwillen zusammenzuführen.

Zehnpfund, Olaf: Fraktionsdisziplin und Abgeordnetenstatus gemäß Art. 38 Grundgesetz. In: www.bundestag.de, 22.03.2013.

Art. 38 GG
(1) Die Abgeordneten des Deutschen Bundestags werden in allgemeiner, unmittelbarer, freier, gleicher und geheimer Wahl gewählt. Sie sind Vertreter des ganzen Volkes, an Aufträge und Weisungen nicht gebunden und nur ihrem Gewissen unterworfen.

b) Fraktionsdisziplin

Der einzelne Abgeordnete erlangt über die Mitgliedschaft in einer Fraktion nachhaltigen Einfluss auf das parlamentarische Geschehen und ist zu einer effektiveren Ausübung seines Mandats in der Lage. [...]

Mit seiner Fraktionsmitgliedschaft gibt der Abgeordnete seine Freiheit in der Ausübung des Mandats nicht auf, unterwirft sich aber einer „Fraktionsdisziplin". Diese beruht nicht auf Rechtszwang, sondern ist als eine sich selbst freiwillig auferlegte Disziplin Bedingung parlamentarischer Wirksamkeit und eigener Aufgabenerfüllung.

Ebd.

M15 Über die komplizierte Stellung eines Abgeordneten – Interview mit Hans-Christian Ströbele

Hans-Christian Ströbele (Bündnis 90/Die GRÜNEN) war sowohl von 1985-1987 als auch von 1998-2017 Mitglied des Deutschen Bundestags.

Herr Ströbele, wie frei ist ein Abgeordneter Ihrer Meinung nach?

Gesetzlich sind die Abgeordneten nicht nur frei, sondern sogar verpflichtet, ihrem Gewissen zu folgen. Politisch sollen sie allerdings auch verantwortungsvoll das Programm ihrer Partei umsetzen, denn auf dieser Basis sind sie gewählt worden. Tatsächlich wird von Abgeordneten einer Regierungspartei oft verlangt, dass sie den Vorlagen der Regierung ohne Widerspruch zur Mehrheit verhelfen. Es hängt von jedem Abgeordneten selbst ab, wie viel Rückgrat er gegenüber Regierung und Fraktionsspitze im Konfliktfall beweist.

Sie sind mit Ihrer Fraktion Bündnis 90/Die GRÜNEN in der Opposition. Ist der Druck auf den einzelnen Abgeordneten nun geringer geworden?

Natürlich ist der Druck in einer Regierungsfraktion bei einer Mehrheit von vier Stimmen sehr viel höher als in einer Oppositionsfraktion. Doch auch in der Opposition wird Fraktionstreue erwartet, nur in Ausnahmefällen wird mal akzeptiert, dass Anträgen anderer Fraktionen, die man selbst richtig findet, zugestimmt wird. Leider. Aber auch in einer Großen Koalition mit großen Mehrheiten müsste es doch möglich sein, dass die einzelnen Abgeordneten sich nicht ständig einer Fraktionsdisziplin unterwerfen.

Interview des Bearbeiters am 27.06.2008.

AUFGABEN

1. Art. 38 (1) GG legt fest, dass die Abgeordneten des Deutschen Bundestages in ihren Entscheidungen nicht gebunden sind (**M14**). Erläutert das Spannungsverhältnis zwischen freiem Mandat und Fraktionsdisziplin.
2. Der ehemalige Abgeordnete Ströbele forderte in **M15**, dass bei wichtigen Entscheidungen nur nach dem Gewissen entschieden werden soll. Erläutert, bei welchen Themen (z. B. Legalisierung der Sterbehilfe, Erhöhung der Erbschaftsteuer...) ihr persönlich glaubt, dass man die Fraktionsdisziplin aufheben sollte.

1.4.4 Reichen die Mitbestimmungsrechte der Bürgerinnen und Bürger aus?

Zum Thema: Viele Menschen verbinden Politik mit den Parteien. Doch das, was wir Politik nennen, ist ein wesentlich komplexerer Prozess, an dem viel mehr Akteure mitwirken, als „nur" Parteien. Dieses Unterkapitel stellt einige Akteure vor.

M16 Mitbestimmungsrechte karikiert

Karikatur: Martin Guhl

EINSTIEGSAUFGABE

Formuliert zur Karikatur **M16** eine alternative Überschrift, die die Kernaussage wiedergibt.

M17 Parteien – Verbände – Bürgerinitiativen

In den politischen Debatten mischen unterschiedliche Akteure mit. Man unterscheidet dabei v.a. Parteien, Verbände und Bürgerinitiativen. Am bekanntesten sind die Parteien. Sie treten bei Wahlen an und entsenden Personen in die Parlamente. Dort wollen sie Mehrheiten bilden und Politik inhaltlich gestalten und zwar in allen Politikbereichen. Parteien formulieren Alternativen von der Bildungspolitik über Wirtschaftspolitik bis hin zur Außenpolitik. Ihre besondere Stellung wird auch im Grundgesetz verdeutlicht. Ihr politisches Engagement richtet sich an alle Bürger und ist auf Dauer angelegt: Die SPD zum Beispiel wurde bereits 1875 gegründet.

In Verbänden sind Personen, Gruppen, Organisationen, Unternehmen oder auch Institutionen organisiert. Meist betätigen sie sich in einem politischen Bereich und versuchen im Sinne ihrer Mitglieder Einfluss auf die Politik zu nehmen. So setzt sich der Deutsche Mieterbund (DMB) für die Interessen der Mieter ein, während der Bundesverband der Deutschen Industrie (BDI) sich um die Interessen der Industrie kümmert. Verbände sind oft straff organisiert und ihr innerer Aufbau muss im Gegensatz zu den Parteien nicht demokratischen Grundsätzen entsprechen. Verbände versuchen Politik langfristig zu beeinflussen und z.T. bestehen sie seit vielen Jahrzehnten. In Bürgerinitiativen organisieren sich meist Bürger, die für eine einzelne politische Maßnahme kämpfen. Sie wollen zum Beispiel erreichen, dass eine Umgehungsstraße gebaut wird oder die Musikschule in ihrer Stadt weiter bestehen kann. Ihr Engagement endet dann, wenn ihr Ziel erreicht ist. Die Bürgerinitiative löst sich dann meist auf.

Bearbeiter

M18 Wer will hier was?

Auf dem CDU-Landesparteitag in Löbau wird Michael Kretschmer zum neuen Landesvorsitzenden gewählt.

Bearbeiter

Weiter Gegenwind aus Dittersdorf: Die Bürgerinitiative gegen Windkraftanlagen feiert einen kleinen Erfolg, ist aber nicht zufrieden.

Brückner, Maik: Weiter Gegenwind aus Dittersdorf. In: www.saechsische.de, 18.03.2020.

Bodenseefischer starten eine Petition zum Erhalt der Artenvielfalt unter der Bezeichnung: „Ein Juwel hungert!" Sie fordern eine moderate Erhöhung des Phosphorgehaltes im Bodensee. Umweltschützer reagieren ablehnend.

Bearbeiter

Auf dem SPD-Landesparteitag in Heilbronn wird Leni Breymaier zur Vorsitzenden gewählt.

Bearbeiter

AUFGABEN

H **Aufgabe 1**
→ S. 189

1. Vergleicht Parteien, Verbände und Bürgerinitiativen. Überlegt euch zuerst Vergleichskriterien und sichert die Ergebnisse anschließend in einer Tabelle (**M17**, **M18**).
2. Überprüft eure Ergebnisse, indem ihr die Ereignisse aus **M18** euren Tabellen zuordnet.
3. Im Grundgesetz werden die Parteien besonders hervorgehoben (Art. 21 GG). Warum ist das so? Formuliert dazu Hypothesen.

1.4.5 Soll eigentlich nur das Parlament entscheiden?

Zum Thema: Immer wieder werden Stimmen laut, Bürgerinnen und Bürger auch auf Bundesebene direkt über (wichtige) politische Fragen abstimmen zu lassen. Bis heute halten Kritiker jedoch erfolgreich dagegen. Welche Vor- und Nachteile sich ergeben, wenn Plebiszite (direkte Volksabstimmungen) auf Bundesebene erlaubt werden, ist Gegenstand dieses Unterkapitels.

M19 Volksentscheide – eine gute Sache?

Karikatur: Harm Bengen

Plebiszite in Deutschland	Ja/ Nein
Auf Bundesebene (Volksentscheide)	Nein
In den Bundesländern (Volksentscheide)	Ja
In den Gemeinden (Bürgerent-scheide)	Ja

EINSTIEGSAUFGABEN

- Analysiert (→ Methodenglossar) die Karikatur **M19**.
- Was denkt ihr? Sollen Volksabstimmungen auf Bundesebene eingeführt werden oder nicht? Notiert eure Entscheidung ins Heft.

M20 Was sind eigentlich Volksentscheide?

Bei einem Volksentscheid bestimmen die Bürger, was in einem Land oder einer Stadt passieren soll. Zum Beispiel dürfen die Einwohner einer Stadt entscheiden, ob ein neues Schwimmbad gebaut wird oder nicht. [...] Für Volksentscheide gibt es noch andere Ausdrücke, wie Volksabstimmung, Referendum oder Plebiszit. Nicht in allen Ländern oder Städten gibt es Volksentscheide. Dort, wo es sie gibt, können die Regeln sehr verschieden sein. Die Regeln dafür stehen in der Verfassung des Landes oder in anderen Gesetzen. Wer Volksentscheide gut findet, denkt dabei daran, dass das Volk möglichst viel selber bestimmen soll. Andere Leute sind eher gegen Volksentscheide. Sie fragen sich, ob das Volk sich wirklich Mühe genug gibt, sich über eine Sache

Volksentscheide im Erklärfilm

Mediencode: 71083-05

schlau zu machen und „richtig" zu entscheiden. Volksentscheide sind auch teuer. Der Staat muss dafür sorgen, dass alles mit rechten Dingen zugeht. Zum Beispiel darf jeder Bürger nur einen Stimmzettel bekommen und die Auszählung muss überwacht werden, damit keine Fehler gemacht werden. Das alles kostet den Staat viel Geld. Normalerweise wählen die Bürger ein Parlament. Dabei stimmt man für einen Menschen oder eine Partei, die einen im Parlament vertreten soll. Das Vertreten nennt man auch repräsentieren. Daher kommt der Ausdruck „repräsentative Demokratie": Das Volk herrscht, indem es alle vier Jahre das Parlament wählt. Die Menschen im Parlament treffen dann die wichtigen Entscheidungen.

Manche Leute finden, dass es nicht nur ein Parlament geben soll. Die Bürger sollen nicht nur Vertreter wählen dürfen, außerdem auch noch „direkt" über etwas entscheiden können, das sie wichtig finden. Die Bürger sind wahrscheinlich zufriedener, wenn sie über einzelne Fragen mitentscheiden dürfen. Volksentscheide nennt man deshalb auch „direkte Demokratie". [...] Die Bundesrepublik Deutschland gibt es seit dem Jahr 1949. Bislang hat man noch keine Volksentscheide im ganzen Land gehabt. Dafür gibt es keine Gesetze, die so etwas vorsehen. Der Grund dafür sind die Erfahrungen aus der Weimarer Republik: Man meint, damals hätten Extremisten die Volksentscheide missbraucht, um Stimmung gegen die Demokratie zu machen. Allerdings kennt man in Deutschland Volksentscheide in den Bundesländern. Jedes Bundesland kann selber regeln, wie solche Volksentscheide aussehen. Daher hat man Unterschiede, was die Beteiligung angeht: In Sachsen-Anhalt und vielen anderen Bundesländern ist die Abstimmung erst wirksam, wenn mindestens ein Viertel aller Bürger abgestimmt hat. In Bremen und anderen Ländern reicht dafür schon ein Fünftel oder noch weniger. Die hohe nötige Beteiligung entmutigt Bürger, einen Volksentscheid ins Leben zu rufen. Außerdem kommt es nur dazu, wenn vorher ausreichend Unterschriften gesammelt wurden. Wenn die Bürger nicht viel Zeit erhalten, Unterschriften zu sammeln, wird ein Volksentscheid ebenfalls unwahrscheinlicher. In Bayern hat man dafür zwei Wochen, in Sachsen acht Monate Zeit.

Zentrale für Unterrichtsmedien im Internet e. V.: Volksentscheid. In: https://klexikon.zum.de (Abruf am 03.04.2020), CC-BY-SA 3.0 DE

M21 Kontrovers diskutiert – brauchen wir mehr Mitbestimmung?

Pro: „Keine Beschwerden mehr über ‚die da oben'!"

„[A]lle Staatsgewalt geht vom Volke aus", sagt das Grundgesetz und ergänzt: „durch Wahlen und durch Abstimmungen". Da fragen die Skeptiker direkter Demokratie: Lassen sich komplexe Fragen wirklich auf das Ja-Nein-Abstimmungsformat eindampfen? Und vor allem: Kann der leicht verführbare Bürger wirklich die Tragweite seiner Abstimmung begreifen? Oder wachen wir eines Morgens auf in einem Land, das die Todesstrafe wieder eingeführt hat, aus der EU ausgetreten ist, oder alle Euro-Hilfen stoppte? Kurz: Brauchen wir eine Art Firewall gut informierter Politiker, um Populisten und Demagogen zu verhindern und unangenehm Alternativloses durchzudrücken? Die Antwort lautet Nein. Volksabstimmungen sind ein machtvolles Instrument, und neue Mitbestimmungsrechte bringen auch neue Pflichten. Nach einer Volksabstimmung kann sich niemand mehr über das Diktat unfähiger, Lobby-manipulierter Politiker, oder über „die da oben" beschweren. Gegner und Befürworter einer anstehenden Entscheidung müssten möglichst überzeugend werben. Langfristig wird Krawall und platter Populismus abstoßend wirken. Übrigens: Nicht nur die Schweiz lebt mit Volksentscheiden. In jedem deutschen Bundesland, in jeder Kommune ist direkte Demokratie heute möglich – und funktioniert. Höchste Zeit, unsere repräsentative Demokratie auch im Bund um die direkte Mitbestimmung aller zu ergänzen.

Aischmann, Frank: Keine Beschwerden mehr über „die da oben". In: www.heute.de (Abruf am 16.01.2018).

Kontra: „Kompromisse gehören dazu"

Ach, das hört sich alles so herrlich einfach an: Wir legen die Dinge dem Volk zur Entscheidung vor, und gut ist. Aber leider geht es in der Politik selten um einfache Fragen, die sich mit Ja oder Nein beantworten lassen. [...] Ein Beispiel: Würde per Volksentscheid festgelegt „Keine neuen Windräder mehr", dann brächte das eine Menge Beifall – von denen, die der Anblick der Windmühlen nervt. Aber gleichzeitig könnte man dann die deutschen Klimaziele abschreiben und würde Arbeitsplätze gefährden – Interessen, die man bei der Entscheidung miteinbeziehen sollte. Dafür gibt es ein gutes, erprobtes Instrument: Die Behandlung im Parlament. Dort passiert genau das. Nicht immer optimal, aber auf alle Fälle besser als bei einer simplen Einteilung nach schwarz und weiß. Denn das ist das zweite Problem mit Volksentscheiden: Die Suche nach den Kompromissen fällt hinten über. Um bei meinem Windrad-Beispiel zu bleiben: Handeln die Parlamentarier aus, dass der Abstand der Windmühlen zu Wohnhäusern größer wird, aber eben nicht so groß, dass gar keine neuen Windräder mehr möglich sind, dann ist das ein guter Kompromiss, mit dem weder die Windkraftgegner noch ihre Anhänger richtig zufrieden sein können. Sowas ist fürchterlich unsexy und in einer aufgeheizten Plebiszit-Kampagne hätte diese Mittelposition keine Chance. Trotzdem finde ich sie besser als simples Entweder-Oder. So schlapp oder faul, wie sie oft genannt werden, sind die meisten Kompromisse nämlich gar nicht: Sie gehören zum Leben einfach dazu. Auch zum politischen Leben.

Krämer, Alex: Kompromisse gehören dazu. In: www.heute.de (Abruf am 16.01.2018).

AUFGABEN

1. Stellt die Argumente aus **M21** in einer Tabelle gegenüber. Markiert in beiden Spalten das Argument, das euch persönlich am meisten überzeugt und begründet eure Entscheidung.
2. In Städten und Gemeinden sind Volksabstimmungen mittlerweile selbstverständlich geworden. Vergleicht die möglichen politischen Auswirkungen von Volksabstimmungen auf Gemeindeebene mit der Ebene des Bundes.
3. Betrachtet euren Heftaufschrieb zu den Einstiegsaufgaben. Habt ihr eure persönliche Meinung geändert? Erörtert abschließend nochmals die Frage, ob auf Bundesebene Volksabstimmungen eingeführt werden sollen (**M20**, **M21**).

1.4.6 Lobbyismus in Deutschland: Schaden Interessenverbände der Demokratie?

Zum Thema: Interessenverbände haben die wichtige Aufgabe, die Interessen von bestimmten gesellschaftlichen Gruppen zu vertreten. Grundgedanke dieser Interessenvertretung durch Verbände in einer Demokratie ist die Mitbestimmung von Menschen bzw. Personengruppen bei politischen Fragen. Gleichzeitig wird aber häufig der Einfluss von Lobbygruppen auf politische Entscheidungen als sehr negativ bewertet. Wie und wo nehmen die Interessengruppen aber Einfluss auf die Politik? Und sind diese wichtigen Akteure in der Politik oder schaden sie eher unserer Demokratie? Das folgende Unterkapitel beantwortet euch genau diese Fragen.

M22 Mietpreisbremse – die Haltung der Verbände

2015 beschloss die Regierung aufgrund immer stärker ansteigender Mieten das Gesetz zur Mietpreisbremse. Es sieht vor, dass die Miete beim Abschluss eines Mietvertrags maximal zehn Prozent über der ortsüblichen Vergleichsmiete liegen darf. Die Mietpreisbremse gilt nicht überall, sondern nur in „angespannten Wohnungsmärkten", die von den Landesregierungen für das jeweilige Bundesland ausgewiesen werden. Die Reaktionen der Verbände fielen unterschiedlich aus.

Der Immobilienverband IVD befürchtet, dass Wohnungssuchende künftig deutlich weniger freie Wohnungen angeboten bekommen. Schließlich trage die Mietpreisbremse nicht gerade zu Investitionen in den sozial orientierten Wohnungsbau bei. Außerdem sei das Gesetz nicht verfassungsgemäß.

Bearbeiter

Lukas Siebenkotten (Bundesdirektor des Deutschen Mieterbundes DMB) kommentiert die Einigung der Koalitionsspitzen: „Wir freuen uns, dass sich CDU/CSU und SPD endlich geeinigt haben. Die von uns seit langem geforderte Mietpreisbremse wird kommen [...]. Das sind gute Nachrichten für Mieter. Erstmals wird es eine gesetzliche Vorschrift geben, die überzogene Vermieterforderungen beim Abschluss eines Mietvertrages verhindert. Und endlich muss derjenige den Makler zahlen, der ihn auch bestellt hat, also im Regelfall der Vermieter."

Deutscher Mieterbund e.V.: Koalition einig bei Mietpreisbremse und Bestellerprinzip. In: www.mieterbund.de, 25.02.2015.

EINSTIEGSAUFGABEN

- Beschreibt, wie die verschiedenen Verbände auf die Mitpreisbremse reagierten (**M22**).
- Stellt Vermutungen darüber an, welche Interessen jeweils dahinterstehen könnten (**M22**).

M23 Was sind Interessenverbände?

Um ihre Interessen besser vertreten zu können, schließen sich einzelne Bürgerinnen und Bürger in Organisationen zusammen. Interessenverbände haben meist eine auf Dauer angelegte, feste Struktur, während Bürgerinitiativen organisatorisch eher lockere und in der Regel zeitlich begrenzte Zusammenschlüsse mit einem ganz konkreten Anliegen sind. Es gibt kaum Sachbereiche des Lebens, in der sich keine Interessenorganisation gebildet hat. Ein durch Vielfalt gekennzeichnetes Verbändewesen ist Merkmal einer funktionierenden pluralistischen Demokratie. Zu den wichtigsten Interessenverbänden gehören v. a. Gewerkschaften und Arbeitgeberverbände. Sofern die Interessenverbände auf die Gesetzgebung und andere politische Aktivitäten Einfluss zu nehmen suchen, werden sie auch als „Pressure-groups" bezeichnet. Im Unterschied zu Parteien stellen Interessenverbände nicht selbst Kandidaten bei der Wahl auf, sondern sie versuchen, indirekt auf Gesetzgebung und Verwaltung Einfluss zu nehmen.

Boldt, Hans/Prehl, Hede/Umbach Dieter C.: Schülerduden Politik und Gesellschaft. Ein Lexikon zum politischen und gesellschaftlichen Grundwissen. 5. Auflage. Mannheim: Duden 2005, S. 201.

M24 Wo nehmen Interessenverbände Einfluss?

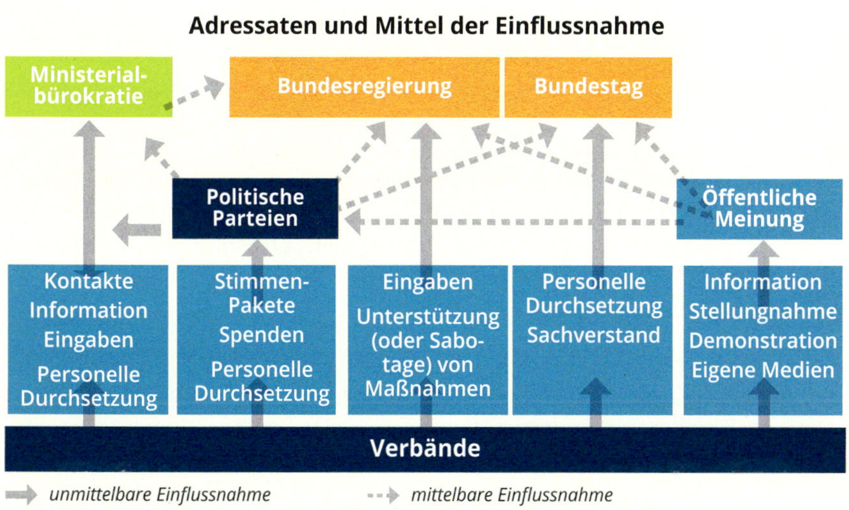

Rudzio, Wolfgang: Die organisierte Demokratie, Parteien und Verbände in der Bundesrepublik. Stuttgart: J. B. Metzler 1977, S. 41.

M25 Offizielle Lobbyliste des Deutschen Bundestags

Gemäß Beschluss des Deutschen Bundestages vom 21. September 1972 führt der Präsident des Deutschen Bundestages eine öffentliche Liste, in der Verbände, die Interessen gegenüber dem Bundestag oder der Bundesregierung vertreten, eingetragen werden können. Grundsätzlich werden nur diejenigen Verbände in die öffentliche Liste aufgenommen, die eine Aufnahme von sich

Tätigkeitsfelder der Interessenverbände

Interessenorganisationen im Wirtschafts- und Arbeitsbereich:

- Branchenverbände, z. B. Bundesverband der Deutschen Industrie (BDI)
- Kammern, z. B. die Industrie- und Handelskammern (IHKs)
- Arbeitnehmerverbände, z. B. Deutscher Gewerkschaftsbund (DGB)
- Verbraucher- und Kundenorganisationen, z. B. Pro Bahn
- Berufsverbände, z. B. Verein Deutscher Ingenieure (VDI)
- etc.

Verbände im sozialen Bereich:

- Wohlfahrtsverbände
- Deutsches Rotes Kreuz
- Deutscher Caritasverband
- etc.

Politische und ideelle Verbände und Vereinigungen:

- Greenpeace
- Amnesty International
- etc.

Verbände öffentlicher Gebietskörperschaften:

- Deutscher Städte- und Gemeindetag
- etc.

Nach: Rudzio, Wolfgang: Das politische System der Bundesrepublik Deutschland. 7. Auflage. Wiesbaden: Springer VS 2006, S. 61.

aus beantragt haben. Nicht registriert werden Anstalten, Körperschaften und Stiftungen des öffentlichen Rechts und deren Dachorganisationen sowie Organisationen, deren Interessenvertretung bereits auf überregionaler Basis erfolgt. Gleiches gilt für angeschlossene Verbände eines bereits registrierten Dachverbandes sowie für einzelne Vereine und Einzelfirmen.

Mit der Registrierung sind keine Rechte und auch keine Pflichten verbunden. Die Eintragung in die Liste begründet [...] keinen Anspruch auf Anhörung oder Ausstellung eines Hausausweises. Am 01.06.2021 waren insgesamt 2.297 Verbände auf der „öffentlichen Liste über die Registrierung von Verbänden und deren Vertretern" beim Deutschen Bundestag aufgeführt.

Nach: © Deutscher Bundestag: Öffentliche Liste über die beim Bundestag registrierten Verbände. In: www.bundestag.de (Abruf am 12.05.2020).

Lobbyismus
Der Begriff Lobbyismus bezieht sich auf die Vorhalle des Parlaments, die Lobby. Sie galt insbesondere in US-amerikanischen und britischen Parlamenten als der klassische Treffpunkt von Interessenvertretern und Abgeordneten. Lobbyismus beschreibt eine Methode der Einwirkung auf politische Interessenvertreter. Dabei geht es meist nicht um die Vermittlung allgemeiner Interessen, sondern um die gezielte Einflussnahme auf Gesetzesvorhaben.

M26 Kontrovers diskutiert: Schaden Interessenverbände der Demokratie?

a) Pro: Lobbyismus ist fester Bestandteil des demokratischen Prozesses

Axel Wallrabenstein

Die politische Arbeit von Unternehmen und Verbänden – sprich Lobbying – ist seit Jahrzehnten fester Bestandteil des demokratischen Prozesses. In der Öffentlichkeit wird ihre Arbeit oftmals als anstößig und verwerflich wahrgenommen. Das liegt oft an Unwissen und falschen Vorstellungen, meint der Politikberater und Public Affairs Experte Axel Wallrabenstein.

Das Image von Lobbying ist geprägt von Unwissen und Vorurteilen. Die öffentliche Haltung hierzulande ist verkürzt gesagt: Wer Profite erwirtschaftet, macht sich gegenüber der Gesellschaft verdächtig. Zwar rüttelt niemand an den Prinzipien der Sozialen Marktwirtschaft in Deutschland, doch Geldverdienen erscheint gerne verwerflich.

Deutschland braucht eine Debatte über Lobbyismus

Deutschland braucht eine Debatte darüber, was gute und was schlechte Interessen sind und wie man sie vertreten darf. Zur Verdeutlichung zwei Beispiele, die ein bestehendes Paradoxon vor Augen führen sollen: Nehmen wir das Beispiel der Pharmaindustrie: In Reportagen wird regelmäßig das Bild einer Branche vermittelt, die hohe Gewinne auf dem Rücken der Patienten einfährt. Dass Arzneimittelhersteller Produkte mit einem wirklichen Mehrwert – nämlich für die Gesundheit der Menschen – auf Basis jahrelanger und teurer High-Tech-Forschung entwickeln und anbieten, wird dabei gerne vernachlässigt. Dagegen werden Organisationen wie Greenpeace oder Foodwatch nicht als Lobbyisten wahrgenommen, obwohl sie ebenfalls professionell agierende Interessensvertreter sind. Natürlich sind Ziele wie Nachhaltigkeit, Umweltschutz und saubere Lebensmittel unstrittig und verfolgenswert. Doch gleichzeitig ist die Gesellschaft auch auf eine funktionierende Wirtschaft angewiesen, deren Grundstein gesun-

Lobbyismus im Erklärfilm

Mediencode: 71083-06

de Unternehmen sind. Diese sind wiederum auf politische Rahmenbedingungen angewiesen, die ihnen ihre Geschäftstätigkeiten erlauben.

Anerkennung dafür, was Wirtschaft für die Menschen leistet

Die Soziale Marktwirtschaft ist hierzulande gesellschaftlicher Konsens. Vor diesem Hintergrund ist es unabdingbar, dass die Wirtschaft mit der Politik darüber diskutiert, wie Rahmenbedingungen angepasst und verändert werden müssen. Die Entscheidungsträger im Deutschen Bundestag und in den Ministerien sind auf diesen Dialog angewiesen. Sie fordern ihn aktiv ein, um aus unterschiedlichen Blickwinkeln in Erfahrung zu bringen, wie sich die Industrie und Wirtschaft verändert und was die Unternehmen brauchen, um Arbeitsplätze zu schaffen oder zu erhalten. [...]

Klare Regeln für Lobbying

Vorurteile abzubauen und die politische Arbeit der Wirtschaft besser zu erklären ist richtig und wichtig, wäre aber zu kurz gedacht. Das Konzept Interessenvertretung muss insgesamt modernisiert werden, nicht zuletzt wegen der offensichtlichen Defizite wie beispielsweise beim Thema Transparenz. [...] Wir sollten uns wieder bewusst machen, dass die Debatte um den richtigen Weg sowie die Suche nach Kompromissen der Kern einer jeden Demokratie ist. Nur im offenen Austausch von Positionen mit Experten aus NGOs, Wirtschaft und Wissenschaft kann Politik gute Gesetze für das Land schaffen.

Wallrabenstein, Axel: Pro: Lobbyismus ist fester Bestandteil des demokratischen Prozesses. In: www.bpb.de, 29.09.2015.

NGOs
Nichtregierungsorganisationen (Organisationen wie Ärzte ohne Grenzen, Amnesty International, Greenpeace etc.)

b) Kontra: Lobbyismus im Geheimen schadet der Demokratie!

Lobbyismus hat seinen berechtigten Platz in der Politik. Jedoch nicht so, wie er heute funktioniert: Es braucht mehr Transparenz und klare Regeln, findet Martin Reyher von „abgeordnetenwatch.de".

Erinnern Sie sich noch an die 2010 als „Mövenpick-Steuer" berühmt gewordene Steuerermäßigung für das Hotelgewerbe? Sie wurde nicht deswegen beschlossen, weil man sie für besonders sinnvoll hielt, sondern weil eine kleine Gruppe von Hotelbesitzern eine hartnäckige Lobbyarbeit betrieben hatte, einer Millionenspende vom Miteigentümer der Hotelkette Mövenpick an die FDP inklusive. Als Bundeswirtschaftsminister Sigmar Gabriel [...] „eine Klimaabgabe" für besonders schmutzige Braunkohle-Kraftwerke einführen wollte, durfte sich am Ende nicht die Umwelt freuen, sondern die Umweltverschmutzer. Auf Gabriels Vorschlag folgte der Protest verschiedener Interessenvertreter der Energiebranche, die mit Arbeitsplatzverlusten und einem „Strukturbruch" in den Braunkohleregionen drohten. Mit Erfolg: Anstatt eine Strafabgabe auf ihre Altkraftwerke zahlen zu müssen, erhalten große Stromkonzerne nun sogar „eine staatliche Stilllegeprämie" in Milliardenhöhe. Vor dem Hintergrund solcher Beispiele ist es nicht verwunderlich, dass viele Menschen den Eindruck bekommen, Politik sei käuflich oder erpressbar.

Ohne Lobby keine Politik?

Ohne Lobbyismus geht es nicht, sagen seine Befürworter. Weil selbst Fachpolitiker nicht alle Details und Zusam-

Martin Reyher

menhänge kennen und schon gar nicht die Folgewirkungen ihrer politischen Entscheidungen überblicken, sind sie auf die Beratung von Experten angewiesen, die aus der Wissenschaft, aber häufig auch aus der Wirtschaft kommen. Und damit sind wir bei der Kernfrage, die sich im Zusammenhang mit Lobbyismus unweigerlich stellt: Wann entsteht ein Schaden für die Gesellschaft, wenn Konzerne oder Verbände zu ihrem Vorteil die Politik „beraten"? Machen wir uns nichts vor: Unternehmen verfolgen Geschäftsinteressen. Sie wollen, nein müssen Geld verdienen, das ist legitim. Doch zum Schaden für die Gesellschaft kommt es spätestens dann, wenn ökonomische Individualinteressen den Bedürfnissen vieler Bürger und Verbraucher diametral entgegenstehen, [...].

Einfluss muss man sich leisten können

In einer Demokratie geht die Macht vom Volke aus. Demokratie lebt davon, dass alle Positionen gehört werden und in die Meinungsbildung unserer Politiker einfließen. Tatsächlich jedoch dringen vor allem diejenigen zu den politischen Entscheidungsträgern vor, die sich in Berlin und Brüssel einen ganzen Stab an Lobbyisten leisten können. Wenn man die „Listen mit den Gesprächsterminen" der Kanzlerin und den Ministern durchgeht, die die Bundesregierung nach parlamentarischen Anfragen der Opposition offenlegen musste, findet man darauf fast ausschließlich Vertreter großer Konzerne und einflussreicher Interessenverbände. Nichtregierungsorganisationen oder mittelständische Unternehmen, die oftmals ganz andere Bedürfnisse haben als Großkonzerne, erhielten dagegen fast nie einen Termin.

Von Befürwortern des Lobbyismus wird gerne in die Debatte eingeworfen, dass natürlich auch Umweltverbände, Verbraucherschutz- oder Menschenrechtsorganisationen Interessenvertreter seien. Das stimmt auch. Aber anders als gewinnorientierte Konzerne verfolgen sie keine ökonomischen Individualinteressen, sondern fühlen sich als Mitgliederorganisationen einem gesellschaftlichen Auftrag verpflichtet. [...]

Lobbyismus muss transparent sein

Das Problem also ist nicht der Lobbyismus an sich, sondern der Lobbyismus im Geheimen. Wenn nicht (oder erst nach langer Zeit) bekannt wird, welche Konzernvertreter mit welchen politischen Entscheidungsträgern worüber sprachen oder ob sie hohe Summen an eine Partei gespendet haben, ist eine wirksame Kontrolle des Parlaments und des Regierungshandelns kaum möglich. [...] Dass viele Menschen den Eindruck haben, politischen Einfluss könne man kaufen, ist schädlich für unsere Demokratie. Um diesem fatalen Gefühl wirkungsvoll zu begegnen, braucht es als ersten Schritt mehr Transparenz. Die Botschaft wäre: Seht her, wir haben nichts zu verbergen – hier geht alles mit rechten Dingen zu!

Reyher, Martin: Contra: Lobbyismus im Geheimen schadet der Demokratie!. In: www.bpb.de, 29.09.2015.

AUFGABEN

1. Charakterisiert Interessenverbände in Abgrenzung zu Parteien (**M23**).
2. Sammelt weitere euch bekannte Interessenverbände und ordnet sie den verschiedenen Tätigkeitsfeldern zu. Analysiert dabei, woraus sich die Macht eines Verbandes ergibt (**M24**, **Randspalte S. 79**).
3. Fasst die Aussagen Wallrabensteins für sowie Reyhers Positionen gegen (geheimen) Lobbyismus zusammen (**M26a-b**).
4. Sind die Aktivitäten der Verbände gut oder schlecht für die Demokratie? Nehmt Stellung zu dieser Frage (**M25**, **M26a-b**).

Die Bundesregierung und der Deutsche Bundestag (··→ M2, M3, M7-M12)

Im Zentrum der öffentlichen Wahrnehmung steht die Bundesregierung und an ihrer Spitze die Regierungschefin oder der Regierungschef (Bundeskanzlerin oder Bundeskanzler). Der Bundeskanzler verfügt über sehr großen Einfluss auf die Regierung und das Parlament und ist somit ein mächtiger Akteur in der Politik. Um ihre Aufgaben zu erledigen, ist die Bundesregierung auf das Parlament – den Deutschen Bundestag – angewiesen, denn dort werden die Entscheidungen in Form von Gesetzen beschlossen. Die Bundesregierung mit dem Kanzler an der Spitze hat die zentrale Aufgabe der politischen Führung. Einerseits soll der Wille der Parlamentsmehrheit von der Regierung in praktische Politik umgesetzt werden. Andererseits formt die Regierung den Mehrheitswillen des Parlaments auch durch politische Initiativen entscheidend mit.

Die Stellung des Bundeskanzlers (··→ M4, M5)

In der Regierung hat der Bundeskanzler eine hervorgehobene Stellung. Er bestimmt nach Art. 65 GG „die Richtlinien der Politik und trägt dafür die Verantwortung" (Kanzlerprinzip), d. h. er legt umfassende Ziele fest (wie z. B. große Reformvorhaben). Darüber hinaus macht er dem Bundespräsidenten Vorschläge zur Ernennung und Entlassung von Kabinettsmitgliedern. Innerhalb der Richtlinien leiten die Minister ihr Ministerium selbständig (Ressortprinzip). Abgeschwächt wird das Kanzlerprinzip auch durch das Kabinettsprinzip. So berät und beschließt das Kabinett als Ganzes über alle Gesetzesentwürfe und entscheidet bei Streitfragen über die Zuständigkeit zwischen einzelnen Ministerien.

Die Stellung der Abgeordneten (··→ M14a-b, M15)

Abgeordnete, die derselben Partei angehören, schließen sich im Bundestag zu einer Fraktion zusammen. Die Fraktionen sind die politische Heimat für die Abgeordneten und bilden den organisatorischen Rahmen der Arbeit im Bundestag, denn anders wäre der Bundestag wohl kaum entscheidungsfähig. Bei Abstimmungen folgen die Abgeordneten in der Regel der von der Fraktion festgelegten Linie (Fraktionsdisziplin), obwohl sie eigentlich nach Art. 38 GG in ihren Entscheidungen frei sind (freies Mandat).

WAS WIR WISSEN

Politische Beteiligung der Bürgerinnen und Bürger (··→ M17, M18)

Die Bürgerinnen und Bürger der Bundesrepublik Deutschland können sich auf vielfältige Weise politisch engagieren. Der informierte Bürger kann sich an der öffentlichen Debatte beteiligen (Leserbriefe, Internetforen, Podiumsdiskussionen etc.), Vereine und Bürgerinitiativen gründen oder ihnen beitreten und sich in Parteien engagieren. Die wichtigste Beteiligungsform bleibt jedoch die Teilnahme an Wahlen. Darüber hinaus stellt jedes zivilgesellschaftliche Engagement politische Beteiligung dar. Darunter fallen z. B. die Betreuung von Jugendgruppen oder das ehrenamtliche Engagement für alte Menschen. Neue Formen der Beteiligung sollen mehr Transparenz schaffen und den Einfluss der Bürger auf politische Projekte erhöhen. Vor allem bei Großprojekten wie dem Bau eines Flughafens oder eines Bahnhofs geht es darum, diese rechtzeitig mit den Bürgern abzustimmen und zu diskutieren, um so entstehende Konflikte zu entschärfen.

Direkte Demokratie (··→ M20, M21)

Durch direkte Bürgerbeteiligung – z. B. in den Gemeinden – kann unmittelbar auf die politischen Entscheidungsprozesse Einfluss genommen werden. In Deutschland sind die Möglichkeiten direkter Demokratie auf Bundesebene allerdings äußerst begrenzt. Deshalb wird immer wieder gefordert, auch hier direktdemokratische Elemente einzuführen.

Interessenverbände (··→ M23-M26a-b)

Interessenverbände sind Zusammenschlüsse von Bürgerinnen und Bürgern oder Organisationen in einer auf Dauer angelegten, festen Organisationsstruktur. Ein durch Vielfalt gekennzeichnetes Verbändewesen ist Merkmal einer funktionierenden pluralistischen Demokratie. Um eine Berücksichtigung der von ihnen vertretenen Interessen zu erreichen, versuchen die Verbandsvertreter gezielt, politische Entscheidungen zu beeinflussen. Naturgemäß konzentrieren sie sich dabei auf die wichtigsten politischen Institutionen wie Ministerien, Bundesregierung und Bundestag, doch nutzen sie auch die indirekte Einflussnahme über die Medien und die Öffentlichkeit. Als „Mittler“ zwischen der Gesellschaft und den staatlichen Institutionen kommt den Verbänden eine wichtige Aufgabe zu, etwa bei der Bereitstellung von Fachinformationen oder bei der Klärung der Frage, ob eine bestimmte politische Entscheidung sachgemäß ist bzw. auf großen Widerstand in der Bevölkerung stößt. So werden die Interessenverbände z. B. regelmäßig in den Ausschüssen des Bundestags gehört. Beachtet werden muss, dass sich viele Interessen (z. B. von Kindern, Arbeitslosen oder Behinderten) nur schwer organisieren lassen und finanzkräftige und mitgliederstarke Verbände mit großen Blockademöglichkeiten bessere Chancen haben, ihre Interessen einzubringen.

1.5 Wie die Politik Probleme löst

1.5.1 Das Problem: Bleibt Wohnraum bezahlbar?

Zum Thema: Die Vorlesungszeit beginnt bald und viele Studierende sind noch auf der Wohnungssuche. Doch die Konkurrenz auf dem Wohnungsmarkt ist sehr groß. Warum bezahlbarer Wohnraum eine Sache für die Politik ist und inwiefern sie auf ein solches Problem Antworten findet, seht ihr in diesem Unterkapitel.

M1 Knapper Wohnraum – teure Studentenbude

Forderung nach bezahlbarem Wohnraum an einer Häuserwand in Dresden

Studenten müssen immer mehr Miete für ihre Wohnungen bezahlen. Eine Studie zeigt, die Preise sind sowohl in großen als auch kleineren Studentenstädten stark angestiegen.

© ZEIT ONLINE: Mietpreise für Studenten steigen rasant. In: www.zeit.de, 11.04.2017.

EINSTIEGSAUFGABEN

- Beschreibt, mit welchem konkreten Problem die Studierenden am Anfang ihres Studiums konfrontiert sind (**M1**).
- Erläutert, weshalb steigende Mieten ein politisches Problem darstellen (**M1**).

M2 Die Bundesregierung reagiert auf das Problem

Gesetzentwurf der Bundesregierung: Entwurf eines Gesetzes zur Dämpfung des Mietanstiegs auf angespannten Wohnungsmärkten und zur Stärkung des Bestellerprinzips bei der Wohungsvermittlung (Mietnovellierungsgesetz – MietNovG).

Das Gesetz begegnet zwei drängenden Problemen auf dem derzeitigen Mietwohnungsmarkt: Zum einen steigen in prosperierenden Städten die

Ortsübliche Vergleichsmiete
Die ortsübliche Vergleichsmiete wird ermittelt, indem man die Mieten, die in den letzten vier Jahren für vergleichbaren Wohnraum bezahlt wurden, errechnet. Dies geschieht meist in einer Gemeinde oder Stadt.

Maklercourtage
Eine Provision bzw. Zahlung, die bei einer erfolgreichen Vermittlung eines Wohnobjekts anfällt.

Mieten bei der Wiedervermietung von Bestandswohnungen derzeit so stark an und liegen teilweise in erheblichem Maß über der ortsüblichen Vergleichsmiete. Diese Entwicklung auf angespannten Wohnungsmärkten hat vielfältige Ursachen. Sie führt dazu, dass vor allem einkommensschwächere Haushalte, aber inzwischen auch Durchschnittsverdiener zunehmend größere Schwierigkeiten haben, in den betroffenen Gebieten eine für sie noch bezahlbare Wohnung zu finden. Erhebliche Teile der angestammten Wohnbevölkerung werden aus ihren Wohnquartieren verdrängt. Dieser Entwicklung sollen die neuen Regelungen im Mietrecht des Bürgerlichen Gesetzbuchs begegnen, indem sie die zulässige Miete bei der Wiedervermietung von Wohnraum in angespannten Wohnungsmärkten, die von den Landesregierungen ausgewiesen werden, auf die ortsübliche Miete zuzüglich 10 Prozent begrenzen.
Zum anderen können gerade auch auf diesen angespannten Wohnungsmärkten Vermieterinnen und Vermieter die Kosten von ihnen eingeschalteten Maklerinnen und Makler auf die Wohnungssuchenden abwälzen. Wer sich weigert, die Zahlung der Maklercourtage zu übernehmen, scheidet faktisch aus dem Bewerberkreis aus. Die Änderungen im Gesetz zu Regelung der Wohnungsvermittlung zielen deshalb darauf ab, dass auch bei der Wohnraumsuche das marktwirtschaftliche Prinzip gilt: Wer bestellt, bezahlt. Auch künftig können aber sowohl Mieter als auch Vermittler Auftraggeber des Wohnungsvermittlers sein.

Gesetzentwurf der Bundesregierung: Drucksache 447/14. In: http://dipbt.bundestag.de, 06.10.2014.

M3 Kontrovers diskutiert: Mietpreisbremse – eine gute Idee?

a) Ulrich Ropertz, Geschäftsführer des Deutschen Mieterbundes in Berlin

„Ja, die Mietpreisbremse ist sinnvoll und notwendig. In Großstädten, Ballungsgebieten und Universitätsstädten müssen Mieter nach einem Wohnungswechsel 20, 30 oder gar 40 Prozent mehr zahlen, als bei ihnen ortsüblich ist. Diese ortsübliche Vergleichsmiete ist die Miete, die Vermieter in einem bestehenden Mietverhältnis höchstens fordern dürfen. Weil aber Wohnungen in Groß- und Universitätsstädten knapp sind, können Vermieter nach einem Mieterwechsel von einem neuen Mieter praktisch nehmen, was sie wollen. Extreme Verteuerungen der Wohnungen sind die Folge. Das muss gestoppt werden.
Wenig hilfreich in der aktuellen politischen Diskussion sind dabei Hinweise auf die Mietpreisentwicklung in den 1960er Jahren oder in den letzten 15 Jahren. Es geht um das Hier und Heute. Profitieren von der Begrenzung der Wiedervermietungsmieten – zehn Prozent oberhalb der Vergleichsmiete

- werden all diejenigen, die jetzt eine neue Wohnung anmieten müssen, die aus beruflichen Gründen oder zu Ausbildungszwecken in die Städte ziehen oder junge Familien, die die erste gemeinsame Wohnung beziehen wollen. Die Mietpreisbremse wird noch in dieser Legislaturperiode kommen: Alle im Bundestag vertretenen Parteien sind sich einig - mit guten Gründen."

Ropertz, Ulrich: Ist die Mietpreisbremse eine sinnvolle Idee?. In: Hans-Böckler-Stiftung (Hrsg.): Magazin Mitbestimmung, Mai 2014, S. 9.

b) Konstantin Kholodilin, wissenschaftlicher Mitarbeiter beim Deutschen Institut für Wirtschaftsforschung (DIW) in Berlin

„Nein, die Mietsteigerung unserer Tage ist kein außergewöhnliches Phänomen und in keinem Fall eine Mietexplosion. Vielmehr ist sie eine Phase steigender Preise innerhalb eines Schweinezyklus auf dem Wohnungsmarkt. Dieser hat vor allem mit der langen Zeitverzögerung zwischen der Entscheidung, Wohnungen zu bauen, und ihrer Fertigstellung zu tun. Außerdem ist sie nicht in ganz Deutschland, sondern nur in wachsenden Städten zu beobachten. Die steigenden Mieten sind vor allem auf die sich weitende Lücke zwischen einer schnell zunehmenden Zahl von Haushalten und relativ konstantem Wohnungsbestand in Großstädten zurückzuführen. Eine Kappung der Mieten bei Wiedervermietungen wird das Problem eher verschärfen als lösen. Sie wird die Anreize zum Bau neuer Mietwohnungen hemmen, die Signalwirkung der Mietpreise trüben und es den Investoren so erschweren, die Marktbedürfnisse zu erkennen. Ferner wird die Mietpreisbremse die Wartezeit bei den Wohnungssuchenden verlängern und zu vielfältigen legalen und illegalen Umgehungsversuchen führen. Da bei knappen Mietwohnungen tendenziell eher wohlhabende Mieter bevorzugt werden, verfehlt die Mietpreisbremse ihr Ziel, den Geringverdienenden das Wohnen bezahlbar zu machen."

Kholodilin, Konstantin: Ist die Mietpreisbremse eine sinnvolle Idee?. In: Hans-Böckler-Stiftung (Hrsg.): Magazin Mitbestimmung, Mai 2014, S. 9.

Schweinezyklus
Bezeichnung für regelmäßig wiederkehrende starke Preisschwankungen, die jeweils durch eine verzögerte Anpassung des Angebots an den Marktpreis hervorgerufen werden.

AUFGABEN

1. Erläutert mithilfe von **M2** mögliche Ursachen und Folgen für die zum Teil stark steigenden Mieten (**M1**).
2. Beschreibt, was die Bundesregierung dagegen unternehmen will (**M2**).
3. Mietpreisbremse - eine gute Idee?
   a) Notiert die Argumente der beiden Positionen in **M3a-b** in einer Tabelle.
   b) Vergleicht die Argumente jeweils miteinander und markiert das Argument, das euch persönlich am meisten überzeugt hat.
4. Diskutiert die Streitfrage in eurer Klasse, ob die Mietpreisbremse aus eurer Sicht eine sinnvolle Lösung ist (**M1-M3a-b**).

1.5.2 Vom Problem zum Gesetz: Wie entsteht ein Gesetz?

Zum Thema: Mit Gesetzen versucht die Politik, das Leben in Deutschland zu regeln und dringende Probleme zu lösen. Das Gesetzgebungsverfahren verläuft dabei immer nach einem strengen Muster. Dieses Unterkapitel klärt darüber auf, wie dieses Verfahren funktioniert und wer daran beteiligt ist.

M4 An den Hebeln der Macht

Gesetzgebung im Erklärfilm

Mediencode: 71083-07

Karikatur: Thomas Plaßmann/Baaske Cartoons

EINSTIEGSAUFGABE

Erläutert ausgehend von der Karikatur, vor welchen Herausforderungen der Gesetzgeber bei der Entwicklung von Gesetzen steht (**M4**).

M5 Der Gang der Gesetzgebung

Die Rolle des Bundesrates im Gesetzgebungsprozess
Einspruchsgesetze
Bei einem Einspruchsgesetz kann der Bundestag einen Einspruch des Bundesrats in einer weiteren Abstimmung überstimmen.
→

Die meisten Gesetze, die in den Bundestag eingebracht werden, sind Vorlagen der Regierung. Die Entwürfe werden in den zuständigen Fachministerien erarbeitet. Generell können Gesetzentwürfe von der Bundesregierung, aus dem Bundestag oder vom Bundesrat eingebracht werden. Die erste Beratung im Plenum des Bundestags dient der Begründung des Gesetzesvorhabens und der Erörterung der Grundsätze der Vorlage. Es erfolgt noch kein Beschluss. Der Gesetzentwurf wird anschließend an die fachlich zuständigen Ausschüsse überwiesen und dort intensiv beraten. Dort können in sogenannten „hearings" auch Experten von außerhalb zu einem Gesetz gehört werden. Der Ausschuss kann dann dem Plenum eine Abänderung, Annahme oder Ablehnung des Entwurfs empfehlen. Die zweite Lesung (Beratung) des Entwurfs erfolgt auf der Grundlage der Ausschussempfehlung. Über die einzelnen Bestimmungen wird dann abgestimmt. Die dritte Lesung schließt sich unmittelbar an. Anschließend erfolgt die Schlussabstimmung. Das im Bundestag beschlossene Gesetz wird dann dem Bundesrat zugeleitet. Bei Uneinigkeit über ein Zustimmungsgesetz und einer drohenden Ablehnung kann der Vermittlungsausschuss angerufen werden, der einen Kompromissvorschlag erarbeitet, über den Bundestag und Bundesrat erneut abstimmen. Bundestag und Bundesrat entsenden je 16 ihrer Mitglieder in den Vermittlungsausschuss. Können sich die Vertreter dabei nicht einigen, ist das Gesetz – wenn es sich um ein zustimmungspflichtiges Gesetz handelt – gescheitert. Nach der Zustimmung des Bundesrates wird das Gesetz dem zuständigen Minister und dem Bundeskanzler zur Unterzeichnung vorgelegt. Anschließend muss noch der Bundespräsident das Gesetz unterzeichnen. Er kann seine Unterschrift nur verweigern, wenn er der Auffassung ist, dass das Gesetz gegen die Verfassung verstößt. Das Gesetz wird im Bundesgesetzblatt verkündet und tritt in Kraft.

Bearbeiter

Zustimmungsgesetze
Die Zustimmung des Bundesrats ist erforderlich, wenn es sich um ein Zustimmungsgesetz handelt, in der Sache also Bund und Länder zuständig sind.

M6 Auf den Weg gebracht – das Gesetz zur Mietpreisbremse

Union und SPD haben sich auf neue Schutzregeln für Mieter geeinigt. Die sogenannte Mietpreisbremse ist Teil des Koalitionsvertrags. Sie soll Mietern vor allem in begehrten Regionen das Leben erleichtern.

Die Länder haben in ihrer Plenarsitzung am 27. März 2015 das Gesetz zur Einführung der Mietpreisbremse und zur Stärkung des Bestellerprinzips bei der Maklercourtage gebilligt.

Der Bundestag hat am Donnerstag, 5. März 2015, die sogenannte Mietpreisbremse auf den Weg gebracht. Mit Stimmen der Fraktionen CDU/CSU und SPD bei Enthaltung der Opposition beschloss das Parlament nach zweiter und dritter Lesung den Gesetzentwurf der Bundesregierung (18/3121, 18/3250) auf Empfehlung des Rechtsausschusses (18/4220).

Am Mittwoch wurde die Mietpreisbremse beschlossen. Das Konzept von Justizminister Heiko Maas (SPD) sichert, dass der Mietpreis bei Neuvermietungen nur noch maximal zehn Prozent über örtlichen Vergleichsmieten liegen darf. Ziel ist die Bekämpfung stark ansteigender Mieten in vielgefragten Wohngegenden.

Das Gesetz tritt nach der Ausfertigung durch Bundespräsident Gauck am 1. Juni 2015 in Kraft.

Ausschuss für Recht und Verbraucherschutz berät über den Gesetzentwurf der Bundesregierung.

Bearbeiter

AUFGABEN

1. Stellt den Ablauf des Gesetzgebungsprozesses anhand eines Flussdiagramms (→ Methodenglossar) dar (**M5**).
2. Ordnet die Meldungen in **M6** den Stationen des Gesetzgebungsverfahrens (**M5**) zu und begründet eure persönliche Entscheidung.
3. Analysiert den Gesetzgebungsprozess (**M1-M6**) zur „Mietpreisbremse“ mithilfe des Politikzyklus (→ Methodenglossar).
4. Stellt euch vor, ihr würdet einen Interessenverband (z. B. den Mieterbund oder den Verband der Wohnungseigentümer) vertreten. An welcher Stelle des Gesetzgebungsprozesses würdet ihr persönlich versuchen, Einfluss zu nehmen? Begründet eure Entscheidung (**M4-M6**).

F Aufgabe 3
„Nach dem Gesetz ist vor dem Gesetz“. Recherchiert den aktuellen Stand des Gesetzes im politischen Prozess.

H Aufgabe 4
→ S. 189

1.5.3 Hat der Bundespräsident etwas zu sagen?

Zum Thema: Der Bundespräsident empfängt Staatsgäste, hält wichtige Reden und ist das Staatsoberhaupt Deutschlands. Doch welchen Einfluss hat er auf den politischen Entscheidungsprozess? Dieses Unterkapitel hilft euch, diese Frage zu beantworten.

M7 Tücken bei der Bundespräsidentensuche...

Karikatur: Mario Lars

EINSTIEGSAUFGABE

Nennt Eigenschaften, die ihr von einem Bundespräsidenten erwartet (**M7**).

M8 Aufgaben und Stellung des Bundespräsidenten

a) Die Aufgaben des Bundespräsidenten

Trotz seiner geringeren Machtfülle verfügt der Bundespräsident über vielfältige Wirkungsmöglichkeiten, die sich aus seinen grundsätzlichen Aufgaben wie aus seiner persönlichen Autorität herleiten. Der Bundespräsident vertritt den Bund völkerrechtlich und schließt im Namen des Bundes Verträge mit anderen Staaten ab. Nach einem entsprechenden Beschluss des Bundestags ruft er den Verteidigungsfall aus.

Im Gesetzgebungsverfahren fällt ihm die Aufgabe zu, die Bundesgesetze auszufertigen und zu verkünden. Dabei hat er das Recht, sie auf ihre Übereinstimmung mit dem Grundgesetz zu überprüfen. Im Falle des Gesetzgebungsnotstands (Art. 81 GG) kann er zur Lösung des zwischen Regierung und Bundestag entstandenen Konflikts beitragen. Weitgehend eingeschränkt ist aber das Recht des Bundespräsidenten zur Auflösung des Bundestags (Art. 63 GG, 68 GG). Nicht zu unterschätzen ist die Rolle, die der Bundespräsident als oberster Repräsentant des Staates spielt.

Bearbeiter

Wahl des Bundespräsidenten im Erklärfilm

Mediencode: 71083-08

b) Die Stellung des Bundespräsidenten

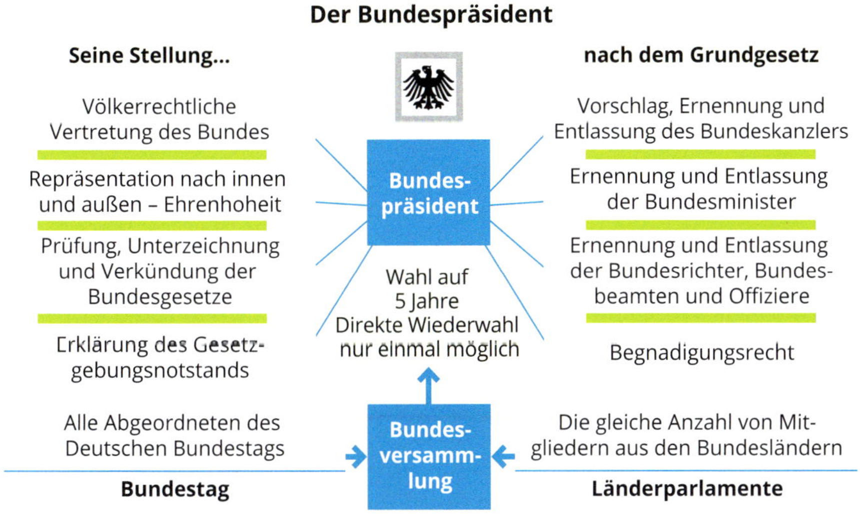

© Bergmoser + Höller Verlag AG, Zahlenbilder 67 100

M9 Ist das Amt des Bundespräsidenten ein politisches Amt?

Die Bedeutung des Bundespräsidentenamtes reicht weit über diese formalen Kompetenzen hinaus. Als eine unabhängige, über dem parteipolitischen Streit stehende Persönlichkeit repräsentiert er das Gemeinsame. Er soll Vertrauen vermitteln, moralische Maßstäbe setzen, Ratschläge erteilen, in Kontroversen ausgleichend wirken, nicht zuletzt Würde ausstrahlen. Allen bisherigen Amtsinhabern gelang es, diese Integrationsfunktion wahrzunehmen, wenn sie dabei auch unterschiedliche Akzente gesetzt haben. In der Regel ist ihr Beliebtheitsgrad höher als der aller oder der meisten anderen Politiker. Das Amt des Bundespräsidenten wird von mehr Bürgern positiv bewertet als jedes andere politische Amt.

Pötzsch, Horst: Bundespräsident. In: www.bpb.de, 15.12.2009.

AUFGABEN

1. Arbeitet mithilfe von **M8a-b** heraus, welche Stellung der Bundespräsident in Deutschland innehat und welche Aufgaben er erfüllt.
2. Überlegt euch zunächst, auf welche politischen und gesellschaftlichen Probleme ihr hinweisen würdet, wenn ihr selbst Bundespräsident wärt (**M9**). Tauscht euch anschließend in der Klasse aus und bestimmt die drei wichtigsten Themen.
3. „Das Amt des Bundespräsidenten ist kein politisches Amt!" Erörtert diese These.

1.5.4 Wie kann das Bundesverfassungsgericht Regierung und Parlament kontrollieren?

Zum Thema: In seinen Entscheidungen macht das Bundesverfassungsgericht dem Parlament zum Teil detaillierte Vorgaben, wie ein Gesetz ausgestaltet werden muss. Das hat zu heftigen Diskussionen geführt. Dieses Unterkapitel zeigt euch auf, welche Kompetenzen das Bundesverfassungsgericht hat und welche Rolle es bei der Kontrolle der Gesetzgebung spielt.

M10 Das Bundesverfassungsgericht (BVerfG) mischt mit...

1 Abschussermächtigung im Luftsicherheitsgesetz nichtig

§ 14 Abs. 3 Luftsicherheitsgesetz (LuftSiG), der die Streitkräfte ermächtigt, Luftfahrzeuge, die als Tatwaffe gegen das Leben von Menschen eingesetzt werden sollen, abzuschießen, ist mit dem Grundgesetz unvereinbar und nichtig. Dies entschied der Erste Senat des Bundesverfassungsgerichts mit Urteil vom 15. Februar 2006.

Bundesverfassungsgericht: Abschussermächtigung im Luftsicherheitsgesetz nichtig – Pressemitteilung Nr. 11/2006. In: www.bundesverfassungsgericht.de (Abruf am 20.04.2020).

2 Verfassungsbeschwerden gegen akustische Wohnraumüberwachung (so genannter Großer Lauschangriff) teilweise erfolgreich

Der Erste Senat des Bundesverfassungsgerichts hat mit heute verkündetem Urteil entschieden, dass [...] ein erheblicher Teil der Vorschriften der Strafprozessordnung (StPO) zur Durchführung der akustischen Überwachung von Wohnraum zu Zwecken der Strafverfolgung verfassungswidrig [...] ist.

Bundesverfassungsgericht: Verfassungsbeschwerden gegen akustische Wohnraumüberwachung (so genannter Großer Lauschangriff) teilweise erfolgreich – Pressemitteilung Nr. 22/2004 (Abruf am 20.04.2020).

EINSTIEGSAUFGABE

Erläutert mithilfe der zwei Pressemitteilungen in **M10**, inwieweit das Bundesverfassungsgericht Kontrolle ausübt.

M11 Die verfassungsrechtliche Stellung und Aufgaben des Bundesverfassungsgerichts

Deutschland hat mit dem Bundesverfassungsgericht eine eigenständige Institution geschaffen, die darüber wacht, ob sich das Parlament, die Regierung und die Gerichte in ihrer Rechtsprechung an das Grundgesetz halten. Als Hüter der Verfassung kann es jedes Gesetz, alles staatliche Handeln und jede Entscheidung der Gerichte auf ihre Verfassungsmäßigkeit hin überprüfen.
Im Zentrum der Arbeit des Gerichts stehen dabei die Grundrechte der Bürgerinnen und Bürger. Es schützt aber nicht nur die Grundrechte der Menschen, sondern formuliert auch rechtsverbindliche Interpretationen der Artikel des

Grundgesetzes. Die deutsche Verfassung enthält nur allgemein formulierte Regeln. Was diese Regeln konkret bedeuten, muss ausgelegt und damit festgelegt werden.

Dabei ist das Gericht für ganz unterschiedliche Bereiche zuständig: Mit der Verfassungsbeschwerde wird insbesondere den Bürgerinnen und Bürgern ermöglicht, ihre grundrechtlich garantierten Freiheiten gegenüber dem Staat durchzusetzen. Jeder, der sich durch die öffentliche Gewalt in seinen Grundrechten verletzt fühlt, kann eine Verfassungsbeschwerde erheben. Man kann sich gegen die Maßnahme einer Behörde, gegen das Urteil eines Gerichts oder gegen ein Gesetz richten.

Nur das Bundesverfassungsgericht darf feststellen, dass ein Gesetz mit dem Grundgesetz nicht vereinbar ist. Wenn ein anderes Gericht ein Gesetz für verfassungswidrig hält und es deshalb nicht anwenden will, muss es zuvor die Entscheidung des Bundesverfassungsgerichts einholen (konkrete Normenkontrolle). Darüber hinaus können die Bundesregierung, eine Landesregierung oder ein Drittel der Mitglieder des Bundestags die Verfassungsmäßigkeit einer Rechtsnorm überprüfen lassen (abstrakte Normenkontrolle).

Das Bundesverfassunsgericht kann auch dann angerufen werden, wenn zwischen Verfassungsorganen oder zwischen Bund und Ländern Meinungsverschiedenheiten über die gegenseitigen verfassungsmäßigen Rechte und Pflichten bestehen (Organstreit). Gegenstand eines Organstreits können beispielsweise Fragen des Parteien-, Wahl- oder Parlamentsrechts sein. Im Bund-Länder-Streit geht es häufig um Kompetenzprobleme.

Bearbeiter

Rahmen für politisches Handeln
Das Grundgesetz der Bundesrepublik Deutschland gibt den Rahmen vor, in dem sich alles politische Handeln vollziehen muss. Artikel 1 (3) GG besagt: „Die [...] Grundrechte binden Gesetzgebung, vollziehende Gewalt und Rechtsprechung als unmittelbar geltendes Recht."

Art. 94 GG
(1) Die Mitglieder des Bundesverfassungsgerichtes werden je zur Hälfte vom Bundestage und vom Bundesrate gewählt. Sie dürfen weder dem Bundestage, dem Bundesrate, der Bundesregierung noch entsprechenden Organen eines Landes angehören.

M12 Legitimation und Aufbau des Bundesverfassungsgerichts

Legitimation
Der Begriff „Legitimation" steht für die Rechtfertigung, warum eine Institution oder die darin tätigen Menschen politische Entscheidungen treffen dürfen.

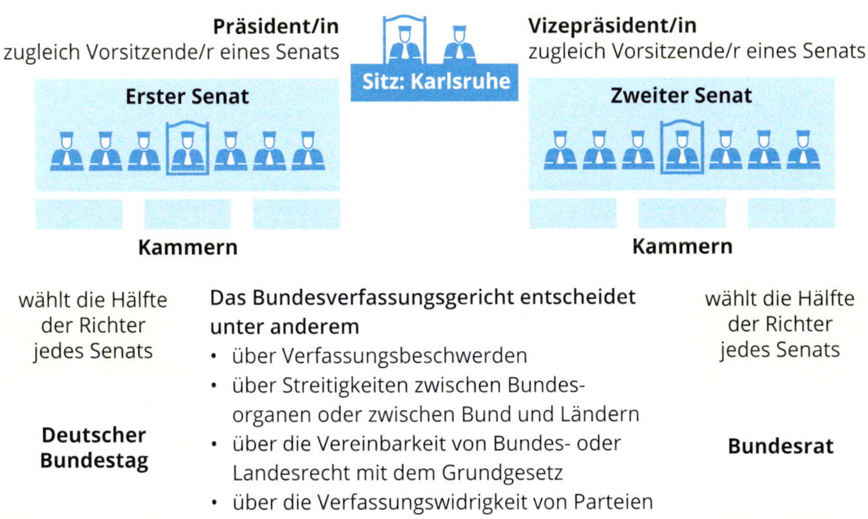

Bergmoser + Höller Verlag AG, Zahlenbilder 129 015

M13 Hat das Bundesverfassungsgericht zu viel Macht?

Kritik am Bundesverfassungsgericht ist nicht neu. Im Gegenteil: Sie ist so alt wie das Bundesverfassungsgericht selbst. Doch der Kritik liegt ein Missverständnis zugrunde. Das Bundesverfassungsgericht war nie unpolitisch. Schon seit seiner Gründung im Jahr 1951 lag es immer wieder im Streit mit der Legislative und der Exekutive. Seit mehr als sechs Jahrzehnten steht das Gericht deshalb unter Generalverdacht der Einmischung in die Politik sowie der verfassungsrechtlichen Knebelung des Gesetzgebers. [...] In der Theorie heißt es, „das Bundesverfassungsgericht wacht über die Einhaltung des Grundgesetzes". Doch die Praxis sieht ganz anders aus. Das Bundesverfassungsgericht ist eben nicht nur Garant für die Menschenwürde und die Grundrechte. Die Verfassungsrichter wachen nicht nur darüber, dass in der Politik die demokratischen Spielregeln eingehalten werden, etwa im Wahlrecht oder bei den Kontrollrechten des Parlaments gegenüber der Regierung. Vielmehr ist das Bundesverfassungsgericht ein politisches Gericht, es urteilt nicht nur über politische Entscheidungen, sondern macht auch Politik. [...] Der politische Einfluss des Gerichts ist groß, schließlich gibt es kaum noch eine politische Entscheidung, die ohne Zutun des Bundesverfassungsgerichts gefällt wird. Schon im Gesetzgebungsverfahren wissen alle Beteiligten, ein Kläger findet sich nach der Verabschiedung eines Gesetzes immer. [...] Doch die Parteien sind vor allem auch selber schuld daran, dass das Bundesverfassungsgericht so viel Macht hat und ihnen deshalb immer wieder vorschreibt, welche Politik sie zu machen haben. [...] Immer wieder werden politische Streitfragen nach Karlsruhe getragen, weil sich die Politik nicht traut, den Wählern reinen Wein einzuschenken. Anderseits ist das Bundesverfassungsgericht zu einem Kampfplatz der Opposition verkommen. Wann immer diese politische Mehrheitsentscheidungen nicht akzeptieren will, wie [...] bei der Einführung des Betreuungsgeldes, ruft sie nach einem Urteil aus Karlsruhe, um so die verlorene politische Auseinandersetzung zu verlängern.

Seils, Christoph: Die Überpolitiker aus Karlsruhe. In: www.tagesspiegel.de, 04.03.2013.

AUFGABEN

1. Beschreibt die verfassungsrechtliche Stellung sowie die Aufgaben des Bundesverfassungsgerichts (**M11**).
2. Vergleicht die Legitimation des Deutschen Bundestags mit der des Bundesverfassungsgerichts (**M12**, **Randspalte S. 93**).
3. Erklärt, warum das Abschieben von Entscheidungen nach Karlsruhe ein zweischneidiges Schwert für die Politik sein kann (**M13**).
4. Diskutiert, inwieweit die Thesen: „Das Bundesverfassungsgericht mischt sich zu sehr in die Politik ein!" und „Erst die Politik verleiht Karlsruhe seine Macht!" ihre Berechtigung haben (**M11-M13**).

1.5.5 Medien – die vierte Gewalt?

Zum Thema: Kein Tag vergeht, an dem wir nicht eine Zeitung, das Fernsehen, das Internet oder das Handy nutzen, um uns zu informieren, miteinander auszutauschen oder nur zu konsumieren. Medien sind dementsprechend aus unserem Leben nicht mehr wegzudenken. In diesem Unterkapitel lernt ihr, welche Aufgaben Medien in einer Demokratie erfüllen und warum wir auf sie angewiesen sind.

M14 Demokratie ohne Medien...

Karikatur: Ed Stein

EINSTIEGSAUFGABEN

- Beschreibt die Karikatur „Infrastructure“ (**M14**).
- Erläutert, welche Funktion den Medien – hier den Zeitungen – zugesprochen wird.

M15 Welche Aufgaben erfüllen Medien?

Ihre „öffentliche Aufgabe“ erfüllen die Medien dadurch, dass sie an der freien, individuellen und öffentlichen Meinungsbildung mitwirken, indem sie zu Angelegenheiten von allgemeiner Bedeutung Nachrichten sowie Informationen beschaffen und verbreiten, die jeder Einzelne benötigt, um sich in der Gesellschaft zurechtzufinden. [...]

Den Kern der öffentlichen Aufgabe bildet die Mitwirkung der Medien an der politischen Meinungsbildung. Um dieser Aufgabe willen stellen freie Medien einen unverzichtbaren Bestandteil jeder freiheitlichen Demokratie dar. Das Funktionieren einer Demokratie, in der alle Staatsgewalt vom Volke ausgeht (Art. 20 Abs. 2 GG), setzt voraus, dass dessen Mitglieder über die Informationen verfügen, die sie benötigen, um sich auf rationale Weise eine eigene Meinung zu allen politischen Fragen bilden zu können. Diese Informationen können sie zum größten Teil nur aus den Medien beziehen.

Deren Aufgabe besteht deshalb vor al-

Art. 5 GG

(1) Jeder hat das Recht, seine Meinung in Wort, Schrift und Bild frei zu äußern und zu verbreiten und sich aus allgemein zugänglichen Quellen ungehindert zu unterrichten. Die Pressefreiheit und die Freiheit der Berichterstattung durch Rundfunk und Film werden gewährleistet. Eine Zensur findet nicht statt.

Meinungsfreiheit im Erklärfilm

Mediencode: 71083-09

lem darin, die erforderlichen Informationen zu beschaffen, auszuwählen und so zusammenzustellen und ggf. kritisch zu kommentieren, dass ihr Publikum sie versteht und sich seine eigene Meinung bilden kann. Damit stellen die Medien zugleich eine Verbindung zwischen dem Volk und seinen gewählten Vertretern her: Parlamentarier und Regierung erfahren nicht zuletzt aus den Medien, was im Volk gedacht und gewollt wird, und das Volk erfährt, was Parlament und Regierung vorhaben und tun. Schließlich üben die Medien gegenüber den Machthabern eine Kontrollfunktion aus, indem sie auch solche Informationen verbreiten, die jene gern geheim gehalten hätten, und zu diesen Informationen kritisch Stellung nehmen. Auf Grund dieser Kontrollfunktion werden die Medien auch als [...] „vierte Gewalt" bezeichnet.

Branahl, Udo/Donges, Patrick: Wozu benötigen wir Medien?. In: www.bpb.de, 08.06.2011.

M16 Pressefreiheit: Nahaufnahme Deutschland

2016 registrierte „Reporter ohne Grenzen" erneut eine erschreckend hohe Zahl von tätlichen Angriffen, Drohungen und Einschüchterungsversuchen gegen Journalisten. Zu Gewalt kam es vor allem bei Demonstrationen rechtspopulistischer oder rechtsradikaler Gruppierungen. [...] Immer wieder geraten Journalisten auch in Deutschland ins Visier von Strafverfolgungsbehörden, in- oder ausländischen Geheimdiensten. [...] Eine Klage von „Reporter ohne Grenzen" gegen ein Analysesystem des BND für Metadaten aus Auslandstelefonaten fand das Bundesverwaltungsgericht stichhaltig genug, um weitere Aufklärung von dem Geheimdienst zu verlangen. Ein Medienunternehmen wurde nach Angaben des Bundesamts für Verfassungsschutz Ziel eines Spionageangriffs aus dem Ausland. Einige Journalisten und Medien in Deutschland wurden Medienberichten zufolge vom türkischen Geheimdienst MIT ausgeforscht. [...] Eine latente Bedrohung bleibt die schrumpfende Pressevielfalt. Zu ihr trägt die Schließung von Lokalredaktionen ebenso bei wie die Zusammenlegung ehemals eigenständiger Vollredaktionen zu Zentral- oder Gemeinschaftsredaktionen. Zugleich verwischen Unternehmen mit PR-Praktiken wie „Content Marketing" die Grenzen zwischen Journalismus und Werbung und beschädigen damit das Vertrauen in eine unabhängige Berichterstattung.

© Dreyer, Christoph/Gruska, Ulrike/Matthey, Juliane/Renzenbrink, Anne: Rangliste der Pressefreiheit 2017 – Nahaufnahme Deutschland. In: www.reporter-ohne-grenzen.de, 01.01.2017.

M17 Die Medien als vierte Gewalt?

Darf der Staat Geheimnisse vor seinen Bürgern haben? [...] Die Antwort ist [...] ganz einfach. Sie lautet: ja. Natürlich darf der Staat Geheimnisse haben. Es gehört zum umsichtigen Handeln jedes Staatsdieners, Entscheidungen im Stillen vorzubereiten, so dass die gewünschten Ergebnisse nicht von Unbefugten vorab vereitelt werden können. Das gilt für die Planung von Außenministerkonferenzen nicht anders als für den geplanten Zugriff auf Terroristen. Zum verantwortungsvollen Handeln aller Politiker, Beamten und Richter gehört es darum auch, auf sensible Informationen von Fall zu Fall aufzupassen. Dies ist umso wichtiger, als der Staat sich eben nicht darauf verlassen kann, im rechtlich geschützten Dunkeln zu arbeiten. Die Intimsphäre des Staates als solche ist rechtlich nicht geschützt, der Staat hat, anders als seine Bürger, kein Privatleben. Die Rechte der Bürger verdienen Schutz, die Interna des Staates nicht. [...] Ebenso, wie es für den Staat legitim ist, Informationen unter dem Deckel zu halten, ist es legitim für die Presse, Informationen, die sie gleichwohl aus dem Bauch des Staates bekommen hat, öffentlich zu machen.

Darnstädt, Thomas: „Verrat als Bürgerpflicht?". In: Der Spiegel, Nr. 50, 2010, S. 98.

M18 Investigativer Journalismus in Deutschland

Verwandten-Affäre im Landtag von Bayern
Die Abendzeitung berichtet über Abgeordnete, die im Bayerischen Landtag ihre Ehefrauen und Kinder beschäftigt haben. Die Berichterstattung hat wesentlich dazu beigetragen, dass die Beschäftigung von Ehefrauen und Kindern auf Staatskosten beendet wurde.

Aktiendeal aufgedeckt
Journalisten des Handelsblatts haben die Umstände des Aktiendeals unter dem damaligen Ministerpräsidenten Mappus (CDU) recherchiert. Kritisiert wurde, dass der Landtag nicht ausreichend eingebunden und der Kaufpreis zu hoch war.

Reporter der Südwest-Presse machen **Fehler beim Neubau der Chirurgie** des Ulmer Universitätskrankenhauses öffentlich. Die Fehlentwicklungen haben das gesamte Universitätsklinikum an den Rand des Bankrotts getrieben.

Bearbeiter

AUFGABEN

1. Medien erfüllen zentrale Funktionen in einer Demokratie. Nennt auf Basis von **M15** die Aufgaben von Medien.
2. Bearbeitet das Thema Pressefreiheit in Deutschland in Kleingruppen.
   a) Arbeitet die unterschiedlichen Herausforderungen heraus, mit denen die Presse in Deutschland konfrontiert wird (**M16**).
   b) Von wem wird in Deutschland die Pressefreiheit bedroht? Vergleicht dafür die unterschiedlichen Herausforderungen miteinander (**M16**).
3. Das Verhältnis von Staat und Medien ist nicht einfach.
   a) Erläutert, warum der Staat Geheimnisse haben darf, die Presse jedoch zugleich das Recht hat, diese Geheimnisse öffentlich zu machen (**M17**).
   b) Überprüft ausgehend von den Beispielen aus der Presse (**M18**), welche Aufgaben Medien (**M15**) in einer Demokratie erfüllen.

1.5.6 Fake News im Konflikt mit der Politik – sollte man gesetzlich eingreifen?

Zum Thema: Nicht in jedem Fall sind Nachrichten aus den Medien wahr. So genannte Fake News werden beispielsweise über soziale Netzwerke wie Facebook schnell verbreitet. In diesem Unterkapitel lernt ihr, welche Auswirkungen Fake News auf die Politik haben können.

M19 Worin besteht der Konflikt?

Fake News im Erklärfilm

Mediencode: 71083-10

Ein Schweizer Rechtspopulist hat ein vermeintliches Zitat Renate Künasts gepostet, das die Politikerin nie gesagt hat. Es wurde mehr als 4.000 Mal geteilt.

Ignaz Bearth ist fleißig unterwegs auf Facebook. Er ist Gründer und Parteipräsident der Schweizer Mini-Rechtspartei DPS (Direktdemokratische Partei Schweiz), [...] findet die herkömmlichen Medien doof und Muslime sowieso. [...]

Jetzt hat Bearth offenbar gemerkt, dass man gar keine Abendspaziergänge oder Parteiprogramme braucht, um mächtig zu zündeln. Auch er nutzt die Gunst der Stunde, um vor dem Hintergrund des Freiburger Mordfalls Maria L. Stimmung gegen Flüchtlinge und die so geschimpften „Gutmenschen" zu machen. Als eine Vertreterin letzterer hat er unschwer Renate Künast ausgemacht – und nun ein angebliches Zitat von ihr gepostet, das offenbar falsch ist, aber stundenlang auf Facebook stand und tausendfach geteilt wurde.

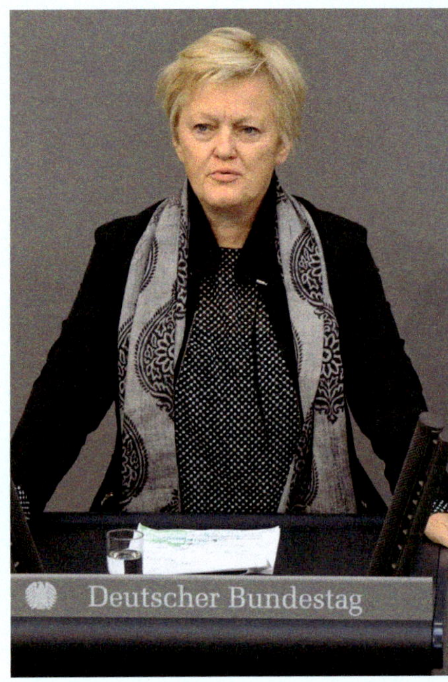

Renate Künast (Bündnis 90/Die GRÜNEN) ist seit 2002 Mitglied des Deutschen Bundestages.

© Stern-Online: Schweizer Rechtspopulist hetzt mit falschem Zitat gegen Renate Künast. In: www.stern.de, 06.12.2016.

EINSTIEGSAUFGABEN

- Bewertet den Vorschlag, dass die Politik gesetzlich eingreifen soll, um Fake News zu bekämpfen (**M19**). Positioniert euch entsprechend eurer Bewertung auf einer Positionslinie (→ Methodenglossar).
- Formuliert konkrete Fragen in Bezug auf die Streifrage (**M19**).
- Kategorisiert („Kategorien" → S. 25 f.) diese Fragen.

M20 Streit im Umgang mit Fake News – welche Akteure sind beteiligt?

weitere Materialien für eine kategoriale Analyse

Mediencode: 71083-11

a) Der Bundestag beschließt Gesetz gegen strafbare Inhalte im Internet

Die Betreiber von Internet-Plattformen sind nach dem Telemediengesetz verpflichtet, strafbare Inhalte zu löschen, wenn sie ihnen gemeldet werden. Dass die großen, sogenannten sozialen Netzwerke dieser Pflicht künftig besser nachkommen, dafür soll das Netzwerkdurchsetzungsgesetz sorgen. Dies hat der Bundestag am Freitag, 30. Juni 2017 verabschiedet.
Das [Gesetz] verpflichtet Plattformbetreiber, ein wirksames und transparentes Verfahren für den Umgang mit Beschwerden vorzuhalten, das für Nutzer leicht erkennbar, unmittelbar erreichbar und ständig verfügbar ist. Offensichtlich rechtswidrige Inhalte müssen in der Regel innerhalb von 24 Stunden nach Eingang der Beschwerde entfernt werden.

© Deutscher Bundestag: Bundestag beschließt Gesetz gegen strafbare Inhalte im Internet. In: www.bundestag.de, 30.06.2017.

b) Diskussion zwischen den Parteien im Bundestag zum Gesetz

Verbales Faustrecht beenden: Die Meinungsfreiheit sei ein hohes Gut, betonte Bundesjustizminister Heiko Maas (SPD), „und zu ihr gehören auch hässliche Äußerungen". Sie ende aber da, wo das Strafrecht beginnt. Deshalb sei „die Einhaltung von Recht und Gesetz kein Angriff, sondern die Garantie der Meinungsfreiheit". Das neue Gesetz beende „das verbale Faustrecht im Netz" und schütze die Meinungsfreiheit aller.
Ebd.

Über Recht sollten Gerichte entscheiden: Dr. Petra Sitte (Die LINKE) kritisierte insbesondere die Löschfristen, die immer noch zu knapp seien. „Damit werden den Plattformen teils sehr schwierige rechtliche Entscheidungen auferlegt", sagt Sitte. Dass sie dann im Zweifel sicherheitshalber auch eigentlich rechtmäßige Inhalte löschen würden, liege auf der Hand. Abwägungen und Entscheidungen über Strafbarkeit, über die eigentlich Gerichte entscheiden sollten, würden „in die Hände von Privaten gelegt".
Ebd.

Entscheidung wird nicht Privaten überlassen: Natürlich sei Strafverfolgung Sache der Justiz, antwortete Nadine Schön (CDU/CSU). Aber schon heute hätten Plattform-Betreiber die Pflicht, strafbare Inhalte zu löschen, seien ihr aber „über Jahre nicht nachgekommen". Deshalb müsse der Gesetzgeber handeln.
Ebd.

Keine gesellschaftliche Debatte: Renate Künast (Bündnis 90/Die GRÜNEN) hob hervor, dass der Bundestag an diesem Tag „ganz grundlegende Weichen für das digitale Zeitalter" stelle. Er gebe hier weltweit ein Muster vor. Was ihr dabei Sorgen bereite: „Da gucken auch undemokratische Länder auf uns". Statt eines schnellen Gesetzgebungsverfahrens hätte sie sich eine breite Debatte gewünscht, was in der Gesellschaft los sei, dass es zu solchen Ausdrucksformen im Netz kommt.
Ebd.

c) Kritik von Verbänden, Bürgerrechtlern und Juristen

Das Gesetz stößt auf scharfe Kritik. Interessenverbände, Bürgerrechtler und Juristen sehen in dem Entwurf eine Gefahr für die Meinungsfreiheit. Die kurzen und starren Löschfristen sowie die hohe Bußgeldandrohung würden dazu führen, dass die Netzwerke die Inhalte im Zweifel lieber entfernen als sie auf der Plattform zu belassen. Juristen weisen darauf hin, dass nicht jeder Kommentar immer eindeutig als strafbar zu bewerten sei. Gerade im Bereich der Beleidigung gebe es häufig Grenzfälle, da eine Aussage selten für sich allein, sondern in der Regel im jeweiligen Kontext zu beurteilen sei. Beispielhaft hierfür seien Aussagen im Bereich der Satire. Auch der neu geschaffene Auskunftsanspruch könnte Nutzer davon abhalten, ihre Meinung in den sozialen Netzwerken zu äußern, weil sie befürchten müssen, dass ihre Daten herausgegeben werden könnten. Daneben sei der weite Auskunftsanspruch bedenklich im Hinblick auf das Recht auf persönliche Selbstbestimmung, so die Kritiker.

Conraths Timo/ARD-Rechtsredaktion: Was regelt das neue Gesetz gegen Hasskommentare?. In: www.tagesschau.de, 01.10.2017.

M21 Ist eine gesetzliche Regulierung gegen Fake News sinnvoll?

a) Für eine bessere Rechtsdurchsetzung in sozialen Netzwerken

Heiko Maas war von 2013 bis 2018 Bundesminister der Justiz und für Verbraucherschutz

Heiko Maas: Die Meinungsfreiheit schützt in einer lebendigen Demokratie auch abstoßende und hässliche Äußerungen. Aber: Die Meinungsfreiheit endet da, wo das Strafrecht beginnt. Für strafbare Hetze und Verleumdung darf in den sozialen Netzwerken genauso wenig Platz sein, wie auf der Straße.

Die Selbstverpflichtungen der Unternehmen haben zu ersten Verbesserungen geführt. Diese reichen aber noch nicht aus. Die neuen Zahlen, die die Organisation jugendschutz.net für uns erhoben hat, zeigen: Es werden weiter zu wenige strafbare Inhalte gelöscht. Und sie werden nicht schnell genug gelöscht. Das größte Problem ist und bleibt, dass die Netzwerke die Beschwerden ihrer eigenen Nutzer nicht ernst genug nehmen. Daher ist jetzt klar: Wir müssen den Druck auf die sozialen Netzwerke erhöhen. Um die Unternehmen bei der Löschung strafbarer Inhalte noch stärker in die Pflicht zu nehmen, brauchen wir gesetzliche Regelungen.

[Unser Gesetzentwurf setzt] verbindliche Standards dafür, wie die Betreiber sozialer Netzwerke mit Beschwerden umgehen müssen, und verpflichtet sie zur Löschung strafbarer Inhalte. Ein Verstoß gegen diese Organisationspflichten ist nach unserem Vorschlag eine Ordnungswidrigkeit und kann mit einer Geldbuße von bis zu fünf Millionen Euro geahndet werden.

[Die] [...] von uns vorgeschlagenen Regeln [richten sich] gegen die Verbreitung von strafbaren Inhalten [und] [...], sind [...] [somit] auch ein Mittel gegen strafbare „Fake News". Strafbar sind „Fake News", wenn sie etwa die Tatbestände der Beleidigung, Verleumdung oder der üblen Nachrede erfüllen.

Maas, Heiko: Fair im Netz: Bekämpfung von Hasskriminalität und strafbaren Falschnachrichten – Bessere Rechtsdurchsetzung in sozialen Netzwerken. In: www.bmjv.de, 14.03.2017.

b) Fake-Gesetze gegen Fake News

Heinrich Schmitz: Es ist ein unausrottbarer Irrtum von Politikern, zu glauben, durch Ausstoß von Gesetzen die Realität zu verbessern. [...]
Nun kam aus den Reihen der GroKo die Forderung, diese Fake News durch ein neues Gesetz zu bekämpfen. CDU-Mann Patrick Sensburg [schlägt] „[...] eine Art „Prüfstelle" [...] [vor], die Propaganda-Seiten aufdeckt und kennzeichnet". [...] Beim Aufbau dieser Prüfstelle wären zunächst einmal, gesetzliche Regelungen für die Wahrheitskriterien zu definieren. Philosophen, Rechts- und andere Wissenschaftler würden jede Nachricht einem intensiven Faktencheck unterziehen [...].
Nun ist es ja nicht so, dass es keine rechtlichen Regelungen gegen Verleumdung, üble Nachrede und Beleidigung gäbe. Die gibt es seit es das Strafgesetzbuch gibt. Es gibt auch zivilrechtliche Möglichkeiten mit denen man falsche Tatsachenbehauptungen mit Unterlassungsklagen und einstweiligen Verfügungen untersagen lassen kann. Man kann auch ein Schmerzensgeld verlangen. Alles da.
Es ist allerdings häufig schwierig, den Urheber der falschen Nachricht ausfindig zu machen. Früher war das etwas einfacher. Da wurden Gerüchte noch mündlich, unter dem oft nach Alkohol riechenden Siegel der Verschwiegenheit weitergegeben, machten nach der Lokalrunde kurz die lokale Empörungsrunde und gerieten wieder in Vergessenheit. Klatsch und Tratsch bestehen traditionell aus erfundenen Neuigkeiten, landen erst in einem bunten Blatt und dann im Altpapier. Durch das Internet und soziale Netzwerke verbreiten die falschen oder beleidigenden Inhalte sich viral aber nicht nur in rasender Geschwindigkeit, sondern sind auch kaum mehr aus der digitalen Welt zu entfernen. Das Netz vergisst nichts.
Wer Angst davor hat, dass [...] Politiker mit dreisten Lügen und Tabubrüchen eine Wahl gewinnen könnten, der muss nicht mit Verboten hantieren. Erstens wird er sich nicht ganz zu Unrecht mit einem Zensurvorwurf herumzuschlagen [...] müssen, der dem politischen Gegner noch mehr Stimmen zutreibt, zweitens wird sich der Fake News-Tsunami solange verstärken, bis alle Dämme brechen.
Dabei gäbe es ein Mittel, den Einfluss von gefälschten Nachrichten einzudämmen, ein Schulfach Medienkompetenz. [...] Was die Informationsbeschaffung angeht, hat gerade bei jungen Menschen die Internetnutzung überragende Bedeutung gewonnen. [...] Es ist wichtig, dass junge Menschen selbst in die Lage versetzt werden, gefälschte von wahren Nachrichten zu unterscheiden. Dass sie lernen die Quellen zu beurteilen und das jeweilige Interesse, dass eine Quelle haben könnte. Das ist allemal besser als stumpfe Fake-Gesetze.

Heinrich Schmitz arbeitet als Rechtsanwalt und schreibt als Kolumnist und Blogger. In seiner Kolumne auf Tagesspiegel Causa beleuchtet er rechts- und gesellschaftspolitische Themen juristisch korrekt, aber allgemeinverständlich, unterhaltsam und mitunter polemisch.

Schmitz, Heinrich: Fake-Gesetze gegen Fake News. In: www.causa.tagesspiegel.de (Abruf am 02.08.2019).

M22 Dilemma im Umgang mit Fake News

Karikatur: Heiko Sakurai

AUFGABEN

1. Verfasst einen Artikel für ein (Online)-Lexikon, indem ihr mithilfe des Beispiels **M19** den Begriff Fake News definiert. Beantwortet dabei unter anderem folgenden Fragen:
   a) Wer verfasst Fake News?
   b) Welches Ziel verfolgen die Verfasser von Fake News?
   c) Wie verbreiten sich Fake News?
   d) Wie unterscheiden sich Fake News von Meinungen, Hate Speech und Satire?
2. Analysiert in Gruppen **M19** und **M20** hinsichtlich der folgenden Fragen:
   a) Was sind Fake News?
   b) Welche Akteure streiten sich bezüglich des Umgangs mit Fake News?
   c) Worum geht es dabei konkret?
   Geht dabei besonders auf den Konflikt um das Netzwerkdurchsetzungsgesetz ein. Stellt eure Ergebnisse in einem Schaubild dar.
3. Führt mithilfe der Materialien **M21a-b** ein Pro-Kontra-Streitgespräch (→ Methode S. 62) zur Streitfrage „Soll die Politik gesetzlich eingreifen, um Fake News zu bekämpfen?" durch.
4. a) Analysiert (→ Methodenglossar) die Karikatur **M22**.
   b) Stellt eure Ergebnisse im Plenum vor.

F

a) Bewertet den Vorschlag, dass die Politik gesetzlich eingreifen soll, um Fake News zu bekämpfen. Nutzt für eure Urteile die Methode „Politisch Urteilen mithilfe von Kategorien und Kriterien" (→ S. 25 f.).
b) Positioniert euch entsprechend eurer persönlichen Bewertung erneut auf der Linie.
c) Begründet eure jeweilige Positionierung im Vergleich zum Anfangsstatement.

Politik als Problemlöser (··→ M1-M3a-b)

Politik kann als Versuch zur verbindlichen Lösung gesellschaftlicher Probleme oder Konflikte gesehen werden. Am Anfang steht ein ungelöstes Problem wie z. B. fehlender bezahlbarer Wohnraum. Ob es sich tatsächlich um ein politisches Problem handelt und wie dieses zu lösen ist, darüber wird öffentlich diskutiert. Es folgt der formale Gesetzgebungsprozess.

Gesetze und Gesetzgebung (··→ M5)

Politik beschäftigt sich mit der Lösung von Problemen und Konflikten, die für die Gesellschaft von Bedeutung sind. Damit die Lösung für alle Gesellschaftsmitglieder verbindlich ist, wird sie häufig in Form von Gesetzen herbeigeführt. Gesetze enthalten Regeln, denen sich die Betroffenen nicht entziehen können. Sie schützen die Menschen (z. B. Lebensmittelgesetz), ordnen das gesellschaftliche Zusammenleben (z. B. im Bereich des Luft- und Straßenverkehrs) und steuern das Verhalten der Menschen (z. B. Gesetz zur Besteuerung von Zigaretten). Die Gesetzgebung ist ein langwieriger Prozess, an dem Bundesregierung, Bundestag und Bundesrat mitwirken. Aber auch einzelne Interessengruppen versuchen, über ihre Interessenorganisationen oder die öffentliche Meinung Einfluss zu nehmen. So kann gewährleistet werden, dass niemand zu viel Macht erhält und es Raum für gesellschaftliche Kompromisse gibt. Zuletzt wird jedes Gesetz vom Bundespräsidenten geprüft. Selbst tritt er nicht aktiv im politischen Entscheidungsprozess auf, da er keine politischen Entscheidungen fällen kann.

Der Bundespräsident (··→ M8a-b, M9)

Der Bundespräsident wird von der Bundesversammlung (durch Vertreter des Bundestags und der Länder) auf fünf Jahre gewählt. Um seine überparteiliche Stellung nicht zu gefährden, lässt er eine Parteimitgliedschaft oder berufliche Verpflichtungen für die Dauer seiner Amtszeit ruhen. Zu seinen Aufgaben gehören die völkerrechtliche Vertretung des Bundes und Abschluss von Verträgen mit anderen Staaten im Namen des Bundes, die Prüfung, Unterzeichnung und Verkündung von Gesetzen, Vorschlag, Ernennung und Entlassung des Bundeskanzlers, die Ernennung und Entlassung der Bundesminister sowie das Begnadigungsrecht. Bei diesen Aufgaben handelt es sich weitestgehend um formale Kompetenzen, denn der Bundespräsident hat dabei nur einen geringen Entscheidungsspielraum, es sei denn, er hat begründete Zweifel an der Verfassungsmäßigkeit eines Vorgangs oder eines Gesetzes. Dann kann er seine Unterschrift verweigern. Der tatsächliche Einfluss des Bundespräsidenten beruht auf seiner Überzeugungskraft und seinem Ansehen in der Öffentlichkeit.

Bundesverfassungsgericht (··→ M11-M13)

Um einen Missbrauch der Instrumente der wehrhaften Demokratie zu verhindern, wurden diese überwiegend dem Bundesverfassungsgericht übertragen. Das Bundesverfassungsgericht ist das höchste deutsche Gericht. Es entscheidet verbindlich über die Auslegung des Grundgesetzes. Außerdem kann sich jeder Bürger an das Gericht wenden, wenn er seine Grundrechte durch staatliches Handeln verletzt sieht. Deshalb wird das Bundesverfassungsgericht auch als „Hüter der Verfassung" bezeichnet. Es ist allen anderen Verfassungsorganen (Bundestag, Bundesregierung, Bundesrat, Bundespräsident) gegenüber selbstständig, unabhängig und diesen gleichgeordnet. Als wichtige Aufgaben kommen ihm u. a. zu: Entscheidung bei Streitigkeiten zwischen Verfassungsorganen (Organstreit); Entscheidung bei Streitigkeiten zwischen Bund und Bundesländern (Bund-Länder-Streit); Entscheidung, ob Bürger in ihren Grundrechten verletzt wurden (Verfassungsbeschwerden); Kontrolle bestehender Gesetze hinsichtlich ihrer Übereinstimmung mit der Verfassung (konkrete und abstrakte Normenkontrolle); Entscheidung, ob eine Partei verboten werden soll (Parteiverbot).

Presse- und Meinungsfreiheit (··➔ M15, M16)

Voraussetzung für die ungehinderte Information durch die Medien ist die in Art. 5 GG verankerte Meinungs- und Pressefreiheit. Danach hat jeder das Recht, seine Meinung in Wort, Schrift und Bild frei zu äußern und zu verbreiten und sich aus allgemein zugänglichen Quellen ungehindert zu unterrichten. Dies gilt für die Medien als Institutionen sowie für jeden Einzelnen. Art. 5 GG wird als Fundament jeglicher freiheitlichen Demokratie betrachtet. Ohne freie Meinungs- und Willensbildung kann es keine freien Wahlen und keine demokratische Mitwirkung der Bürger geben.

Medien (··➔ M17, M18)

Unsere Gesellschaft wird häufig als Informations- oder Wissensgesellschaft bezeichnet. Darin drückt sich die herausragende Bedeutung des Wissens bzw. der Übermittlung von Informationen für den Einzelnen und die Gesellschaft aus. Die Informationsgesellschaft gründet sich auf sich rasant entwickelnde, hoch technisierte Massenmedien, wie Fernsehen, Zeitungen oder das Internet. Sie führen zu einer Ausweitung und Beschleunigung der Kommunikation in allen Lebensbereichen. In einer immer komplexer werdenden Welt sind wir auf die Informationen der Massenmedien angewiesen. Auch bei der Meinungsbildung fällt den Massenmedien eine bedeutsame Rolle zu. Die Medien sollen die Vielfalt der in der Bevölkerung bestehenden Überzeugungen widerspiegeln und sie in die öffentliche Diskussion einbringen. Ohne Medien wäre es schwierig, alternative Positionen und Meinungen einer breiten Öffentlichkeit zugänglich zu machen. Außerdem decken Journalisten durch eigene Recherchen immer wieder politische Missstände auf. Deshalb werden die Medien auch als „vierte (kontrollierende) Gewalt" bezeichnet.

Umgang mit Fake News (··➔ M19-M21a-b)

Fake News sind Nachrichten, die nicht der Wahrheit entsprechen. Sie werden gezielt im Internet verbreitet. Häufig sind sie politisch motiviert und dienen dem eigenen persönlichen Interesse. Politiker und Experten suchen nach dem geeigneten Weg, die Verbreitung von Fake News effizient einzudämmen. Der Bundestag beschloss dazu das Netzwerkdurchsetzungsgesetz. Es verpflichtet Plattformbetreiber binnen 24 Stunden offensichtlich rechtswidrige Inhalte zu löschen.

1.6 Politischer Extremismus in Deutschland

1.6.1 Islamismus, Rechts- und Linksextremismus – ein Problem für Deutschland?

Zum Thema: In den Medien wird seit Herbst 2015 politischer Extremismus in Deutschland immer präsenter dargestellt. Deckt sich diese Darstellung mit der Realität? Dieses Unterkapitel klärt über Art, Auftreten und Entwicklung von politischem Extremismus in Deutschland auf.

M1 Fallbeispiele: Liegt „politischer Extremismus" vor?

a) „Scharia-Polizei" in Wuppertal

Im September 2014 forderten Islamisten in Wuppertal Bürger auf, von Glücksspielen und Alkoholgenuss abzusehen. Dabei trugen sie Westen mit der Aufschrift „Shariah Police".

In Wuppertal sorgte 2014 eine Gruppe Männer im Alter von 19 bis 33 Jahren für Aufregung, als sie in Warnwesten mit dem Schriftzug „Sharia Police" durch die Stadt patrouillierte. Aus einem Internetvideo geht Polizeiberichten zufolge hervor, dass die Männer versuchten, Menschen von dem Besuch von Diskotheken und Spielhallen abzuhalten. Zudem verteilten sie Flyer mit Regeln, auf denen unter anderem stand, man solle keinen Alkohol trinken sowie nicht spielen, Musik hören oder rauchen.

Scharia
religiöses Gesetz im Islam, islamisches Recht

b) Gewalt gegen Sachgegenstände und Polizisten in Leipzig

Polizisten räumen eine Kreuzung im Leipziger Stadtteil Connewitz, während im Vordergrund ein brennender Einkaufswagen liegt. In der Neujahrsnacht vom 31.12.2019 auf den 01.01.2020 kam es dort zu Zusammenstößen zwischen Linksautonomen und der Polizei.

c) Ein Mann tötet Menschen in Halle

Nach dem Anschlag auf eine Synagoge herrscht in Halle Trauer und Entsetzen. [Ein 27-jähriger Mann] [...] versuchte, die verschlossenen Türen [einer Synagoge] mit Schüssen zu öffnen, was misslang. Er erschoss dann eine an der Synagoge vorbeilaufende Passantin. Anschließend fuhr er zu einem nahgelegenen Döner-Imbiss und warf einen Sprengsatz, der am Türrahmen abprallte und auf der Straße detonierte. Daraufhin erschoss er einen der Gäste.

© Deutschlandfunk: Halle – Was wir bisher über das Attentat wissen. In: www.deutschlandfunk.de, 10.10.2019.

Vor der Synagoge in Halle nach dem Anschlag

EINSTIEGSAUFGABE

Lest die Fallbeispiele aus **M1**. Beantwortet die Titelfrage für jedes Beispiel: Liegt „politischer Extremismus" vor? Begründet eure Antworten.

M2 Politischer Extremismus: Bedeutung und Erscheinungsformen

a) Was ist „politischer Extremismus"?

Im politischen Sinne bedeutet Extremismus die prinzipielle, unversöhnliche Gegnerschaft gegenüber Ordnungen, Regeln und Normen des demokratischen Verfassungsstaates sowie die fundamentale Ablehnung der mit ihm verbundenen gesellschaftlichen und ökonomischen Gegebenheiten. Extremistische Einstellungen basieren i. d. R. auf grundsätzlicher Ablehnung gesellschaftlicher Vielfalt, Toleranz und Offenheit und stellen häufig den Versuch dar, die aktuellen politischen, ökonomischen und sozialen Probleme auf eine einzige Ursache zurückzuführen.

Schubert, Klaus/Klein, Martina: Das Politiklexikon. Bonn: Bundeszentrale für politische Bildung 2016, S. 113.

b) Was sind die häufigsten Erscheinungsformen von Extremismus?

Rechtsextremismus – Der Rechtsextremismus stellt in Deutschland kein einheitliches Phänomen dar. Allgemein herrscht aber die Auffassung vor, dass die Zugehörigkeit zu einer bestimmten Ethnie, Nation oder Rasse zugleich entscheidend für den „Wert" eines Menschen sei. Dieses rechtsextremistische Werteverständnis steht im fundamentalen Widerspruch zu unserem Grundgesetz, das die Würde des Menschen in den Mittelpunkt stellt. Rechtsextremismus ist geprägt von hoher Militanz und einem hohen Gewaltniveau. Das zeigt die große Zahl der fremdenfeindlich motivierten Gewalttaten.

Linksextremismus – Linksextremisten sehen den Widerstand gegen die bestehende freiheitliche Staats- und Gesellschaftsordnung als einen Kernbereich ihrer politischen Zielsetzung an. Sie streben eine grundlegende Umwälzung der politischen und gesellschaftlichen Verhältnisse in unserem Land an. [...]
Linksextremisten, vor allem aus der autonomen Szene, bekennen sich offen zum Einsatz von Gewalt als – aus ihrer Sicht – legitimen Bestandteil ihrer Politik. Sie rechtfertigen die eigene Gewalt dabei als angeblich notwendiges Mittel in der politischen Auseinandersetzung, um sich gegen ein vermeintliches System von Zwang, Ausbeutung und Unterdrückung zu wehren. Je nach Situation werden dabei Straftaten unterschiedlichster Art und Intensität begangen.

Islamismus/islamistischer Terrorismus – Der Islamismus in Deutschland tritt in verschiedenen Ausprägungen auf. Allen gemeinsam ist der Missbrauch der Religion des Islam für die politischen Ziele und Zwecke von Islamisten. Islamistische Ideologie geht von einer göttlichen Ordnung aus, der sich Gesellschaft und Staat unterzuordnen haben.
Dieses Islamverständnis steht im deutlichen Widerspruch zur freiheitlich-demokratischen Grundordnung. Verletzt werden dabei vor allem die demokratischen Grundsätze der Trennung von Staat und Religion, der Volkssouveränität, der Gleichstellung der Geschlechter sowie der religiösen und sexuellen Selbstbestimmung. Insbesondere gewaltorientierte Strömungen stellen eine große Gefahr auch innerhalb Deutschlands dar.

Bundesamt für Verfassungsschutz: Broschüre „Das Bundesamt für Verfassungsschutz" im Juni 2019. In: www.verfassungsschutz.de (Abruf am 20.04.2020), S. 19 f., 23.

M3 Das Bundesinnenministerium informiert: Anzahl politisch motivierter Kriminalität (PMK) steigt wieder

Straftaten nach Deliktsbereichen 2018 und 2019

	PMK – rechts –		PMK – links –	
PMK-Delikte	**2019**	**2018**	**2019**	**2018**
Tötungsdelikte	7	7	2	0
Versuchte Tötungsdelikte	2	1	0	0
Körperverletzungen	828	1.000	405	507
Brandstiftungen und Sprengstoffexplosionen	8	11	186	120
Landfriedensbruch	8	15	80	143
Sachbeschädigung	1.099	1.070	5.278	3.761
Nötigung/Drohung	429	404	189	139
Propagandadelikte	14.247	12.582	151	134
politisch motivierte Straftaten gesamt	**22.342**	**20.431**	**9.849**	**7.961**

Propagandadelikte
→ Kleines GRW-Lexikon

© Bundesministerium des Innern, für Bau und Heimat: PMK 2019 – Deliktsbereiche. In: www.bmi.bund.de (Abruf am 12.06.2020).

M4 Gibt es Gemeinsamkeiten von Rechts-, Linksextremismus und Islamismus?

Bei allen Differenzen gibt es eine Reihe gemeinsamer Merkmale des modernen politischen Extremismus. Hierzu gehören der Absolutheitsanspruch der eigenen Auffassungen, Dogmatismus, die Unterteilung der Welt in Freund und Feind, aber auch Verschwörungstheorien und Fanatismus [...]. Extremistische Ideologien sind geschlossene Denkgebäude, die von ihren Anhängern angewandt oder ausgelegt, nicht aber reflektiert und fortentwickelt werden. Sie haben einen quasi-religiösen Status, sie werden nicht diskutiert sondern geglaubt. Politik besteht nicht aus einer Programmatik, Politik ist vielmehr Weltanschauung, die alle Lebensbereiche regelt. Sie gilt als ewiggültig oder von Natur aus wahr. Der Glaube an Volksgemeinschaft und Nation oder an die historische Mission der Arbeiterklasse und die Diktatur des Proletariats oder an die Vorschriften des Korans und den islamischen Gottesstaat treten an die Stelle politischer Programmatiken, denen es um die Diskussion und Durchsetzung von rationalen Zielen geht. Der ewige Überlebenskampf – gegen die „Verräter" und „Ungläubigen" oder die „jüdisch-bolschewistische Weltverschwörung" oder die „kapitalistische Ausbeutung" und den „Imperialismus" – und die Utopie einer „homogenen Volksgemeinschaft", einer „klassenlosen Gesellschaft" oder eines „Gottesstaates" gelten nicht als diskussionswürdige Programme, sondern als substantielle und unverrückbare Grundfeste des politischen Glaubensbekenntnisses. Die demokratische Idee der Herrschaft auf Zeit und der beständigen Legitimation und Kontrolle der politischen Führung durch ein institutionelles System von checks and balances ist dem politischen Extremismus fremd, denn sie unterläuft das Bild eines starken Staates.

Jaschke, Hans-Gerd: Rechts- und Linksextremismus, Islamismus. Politischer Extremismus, VS Verlag für Sozialwissenschaften 2006, S. 31.

Dogmatismus
starres und unkritisches Festhalten an Meinungen, Überzeugungen oder Ähnliches

Checks and balances
Aus dem Englischen: Überprüfung und Ausgleich. Meint das Kontrollsystem zur gleichmäßigen Machtverteilung zwischen Gesetzgebung, Regierung und Rechtssprechung.

AUFGABEN

1. a) Arbeitet aus **M2a** die (allgemeinen) Merkmale des politischen Extremismus bzw. aus **M2b** die Merkmale der jeweiligen Extremismusform heraus.
   b) Vergleicht eure Ergebnisse in der Klasse.
   c) Schaut euch nochmals die Fallbeispiele aus **M1** an. Wie lauten eure Antworten jetzt auf die Frage, ob politischer Extremismus vorliegt? Wenn ja, welche Form? Wenn nein, weshalb?
2. a) Wertet **M3** aus: Welche Art von Gefahren treten am häufigsten auf?
   b) Erklärt, inwiefern die Ereignisse in **M3** für Staat und Gesellschaft gefährlich sein können.
3. a) Erklärt mithilfe von **M4**, inwiefern die in **M1** und **M2** dargestellten Extremismusformen Gemeinsamkeiten aufweisen.
   b) Erstellt in Gruppen zu jeder Form des politischen Extremismus eine Mindmap (→ Methodenglossar). Macht dabei mithilfe von **M2b** und **M4** Gemeinsamkeiten und Unterschiede sichtbar.

H Aufgabe 1a
→ S. 189

F Aufgabe 1
Sammelt aus aktuellen Pressenachrichten Beispiele für politischen Extremismus und stellt eure Ergebnisse in der Klasse vor.

F Aufgabe 3
Recherchiert die in **M4** angedeuteten Unterschiede der verschiedenen Richtungen von politischem Extremismus. Untersucht dabei folgende Punkte: Entstehungsgeschichte, Mittel, Ziele, Menschenbild.

1.6.2 Bekämpfung von Fremdenfeindlichkeit, Rassismus und Diskriminierung – für mich (k)ein Problem?

Zum Thema: Fremdenfeindlichkeit, Rassismus und Diskriminierung sind leider allgegenwärtig – und stehen den Prinzipien unseres demokratischen Gemeinwesens entgegen. Dieses Unterkapitel zeigt euch auf, inwieweit ihr selbst Opfer/Täter seid und was jeder von uns im Alltag dagegen tun kann.

M5 Rassismus am laufenden Band...

Gugel, Günther: „Ich Rassist". In: www.statt.imsa.edu (Abruf am 26.09.2019).

EINSTIEGSAUFGABEN

- Gebt in eigenen Worten wieder, was im Cartoon „Rassismus am laufenden Band" passiert (**M5**). Ist euch etwas Ähnliches auch schon einmal passiert?
- Erklärt, was der Cartoonist mit dieser Geschichte aussagen möchte.

b) Beispiel Internet: No Hate Speech

Was genau ist „Hate Speech"?

Hate Speech ist, wenn man Worte und Bilder als Waffe einsetzt, bewusst, gezielt und voll auf die Zwölf. Wenn Menschen abgewertet, angegriffen oder wenn gegen sie zu Hass oder Gewalt aufgerufen wird, dann nennt man es Hate Speech. Oft sind es rassistische, antisemitische oder sexistische Kommentare, die bestimmte Menschen oder Gruppen als Zielscheibe haben.

Definitionen von Hate Speech

Es gibt keine einheitliche Definition von Hate Speech, weder in Deutschland noch international. Im Gesetzbuch wird Hate Speech (noch) nicht spezifisch erwähnt – verurteilt werden Beleidigungen oder Volksverhetzung. Das heißt aber im Umkehrschluss nicht, dass online haten erlaubt ist..., falls jemand auf die Idee käme.

Was kann ich gegen Hate Speech tun?

[...] [Jeder] kann Kommentare oder Posts melden, falsche Behauptungen richtigstellen oder sich im eigenen Umfeld gegen menschenverachtende Hasskommentare stark machen. Man muss es nur tun.

Eins ist klar: Für das Klima auf der eigenen Facebook/Instagram-Seite oder Website ist [jeder] selbst verantwortlich. Wann ist aber der Zeitpunkt gekommen, einzuschreiten? Ironie und Seitenhiebe sind ja nicht verboten! Und niemand will seine [Freunde] grundlos vergraulen. Es kann manchmal schwer sein, einzuschätzen, wann ein Kommentar als Hate Speech und nicht nur als blöde Bemerkung gemeint ist. [...] In den meisten Foren oder Online-Communities gibt es klare Diskussionsregeln.

Sörensen, Ragnhild/Vassiliou-Enz, Konstantina: No Hate Speech. In: www.no-hate-speech.de (Abruf am 22.08.2019).

AUFGABEN

H Aufgabe 1
→ S. 189

H Aufgabe 2
→ S. 190

1. Vergleicht mithilfe der Informationen aus **M6**, inwieweit sich Jugendliche mit bzw. ohne Migrationshintergrund diskriminiert und ausgegrenzt fühlen.
2. Erklärt die Unterschiede bzw. Gemeinsamkeiten zwischen den verschiedenen Definitionen (**M7a-d**).
3. Nehmt Stellung zu der Frage, inwieweit Fremdenfeindlichkeit, Rassismus und Diskriminierung ein Problem für die Gesellschaft bzw. jeden Einzelnen darstellen (**M5-M7a-d**).
4. Sammelt Ideen, was ihr eurer Meinung nach selbst gegen Diskriminierung, Rassismus und Fremdenfeindlichkeit tun könnt und tauscht euch mit anderen darüber aus (**M8a-b**).
5. Welches der in **M8a-b** vorgestellten Beispiele könntet ihr euch für euch selbst und eure Schule vorstellen? Stellt die Beispiele vor und diskutiert sie.
6. Ladet euch einen Experten (Polizei, Universität, Politiker, Selbsthilfegruppen) zum Thema Fremdenfeindlichkeit in der Schule und Gesellschaft ein. Bereitet ein „Experteninterview" (→ Methodenglossar) vor (**M5-M8**).

1.6.3 Was tun gegen Rassismus? Das zivilgesellschaftliche Engagement

Zum Thema: Neben dem politischen Rechtsextremismus gibt es auch den alltäglichen Rassismus, der in der Gesellschaft verbreitet ist. Während Gerichte über das Verbot von verfassungswidrigen Parteien entscheiden, ist es Sache der gesamten Gesellschaft, sich gegen Rassismus im Alltag zu stellen. Wie dies aussehen kann, ist Gegenstand dieses Unterkapitels.

M9 Engagement von Bürgern

a) Das Projekt IrgendWieAnders

Das Projekt des Kinderladens „IrgendWieAnders Für Kinder e.V." richtet sich an die 250 Flüchtlinge, darunter 50 Kinder, die seit November 2015 in Berlin-Kreuzberg leben.

Amadeu Antonio Stiftung: Kinderladen IrgendWieAnders. In: www.amadeu-antonio-stiftung.de (Abruf am 10.07.2017).

b) Festival für Demokratie und Toleranz

Mit dem Festival „Jamel rockt den Förster" setzt das Ehepaar Lohmeyer ein Zeichen für Demokratie und Toleranz gemeinsam mit mittlerweile 1.200 Besuchern gegen die Vereinnahmung des Ortes durch Neonazis.

Erath, Roxana: 10 Jahre „Jamel rockt den Förster". In: www.amadeu-antonio-stiftung.de (Abruf am 10.07.2017).

EINSTIEGSAUFGABEN

- Beschreibt, wofür sich die Menschen in **M9a-b** engagieren.
- Prüft, ob es sich bei den Beispielen eurer Meinung nach um Formen der politischen Beteiligung handelt.

M10 Zivilgesellschaft – was ist das?

Alexis de Tocqueville [...] war fasziniert von der Dynamik der amerikanischen Zivilgesellschaft mit ihrer Vielfalt von freiwilligen Vereinigungen und ihrer Bedeutung für friedliches Zusammenleben, Problembewältigung, Demokratie und Selbstorganisation. Tocquevilles Beschreibung der damaligen Gesellschaft in den USA bietet die Blaupause für das Konzept einer „Zivilgesellschaft", in der die gesellschaftliche Selbstorganisation auf dem Engagement von Bürgern und Bürgerinnen beruht, das sich weder an den Kalkülen des Marktes orientiert, noch sich den Hoheitsansprüchen des Staates widerspruchslos beugt. Seitdem wird eine enge Verbindung zwischen der Fähigkeit einer Gesellschaft zur Selbstorganisation und der Robustheit ihrer demokratischen Verfasstheit gesehen. [...] Gewaltlosigkeit, d. h. der „zivile" Umgang miteinander ist eine zentrale Komponente des Konzepts „Zivilgesellschaft".

Alexis de Tocqueville (1805-1859)
Französischer Publizist, Politiker und Historiker. Er gilt als Begründer der Vergleichenden Politikwissenschaft.

Strittige Themen oder Pläne sollen unter beiderseitigem Respekt der Beteiligten gewaltfrei diskutiert und einem Kompromiss zugeführt werden. Insofern können zivilgesellschaftliche Aktivitäten auch wirksam sein als „Schule der Demokratie", in der Verfahren des Meinungsaustausches sowie das Prozedere von Kompromissbildung und Verständigung erlernt werden. „Zivilgesellschaft" steht somit für eine Gesellschaft, die sich durch „Zivilität" im Sinne von Demokratie, Toleranz, Verantwortung und Vertrauen auszeichnet. In dieser Absicht übernehmen gemeinnützige Einrichtungen (z. B. Stiftungen) sowie Vereine, Verbände und Initiativen als freiwillige Vereinigungen Aufgaben in einem breiten Tätigkeitsspektrum [...]. Das konkrete Engagement von Bürgern und Bürgerinnen bezieht sich [...] auf ein weites Feld gesellschaftlicher Probleme und Bedürfnisse.

Zimmer, Annette: Die verschiedenen Dimensionen der Zivilgesellschaft. In: www.bpb.de, 31.05.2012.

M11 Wie weit darf der Einsatz für Toleranz gehen?

Markus Müller, Intendant des Staatstheaters Mainz, musste sich wegen seiner Idee, die AfD-Versammlung vor dem Mainzer-Staatstheater mit dem Schlusschor aus Beethovens 9. Sinfonie („Alle Menschen werden Brüder") zu stören, strafrechtlich verantworten. Allerdings ist Ende 2016 das Verfahren gegen den Intendanten eingestellt worden.

120 Mitarbeiter des Theaters hatten am vergangenen Samstag im Foyer des Gebäudes Beethovens „Ode an die Freude" gesungen, während die „Alternative für Deutschland" draußen eine Kundgebung unter dem Motto „Gegen das Asylchaos" abhielt. Etwa 300 AfD-Anhänger standen vor der Bühne, die vor dem Staatstheater auf dem zentralen Gutenbergplatz, schräg gegenüber des Doms, aufgebaut war. Die Fenster waren geöffnet, Verstärker oder Lautsprecher nach draußen gab es nicht – die waren auf Anweisung der Polizei abgebaut. Trotzdem war der Gesang draußen so laut, dass die AfD ihre Reden unterbrechen musste. „Das ist ein formaler Verstoß, das ist ganz klar geregelt", sagt eine Sprecherin des Polizeipräsidiums Mainz. Nach Paragraph 21 des Versammlungsgesetzes wird, wer „in der Absicht, nichtverbotene Versammlungen oder Aufzüge zu verhindern oder zu sprengen grobe Störungen verursacht, mit Freiheitsstrafe bis zu drei Jahren oder mit Geldstrafe bestraft." Die Sänger seien drei- oder viermal von der Polizei angesprochen und verwarnt worden, was ihnen drohe. Sie hätten weitergemacht, also habe die Polizei Anzeige erstattet.

Widmann, Esther: Staatstheater übertönt AfD mit Beethoven – Polizei erstattet Anzeige. In: www.sueddeutsche.de, 24.11.2015.

AUFGABEN

1. Charakterisiert, was eine „Zivilgesellschaft" ausmacht (**M10**). Wendet eure Ergebnisse dann auf die Beispiele aus **M9** an. Handelt es sich dabei um zivilgesellschaftliches Engagement?
2. Sammelt weitere Formen zivilgesellschaftlichen Engagements. Diskutiert, wie durch dieses Engagement das friedliche Zusammenleben in der Gesellschaft gefördert werden kann (**M9**, **M10**).
3. Bewertet den Protest des Mainzer Staatstheaters (**M11**).

H Aufgabe 3
→ S. 190

Einen Flyer zum Umgang mit Stammtischparolen erstellen

I. Worum geht es?

Bei verschiedenen Gelegenheiten, oft ganz unerwartet im kleinen Kreis unter Freunden, aber auch öffentlich oder im Internet, begegnen wir Menschen mit extremen Ansichten bzw. werden mit deren Aussagen konfrontiert. Da dies häufig dann geschieht, wenn Menschen in kleiner Runde länger zusammensitzen und/oder Alkohol im Spiel ist, hat sich für solche Aussagen der Begriff „Stammtischparolen" eingebürgert. Wie sollen und können wir mit solchen Aussagen umgehen?

II. Geht dabei so vor:

1. Schritt: Sammlung von Stammtischparolen

Sammelt sog. Stammtischparolen z. B. aus:

- eurer Umgebung (Schulhof, Internet, Chatrooms, Tweets, Vereine, Freunde, Familie),
- euren eigenen Erfahrungen oder
- dem Cartoon **M5**.

→

2. Schritt: Inhaltliche Auseinandersetzung

Beschreibt, inwiefern diese Parolen inhaltlich falsch sind und haltet mit Faktenwissen dagegen (**M2-M4**, **M13**, **M2a** in **Unterkapitel 1.2.1**, **Internetrecherche** → Methodenglossar)

↓

3. Schritt: Recherche und Gegendarstellung

Fertigt eine übersichtliche Tabelle „Stammtischparole versus Faktenwissen/Antwortmöglichkeit" an.

a) Ordnet jede Stammtischparole zunächst nach den Kategorien Rassismus, Fremdenfeindlichkeit, Alltagsrassismus und Diskriminierung mithilfe von **M7a-d** ein.

b) Recherchiert im Internet (→ Methodenglossar), inwieweit einzelne Stammtischparolen stimmen bzw. nicht stimmen.

c) Gestaltet mithilfe von **M2a-b**, **M3**, **M13**, und **M2a** in **Unterkapitel 1.2.1** für jede Stammtischparole eine schriftliche Gegendarstellung (Klassifikation, Faktenwissen).

↓

4. Schritt: Gestaltung des Flyers

Gestaltet mihilfe der Methode „Einen Flyer gestalten" (→ Methodenglossar) den Flyer „Umgang mit Stammtischparolen".

Bearbeiter

1.6.4 Die freiheitlich-demokratische Grundordnung (FDGO) und ihre Prinzipien – für unsere Gesellschaft (un)wichtig?

Zum Thema: Oftmals sprechen wir von „unserer Demokratie" oder „unserer Republik", wenn wir unseren Staat bzw. unsere Art von Zusammenleben meinen. Was aber genau diesen Staat bzw. unsere Art zu leben ausmacht, bleibt im Unklaren. Sind es bestimmte Werte oder die Artikel des Grundgesetzes? Letzteres nähert sich der Kernstruktur unseres Gemeinwesens mit dem Begriff der „freiheitlich-demokratischen Grundordnung" (FDGO), die es z. B. zu schützen (Art. 10, 2 GG) oder zu verteidigen (Art. 87a GG) gilt. Was genau die FDGO ausmacht und inwiefern sie prägend für unser Zusammenleben ist, erfahrt ihr in diesem Unterkapitel.

M12 Aussagen von politischen Extremisten

Stellt euch vor, ihr begegnet Leuten, die es als normal ansehen,...

1 ...zur Sabotage von Gebäuden, Institutionen und Fahrzeugen aufzurufen.

2 ...Wahlplakate aufzuhängen, die Religionsgemeinschaften verunglimpfen.

3 ...die Demokratie abzulehnen, da alle Gesetze und Regeln nur von Gott kommen können.

4 ...die Abschaffung von Privateigentum und die Verstaatlichung von Firmen zu fordern.

5 ...Frauen weniger wert zu schätzen als Männer.

6 ...Ausländer als krimineller als Deutsche anzusehen.

7 ...Gewalt zu bejahen, wenn es darum geht, seine Ziele durchzusetzen.

Bearbeiter

EINSTIEGSAUFGABEN

Bearbeitet **M12** in Partnerarbeit.

- Ordnet die Aussagen den Extremismusformen (**M2b**, **Kap. 1.6.1**) zu.
- Nennt aus den Aussagen Ansichten, die für das Zusammenleben in unserem demokratischen Staat problematisch sein könnten.

M13 Was genau ist die „freiheitlich-demokratische Grundordnung“? Das Bundesverfassungsgericht klärt auf…

Freiheitlich-demokratische Grundordnung der Bundesrepublik Deutschland

Der Begriff der „freiheitlich-demokratischen Grundordnung" wird zwar im Grundgesetz erwähnt, aber weder im Grundgesetz noch in den anderen (einfachen) Gesetzen erläutert. Das Bundesverfassungsgericht hat dies 1952 und 1956 im Rahmen von zwei Urteilen gegen verfassungswidrige Parteien nachgeholt und bezeichnet die freiheitliche und demokratische Grundordnung als eine Ordnung: „die nur unter Ausschluss jeglicher Gewalt- und Willkürherrschaft eine rechtsstaatliche Herrschaftsordnung auf der Grundlage der Selbstbestimmung des Volkes nach dem Willen der jeweiligen Mehrheit und der Freiheit und Gleichheit darstellt. Zu den grundlegenden Prinzipien dieser Ordnung sind mindestens zu rechnen:

- die Achtung vor den im Grundgesetz konkretisierten Menschenrechten, [...]
- die Volkssouveränität,
- die Gewaltenteilung,
- die Verantwortlichkeit der Regierung,
- die Gesetzmäßigkeit der Verwaltung,
- die Unabhängigkeit der Gerichte,
- das Mehrparteienprinzip und
- die Chancengleichheit für alle politischen Parteien mit dem Recht auf verfassungsmäßige Bildung und Ausübung einer Opposition."

Verfassungsfeindlich sind daher solche Bestrebungen oder Zielsetzungen, die gegen diese Grundprinzipien gerichtet sind.

© Ministerium des Inneren des Landes Nordrhein-Westfalen: Freiheitlich-demokratische Grundordnung. In: www.andi.nrw.de (Abruf am 26.09.2019).

M14 Die „freiheitlich-demokratische Grundordnung“ in der Karikatur

Benjamin Franklin (1706-1790)
„Wer die Freiheit aufgibt um Sicherheit zu gewinnen, der wird am Ende beides verlieren.“

Karikatur: Thomas Plaßmann/Baaske Cartoons

AUFGABEN

H Aufgabe 1a
→ S. 190

H Aufgabe 1b
→ S. 190

1. Teilt euch in Gruppen auf und bearbeitet folgende Aufgaben:
   a) Stellt die Prinzipien der freiheitlich-demokratischen Grundordnung (**M13**) im Einzelnen dar, indem ihr für jedes Prinzip ein Beispiel beschreibt.
   b) Ermittelt u. a. mithilfe einer tabellarischen Gegenüberstellung, inwiefern die Formen von Extremismus in **M1a-c** und **M2b** von **Kap. 1.6.1** gegen die freiheitlich-demokratische Grundordnung verstoßen.
   c) Beim Basketball dürfen nur 5 Spieler auf dem Platz sein. Diskutiert, welche bzw. ob Prinzipien auf die „Ersatzbank“ könnten (**M13**).
   d) Vergleicht die Aussagen in **M12** mit der FDGO (**M13**). Gegen welche Prinzipien wird jeweils verstoßen?
2. Analysiert (→ Methodenglossar) die Karikatur **M14**.
   a) Stellt dar, auf welche Problematik der Karikaturist hinweisen möchte.
   b) Urteilt spontan mithilfe einer Positionslinie (→ Methodenglossar) über die Frage: „Sollen die Bauarbeiter in der Karikatur den Schutzwall weiterbauen?“ Haltet das Ergebnis schriftlich fest.
3. Entwerft einen Staat, der von Personen mit extremistischen Ansichten regiert wird. Welche Auswirkungen hätte das für die Menschen, die in diesem Staat leben? D. h., welche Prinzipien der freiheitlich-demokratischen Grundordnung müssten aufgegeben werden (**M12-M14**)?

1.6.5 Unser Staat in Zeiten von Bedrohungen – zu frei, um sicher zu sein?

Zum Thema: Unsere freiheitlich-demokratische Grundordnung und die damit verbundenen Rechte und Freiheiten bestehen seit fast 70 Jahren. Doch bleiben wir dieser auch in Zeiten innerer und äußerer Bedrohungen treu? Am Beispiel der „Grundrechte" und der „wehrhaften Demokratie" erfahrt ihr in diesem Unterkapitel, inwiefern sich unser Staat mithilfe des Grundgesetzes gegen innere und äußere Feinde schützen kann.

M15 Wie werden Grundrechte geschützt?

Karikatur: Gerhard Mester/Baaske Cartoons

EINSTIEGSAUFGABE

Beschreibt die Aussageabsicht der Karikatur hinsichtlich des Spannungsverhältnisses von Freiheit und Sicherheit (**M15**).

M16 Wie wird „unsere Demokratie" geschützt?

Wehrhafte Demokratie
In einer streitbaren/wehrhaften Demokratie wird die freiheitliche Ordnung vom Staat geschützt und kann nicht auf legalem Weg oder mithilfe legaler Mittel aufgehoben werden.

Die sogenannte „streitbare" oder auch „wehrhafte" Demokratie der Bundesrepublik Deutschland kann als Reaktion auf das Scheitern der Weimarer Republik verstanden werden. Der Aufstieg der Nationalsozialisten, deren erklärtes Ziel die Abschaffung der Demokratie war, warf die Frage auf, wie sich ein demokratischer Staat gegen politischen Extremismus wehren kann, ohne die Freiheitsrechte seiner Bürger zu sehr einzuschränken.

Artikel 5 GG
(1) Jeder hat das Recht, seine Meinung in Wort, Schrift und Bild frei zu äußern und zu verbreiten und sich aus allgemein zugänglichen Quellen ungehindert zu unterrichten. Die Pressefreiheit und die Freiheit der Berichterstattung durch Rundfunk und Film werden gewährleistet. Eine Zensur findet nicht statt. [...]
(3) Kunst und Wissenschaft, Forschung und Lehre sind frei. Die Freiheit der Lehre entbindet nicht von der Treue zur Verfassung.

Artikel 9 GG
(1) Alle Deutschen haben das Recht, Vereine und Gesellschaften zu bilden.
(2) Vereinigungen, deren Zwecke oder deren Tätigkeit den Strafgesetzen zuwiderlaufen oder die sich gegen die verfassungsmäßige Ordnung oder gegen den Gedanken der Völkerverständigung richten, sind verboten. [...]

Artikel 79 GG
(3) Eine Änderung dieses Grundgesetzes, durch welche die Gliederung des Bundes in Länder, die grundsätzliche Mitwirkung der Länder bei der Gesetzgebung oder die in den Artikeln 1 und 20 niedergelegten Grundsätze berührt werden, ist unzulässig.

Artikel 20 GG
(1) Die Bundesrepublik Deutschland ist ein demokratischer und sozialer Bundesstaat.
(2) Alle Staatsgewalt geht vom Volke aus. Sie wird vom Volke in Wahlen und Abstimmungen und durch besondere Organe der Gesetzgebung, der vollziehenden Gewalt und der Rechtsprechung ausgeübt.
(3) Die Gesetzgebung ist an die verfassungsmäßige Ordnung, die vollziehende Gewalt und die Rechtsprechung sind an Gesetz und Recht gebunden.
(4) Gegen jeden, der es unternimmt, diese Ordnung zu beseitigen, haben alle Deutschen das Recht zum Widerstand, wenn andere Abhilfe nicht möglich ist.

Artikel 18 GG
Wer die Freiheit der Meinungsäußerung, insbesondere die Pressefreiheit (Artikel 5 Abs. 1), die Lehrfreiheit (Artikel 5 Abs. 3), die Versammlungsfreiheit (Artikel 8), die Vereinigungsfreiheit (Artikel 9), das Brief-, Post- und Fernmeldegeheimnis (Artikel 10), das Eigentum (Artikel 14) oder das Asylrecht (Artikel 16a) zum Kampfe gegen die freiheitlich-demokratische Grundordnung missbraucht, verwirkt diese Grundrechte. Die Verwirkung und ihr Ausmaß werden durch das Bundesverfassungsgericht ausgesprochen.

Artikel 21 GG
(1) Die Parteien wirken bei der politischen Willensbildung des Volkes mit. Ihre Gründung ist frei. Ihre innere Ordnung muss demokratischen Grundsätzen entsprechen. [...]
(2) Parteien, die nach ihren Zielen oder nach dem Verhalten ihrer Anhänger darauf ausgehen, die freiheitlich-demokratische Grundordnung zu beeinträchtigen oder zu beseitigen oder den Bestand der Bundesrepublik Deutschland zu gefährden, sind verfassungswidrig. Über die Frage der Verfassungswidrigkeit entscheidet das Bundesverfassungsgericht. [...]

Bundesministerium der Justiz und für Verbraucherschutz: Grundgesetz für die Bundesrepublik Deutschland. In: www.gesetze-im-internet.de (Abruf am: 12.05.2020).

M17 Kontroverse: Freiheit oder Sicherheit?

„Im Zweifel für die Sicherheit!" Dieser Satz von Bundeskanzlerin Angela Merkel […] beschreibt die allgemeine Politikrichtung in Zeiten von Bedrohung. Ob nach den Anschlägen im September 2001 in den USA, den Londoner, Madrider oder nun den Pariser Anschlägen, die Innenpolitik reagiert unabhängig ihrer parteipolitischen Couleur […]: Sicherheitsmaßnahmen werden ausgebaut, Polizeigewalt und Befugnisse der Sicherheitsdienste erhöht. Es werden gesetzliche Sicherheitsregelungen verabschiedet, die in Zeiten ohne Bedrohung nicht durchsetzbar wären. Das alles geht zu Lasten der Freiheit, die ein Kernelement von Demokratien ist. Diese Freiheit ist weder ein Nebenprodukt von Sicherheit, wie Innenminister oder die Kanzlerin mit ihren Verweisen auf die Sicherheitspriorität zu vermitteln versuchen. Noch ist diese Freiheit ein Geschenk des Staates – sie musste in jahrhundertelangen Kämpfen gegen das Sicherheitsprimat von Staaten blutig erkämpft werden. […] Freiheit ist nicht nur ein Kernelement von Demokratien, sie bestimmt den Unterschied zu Autokratien. Freiheit mobilisiert, auch in Zeiten der Bedrohung, und führt schließlich dazu, dass weder Demokratien untereinander Krieg führen noch gegen Autokratien verlieren. In Friedenszeiten führt Freiheit dazu, dass Demokratien effektiver wirtschaften und ihren Bevölkerungen mehr Wohlstand, mehr Gesundheit und ein längeres Leben bescheren. Trotz dieser allgemeinen Erkenntnis über die (Lebens-) Wichtigkeit von Freiheit tendieren Demokratien in Zeiten der Bedrohung „im Zweifel für die Sicherheit". […] Anders ausgedrückt: Die Freiheit wird geopfert zugunsten der Sicherheit. Interessanterweise zeigen Studien auch, dass die einmal eingeführten Sicherheitsmaßnahmen in Zeiten geringerer Bedrohung bestehen bleiben.

König, Thomas: So schafft sich unsere Demokratie ab. In: www.zeit.de, 20.11.2015.

Autokratie
Selbstherrschaft; umgangssprachliche Bezeichnung für Despotie, Tyrannei, Diktatur

Couleur
aus dem Französischen: Farbe

AUFGABEN

1. Erklärt mithilfe von **M16** die Funktionsweise der wehrhaften Demokratie, um unsere freiheitlich-demokratische Grundordnung zu schützen.
2. Analysiert **M17**. Wie steht der Autor zur Aussage „Im Zweifel für die Sicherheit"? Wie begründet er seine Meinung?
3. Das Spannungsverhältnis von Freiheit und Sicherheit zeigt sich an verschiedenen Stellen:
   a) Sollen Demonstrationen bestimmter Gruppierungen erlaubt werden?
   b) Sollen auf die Handys und Computer bestimmter Personen Überwachungstrojaner aufgespielt werden dürfen?
   c) Sollen Fußballspiele aus Sicherheitsgründen abgesagt werden (dürfen)?
   d) Soll das Innere von Bussen und Bahnen videoüberwacht werden?

   Wählt in Partnerarbeit eine der Fragestellungen a)-d) aus und diskutiert diese. Stellt eure Ergebnisse der Klasse vor.

F Aufgabe 1
Recherchiert nach dem Ende der Weimarer Republik und stellt eure Ergebnisse in der Klasse vor.

1.6.6 Was leistet die Demokratie für die Menschen?

Zum Thema: Über Jahrhunderte haben die Menschen für die Einführung der Demokratie gekämpft und viele haben diesen Kampf mit ihrem Leben bezahlt. Menschen mit extremistischen Einstellungen lehnen die Demokratie dagegen häufig ab. Die Demokratie hat demnach Feinde und es ist Zeit, sich anzuschauen, was die Demokratie für uns leistet.

M18 Zustimmung zur Demokratie in Deutschland

Frage: „Sind Sie mit der Art und Weise, wie die Demokratie in Deutschland funktioniert, alles in allem gesehen zufrieden?"

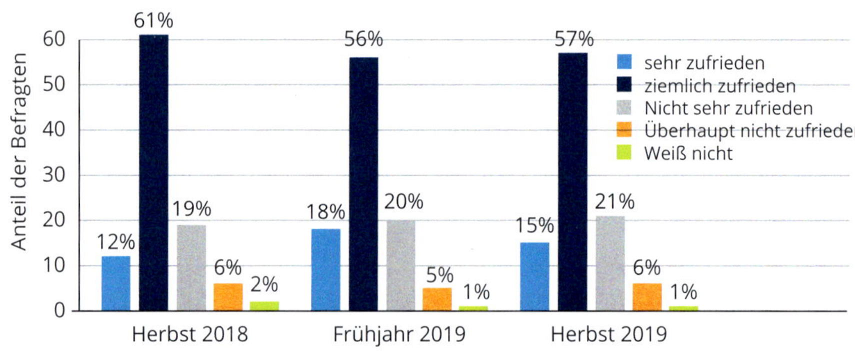

Details: Deutschland; Kantar; 15.11.2019 bis 29.11.2019; 1.540 Befragte; ab 15 Jahre; Computergestützte persönliche Interviews (CAPI)
© Statista 2020

EINSTIEGSAUFGABE
Analysiert (→ Methodenglossar) in Kleingruppen die Grafik **M18**.

M19 Was leistet die Demokratie in Deutschland?

Demokratie im Erklärfilm

Mediencode: 71083-12

Die Demokratie ist teuer, umständlich, kompliziert, langweilig, nicht effektiv, nicht attraktiv. Es ist nicht schwer, weitere negative Eigenschaften über unsere Demokratie zusammenzutragen. Die Demokratie macht es den Kritikern recht leicht.

Und an der Kritik ist ja auch etwas dran. Demokratie ist tatsächlich eine recht teure Angelegenheit: So gibt es in Deutschland zum Beispiel den Bundestag und dazu noch 16 Parlamente in den Bundesländern. In diesen Parlamenten sitzen insgesamt etwa 2.500 Abgeordnete, die alle Diäten erhalten. Damit diese Parlamente arbeiten können, braucht man etliche Gebäude und Verwaltungen mit vielen Beschäftigten. Dazu kommen dann noch die kostspieligen Regierungen im Bund und in den

Ländern mit ihren Ministerien und riesigen Verwaltungsapparaten. So könnte man noch lange fortfahren, um den Beweis zu führen, dass Demokratie eine teure Sache ist.

Auch andere Mängel sind nicht leicht von der Hand zu weisen. Wenn die Regierung etwa eine gute Idee hat, um das Gesundheitswesen zu reformieren, kann sie nicht einfach Beschlüsse fassen, die dann in ganz Deutschland sofort umgesetzt werden. Sie muss vielmehr den schwierigen und langwierigen Weg durchs Parlament gehen, wo das Gesetzesvorhaben dreimal beraten und verabschiedet werden muss, und ... und ... und. Überall Vorschriften und Hindernisse, die sich einem beherzten Eingreifen in den Weg stellen.

Und so kommt es auch, dass viele Menschen die ganzen politischen Abläufe für umständlich und kompliziert halten. Sie schütteln darüber den Kopf, weshalb alles so lange dauert und oftmals trotzdem keine guten Ergebnisse bringt. Wie soll Demokratie attraktiv sein, wenn sie soviel Geld kostet, wenn sie umständlich arbeitet und wenn die Ergebnisse zuweilen recht mager und oft auch unverständlich sind? Werfen wir doch einen Blick auf eine Alternative: Eine Diktatur kann auf den ersten Blick viel einfacher und kostengünstiger sein. Ein Diktator braucht keine Parlamente, er kann sehr rasch entscheiden, in kurzer Zeit können viele Reformen umgesetzt werden. Ist das nicht attraktiver [...]? Diese positive Betrachtungsweise kann sich schnell ändern, wenn Entscheidungen getroffen werden, die einem nicht passen, und man aus Angst vor dem Machthaber noch nicht einmal schimpfen darf. Oder wenn man zusammenzählt, was die Überwachungsgremien kosten, die sicherstellen sollen, dass keine abweichenden, unerwünschten Meinungen vertreten werden. Von der Misshandlung von Minderheiten und drohender Kriegsgefahr gar nicht zu reden. Haben nicht gerade die Deutschen schlimme Erfahrungen in ihrer Geschichte machen müssen? [...] Die Demokratie erfüllt trotz der genannten negativen Eigenschaften einen großen Zweck: Sie sichert die Freiheit der Bürgerinnen und Bürger. Abgeordnete aus unterschiedlichen Parteien in den verschiedenen Parlamenten sorgen dafür, dass neue Gesetze gründlich unter die Lupe genommen werden, ehe sie verabschiedet werden können. In einer Demokratie gibt es eine Opposition, damit alle Vorgänge im Land ausreichend geprüft, kritisiert und kontrolliert werden. [...] Selbst wenn die Demokratie in unseren Augen manche Schwäche hat, so gibt es nach aller Erfahrung nichts [...], was die Freiheit der Menschen ähnlich wirkungsvoll garantiert und den Missbrauch von Macht verhindert.

Schiele, Siegfried/Breit, Gotthard: Vorsicht Politik. Schwalbach am Taunus: Wochenschau Verlag 2008, S. 78 ff.

Winston Churchill über Demokratie

„Demokratie ist die schlechteste aller Herrschaftsformen – abgesehen von all den anderen Formen, die von Zeit zu Zeit ausprobiert worden sind."

Winston Churchill (1874-1965), britischer Premierminister von 1940-1945 und 1951-1955, am 11.11.1947 im britischen Unterhaus, übersetzt vom Bearbeiter

AUFGABEN

1. Erläutert, was die Demokratie für die Menschen leistet (**M19**).
2. Diskutiert ausgehend vom Zitat Winston Churchills in der **Randspalte** Stärken und Schwächen der Demokratie (**M19**).

WAS WIR WISSEN

Politischer Extremismus (··→ M2a-b, M4)

Es gibt viele politische Ansichten. Einige dieser Ansichten gelten als extrem, weil sie den geltenden Ordnungen, Regeln und Normen des demokratischen Verfassungsstaates unversöhnlich gegenüberstehen. Sie lehnen dabei die damit verbundenen gesellschaftlichen und ökonomischen Gegebenheiten ab. Zu den häufigen Erscheinungsformen des politischen Extremismus zählen sowohl Rechts- und Linksextremismus als auch Islamismus. Zwischen diesen Formen gibt es Unterschiede, aber auch Gemeinsamkeiten, wie bspw. der Absolutheitsanspruch der eigenen Auffassung.

Rechtsextremismus (··→ M2, M7a-d)

Typische Merkmale rechtsextremistischer Gruppen und Ideologien sind Intoleranz, Rassismus, Antisemitismus und Fremdenfeindlichkeit. Rechtsextremistische Bewegungen verfolgen das Ziel eines autoritären, antipluralistischen und antidemokratischen Gesellschaftssystems und bedrohen damit die freiheitlich-demokratische Grundordnung Deutschlands.

Freiheitlich-demokratische Grundordnung (··→ M10, M13)

Der beste Schutz für eine Demokratie ist eine lebendige Zivilgesellschaft. Dennoch steht jede Demokratie auch vor der Frage, wie mit Menschen und Organisationen umgegangen werden soll, die die Demokratie und damit die Zivilgesellschaft abschaffen wollen. Die freiheitlich-demokratische Grundordnung (FDGO) in Deutschland wird durch das Konzept der wehrhaften Demokratie geschützt. Die Feinde der Demokratie sollen nicht die Freiheiten der Demokratie nutzen können, um die Demokratie abzuschaffen. Das Grundgesetz erlaubt es deswegen, Grundrechte einzuschränken, z. B. die Versammlungs- und Meinungsfreiheit sowie die Vereinigungsfreiheit.

Das Modell der „wehrhaften Demokratie“ (··→ M16)

Im Modell der „wehrhaften Demokratie“ werden die demokratischen Strukturen vor politischem Extremismus geschützt. Mithilfe mehrerer Artikel im Grundgesetz wird ihre Abschaffung auf legalem Weg oder mit legalen Mitteln verhindert. Deshalb wird unsere Demokratie als wehrhafte oder streitbare Demokratie bezeichnet. Zu den Mitteln der wehrhaften Demokratie gehören:

- Auf Antrag können verfassungswidrige Parteien vom Bundesverfassungsgericht verboten werden.
- Vereinigungen, die sich gegen die verfassungsmäßige Ordnung richten, können vom Innenminister verboten werden.
- Die Grundrechte einzelner Personen können vom Bundesverfassungsgericht verwirkt werden, wenn sie diese zum Kampf gegen die Demokratie missbrauchen.
- Bedienstete im öffentlichen Dienst können auf ihre Verfassungstreue verpflichtet werden.
- Als letztes Mittel räumt das Grundgesetz den Deutschen ein Recht zum Widerstand gegen jeden ein, der es unternimmt, die verfassungsmäßige Ordnung zu beseitigen, wenn keine andere Abhilfe möglich ist.

Rätselhafte Fälle zum Bundestagswahlsystem

1 Warum geht Linda nicht zur Wahl? Linda (19) ist seit einigen Jahren in der Greenpeace-Jugend aktiv. Sie hat dort viele Aktionen gegen Überfischung der Meere und Plastikmüll im Meer mit organisiert. Sie ist mit ihren Eltern vor 15 Jahren aus Griechenland nach Deutschland eingewandert und hat einen griechischen Pass. Linda findet es gut, dass immerhin knapp 2 % der Abgeordneten des Deutschen Bundestages einen Migrationshintergrund haben. Sie könnte sich gut vorstellen, später auch einmal zu kandidieren. Bei der letzten Kommunalwahl hat Linda Bündnis 90/Die GRÜNEN gewählt. Zur Bundestagswahl geht sie nicht.

2 Wozu gibt es neue Löcher im Boden des Bundestages? Im Bundestag werden nach der Wahl die Hausmeister aktiv. Laut Bundeswahlgesetz sind im Plenarsaal 598 Sitze vorgesehen. Die Hausmeister sind nun beauftragt worden, weitere Löcher zu bohren und zusätzliche Sitze bei allen Fraktionen anzubringen. Einige der alten Sessel werden zudem durch neue ausgetauscht.

3 Warum kann Peter Mallmann in den neu gewählten Bundestag als Abgeordneter einziehen? Peter Mallmann hatte eigentlich damit gerechnet, wieder Wahlkreissieger zu werden. Nun kam es doch anders. Seinen Wahlkreis hat er verloren und sein Wahlkreisbüro muss er räumen. Trotzdem zieht er als Abgeordneter in den Bundestag ein.

4 Wahlrecht auch für Säuglinge? Im Sommer 2009 forderten 46 Bundestagsabgeordnete in einem fraktionsübergreifenden Antrag das „Wahlrecht ab Geburt" bei Bundestagswahlen. Dabei sollten Eltern solange stellvertretend für ihre Kinder wählen dürfen, bis diese selbst zur Wahl gehen können. Der Vorschlag wurde mit den Wahlgrundsätzen begründet und ebenso mit Bezug auf die Wahlgrundsätze abgelehnt.

Bearbeiter

Warum es zur Demokratie keine Alternative gibt

Nach wie vor gilt: [...] „die zweitbeste Demokratie ist immer noch besser als die beste Nicht-Demokratie". Die Demokratie mag nur als das kleinere Übel angesehen werden, vereint aber andererseits so viele Vorteile auf sich, dass sie als die beste bekannte Herrschaftsform bezeichnet werden kann. Einer dieser Vorteile ist ihre Lernfähigkeit, die sie in die Lage versetzt, auch große Herausforderungen zu bestehen [...]. Die moderne Demokratie ist gemäßigt, basiert auf Gewaltentrennung, repräsentativer Willens- und Entscheidungsbildung und, ganz entscheidend, auf Recht und Verfassung. Mit der Achtung von Recht und Gesetz, mit unabhängigen Gerichten und einer Verfassungsgerichtsbarkeit kann auch der von Alexis de Tocqueville und John Stuart Mill in der Mitte des 19. Jahrhunderts beschworenen Gefahr einer Tyrannei der Mehrheit begegnet werden. Individuen und Minderheiten müssen sich nicht bedingungslos einer Mehrheit beugen, die sich ja auch irren kann. Leben, Freiheit und Eigentum genießen den Schutz des Rechtes. Individuelle Freiheit und demokratische Selbstregierung lassen sich in der modernen Demokratie miteinander vereinbaren. [...]

Demokratien haben auch gelernt, mit grundlegenden gesellschaftlichen Problemen umzugehen. Sie können besser als nicht-demokratische Systeme zwischen Staat und Gesellschaft vermitteln. Durch Repräsentativität und Responsivität ihrer Institutionen greifen sie Problemlagen aus der Gesellschaft auf und entschärfen sie, indem sie sie zu allgemein verbindlichen Entscheidungen verarbeiten. So hat sich durch die Entwicklung wohlfahrtsstaatlicher Maßnahmen in Reaktion auf die „soziale Frage" beispielsweise die soziale Demokratie herausgebildet.

Gleichwohl vermag die Demokratie keineswegs alle Probleme zu lösen. Immer wieder wird ihr vorgehalten, dass sie nur die gut organisierten und machtvoll artikulierten Interessen berücksichtige und dabei nur die kurzfristigen Ziele, nicht aber das nachhaltige Gemeinwohl, auch nicht die Belange nachfolgender Generationen im Auge habe. Das mag in der Tat eine Achillesferse der Demokratie sein, aber ein prinzipieller Einwand gegen diese Herrschaftsform ist es nicht. Die Demokratie ist die einzige Herrschaftsform, die es den Bürgern erlaubt, Regierende zu sanktionieren, ohne das politische System selbst beseitigen zu müssen. Politische Führung kann ausgewechselt werden, weil es in der Demokratie nur Herrschaft auf Zeit gibt. [...]

Und vor allem: Nur der Wille der Bürgerinnen und Bürger, artikuliert in Wahlen und Abstimmungen, begründet und legitimiert die Herstellung kollektiv verbindlicher Entscheidungen. Nur die Demokratie bietet den Menschen die Chance, sich umfassend an Willensbildung und Entscheidungsfindung zu beteiligen, ihre Angelegenheiten selbst in die Hand zu nehmen.

Vorländer, Hans: Demokratie – nach wie vor die beste Herrschaftsform?. In: www.bpb.de, 06.01.2014.

AUFGABEN

Bearbeitet die nachfolgenden Aufgaben in Kleingruppen.

1. In den „rätselhaften Fällen" werden Probleme, Herausforderungen und Gegebenheiten des Bundestagswahlsystems angesprochen, die im vorangegangenen Kapitel behandelt wurden.
   a) Teilt die einzelnen „rätselhaften Situationen" untereinander auf. Jeder in der Gruppe löst mindestens einen Fall, indem er jeweils eine begründete Erklärung verfasst.
   b) Stellt euren Fall und eure Begründung der Gruppe vor.

2. a) Urteilt abschließend in der Gruppe über die Frage: „Parteien und Wahlen in Deutschland – fördern oder bremsen sie politische Mitwirkung?"
   b) Vergleicht eure Ergebnisse in der Klasse.

3. Verfasst eine Rede, in der ihr Vor- und Nachteile demokratischer Herrschaft erläutert.

4. Überprüft, ob Hans Vorländer mit seiner Bewertung von Demokratie uneingeschränkt Recht hat.

Ich kann…	Dazu benötige ich u. a. folgende Begriffe…	Das klappt schon…	Hier kann ich u. a. noch üben…
…die Formen politischer Herrschaft unterscheiden und die zentralen Staatsstrukturprinzipien der Bundesrepublik Deutschland erklären.	Diktatur Demokratie Republik Volkssouveränität Pluralismus Rechtsstaat Sozialstaat Bundesstaat		**Kap. 1.1** • M2, M3, M6, M7, M13, M15-M17 • WWW S. 35
…die Grundrechte als Fundament unserer Verfassung nennen und ihre Bedeutung für unseren Alltag erläutern.	Grundrechte Menschenwürde Art. 1 GG Bürger- und Menschenrechte		**Kap. 1.2** • M2a-b, M5-M7 • WWW S. 42
…begründen, warum Parteien und Wahlen eine zentrale Funktion im politischen System besitzen.	Parteien Wahlen Wahlprinzipien Verhältnis- und Mehrheitswahl		**Kap. 1.3** • M6a-b, M7, M9, M11, M14, M17, M18, M20a-b • WWW S. 63
…die Bedeutung und den Einfluss der Akteure und Institutionen im politischen Entscheidungsprozess beschreiben.	Bundesregierung Bundeskanzler Deutscher Bundestag Opposition Freies Mandat Fraktionsdisziplin Fraktion Interessenverbände		**Kap. 1.4** • M2-M5, M7-M12, M14a-b, M15, M23-M26a-b • WWW S. 83 f.
…an einem Beispiel erklären, wie in der Politik ein Problem gelöst werden kann und wie am Ende ein Gesetz entsteht.	Gesetzgebung Bundespräsident Bundesverfassungsgericht Medien Pressefreiheit		**Kap. 1.5** • M5, M8a-b, M11-M13, M15-M17 • WWW S. 103 f.
…beurteilen, welche Gefahren von politischem Extremismus ausgehen und die FDGO und die Instrumente der wehrhaften Demokratie vorstellen.	Rechtsextremismus Linksextremismus Islamismus FDGO		**Kap. 1.6** • M2a-b, M13, M16 • WWW S. 124
…Maßnahmen zur Bekämpfung von Fremdenfeindlichkeit, Rassismus und Diskriminierung nennen und ihre Wirksamkeit beurteilen.	Zivilgesellschaft Engagement Toleranz Stammtischparolen		**Kap. 1.6** • M7a-d, M10, M11 • WWW S. 124

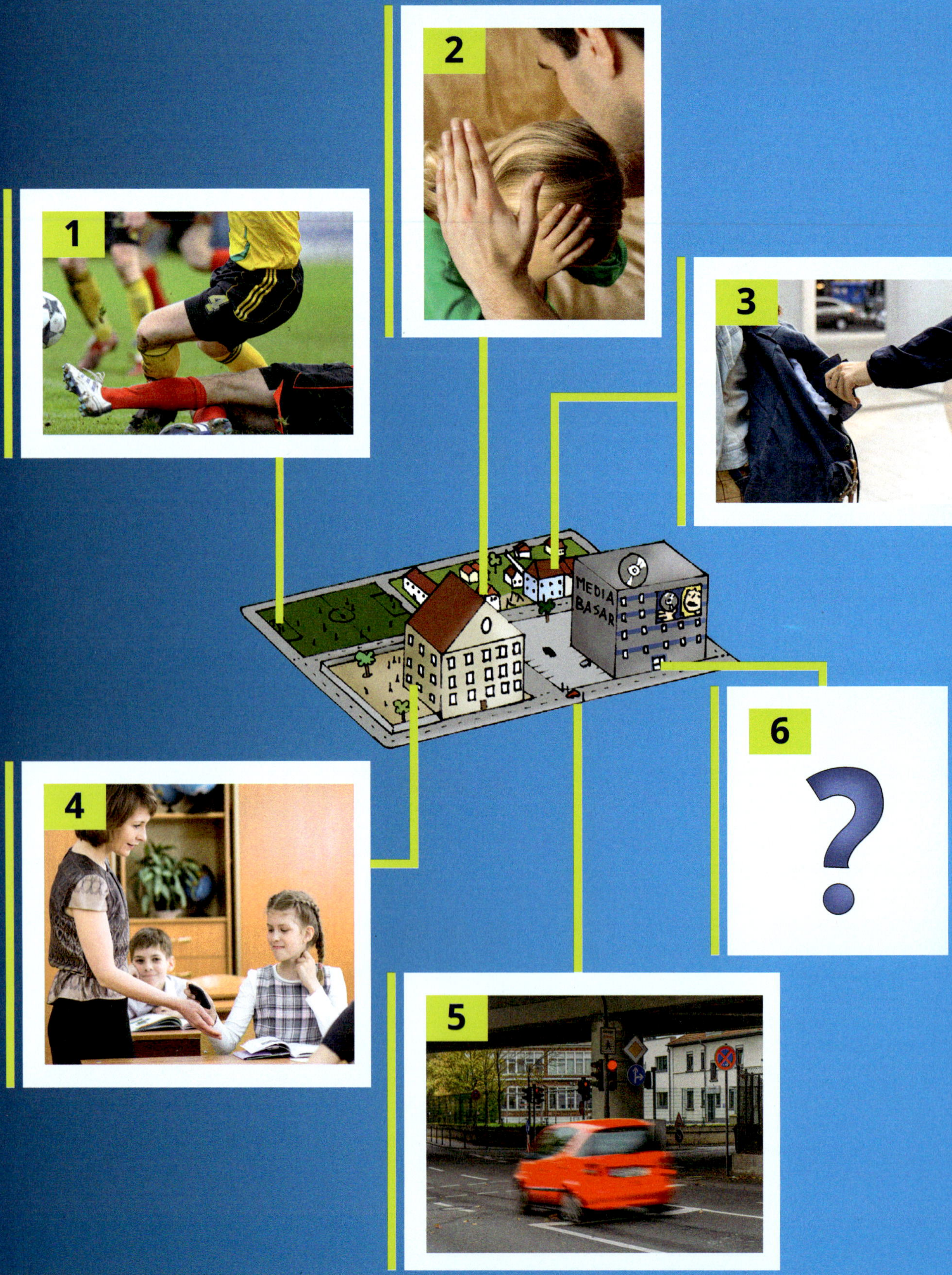
1
2
3
MEDIA BASAR
4
5
6
?

Recht und Rechtsordnung in der Bundesrepublik Deutschland

2

Überall, wo Menschen zusammenleben, geben sie sich eine Ordnung. In modernen Demokratien ist diese Ordnung in Form von Gesetzen niedergeschrieben. Diese enthalten Vorschriften darüber, wie Menschen sich in bestimmten Situationen verhalten müssen, wie sie ihr Gemeinwesen organisieren oder wirtschaftlich zusammenarbeiten. Jugendliche haben eine besondere Stellung innerhalb der Rechtsordnung, da sie besonders schutzbedürftig sind.

KOMPETENZEN

Am Ende des Kapitels solltet ihr Folgendes können:

- die Bedeutung von Recht und Gesetz als Grundlage des Zusammenlebens kennen sowie die Funktionen der Rechtsprechung beurteilen
- rechtsstaatliche Prinzipien darstellen sowie die Bedeutung des Rechtsstaates für die Sicherheit und Freiheit des Einzelnen und der Gesellschaft bewerten
- Rechte und Pflichten von Jugendlichen beschreiben und die besondere Rechtsstellung von Jugendlichen im Jugendstrafrecht erläutern und an Beispielen anwenden

WAS WISST UND KÖNNT IHR SCHON?

Auf den Bildern 1-5 sind Situationen dargestellt, die verschiedene Regelverstöße abbilden.

1. Wie schwer wiegen jeweils diese Regelverstöße? Ordnet die Bilder in einer Rangliste von schwer bis leicht. Begründet die Reihenfolge. Vergleicht eure Ergebnisse.
2. Nennt für die Situationen mögliche Folgen, die der jeweilige Regelverstoß nach sich ziehen könnte/sollte.
3. Beschreibt euch in Partnerarbeit gegenseitig, wie euer persönliches Bild eines Regelverstoßes (6) aussehen würde.
4. Erklärt, warum Regeln für das Zusammenleben von Menschen in einer Gesellschaft wichtig sind.

2.1 Grundlagen des Rechts

2.1.1 Der deutsche Rechtsstaat – inwiefern bestimmt er unseren Alltag?

Zum Thema: Wie ihr in Kapitel 1 bereits erfahren habt, ist der Rechtsstaat ein wichtiges Prinzip unserer Verfassung. Täglich kommen wir mit dem Rechtsstaat in Berührung. Inwieweit die Grundsätze und Funktionen eines Rechtsstaates unser reales – und virtuelles – Leben prägen, erfahrt ihr im folgenden Unterkapitel.

M1 Sind diese Situationen bei uns in Deutschland möglich?

1 Verdächtiger wurde tagelang von der Polizei festgehalten

2 Angeklagter hatte keine Möglichkeit, sich zu den Anschuldigungen zu äußern

3 **Die Verurteilung stand eigentlich schon früh fest, die Meinung der Regierung war ja bekannt**

4 **Facebook löscht Hasskommentare**

Bearbeiterin

EINSTIEGSAUFGABE

Stellt dar, ob die Situationen aus **M1** eurer Meinung nach auch in Deutschland möglich sind.

M2 Das Rechtssystem in unserer Gesellschaft

a) Rechtsstaat: Was heißt das eigentlich?

Rechtsstaat bedeutet Primat des Rechts vor der Politik. Rechtsstaat heißt daher, dass staatliches Handeln, welcher Art auch immer, an Gesetz und Recht, letztlich an die Verfassung gebunden ist. […] Zum Rechtsstaat werden die folgenden Grundsätze gezählt:

- Erstens die Geltung von Grundrechten als unmittelbar anzuwendendes und gegebenenfalls einzuklagendes Recht.
- Zweitens die Gewaltenteilung mit ihrer machtverteilenden und machtmäßigenden Wirkung.
- Drittens die Unabhängigkeit der Richter-/innen: Sie sind sachlich und personell unabhängig, unterliegen jedoch der Bindung an das Gesetz.

Das deutsche Rechtssystem im Erklärfilm

Mediencode: 71083-13

- Viertens die Gesetzmäßigkeit der Verwaltung: Jeder Eingriff in die Rechtssphäre des Einzelnen bedarf zwingend einer gesetzlichen Grundlage.
- Fünftens der gerichtliche Rechtsschutz gegen die öffentliche Gewalt: Hierfür steht der ordentliche Rechtsweg offen. Bei Verletzung von Grundrechten kann Verfassungsbeschwerde erhoben werden.
- Sechstens besondere Schutzbestimmungen bei Freiheitsentziehung sowie im Strafverfahren. Hierzu gehören das Recht auf den gesetzlichen Richter, der Anspruch auf rechtliches Gehör und die Öffentlichkeit des Gerichtsverfahrens.
- Siebentens der Grundsatz der Verhältnismäßigkeit: Die Schwere eines Eingriffes und dadurch bewirkte Nutzen müssen in einem angemessenen Verhältnis stehen. [...]

Die Krönung des Rechtsstaates bildet die Verfassungsstaatlichkeit. [...] Der Gesetzgeber steht nicht oberhalb der Verfassung, sondern ist an sie gebunden. Er kann die Verfassung nur unter erschwerten Bedingungen ändern. Der Verfassungskern entzieht sich sogar jeglicher Veränderung. Schließlich ist eine Verfassungsgerichtsbarkeit eingerichtet, welche die Verfassung vor jeder Verletzung schützt.

Zippelius, Reinhold/Würtenberger, Thomas: Rechtsstaatliche Prinzipien im Einzelnen. In: Zippelius, Reinhold/Würtenberger, Thomas (Hrsg.): Juristische Kurz-Lehrbücher – Deutsches Staatsrecht. 32. Auflage. München: C.H.BECK 2008, S. 110 ff.

b) Welche Funktionen hat das Recht für die Gesellschaft?

1. Friedensfunktion

Die wichtigste Funktion des Rechts besteht darin, die Sicherung des Friedens zu garantieren. Da das Zusammenleben in einer Gesellschaft jedoch von unterschiedlichen Interessen seiner Mitglieder geprägt ist, führt dies unausweichlich zu Konflikten. Das Recht dient insofern der Sicherung des Friedens, als dass seine Normen einen Ausgleich der Interessen aller Beteiligten berücksichtigen. Zudem bestimmt das Recht, was in einer Gemeinschaft erlaubt und was verboten ist. Viele Konflikte können damit im Vorhinein vermieden werden (Konfliktvermeidung). Kommt es dennoch zum Streit, legt das Recht fest, nach welchen Regeln und Verfahren dieser friedlich zu lösen ist (Konfliktlösung).

Bearbeiterin

2. Ordnungsfunktion

Als Beispiel für Recht als Ordnungselement eignen sich weite Teile des Straßenverkehrsrechts. Hier kommt es oft nicht darauf an, wie eine konkrete Regelung gestaltet ist, sondern dass sie existiert. So ist es etwa ohne Belang, ob Rechts- oder Linksverkehr herrscht. Entscheidend ist, dass alle entweder rechts oder links fahren. Ähnliches gilt für Verkehrszeichen. Die Gestaltung eines bestimmten Zeichens ist irrelevant, solange überall das gleiche Zeichen für denselben Zweck genutzt wird.

Wesel, Uwe: Recht, Gerechtigkeit und Rechtsstaat im Wandel. München 2003: Beck

Normen
hier: allgemein anerkannte Regeln

3. Gerechtigkeitsfunktion

Gerechtigkeit und Recht sind nicht immer dasselbe. Es gibt auch ungerechtes Recht, selbst in unserem Rechtsstaat. [...] Noch heute gibt es in Deutschland für Parken im Parkverbot oder zu hoher Geschwindigkeit einen festen Bußgeldkatalog, der nach Paragraf 26a des Straßenverkehrsgesetzes vom Bundesverkehrsminister erlassen wird und vom Gehalt des Betroffenen unabhängig ist. Wenn also jemand ein gutes Einkommen hat, kann er mit einem Griff in die Portokasse mühelos täglich öfter falsch parken, jemand mit einem kleinen oder mittleren Gehalt nicht. [Sind] also Paragraf 26a Straßenverkehrsgesetz und der Katalog des Ministeriums gerecht? Man könnte verneinen mit Hinweis auf einen Verstoß gegen den Gleichheitsgrundsatz des Artikel 3 Absatz 1, „Alle Menschen sind vor dem Gesetz gleich". Der Absatz bedeutet nämlich auch, dass Ungleiches nicht gleich, sondern ungleich behandelt werden muss. Vielleicht geht jemand vor das Bundesverfassungsgericht, das [...] schon manch andere Ungerechtigkeit beseitigt hat?

Wesel, Uwe: Recht, Gerechtigkeit und Rechtsstaat im Wandel – Essay. In: www.bpb.de, 19.08.2011.

4. Schutz- und Gestaltungsfunktion

Der [...] Rechtsstaat greift darüber hinaus aktiv in alle Bereiche des persönlichen, sozialen und wirtschaftlichen Lebens ein. Gesetzliche Regelungen schützen die Schwächeren und sorgen für den Ausgleich sozialer Gegensätze. Das Arbeitsrecht beispielsweise enthält zahlreiche Regelungen zum Schutz der Arbeitnehmer: Kündigungsschutz, Arbeitszeitbegrenzung, Lohnfortzahlung [...], Mutter- und Jugendschutz, Mitbestimmung. Das Kartellrecht sichert den wirtschaftlichen Wettbewerb. Es verbietet beispielsweise Preisabsprachen von Unternehmern [...].

Der rasche gesellschaftliche Wandel, die begrenzten natürlichen Lebensgrundlagen, die Entwicklung neuer Technologien zwingen den Staat, steuernd und gestaltend in immer neue Lebensverhältnisse einzugreifen. Auch hier bedient sich der Staat vor allem des Rechts. Dem Schutz der Umwelt beispielsweise dienen das Immissionsschutzgesetz, das Atomgesetz, das Chemikaliengesetz und andere mehr.

Pötzsch, Horst: Funktionen des Rechts. In: www.bpb.de, 05.05.2017.

M3 Rechtsdurchsetzung am Beispiel der sozialen Netzwerke: Soll der Rechtsstaat gegen Hasskommentare im Internet vorgehen?

a) Pro: Das Gesetz geht nicht weit genug

„Wer strafbare Inhalte online stellt, der muss dafür auch effektiv strafrechtlich verfolgt werden können", sagte der Geschäftsführer des Deutschen Richterbundes, Sven Rebehn [...]. Der Richterbund fordert weiter, den Opfern von Hassbotschaften einen direkten Auskunftsanspruch gegen die Netzwerke zu geben, um die Namen anonymer Verfasser zu erfahren. „Wer im Netz verleumdet oder beleidigt wird, der muss sich dagegen effektiv wehren können, indem er etwa auf Unterlassen oder Schadensersatz klagt." Die Netzwerke müssten verpflichtet werden, die Namen anonymer Verfasser von Hasskommentaren an die Betroffenen herauszugeben. „Es macht auf die Täter weitaus mehr Eindruck, wenn ihre Hasskommentare nicht nur gelöscht werden, sondern ihnen auch empfindliche Strafen oder Schadensersatzforderungen drohen", betonte Rebehn.

dpa/epd/kna: Soziale Netzwerke – Richterbund kritisiert Minister-Entwurf zu Internet-Hetze. In: www.dw.de, 20.03.2017.

b) Kontra: Das Gesetz ist eine „Meinungspolizei"

Der Verband Deutscher Zeitschriftenverleger (VDZ) kritisierte das Gesetzesvorhaben. „Das läuft auf die staatliche Einsetzung privater Meinungspolizei hinaus", sagte VDZ-Präsident Stephan Holthoff-Pförtner. Auch die Grünen monieren, dass die sozialen Netzwerke in eine Richterrolle gedrängt würden. „Die sensible Abwägung zwischen Grundrechten gehört zunächst einmal vor Gericht und nicht zwischen Privaten geklärt – sonst drohen Löschorgien wie beim Maas'schen Ansatz", sagte Fraktionsvize Konstantin von Notz dem Tagesspiegel. Seine Parteikollegin Renate Künast erklärte [...], dass „auch die Meinungsfreiheit wirklich scharf eingegrenzt wird, weil einfach nur gelöscht, gelöscht, gelöscht wird."

Fiedler, Maria: Massive Kritik an Heiko Maas' Hate-Speech-Gesetz. In: www.tagesspiegel.de, 05.04.2017.

Rechtsdurchsetzung im Internet durch das „Netzwerkdurchsetzungsgesetz"
Im Juni 2017 wurde das „Netzwerkdurchsetzungsgesetz" verbschiedet. In Kraft trat das Gesetz am 1. Oktober 2017. Es zielt darauf ab, Prinzipien des Rechtsstaates auch im Internet anzuwenden. Das Gesetz will Internetkonzerne und soziale Medien (Facebook, Twitter etc.) verpflichten, offensichtlich strafbare Inhalte wie Hasskommentare oder Falschmeldungen – z. B. Verleumdung oder Volksverhetzung – schnell (innerhalb von 24 Stunden) zu löschen oder zu sperren.

AUFGABEN

1. Stellt mithilfe von **M2a-b** dar, inwiefern durch Hetze im Internet die Grundsätze und Funktionen des Rechtsstaates verletzt werden.
2. Erklärt euch in Partnerarbeit gegenseitig den Begriff „Rechtsstaat" anhand passender Beispiele für jeden der in **M2a** genannten Grundsätze.
3. Erläutert anhand von **M2b** die Funktionen des Rechts für eine Gesellschaft.
4. Erörtert mithilfe von **M3a-b**, inwiefern eine Gesellschaft auch im Internet die Grundsätze des Rechtsstaates durchsetzen sollte (**M1**, **M2a-b**).

2.1.2 Grundrechte im Konflikt – eine Herausforderung für den Rechtsstaat?

Zum Thema: „Grundrechte regeln unser gesellschaftliches Zusammenleben im Alltag". Soweit die Theorie, doch wie sieht es in der Praxis aus? In diesem Unterkapitel erfahrt ihr, dass es auch bei uns in Deutschland Situationen gibt, in denen Grundrechte miteinander in Konflikt geraten können.

M4 Darf der Staat Folter androhen, um Leben zu retten?

Magnus Gäfgen entführte und ermordete Jakob von Metzler im Jahr 2002.

Der Fall: Der Entführer ist ein Bekannter der Familie: Der Jurastudent Magnus Gäfgen lockt am 27. September 2002 den elfjährigen Bankierssohn Jakob von Metzler in seine Wohnung in Frankfurt am Main – und erstickt ihn. Anschließend erpresst der 27-Jährige eine Million Euro Lösegeld von den Eltern. Als die Polizei ihn bei der Übergabe am 30. September fasst, behauptet Gäfgen, der Junge lebe noch. Dessen Aufenthaltsort verschweigt er aber. Nach stundenlanger Befragung sind die Beamten keinen Schritt weiter. Sie gehen davon aus, dass das Kind noch am Leben ist. „Die Gefahr für Jakob wurde größer und das Zeitfenster für uns wurde immer kleiner", sagt der Polizeibeamte Ortwin Ennigkeit später. Er erhält am 1. Oktober von Frankfurts Polizei-Vizepräsident Wolfgang Daschner die Anweisung, Gäfgen mit Gewalt zu drohen. „Ich hab ihm ganz klipp und klar gesagt, was Herr Daschner vorhat", erinnert sich Ennigkeit. „Wenn er jetzt nicht sagt, wo der Junge ist, dass jemand kommen wird, der ihm Schmerzen zufügen wird."

Reinle, Dominik: Stichtag: 20. Dezember 2004 – Urteil im Fall Daschner. In: www1.wdr.de, 20.12.2014.

EINSTIEGSAUFGABEN

- Beschreibt das in **M4** dargestellte Problem und nennt die beteiligten Personen.
- Nehmt spontan Stellung zum Fall und diskutiert eine mögliche Lösung.

Eine Fallanalyse durchführen

I. Worum geht es?

Ein Fall ist ein Ereignis oder Vorfall, in dem fremde Personen agieren, Konflikte austragen und mit wechselndem Erfolg versuchen, Probleme zu lösen. Der Fall ist ein individuelles und besonderes Ereignis, das auf allgemeine gesellschaftliche, rechtliche, wirtschaftliche und/oder politische Probleme hinweisen kann. Mithilfe der Fallanalyse werden Fragen zur Untersuchung dieser Fälle gestellt, Verallgemeinerungen von einem konkreten Ereignis zu einem allgemeinen politischen oder sozialen Sachverhalt vorgenommen und Bezüge zu den Lebensbedingungen davon betroffener Personen hergestellt.

II. Geht dabei so vor:

1. Schritt: Außenbetrachtung

- Der Fall wird mithilfe von Leitfragen von außen betrachtet, z. B.: Worum geht es? Wer ist beteiligt? In welcher Lage befindet sich die Person? Wie ist sie in diese Lage hineingeraten? Welche Ziele verfolgt sie?

2. Schritt: Innenbetrachtung

- Hineinversetzen in die Lage der betroffenen Personen (Perspektivenübernahme)
- Versuch, das Ereignis mit den Augen dieser Person zu sehen
- Leitfragen: Wie sieht die Person ihre Lebenssituation? Was denkt und fühlt sie? Wie würdet ihr selbst in solch einer Situation denken und fühlen? Was würdet ihr tun, um aus dieser Situation herauszukommen?

3. Schritt: Generalisierung

- Stehen die Personen in diesem konkreten Fall auch beispielhaft für andere und nicht nur für ihren bestimmten Konflikt?
- Inwieweit spiegelt der Fall ein allgemeines politisches Problem wider? Wie könnte es gelöst werden?

4. Schritt: Rekonkretisierung

- Ist die Lösungsmöglichkeit auch im konkreten Fall hilfreich?

Nach: Reinhardt, Sibylle: Politik-Didaktik. Praxishandbuch für die Sekundarstufe I und II. 7. Auflage. Berlin: Cornelsen Scriptor 2018, S. 130.

Chancen und Ziele einer Fallanalyse

- Hineinversetzen in die Situation anderer Menschen und Auseinandersetzung mit ihren Problemen (Perspektivenübernahme)
- Verallgemeinerung der Fälle führt zur Verdeutlichung von sozialen oder politischen Problemen, die gelöst werden müssen.

M5 Der „Fall Daschner" und seine Folgen...

Wolfgang Daschner, ehemaliger Vizepräsident der Frankfurter Polizei, musste sich wegen Folterandrohung vor Gericht verantworten.

Daschner schreibt [...] einen internen Vermerk über seine Anweisung: „Zur Rettung des Lebens des entführten Kindes habe ich angeordnet, dass Gäfgen nach vorheriger Androhung unter ärztlicher Aufsicht durch Zufügung von Schmerzen erneut zu befragen ist." Die von einem Beamten dagegen „erhobenen moralischen Bedenken seien „in einer weiteren Besprechung" zurückgestellt worden. [...] Daschner informiert auch die Staatsanwaltschaft: „Mir war von Anfang an klar, dass gegen mich ermittelt werden würde." Im Februar 2003 wird Daschners Vermerk öffentlich bekannt und löst eine Debatte aus, ob Folter und ihre Androhung unter bestimmten Umständen legitim sein können. [...] Das Urteil gegen Gäfgen bleibt davon aber unbeeinflusst: Gäfgen wird am 28. Juli 2003 wegen Mordes aus Habgier zu lebenslanger Haft mit anschließender Sicherheitsverwahrung verurteilt. Die Polizisten Daschner und Ennigkeit müssen sich ebenfalls vor Gericht verantworten. Staatsanwalt Wilhelm Möllers ist „der Ansicht, dass die Grenze zwischen erlaubten polizeilichen Vernehmungsmethoden und verbotenen Handlungsweisen überschritten worden ist."

Reinle, Dominik: Stichtag: 20. Dezember 2004 – Urteil im Fall Daschner. In: www1.wdr.de, 20.12.2014.

M6 Kontrovers diskutiert: Ist die Menschenwürde eines Täters verhandelbar?

a) Argumente der Staatsanwaltschaft

Für Daschner beantragte Staatsanwalt Wilhelm Möllers am Donnerstag vor dem Frankfurter Landgericht eine Geldstrafe von 27.000 Euro auf Bewährung wegen Anstiftung zu schwerer Nötigung und für Ortwin Ennigkeit 14.400 Euro Geldstrafe auf Bewährung wegen schwerer Nötigung. Damit blieb er unter dem gesetzlichen Strafrahmen, der sechs Monate bis fünf Jahre Freiheitsstrafe vorsieht.

AP / Süddeutsche Zeitung: Staatsanwaltschaft fordert nur Geldstrafe auf Bewährung. In: www.sueddeutsche.de, 19.05.2010

b) Argumente der Verteidigung

Daschners eigene Rechtfertigung – die Güterabwägung zwischen dem Recht des Opfers auf Leben und dem des mutmaßlichen Täters auf körperliche Unversehrtheit – erfuhr durch seinen Verteidiger Eckart Hild eine interessante Ergänzung: Es sei eine Rechtsgüterabwägung zu treffen gewesen „zwischen dem Recht des Opfers auf Menschenwürde und Leben und dem Recht des dringend Tatverdächtigen auf Menschenwürde und körperliche Unversehrtheit". Das zeigt, dass der Verteidiger sich der juristischen Problematik vollständig bewusst ist: Für das Grundgesetz ist die Menschenwürde eindeutig ein höherer Wert als selbst das Leben. Die Menschenwürde ist „unantastbar".

Holzhaider, Hans: Polizeiliche Folterandrohung – Und er würde es wieder tun. In: www.sueddeutsche.de, 19.05.2010.

M7 Artikel 1 der Antifolterkonvention

Artikel 1 – Im Sinne dieses Übereinkommens bezeichnet der Ausdruck „Folter" jede Handlung, durch die einer Person vorsätzlich große körperliche oder seelische Schmerzen oder Leiden zugefügt werden, zum Beispiel um von ihr oder einem Dritten eine Aussage oder ein Geständnis zu erlangen, um sie für eine tatsächlich oder mutmaßlich von ihr oder einem Dritten begangene Tat zu bestrafen oder um sie oder einen Dritten einzuschüchtern oder zu nötigen, oder aus einem anderen, auf irgendeiner Art von Diskriminierung beruhenden Grund, wenn diese Schmerzen oder Leiden von einem Angehörigen des öffentlichen Dienstes oder einer anderen in amtlicher Eigenschaft handelnden Person, auf deren Veranlassung oder mit deren ausdrücklichem oder stillschweigendem Einverständnis verursacht werden.

Institut für Menschenrechte: Übereinkommen gegen Folter und andere grausame, unmenschliche oder erniedrigende Behandlung oder Strafe. In: www.institut-fuer-menschenrechte.de (Abruf am 06.04.2020).

M8 Warum ist Folter absolut verboten?

Interview des AI-Journals mit Dawid Bartelt, Pressesprecher von Amnesty International (AI):

Hat nicht die Rettung eines Lebens Vorrang vor dem Schutz der Würde eines anderen Menschen?

Der Staat ist zu einem effektiven Schutz des menschlichen Lebens verpflichtet. Er darf dabei unter keinen Umständen die Menschenwürde antasten. Sie ist – im Völkerrecht ebenso wie im Grundgesetz – absolut garantiert. Es ist daher nicht möglich, die Menschenwürde gegen andere Rechtsgüter abzuwägen, auch nicht gegen das Recht auf Leben.

Man könnte Folter doch in engen, gesetzlich genau festgelegten Grenzen erlauben, um ihrem Missbrauch vorzubeugen?

[...] Historische Erfahrungen zeigen, dass Folter niemals auf Einzelfälle begrenzbar ist, so genau sie auch geregelt sein mögen. Wird Folter einmal erlaubt, werden bald die Grenzen ihrer vermeintlichen Regulierung überschritten. Dem zugelassenen Einzelfall folgt der nächste Einzelfall; die Folteranwendung wird zur allgemeinen Praxis.

Bartelt, Dawid: Der Fall Daschner. In: www.amnesty.de (Abruf am 26.09.2019).

M9 Der „Fall Daschner" – das Urteil

Richterin Stock [...] erinnerte daran, dass beteiligte Kriminalbeamte einen konkreten Plan ausgearbeitet hatten, der Gewaltandrohung nicht vorsah – dass Daschner also eine Alternative an der Hand hatte, auf die er nicht zurückgriff. Und sie zeichnete nach, dass mehrere Beamte sich Daschners Anordnung zur Gewaltandrohung verweigert hatten, weil dies nach dem Gesetz nicht erlaubt, weil dies „Folter" sei. Die Richterin verwandte den Begriff „Folter" nicht, aber sie verwies auf den 3. Artikel der Europäischen Menschenrechtskonvention: „Niemand darf der Folter oder unmenschlicher oder erniedrigender Strafe oder Behandlung unterworfen werden", lautet dieser Artikel, und völkerrechtlich entscheidend ist das absolute Verbot von beidem, Folter wie Misshandlungen. [...] Umso mehr erstaunte zunächst das Strafmaß: Mit

Historische Gründe für das absolute Folterverbot

Sowohl rechtsstaatliche als auch historische Gründe sind für das strikte Folterverbot verantwortlich. Die stark verbreitete Anwendung von Folter im Nationalsozialismus hat die Staatengemeinschaft veranlasst, das absolute Folterverbot in Menschenrechtsabkommen aufzunehmen. Absolutes Folterverbot meint, dass selbst in Krisen-, Kriegs- und Notstandssituationen keine Folter erlaubt ist.

Psychische Folgen von Folter

Folter zielt darauf ab, einen Menschen innerlich zu unterwerfen, seine Psyche verfügbar zu machen und ihn seiner Würde zu berauben. Der Gefolterte wird zu einem Objekt gemacht, das keinerlei Möglichkeiten mehr hat, die eigenen Rechte wahrzunehmen. Die Praxis der Folter [...] erniedrigt auch diejenigen, die sie anwenden, die von ihr profitieren, und sie ist der denkbar eklatanteste Widerspruch zur Gerechtigkeit, eben jenem Ideal, auf das der Staat seine Autorität zu gründen bestrebt ist.

ebd.

Geldstrafen von 90 Tagessätzen je 120 Euro für Daschner und 60 Tagessätzen je 60 Euro für den mitangeklagten Kriminalhauptkommissar Ortwin Ennigkeit blieb das Gericht noch unter dem, was der Staatsanwalt gefordert hatte. [...]

Die zwei Gesichter des Urteils versuchen, den zwei Gesichtern des konkreten Falles gerecht zu werden: Da ist zum einen ein klarer Bruch des Rechts, mehr noch: der Bruch eines Tabus. Der Staat darf einen wehrlosen Menschen in seinem Gewahrsam nicht zum Objekt seiner Gewalt herabwürdigen; er darf nicht foltern. Tut er es, verletzt er die Menschenwürde. Das Völkerrecht verbietet Folter unter allen Umständen. Im konkreten Fall aber ging es um das Leben eines Kindes und um die – scheinbare – Möglichkeit, das Leben noch zu retten, wenn der Aufenthaltsort ermittelt werden könne. Es standen zwei hohe Rechtsgüter gegeneinander. [...] Das Urteil hat die Absolutheit des Folterverbots für Deutschland und für das Völkerrecht insgesamt bestätigt. Es hat jedem Versuch, per juristischer Konstruktion die Folter durch die Hintertür einzuführen, eine Absage erteilt. [...] Richterin Stock stellte klar, dass Daschners Verhalten gegen die Pflicht des Staates zum unbedingten Schutz der Menschenwürde verstieß, und dass auf der Unantastbarkeit der Menschenwürde, die Artikel 1 des Grundgesetzes unaufhebbar festgeschrieben hat, unser Rechtsstaat fußt. „Die Väter und Mütter des Grundgesetzes haben sie bewusst an den Anfang gestellt", sagte Stock. Es sei ihnen ein fundamentales Anliegen gewesen, so etwas nie wieder entstehen zu lassen.

Bartelt, Dawid: Der Fall Daschner. In: www.amnesty.de (Abruf am 26.09.2019).

AUFGABEN

Bearbeitet die folgenden Aufgaben unter Hinzuziehung der Methode „Eine Fallanalyse durchführen" (→ S. 135).

H Aufgabe 1
→ S. 190

1. Erklärt, welche Grundrechte der Polizeivizepräsident Daschner in Folge der Festnahme Gäfgens gegeneinander abwägen musste (**M4**, **M5**).
2. Bewertet die Ansicht, die Grundrechte müssen in Deutschland unter allen Umständen gelten. Bezieht die Argumente aus **M6a-b** in eure Überlegungen mit ein.
3. Erläutert, warum die Folter unter allen Umständen gegen Artikel 1 des Grundgesetzes verstößt und damit strafbar ist (**M7**, **M8**).
4. Überlegt euch weitere Argumente, warum der Staat auch in Ausnahmesituationen nicht foltern darf (**M7-M9**).
5. Fasst das Urteil und die Urteilsbegründung im Fall Daschner zusammen (**M9**).
6. Diskutiert in der Klasse, inwieweit ihr dieses Urteil für „gerecht" haltet.

2.1.3 Öffentliches Recht und Privatrecht – welches Recht regelt welchen Bereich?

Zum Thema: In den vorherigen Unterkapiteln habt ihr bereits gesehen, dass unser Alltag sehr stark vom Rechtsstaat geprägt wird, es aber auch Situationen gibt, die eine Herausforderung für den Rechtsstaat darstellen. In diesem Unterkapitel geht es nun um die Frage, inwiefern unsere Rechtsordnung die vielen unterschiedlichen Rechtsfälle und -bereiche strukturiert und unterscheidet.

M10 Fallbeispiele: Soll der Staat reagieren?

1 Ein Autohändler fordert von einem Käufer nach der bereits getätigten Anzahlung nun auch den Restbetrag ein. Der Käufer zahlt nach mehrmaliger Aufforderung nicht.

2 Schüler einer 9. Klasse tauschen regelmäßig Musik und Filme über das Internet untereinander aus. Das sei doch viel billiger, als sich eine CD oder eine DVD zu kaufen. Sie haben schon mal davon gehört, dass die Daten eigentlich urheberrechtlich geschützt sind...

3 Vier Jugendliche (ein 13-Jähriger sowie ein 14-Jähriger und zwei 16-Jährige) begehen eine Reihe von Diebstählen aus Autos. Sie entwenden Smartphones, Sonnenbrillen und Navigationsgeräte.

Bearbeiterin

EINSTIEGSAUFGABE

Was meint ihr? Soll der Staat in den Fällen 1-3 von **M10** jeweils tätig werden? Begründet eure Entscheidung.

M11 Was bedeuten Öffentliches Recht und Zivilrecht?

Das deutsche Rechtssystem unterscheidet zwei große Rechtsbereiche, das Öffentliche Recht und das Zivilrecht:

a) Öffentliches Recht – Im Öffentlichen Recht stehen sich als Streitpartner Staat oder Behörden auf der einen Seite und Bürger auf der anderen Seite gegenüber. Das Öffentliche Recht regelt also die Rechtsbeziehungen der Bürger zum Staat, wobei der Staat der Hoheitsträger, der Bürger der Rechtsunterworfene ist. Es herrscht also ein Überordnungs-Unterordnungsverhältnis, bei dem die Strafgewalt allein dem Staat zusteht.

Ein wichtiger Bestandteil des Öffentlichen Rechts ist das Strafrecht. Der Staat droht im Strafgesetzbuch (StGB) jedem Straftäter eine Strafe an, der sich an Leben, Gesundheit oder Besitz anderer vergeht. Anklage erhebt der Staatsanwalt. Das Kernstück des Strafprozesses ist die Hauptverhandlung. Deren Ziel ist es, den Sachverhalt endgültig aufzuklären: Anders als im Zivilprozess wird hier über Schuld oder Unschuld des Angeklagten befunden und in einem Urteil Art und Höhe der Strafe festgesetzt.

Zivilrecht und Privatrecht
Zivil- und Privatrecht werden als Synonyme verwendet.

b) Zivilrecht – Im Gegensatz dazu hält sich der Staat im Privat- oder Zivilrecht aus Streitfragen zwischen Bürgerinnen und Bürgern inhaltlich heraus. Grundsätzlich gilt hier der Grundsatz „Wo kein Kläger, da kein Richter". Zwingende Voraussetzung für einen Zivilprozess ist die Klageerhebung, d. h. ein Zivilprozess kann nur dann stattfinden, wenn Klage eingereicht wurde. Der Bürger muss sich an die Gerichte wenden, um sein Recht mithilfe der Staatsgewalt durchzusetzen. Anders als beim Strafprozess ist die Beweisaufnahme nicht Teil der mündlichen Verhandlung. Das Gericht prüft nur, was die Streitparteien vorbringen. Der Staat bietet durch das Bürgerliche Gesetzbuch (BGB) den gesetzlichen Rahmen. Ziel ist es, den Rechtsfrieden wiederherzustellen. In einem Zivilprozess sind die Streitparteien gleichberechtigt.

Bearbeiterin

M12 Ablauf eines Zivilprozesses

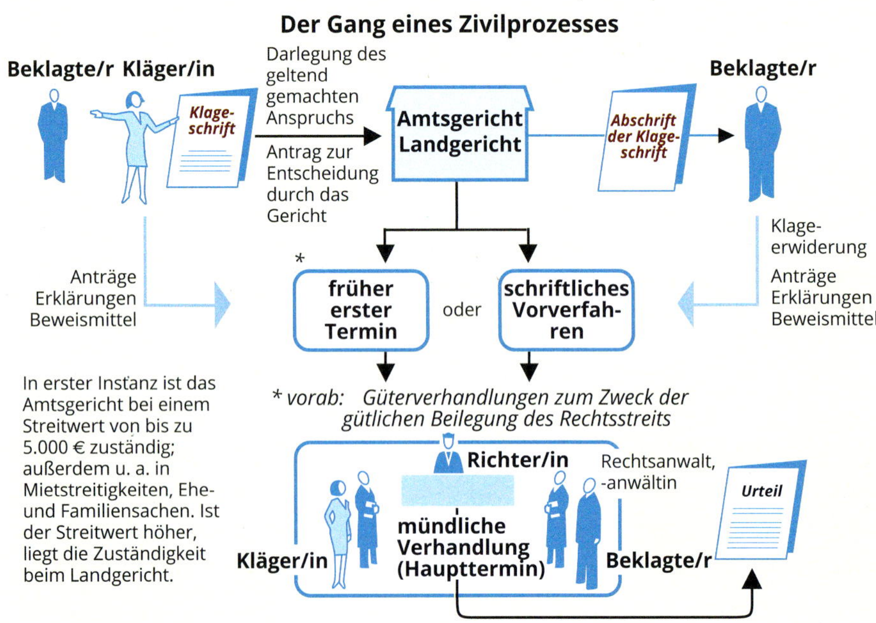

© Bergmoser + Höller Verlag AG, Zahlenbilder 129 520

M13 Ablauf eines Strafprozesses

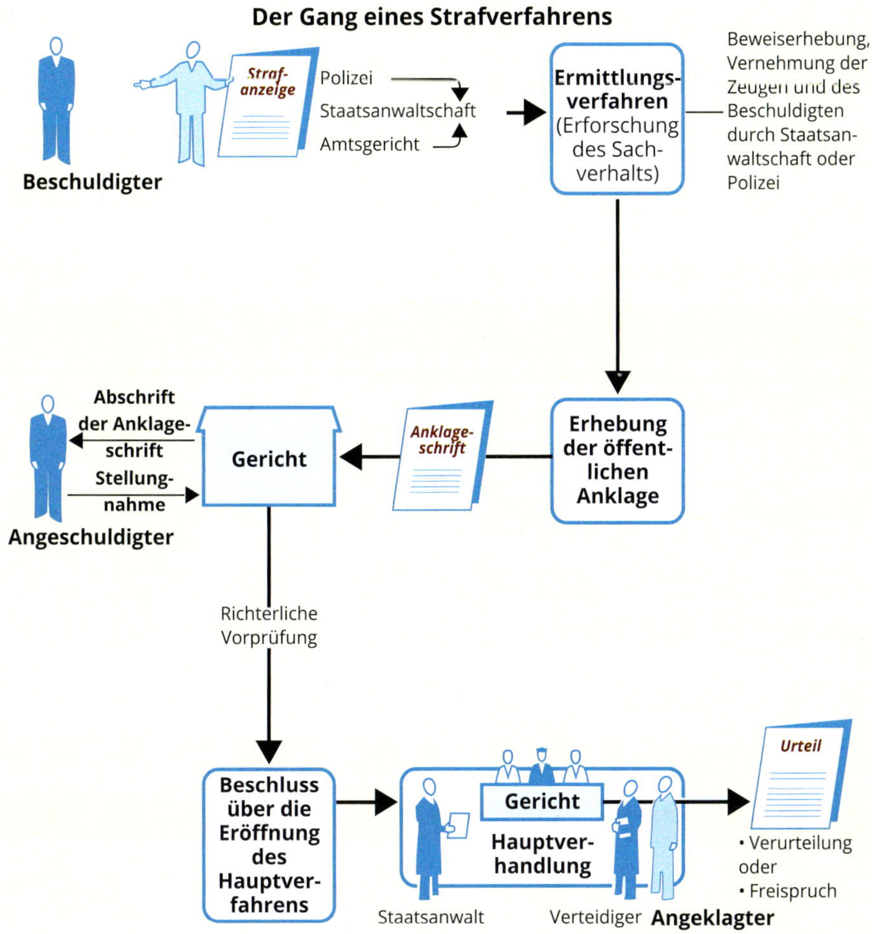

© Bergmoser + Höller Verlag AG, Zahlenbilder 129 810

AUFGABEN

1. Ordnet die Fälle 1-3 in **M10** vor dem Hintergrund von **M11a-b** dem Zivilrecht bzw. dem Öffentlichen Recht zu.
2. Charakterisiert in Kleingruppen mithilfe von **M11a-b** das Öffentliche Recht und das Zivilrecht (**M11-M13**).
3. Stellt den Unterschied zwischen den beiden Rechtsbereichen Öffentliches Recht und Zivilrecht in einem Bild dar (**M11a-b**).
4. Vergleicht Straf- und Zivilprozess hinsichtlich möglicher Gemeinsamkeiten und Unterschiede (**M12**, **M13**).

METHODE

Vorbereitung, Beobachtung und Auswertung einer Gerichtsverhandlung

I. Worum geht es?

Einer Gerichtsverhandlung beizuwohnen, bedeutet zunächst einmal Spannung pur. Viel wichtiger aber ist die Möglichkeit, Informationen über den Ablauf einer Gerichtsverhandlung zu sammeln und zu erfahren, was es heißt, einen Urteilsspruch mitzuerleben, der möglicherweise das Leben eines Angeklagten nachhaltig beeinflussen wird.

Beobachtungsbogen für einen Gerichtsbesuch

Mediencode: 71083-14

II. Geht dabei so vor:

1. Schritt: Vor der Gerichtsverhandlung – Vorbereitung

- Bildet Kleingruppen und notiert Fragen, die ihr bei eurem Gerichtsbesuch unbedingt klären möchtet. Hierfür könnt ihr auch den Beobachtungsbogen in der Randspalte verwenden.
- Überlegt, ob ihr die Fragen nur durch Beobachtung klären könnt oder ob ihr jemanden dazu befragen möchtet. Wenn ja, notiert, wen ihr befragen möchtet. Organisiert – möglicherweise im Vorfeld eures Gerichtsbesuchs – einen Gesprächstermin. Bittet gegebenenfalls euren Lehrer/eure Lehrerin, euch zu helfen.

2. Schritt: Während der Gerichtsverhandlung – Verhalten und Aufgaben

- Verhaltet euch ruhig und respektvoll allen Prozessbeteiligten gegenüber. Das gilt insbesondere auch für die/den Angeklagte(n), egal weswegen der/die Betreffende vor Gericht erscheint. Denkt daran, dass jeder das Recht auf einen fairen Prozess hat.
- Notiert den wesentlichen Ablauf der Gerichtsverhandlung. Hierbei kann euch der Beobachtungsbogen in der Randspalte behilflich sein.

3. Schritt: Nach der Gerichtsverhandlung – Analyse und Auswertung

- Beantwortet die Fragen, die ihr euch vor dem Besuch der Gerichtsverhandlung gestellt hattet.
- Beschreibt und begründet, welche Aspekte euch besonders überrascht/erstaunt/irritiert haben.
- Vergleicht eure Wahrnehmungen und wertet anschließend die Erfahrungen aus den Kleingruppen gemeinsam aus.

Bearbeiterin

Der Rechtsstaat in Deutschland (··→ M2a)

Das Zusammenleben in unserem Staat, der Bundesrepublik Deutschland, erhält seinen Rahmen durch die Verfassung, dem Grundgesetz (GG), und die davon abgeleiteten Gesetze.

Die Bedeutung des Rechts für unsere Gesellschaft (··→ M2b)

Viele Bereiche unseres Alltags müssen durch Gesetze geregelt sein, andere werden bewusst ausgelassen, um die Privatsphäre eines jeden Einzelnen zu schützen. Während manche gesetzliche Regelung, wie zum Beispiel die des Straßenverkehrs, nur das Leben vereinfachen soll, dienen andere Gesetze dazu, Unrecht und Ungerechtigkeit in unserem Staat zu verhindern. Aber warum werden Gesetze in der Regel freiwillig eingehalten? Dahinter steht die Einsicht, dass ein Zusammenleben in einer Gemeinschaft nur dann gelingen kann, wenn sich jeder an bestimmte Regeln hält. Gesetze sollen den Einzelnen sowohl schützen als auch dessen freie Entfaltung gewährleisten. Das bedeutet auch, dass der Staat auf der Basis bestehender Gesetze Regelverstöße entsprechend sanktionieren muss. Gesetze erfüllen damit eine wichtige Schutz-, Ordnungs-, Friedens- und Gerechtigkeitsfunktion für das Zusammenleben in unserer Gesellschaft.

Rechtsdurchsetzung in sozialen Netzwerken (··→ M3)

Das Gesetz zur Verbesserung der Rechtsdurchsetzung in sozialen Netzwerken, das sogenannte Netzwerkdurchsetzungsgesetz (NetzDG), ist in Deutschland seit 1. Oktober 2017 in Kraft. Es zielt darauf ab, Hasskriminalität, strafbare Falschnachrichten und andere strafbare Inhalte auf den Plattformen sozialer Netzwerke wirksamer zu bekämpfen. Dazu zählen z. B. Beleidigung, üble Nachrede, Verleumdung, öffentliche Aufforderung zu Straftaten, Volksverhetzung, Gewaltdarstellung und Bedrohung. Das Gesetz beinhaltet beispielsweise eine gesetzliche Berichtspflicht für Anbieter sozialer Netzwerke über den Umgang mit Hasskriminalität und anderen strafbaren Inhalten. Verstöße gegen diese Pflichten können mit Bußgeldern gegen die Plattformbetreiber und die Aufsichtspflichtigen geahndet werden. Außerdem wird Opfern von Persönlichkeitsrechtsverletzungen im Netz auf gerichtliche Anordnung hin ermöglicht, die Bestandsdaten der Urheber von Straftaten auf sozialen Netzwerken über die Plattformbetreiber zu erhalten.

WAS WIR WISSEN

Grundrechte im Konflikt (··→ M4-M6)

Manchmal können Grundrechte zueinander in Konflikt stehen. Dann muss abgewogen werden, welche Einschränkungsmöglichkeiten das Gesetz erlaubt und welche Rechte im Einzelfall schwerer wiegen.

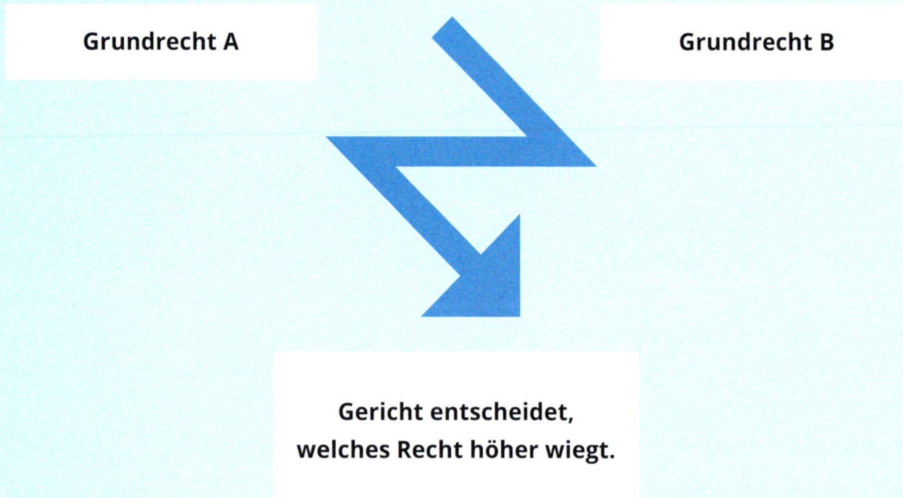

Die Menschenwürde (··→ M4-M9)

Die Würde des Menschen ist oberstes Prinzip unserer Verfassung. Selbst in extremen Entscheidungssituationen, wie beispielsweise im „Fall Daschner", ist ein Verstoß gegen dieses Prinzip nicht erlaubt. Die generelle Auffassung des Staates steht hier über dem Einzelfall.

Rechtsbereiche im Rechtsstaat (··→ M11)

Bergmoser + Höller Verlag AG, Zahlenbilder 128 020

2.2 Die Rechtsstellung von Jugendlichen

2.2.1 Rechte und Pflichten – unter welchen Bedingungen kommen Kaufverträge zustande?

Zum Thema: Beim Shoppen habt ihr wahrscheinlich – ohne viel darüber nachzudenken oder es zu wissen – schon viele Willenserklärungen und damit Kaufverträge abgeschlossen. Doch dürft ihr wirklich schon alles kaufen? Wie ist die Gesetzeslage? Und was ist, wenn ihr mal das Falsche gekauft habt? Dieses Unterkapitel hilft euch bei der Beantwortung dieser rechtlichen Fragen.

M1 Darf Tim sein teures Longboard überhaupt kaufen?

Tim (15) hat genug Geld gespart und kann sich nun seinen langersehnten Wunsch, ein Longboard zu kaufen, endlich erfüllen. Doch seine Schwester Sandra ist skeptisch: „Du darfst doch so was noch gar nicht selbst kaufen, du bist noch nicht volljährig". Stimmt das?

Bearbeiterin

EINSTIEGSAUFGABE

Gebt eine erste Einschätzung darüber ab, ob sich der 15-jährige Tim ein Longboard kaufen darf (**M1**). Begründet eure Entscheidung.

M2 Geschäftsfähigkeit

Wer etwas kaufen möchte, schließt beim Kauf einen Vertrag mit dem Verkäufer. Das Gesetz erlaubt erst ab einem bestimmten Alter, einen solchen Kaufvertrag abzuschließen. Diese Erlaubnis nennt man *Geschäftsfähigkeit*.

Geschäftsfähigkeit	Alter
Ist man noch keine 7 Jahre alt, dann ist man **geschäftsunfähig**. Dies bedeutet, dass die Eltern den Kauf erlauben müssen.	unter 7 Jahre
Ist man zwischen 7 und 17 Jahre alt, dann ist man **beschränkt geschäftsfähig**. Dies bedeutet, dass man zwar einkaufen gehen kann, die Eltern den Kauf aber auch wieder rückgängig machen können, wenn sie mit diesem nicht einverstanden sind.	7-17 Jahre
Ab 18 Jahren ist man **voll geschäftsfähig**. Dies bedeutet, dass man beim Kauf niemanden mehr um Erlaubnis fragen muss.	ab 18 Jahren

Bearbeiterin

Bürgerliches Gesetzbuch (BGB)
Im Bürgerlichen Gesetzbuch (BGB) stehen die Gesetze, die das Privatrecht (Zivilrecht), also die rechtlichen Beziehungen zwischen Privatpersonen (Bürgerinnen und Bürgern) regeln. So etwa, ab wann eine Person als volljährig gilt oder was ein gültiger Vertrag ist. Das BGB kann verändert werden.

M3 Was sagt das Gesetz?

Tim hört von einem Freund, dass er im Bürgerlichen Gesetzbuch (BGB) Antworten auf die von seiner Schwester in **M1** aufgeworfenen Frage findet. Im Folgenden ein paar Auszüge...

§1 Beginn der Rechtsfähigkeit
Die Rechtsfähigkeit des Menschen beginnt mit der Vollendung der Geburt.

§106 Beschränkte Geschäftsfähigkeit Minderjähriger
Ein Minderjähriger, der das siebente Lebensjahr vollendet hat, ist [...] in der Geschäftsfähigkeit beschränkt.

§107 Einwilligung des gesetzlichen Vertreters
Der Minderjährige bedarf zu einer Willenserklärung, durch die er nicht lediglich einen rechtlichen Vorteil erlangt, der Einwilligung seines gesetzlichen Vertreters.

§108 Vertragsschluss ohne Einwilligung
(1) Schließt der Minderjährige einen Vertrag ohne die erforderliche Einwilligung des gesetzlichen Vertreters, so hängt die Wirksamkeit des Vertrags von der Genehmigung des Vertreters ab.

§110 Bewirken der Leistung mit eigenen Mitteln („Taschengeldparagraf")
Ein von dem Minderjährigen ohne Zustimmung des gesetzlichen Vertreters geschlossener Vertrag gilt als von Anfang an wirksam, wenn der Minderjährige die vertragsmäßige Leistung mit Mitteln bewirkt, die ihm zu diesem Zweck oder zu freier Verfügung von dem Vertreter oder mit dessen Zustimmung von einem Dritten überlassen worden sind.

§ 516 Begriff der Schenkung
(1) Eine Zuwendung, durch die jemand aus seinem Vermögen einen anderen bereichert, ist Schenkung, wenn beide Teile darüber einig sind, dass die Zuwendung unentgeltlich erfolgt.

Bundesministerium für Justiz und Verbraucherschutz: Bürgerliches Gesetzbuch. In: www.gesetze-im-internet.de (Abruf am 28.01.2020).

M4 Eure Rechte und Pflichten beim Kauf

Sind sich Verkäufer und Käufer über die Sache, deren Eigenschaften und den Preis einig, so schließen sie einen Kaufvertrag. Der Verkäufer verpflichtet sich, dem Käufer die Sache ohne Mängel zu übergeben und der Käufer verpflichtet sich, dem Verkäufer den vereinbarten Kaufpreis zu zahlen und die gekaufte Sache abzunehmen. Der Kaufvertrag kommt zustande, wenn beide Seiten ihren Willen zum Kaufgeschäft eindeutig zum Ausdruck bringen. Das nennt man auch übereinstimmende Willenserklärungen: der eine bietet das Geschäft an (Antrag), der andere nimmt es an (Annahme). Willenserklärungen können mündlich oder schriftlich abgegeben werden. Aber auch durch schlüssiges Handeln, bei dem der Vertragspartner am Tun erkennen kann, dass man einen Vertrag schließen möchte, z.B. wenn der Kunde sein Obst an die Kasse legt und offensichtlich bezahlen möchte.

Käufer, die über den Versandhandel auch im Internet eingekauft haben, haben das Recht, von Ihrem Kauf zurückzutreten. Das nennt man Widerrufsrecht, d.h., wenn sie die Ware erhalten haben, können sie 14 Tage lang das bestellte Produkt zurückschicken und den Kaufvertrag widerrufen. Beim Widerruf muss der Käufer keine Gründe angeben. Käufer dürfen das Produkt allerdings nicht benutzen, sondern es nur anschauen und prüfen. Bei Downloads und Streaming erlischt das Widerrufsrecht mit Beginn des Herunterladens und Produkte wie Lebensmittel sind vom Widerruf ausgeschlossen. Auch muss der Kunde die Kosten für Rücksendung tragen, sofern nichts anderes vereinbart wurde.

Manche Online-Shops räumen aber immer noch freiwillig das Recht zur kostenlosen Rückgabe oder einem Umtausch ein. Hat die neue Ware beim Kauf einen Mangel, so ist der Verkäufer in der EU zur Beseitigung von Mängeln bis zu zwei Jahre nach dem Kauf verpflichtet. Das nennt man Mängelhaftung oder Gewährleistungspflicht.

Bearbeiterin

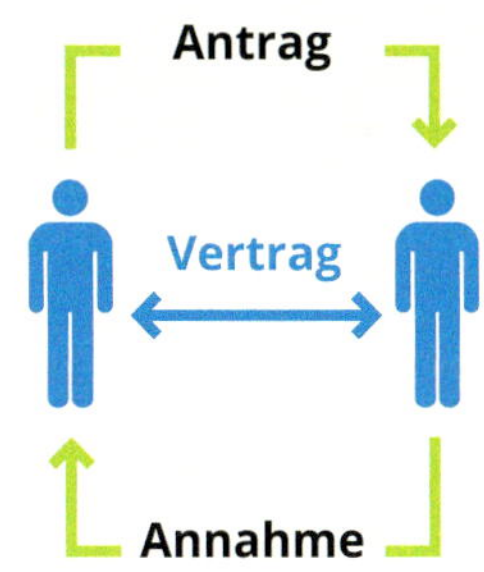

AUFGABEN

1. Erklärt mithilfe der Informationen zur Geschäftsfähigkeit (**M2**), ob Tim sich das Longboard in **M1** (Preis 180 Euro) selbst kaufen darf.
2. Überprüft folgende Fälle mithilfe der Informationen zur Geschäftsfähigkeit (**M2**) und der Gesetzestexte (**M3**) sowie unter Verwendung der Methode „Gesetzestexte verstehen" (→ S. 148 f.):
   a) Darf Lena (5) sich alleine beim Bäcker eine Brezel kaufen?
   b) Darf Can (16) ein Handy für 0 Euro bekommen, das 24 Monate an einen Vertrag gebunden ist?
   c) Dürft ihr euch im Internet das neueste Videospiel für eure Spielekonsole kaufen?
3. a) Arbeitet aus **M4** die Bedingungen und jeweiligen Pflichten und Rechte für Käufer und Verkäufer für das Zustandekommen eines Kaufvertrages heraus.
   b) Erklärt eure Rechte und Pflichten beim Einkauf (**M4**) anhand eines selbstgewählten Beispiels.
4. Tim hat sich sein Longboard bei einem Online-Händler bestellt. Beim Auspacken des Pakets stellt er erschrocken fest, dass er im Internet die falsche Variante bestellt hat. Überprüft mithilfe von **M4**, ob bzw. unter welchen Bedingungen Tim seinen Kauf rückgängig machen kann.

Tipp:
Bewahrt die Kaufbelege von teuren Einkäufen lichtgeschützt (Thermopapier bleicht schnell aus) auf oder scannt sie ein. Benennt diese sauber mit Datum und Produktname und legt sie sinnvoll in einem PC-Ordner ab. Dann könnt ihr eure Rechte, etwa bei mangelhafter Ware, schnell einfordern.

Gesetzestexte verstehen

I. Worum geht es?

Gesetzestexte sind meist schwierig formuliert. Manchmal liegt es daran, dass ein Gesetzestext schon sehr alt ist. Aber grundsätzlich ist es so, dass Gesetzestexte deshalb so kompliziert formuliert sind, weil sie für verschiedene Fälle bzw. Tatbestände gelten müssen. Sie müssen daher auch sehr genau gelesen werden. Wichtige Gesetze stehen beispielsweise im Bürgerlichen Gesetzbuch (BGB) oder im Strafgesetzbuch (StGB) und werden nach Paragrafen („§") unterteilt. Gesetze können auch geändert werden. Deshalb muss man immer prüfen, ob der vorliegende Gesetzestext auch der aktuell gültige ist.

II. Geht dabei so vor:

Anhand der folgenden Schritte könnt ihr jeden Gesetzestext entschlüsseln. Am konkreten Beispiel des Taschengeldparagrafen lernt ihr einen kompliziert verfassten Gesetzestext zu „übersetzen" und damit zu verstehen:
Beispiel:
Darf sich Tim (15) von seinem ersparten Taschengeld ein Longboard kaufen (**M1**)?
Betroffenes Gesetz: „Taschengeldparagraf"
→ §110 Bewirken der Leistung mit eigenen Mitteln (BGB)

1. Schritt: Themengebiet klären

Was wird geregelt? Nennt den inhaltlichen Bereich, um den es geht.
→ Es geht um die Verwendung von Taschengeld.

2. Schritt: Unbekannte Begriffe klären

Klärt euch unbekannte Begriffe.
→ Minderjähriger: Jeder, der das 18. Lebensjahr noch nicht vollendet hat.
→ Gesetzlicher Vertreter: Jemand, der rechtlich für einen anderen handeln darf. In der Regel sind das die Eltern, manchmal auch das Jugendamt.
→ Vertragsmäßige Leistung: Produkt oder Dienstleistung, die gekauft wird.
→ Mittel: Geldbetrag

3. Schritt: Geltungsbereich eingrenzen

Auf wen bezieht sich diese Regelung? → Der §110 BGB bezieht sich auf Minderjährige.

§ 110 Bürgerliches Gesetzbuch (BGB) Taschengeldparagraf

„Ein von **Minderjährigen** ohne Zustimmung des **gesetzlichen Vertreters** geschlossener **Vertrag** gilt als von Anfang an **wirksam**, wenn der Minderjährige die **vertragsmäßige Leistung** mit **Mitteln bewirkt**, die ihm **zu diesem Zwecke** oder **zur freien Verfügung** von dem **Vertreter** oder mit dessen Zustimmung von einem **Dritten** überlassen worden sind."

- Minderjährigen: Kinder und Jugendliche unter 18 Jahren
- gesetzlichen Vertreters: Erziehungsberechtigte: Vater, Mutter, Vormund
- Vertrag: Zwei Partner verpflichten sich, eine Leistung zu erbringen. Z. B. beim Kaufvertrag (§ 433 BGB): Tausch von Ware gegen Geld.
- wirksam: gültig
- vertragsmäßige Leistung: Kaufpreis
- bewirkt: bezahlt
- Mitteln: Geld
- zu diesem Zwecke: zum Kauf genau dieses Gegenstandes
- zur freien Verfügung: als Taschengeld
- Vertreter: Erziehungsberechtigter
- Dritten: Großeltern, Verwandte...

4. Schritt: Regelung/Bestimmung verstehen

Was sagt die Regelung genau aus? Was ist der konkrete Inhalt des Paragrafen? Meist kann die Regelung in Tatbestand und Rechtsfolge zerlegt werden. Dabei wird der Tatbestand mit „wenn" eingeleitet und z. B. der Personengruppe, auf die sich die Regelung bezieht. Die Rechtsfolge erkennt man häufig, aber nicht immer, mit „so".

→ Tatbestand: „Wenn der Minderjährige die vertragsmäßige Leistung mit Mitteln bewirkt, die ihm zu diesem Zweck oder zu freier Verfügung [...] überlassen worden sind."

→ Rechtsfolge: „[...] Vertrag gilt als von Anfang an wirksam [...]." Hier wird geregelt, ob bzw. wann ein Minderjähriger das Taschengeld ohne Zustimmung z. B. der Eltern ausgeben darf: Unter 18-Jährige dürfen nur über einen (kleinen) Betrag in Höhe des Taschengeldes selber verfügen.

Fazit: Wenn Tim sich ohne Zustimmung seiner Eltern ein Longboard kauft, muss er damit rechnen, dass der Verkauf auf Bitte seiner Eltern hin rückgängig gemacht wird. Denn das Longboard ist teurer als der Betrag, der ihm als Taschengeld zur Verfügung steht.

Bearbeiterin

2.2.2 Das Jugendschutzgesetz – sinnvoll oder lästig?

Zum Thema: Gesetze, die manchmal lästig, manchmal sogar störend oder gar überflüssig wirken, kennen wir alle. Doch wenn Gesetze vorgeben, durch Verbote Schutz zu spenden, wird es paradox. Thema dieses Unterkapitels ist die Frage, inwiefern das Jugendschutzgesetz Kindern und Jugendlichen mehr „Schutz" bietet als „Freude" verbietet.

M5 Fallbeispiel Discobesuch: Stellt euch vor...

Jugendliche in der Disco an einem Samstagabend in Chemnitz

Du freust dich die ganze Woche auf den Samstagabend. Dann ist es endlich soweit und du gehst mit deiner Clique in die Disco. Die anderen sind etwas älter als du, aber das ist ja gerade das Coole: du wirst trotzdem voll akzeptiert! Der Discoabend verläuft super, bis du – nur weil du etwas jünger als die anderen bist – die Disco verlassen musst...

Bearbeiterin

EINSTIEGSAUFGABEN

- Habt ihr ähnliche Erfahrungen gemacht, wie sie im Fallbeispiel **M5** dargestellt werden? Beschreibt eure Erfahrungen.
- Nennt weitere Situationen, in denen ihr mit den Regelungen des Jugendschutzgesetzes direkt konfrontiert werdet.

M6 Auszüge aus dem Jugendschutzgesetz

§ 1 Begriffsbestimmungen

(1) Im Sinne dieses Gesetzes 1. sind Kinder Personen, die noch nicht 14 Jahre alt sind, 2. sind Jugendliche Personen, die 14, aber noch nicht 18 Jahre alt sind, 3. ist personensorgeberechtigte Person, wem allein oder gemeinsam mit einer anderen Person [...] die Personensorge zusteht, 4. ist erziehungsbeauftragte Person, jede Person über 18 Jahren, soweit sie auf Dauer oder zeitweise aufgrund einer Vereinbarung mit der personensorgeberechtigten Person Erziehungsaufgaben wahrnimmt. [...]

§ 4 Gaststätten

(1) Der Aufenthalt in Gaststätten darf Kindern und Jugendlichen unter 16 Jahren nur gestattet werden, wenn eine personensorgeberechtigte oder erziehungsbeauftragte Person sie begleitet oder wenn sie in der Zeit zwischen 5 Uhr und 23 Uhr eine Mahlzeit oder ein Getränk einnehmen. [...]

§ 5 Tanzveranstaltungen

(1) Die Anwesenheit bei öffentlichen Tanzveranstaltungen ohne Begleitung einer personensorgeberechtigten oder erziehungsbeauftragten Person darf Kindern und Jugendlichen unter 16 Jahren nicht und Jugendlichen ab 16 Jahren längstens bis 24 Uhr gestattet werden.

§ 10 Rauchen in der Öffentlichkeit, Tabakwaren

(1) In Gaststätten, Verkaufsstellen oder sonst in der Öffentlichkeit dürfen Tabakwaren an Kinder oder Jugendliche weder abgegeben noch darf ihnen das Rauchen gestattet werden. [...]

§ 11 Filmveranstaltungen

(1) Die Anwesenheit bei öffentlichen Filmveranstaltungen darf Kindern und Jugendlichen nur gestattet werden, wenn die Filme [...] zur Vorführung vor ihnen freigegeben worden sind. [...]

(2) Abweichend von Absatz 1 darf die Anwesenheit bei öffentlichen Filmveranstaltungen mit Filmen, die für Kinder und Jugendliche ab zwölf Jahren freigegeben [...] sind, auch Kindern ab sechs Jahren gestattet werden, wenn sie von einer personensorgeberechtigten Person begleitet sind.

§ 6 Spielhallen, Glücksspiele

(1) Die Anwesenheit in öffentlichen Spielhallen [...] darf Kindern und Jugendlichen nicht gestattet werden. [...]

Bundesministerium der Justiz und für Verbraucherschutz: Jugendschutzgesetz. In: www.gesetze-im-internet.de (Abruf am 06.04.2020).

M7 Jugendschutz – warum werden Jugendliche überhaupt geschützt?

Der Schutz von Kindern und Jugendlichen ist im Grundgesetz verankert: Art. 1 (1); Art. 2 (1). Daraus folgt, dass der Staat nicht nur das Recht hat, Kinder und Jugendliche vor Gefährdungen zu schützen. Ihm obliegt auch die Pflicht, Schutzmaßnahmen zu ergreifen.

Das Jugendschutzgesetz [...] unterstützt [...] Eltern bei der verantwortungsbewussten Wahrnehmung der Erziehung ihrer Kinder. Das Jugendschutzgesetz hat drei Schwerpunkte:

Jugendschutz in der Öffentlichkeit

Das Jugendschutzgesetz gilt in der Öffentlichkeit, also an Orten, die der Allgemeinheit zugänglich sind; zum Beispiel Geschäfte, Gaststätten, Kinos, Diskotheken, Spielhallen, Straßen und öffentliche Plätze. Als öffentlich gelten auch Räume und Orte, wenn dort Eintrittsgeld zu zahlen ist oder wenn vorher nicht klar ist, wer dabei sein wird. Für nicht-öffentliche, private Veranstaltungen oder Vereinsfeiern gilt das Gesetz nicht.

Jugendschutz im Hinblick auf Tabak und Alkohol

Weil der Konsum von Tabakwaren und alkoholhaltigen Getränken und Lebensmitteln gesundheitsgefährdend ist, enthält das Jugendschutzgesetz Regelungen zur Altersfreigabe dieser Waren.

Jugendschutz im Bereich der Medien

Das Jugendschutzgesetz legt fest, ab welchem Alter Jugendliche Zugang zu bestimmten Medien erhalten dürfen. Das betrifft Kinofilme, darüber hinaus auch Videos sowie Computer- und Videospiele, soweit diese in Form so genannter Trägermedien vorliegen (also auf CD, DVD, Videokassette). Dabei unterscheidet das Gesetz zwischen Medien, die die Entwicklung von Kindern und Jugendlichen beeinträchtigen, und solchen, die ihre Entwicklung gefährden können.

© Bundesministerium für Familie, Senioren, Frauen und Jugend: Was bedeutet Jugendschutz?. In: www.jugendschutz-aktiv.de (Abruf am 21.08.2019).

Art. 1 GG

(1) Die Würde des Menschen ist unantastbar.

Art. 2 GG

(1) Jeder hat das Recht auf die freie Entfaltung seiner Persönlichkeit, soweit er nicht die Rechte anderer verletzt und nicht gegen die verfassungsmäßige Ordnung oder das Sittengesetz verstößt.

M8 Liegt ein Gesetz zum Jugendschutz vor?

Wie der Name schon mitteilt, schützt das Jugendschutzgesetz Jugendliche und Heranwachsende. Daher sind sie nicht die Adressaten dieses Gesetzes, im Gegenteil, sie gilt es, zu schützen. Die einzelnen Regelungen des Gesetzes zielen vielmehr auf volljährige Personen, insbesondere Gewerbetreibende, Veranstalter und deren Beschäftigte.

Fall	Wahr	Falsch
1. Der Aufenthalt von Kindern in Gaststätten ist grundsätzlich verboten.		
2. Kinder zwischen 6 und 12 Jahren dürfen in Begleitung ihrer Eltern in einen Film gehen, der mit „Freigegeben ab zwölf Jahren" gekennzeichnet ist.		
3. Kinder und Jugendliche dürfen sich nur in Begleitung ihrer Erziehungsberechtigten in öffentlichen Spielhallen aufhalten.		
4. Jugendlicher ist, wer 14, aber noch nicht 18 Jahre alt ist.	Ins Heft	
5. Jugendlichen ist das Rauchen in der Öffentlichkeit erlaubt, wenn sich keine Kinder in unmittelbarer Nähe befinden.		
6. Piercings und Tätowierungen sind erst ab 14 Jahren erlaubt.		
7. Jugendliche dürfen im Beisein ihrer Erziehungsberechtigten Alkohol trinken.		

Bearbeiterin

AUFGABEN

H Aufgabe 1
→ S. 190

1. Beschreibt vor dem Hintergrund von **M6**, unter welchen Bedingungen Jugendliche eine Disco unter Umständen früher als ihre Freunde verlassen müssen (**M5**).
2. Erklärt mithilfe von **M7**, aus welchen Gründen der Gesetzgeber vorgibt, Jugendliche schützen zu müssen.
3. Arbeitet in Kleingruppen:
   a) Entscheidet, welche der Fälle 1.-7. in **M8** zutreffen.
   b) Überprüft eure Antworten entweder mithilfe von **M6** oder indem ihr auf den Seiten des Bundesministeriums für Familie, Senioren, Frauen und Jugend (BMFSFJ) recherchiert.
4. Derzeit gibt es für Tätowierungen und Piercings in Deutschland keine gesetzliche Altersgrenze. Erläutert mögliche Gründe für diese Tatsache.
5. Die Einhaltung des Jugendschutzgesetzes im Alltag ist nicht immer einfach. Stellt für die von euch in den Einstiegsaufgaben genannten Situationen mögliche Maßnahmen dar, mithilfe derer das Jugendschutzgesetz effektiver eingehalten werden könnte.
6. Begründet in der Klasse mithilfe von **M6** und **M7**, inwiefern der Jugendschutz sinnvoll oder lästig ist.

2.2.3 Die Rechtsstellung von Kindern und Jugendlichen – inwieweit sind sie haft- bzw. strafbar?

Zum Thema: Dass Kinder die Folgen ihrer Tat nicht immer in vollem Umfang einschätzen können, wird niemand bezweifeln. Aber ab welchem Alter wird dies erwartet? In diesem Unterkapitel erfahrt ihr, inwiefern sich die unterschiedlichen Reifegrade von Kindern und Jugendlichen in unseren Gesetzen widerspiegeln.

M9 Vandalismus in der Schule...

Heiko (15) und Steve (13) haben schlechte Noten im Zeugnis, daher wollen sie es ihrer Schule mal so richtig „zeigen". Da Steve auf seinen Bruder Charlie (6) aufpassen muss, beschließt er, diesen einfach mitzunehmen. Gegen 22:00 Uhr ziehen sie los. Da sie es nicht schaffen, in die Schule einzudringen, werfen sie aus Frust sechs Fensterscheiben ein und besprühen die Eingangstür mit Graffiti.

Dabei werden sie von Passanten beobachtet, die umgehend die Polizei alarmieren. Der Schaden beläuft sich auf circa 5.000 €.

Eine der sechs zu Bruch gegangenen Fensterscheiben

EINSTIEGSAUFGABEN

- Nennt für jede der an der Tat beteiligten Personen mögliche Rechtsfolgen (**M9**).
- Begründet jeweils eure Entscheidung.

M10 Straf- und Haftbarkeit von Jugendlichen

Strafgesetzbuch (StGB)

§ 303 Sachbeschädigung

(1) Wer rechtswidrig eine fremde Sache beschädigt oder zerstört, wird mit Freiheitsstrafe bis zu zwei Jahren oder mit Geldstrafe bestraft.

Bürgerliches Gesetzbuch (BGB)

§ 823 Schadensersatzpflicht

(1) Wer vorsätzlich oder fahrlässig das Leben, den Körper, die Gesundheit, die Freiheit, das Eigentum oder ein sonstiges Recht eines anderen widerrechtlich verletzt, ist dem anderen zum Ersatz des daraus entstehenden Schadens verpflichtet.

§ 828 Minderjährige

(1) Wer nicht das siebente Lebensjahr vollendet hat, ist für einen Schaden, den er einem anderen zufügt, nicht verantwortlich.
(2) Wer das siebente, aber nicht das zehnte Lebensjahr vollendet hat, ist für den Schaden, den er bei einem Unfall mit einem Kraftfahrzeug, einer Schienenbahn oder einer Schwebebahn einem anderen zufügt, nicht verantwortlich. Dies gilt nicht, wenn er die Verletzung vorsätzlich herbeigeführt hat.
(3) Wer das 18. Lebensjahr noch nicht vollendet hat, ist, sofern seine Verantwortlichkeit nicht nach Absatz 1 oder 2 ausgeschlossen ist, für den Schaden, den er einem anderen zufügt, nicht verantwortlich, wenn er bei der Begehung der schädigenden Handlung nicht die zur Erkenntnis der Verantwortlichkeit erforderliche Einsicht hat.

Jugendgerichtsgesetz (JGG)

§ 1 Persönlicher und sachlicher Anwendungsbereich

(1) Dieses Gesetz gilt, wenn ein Jugendlicher oder ein Heranwachsender eine Verfehlung begeht, die nach den allgemeinen Vorschriften mit Strafe bedroht ist.
(2) Jugendlicher ist, wer zur Zeit der Tat vierzehn, aber noch nicht achtzehn, Heranwachsender, wer zur Zeit der Tat achtzehn, aber noch nicht einundzwanzig Jahre alt ist.

§ 3 Verantwortlichkeit

Ein Jugendlicher ist strafrechtlich verantwortlich, wenn er zur Zeit der Tat nach seiner sittlichen und geistigen Entwicklung reif genug ist, das Unrecht der Tat einzusehen und nach dieser Einsicht zu handeln. [...]

Bundesministerium der Justiz und für Verbraucherschutz: Strafgesetzbuch (StGB), Bürgerliches Gesetzbuch (BGB), Jugendgerichtsgesetz (JGG). In: www.gesetze-im-internet.de (Abruf am 06.04.2020).

M11 Deliktsfähigkeit und Strafmündigkeit von Jugendlichen

a) Deliktsfähigkeit von Jugendlichen

Deliktsfähigkeit

Fähigkeit einer Person, wegen einer unerlaubten Handlung, bei der ein Schaden entstanden ist, haftbar (Pflicht zum Schadensersatz) gemacht werden zu können.

Deliktsunfähig	Beschränkt deliktsfähig	Voll deliktsfähig
Minderjährige unter sieben Jahren und Personen, deren freie Willensbetätigung krankheitsbedingt ausgeschlossen ist.	Minderjährige zwischen 7 und 17 Jahren (Spezialfall zwischen 7 und 10: Minderjährigenhaftung bei vorsätzlich verursachtem Verkehrsunfall) und Taubstumme.	Volljährige (ab 18 Jahren)

Zivilrecht
Die Auseinandersetzung über Schadensersatz findet in einem Zivilprozess zwischen dem Geschädigten und dem Beschuldigten statt, Rechtsgrundlage ist das BGB.

Strafrecht
Wenn eine strafbare Handlung vorliegt, erhebt der Staat Anklage und es folgt ein Strafprozess, Rechtsgrundlage ist das StGB.

b) Stufen der Strafmündigkeit von Jugendlichen

Strafmündigkeit

Die alters- und geistesbedingte Fähigkeit, für das Unrecht einer strafbaren Handlung einzustehen.

Strafunmündig	Strafmündig nach Jugendgerichtsgesetz (JGG)	Strafmündig
Personen unter 14 Jahren sind strafrechtlich nicht verantwortlich.	Personen mit Vollendung des 14. Lebensjahres sind bedingt verantwortlich, nämlich falls die „Strafreife" vorhanden ist, also „die Fähigkeit, das Unrecht der Tat einzusehen und nach dieser Einsicht zu handeln" (§ 3 JGG).	Erwachsene sind voll strafmündig, doch wird bei Heranwachsenden (18-21 Jahre) in der Regel das Jugendstrafrecht angewendet. Ab dem 21. Geburtstag muss das Erwachsenenstrafrecht angewendet werden.

Bearbeiterin

AUFGABEN

1. Unterscheidet mithilfe von **M10** und **M11** zivilrechtliche und strafrechtliche Folgen für die an der Tat in **M9** beteiligten Personen. Begründet eure Ergebnisse.
2. Erklärt, weshalb eine unerlaubte Handlung zivil- und strafrechtliche Folgen haben kann (**Randspalte**).
3. Erläutert mögliche Gründe, weshalb sich die Altersgrenzen im Strafrecht und im Zivilrecht unterscheiden (**M11a-b**).

F Aufgabe 2
Veranschaulicht eure Erklärungen anhand von Beispielen aus eurem Alltag.

2.2.4 Das Bürgerliche Gesetzbuch (BGB) – inwiefern bestimmt es unseren Alltag?

Zum Thema: Das Bürgerliche Gesetzbuch – das klingt nach verstaubten Paragrafen. Doch richtig ist: Wir haben täglich mit dem Bürgerlichen Gesetzbuch zu tun. Inwieweit sich seine Grundsätze und Funktionen auf unser Leben auswirken, erfahrt ihr in diesem Unterkapitel.

M12 Der Fall Hanna Müller

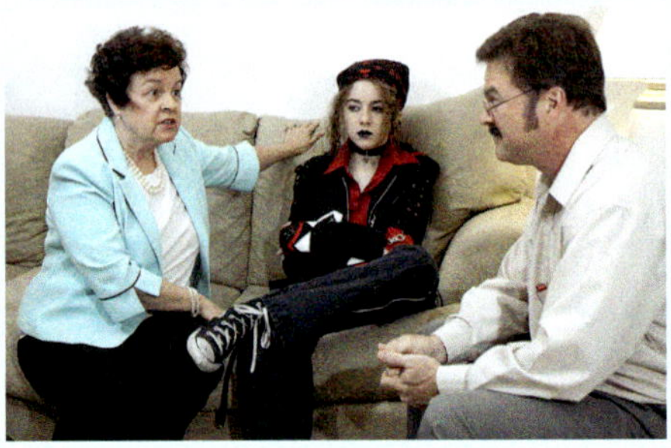

Hanna hat Streit mit ihren Eltern.

Die Jugendliche Hanna Müller, 16 Jahre alt, wohnhaft in Zittau in der Blücherstraße, besucht die 10. Klasse eines Gymnasiums mit gutem Erfolg. Um die Mitte des Schuljahres bespricht sie mit ihren Eltern ihre Zukunft. Die Eltern sagen: Entweder weiterhin Schulbesuch auf dem Gymnasium im Stadtteil oder eine Ausbildung zur Kauffrau absolvieren. Hanna hat aber andere Pläne: Sie ist eine vorzügliche Schlagzeugerin und möchte im kommenden Jahr mit der Band „Firetime" auf Tournee gehen. Überhaupt will sie weg von zu Hause, u. a. weil sie nicht gerne im Haushalt hilft (z. B. fühlt sie sich durch Kartoffelschälen erniedrigt). Rund um diese Situation gibt es im Hause Müller monatelang Krach. Ihr Vater sagt, Hanna müsse gefälligst die Entscheidungen der Eltern befolgen; die Spinnerei von der Musik könne er nicht mehr hören. Ihre Mutter ist im Laufe der Zeit nachdenklich geworden, aber sie hält um des lieben Friedens willen den Mund. Schließlich haut Hanna ab.

Im Oktober – Hanna ist inzwischen bei „Firetime" engagiert – erhalten ihre Eltern einen Brief von ihr: Die Einkünfte seien enttäuschend, von dem Geld könne sie kaum leben; sie bittet ihre Eltern, dass sie zu ihrem Unterhalt beitrügen. Im Dezember steht Hanna vor der Tür der elterlichen Wohnung. Die Band ist pleitegegangen; Hanna hat keine Bleibe. Sie will erst einmal wieder bei ihren Eltern leben. Ihre Eltern sagen, sie hätten jetzt die Nase voll; sie solle sehen, wo sie unterkomme. Mit ihren Eltern könne sie nicht mehr rechnen.

Nach: Reinhardt, Sibylle: Politik-Didaktik. Praxishandbuch für die Sekundarstufe I und II. 7. Auflage. Berlin: Cornelsen Scriptor 2018, S. 132 f.

EINSTIEGSAUFGABEN

- Äußert spontan eure Meinungen zum Fall in **M12**.
- Beurteilt das Verhalten von Hanna bzw. das Verhalten ihrer Eltern.
- Entwickelt Alternativen, wie alles besser hätte ablaufen können.
- Begründet, wen ihr besser verstehen könnt: Hanna oder ihre Eltern – oder beide gleich?

Eine Fallstudie durchführen

I. Worum geht es?

Mithilfe einer Fallstudie könnt ihr euch in die Situationen anderer Menschen hineinversetzen und mit deren Problemen auseinandersetzen (soziale Perspektivenübernahme), gesellschaftliche, juristische oder politische Probleme, die gelöst werden müssen, verdeutlichen sowie durch die selbständige Fallbearbeitung Wissen eigenverantwortlich aneignen.

II. Geht dabei so vor:

1. Schritt: Konfrontation mit dem Fall

- Der Fall wird gemeinsam gelesen, Fragen werden gestellt, Meinungen geäußert.
- Fragen zum Fall werden formuliert und gesammelt.
- Im Fall enthaltene Probleme und Entscheidungsnotwendigkeiten werden geklärt.

2. Schritt: Auswertung von Informationen

- Formulierte Fragen werden mithilfe von Materialien (z. B. Rechtstexte, Positionen und Meinungen verschiedener Personen) in kleinen Gruppen bearbeitet.
- Ergebnisse der Gruppenarbeit werden im Plenum vorgetragen, verglichen und bei Diskrepanzen diskutiert.

3. Schritt: Beschluss zum Handeln

- In kleinen Gruppen werden Handlungsalternativen entworfen und diskutiert.
- Die Kleingruppe entscheidet sich für einen ihrer Vorschläge und begründet ihn ausführlich.

4. Schritt: Diskussion der Alternativen

- Kleingruppen stellen im Plenum ihre Ideen für das Handeln vor und begründen ihre Entscheidung.
- Anschließend findet eine Diskussion der Vorschläge statt.

5. Schritt: Vergleich mit der Realität

- Die vorgeschlagenen Lösungen werden mit der in Wirklichkeit getroffenen Entscheidung verglichen.
- Eine reale Lösung wird bewertet, die eigene Entscheidung beurteilt.

Nach: Reinhardt, Sibylle: Politik-Didaktik. Praxishandbuch für die Sekundarstufe I und II. 7. Auflage. Berlin: Cornelsen Scriptor 2018, S. 132 f.

M13 Auszüge aus Gesetzestexten

Bürgerliches Gesetzbuch (BGB)

§ 1601 Unterhaltsverpflichtete

Verwandte in gerader Linie sind verpflichtet, einander Unterhalt zu gewähren.

§ 1602 Bedürftigkeit

(1) Unterhaltsberechtigt ist nur, wer außerstande ist, sich selbst zu unterhalten.
(2) Ein minderjähriges unverheiratetes Kind kann von seinen Eltern, auch wenn es Vermögen hat, die Gewährung des Unterhalts insoweit verlangen, als die Einkünfte seines Vermögens und der Ertrag seiner Arbeit zum Unterhalt nicht ausreichen.

§ 1603 Leistungsfähigkeit

(1) Unterhaltspflichtig ist nicht, wer bei Berücksichtigung seiner sonstigen Verpflichtungen außerstande ist, ohne Gefährdung seines angemessenen Unterhalts den Unterhalt zu gewähren.
(2) Befinden sich Eltern in dieser Lage, so sind sie ihren minderjährigen unverheirateten Kindern gegenüber verpflichtet, alle verfügbaren Mittel zu ihrem und der Kinder Unterhalt gleichmäßig zu verwenden. [...]

§ 1610 Maß des Unterhalts

(1) Das Maß des zu gewährenden Unterhalts bestimmt sich nach der Lebensstellung des Bedürftigen (angemessener Unterhalt).
(2) Der Unterhalt umfasst den gesamten Lebensbedarf einschließlich der Kosten einer angemessenen Vorbildung zu einem Beruf, bei einer der Erziehung bedürftigen Person auch die Kosten der Erziehung.

§ 1612 Art der Unterhaltsgewährung

(2) Haben Eltern einem unverheirateten Kind Unterhalt zu gewähren, können sie bestimmen, in welcher Art und für welche Zeit im Voraus der Unterhalt gewährt werden soll, sofern auf die Belange des Kindes die gebotene Rücksicht genommen wird. [...]

§ 1618a Pflicht zu Beistand und Rücksicht

Eltern und Kinder sind einander Beistand und Rücksicht schuldig.

§ 1619 Dienstleistungen in Haus und Geschäft

Das Kind ist, solange es dem elterlichen Hausstand angehört und von den Eltern erzogen oder unterhalten wird, verpflichtet, in einer seinen Kräften und seiner Lebensstellung entsprechenden Weise den Eltern in ihrem Hauswesen und Geschäft Dienste zu leisten.

§ 1626 Elterliche Sorge, Grundsätze

(1) Die Eltern haben die Pflicht und das Recht, für das minderjährige Kind zu sorgen (elterliche Sorge). Die elterliche Sorge umfasst die Sorge für die Person des Kindes (Personensorge) und das Vermögen des Kindes (Vermögenssorge).

(2) Bei der Pflege und Erziehung berücksichtigen die Eltern die wachsende Fähigkeit und das wachsende Bedürfnis des Kindes zu selbständigem verantwortungsbewusstem Handeln. Sie besprechen mit dem Kind, soweit es nach dessen Entwicklungsstand angezeigt ist, Fragen der elterlichen Sorge und streben Einvernehmen an.

§ 1628 Gerichtliche Entscheidung bei Meinungsverschiedenheiten der Eltern

Können sich die Eltern in einer einzelnen Angelegenheit oder in einer bestimmten Art von Angelegenheiten der elterlichen Sorge, deren Regelung für das Kind von erheblicher Bedeutung ist, nicht einigen, so kann das Familiengericht auf Antrag eines Elternteils die Entscheidung einem Elternteil übertragen. Die Übertragung kann mit Beschränkungen oder mit Auflagen verbunden werden.

§ 1631 Inhalt und Grenzen der Personensorge

(1) Die Personensorge umfasst insbesondere die Pflicht und das Recht, das Kind zu pflegen, zu erziehen, zu beaufsichtigen und seinen Aufenthalt zu bestimmen.

(2) Kinder haben ein Recht auf gewaltfreie Erziehung. Körperliche Bestrafungen, seelische Verletzungen und andere entwürdigende Maßnahmen sind unzulässig.

(3) Das Familiengericht hat die Eltern auf Antrag bei der Ausübung der Personensorge in geeigneten Fällen zu unterstützen.

§ 1631a Ausbildung und Beruf

In Angelegenheiten der Ausbildung und des Berufes nehmen die Eltern insbesondere auf Eignung und Neigung des Kindes Rücksicht. Bestehen Zweifel, so soll der Rat eines Lehrers oder einer anderen geeigneten Person eingeholt werden.

Jugendschutzgesetz (JuSchG)

§ 5 Tanzveranstaltungen

(1) Die Anwesenheit bei öffentlichen Tanzveranstaltungen ohne Begleitung einer personensorgeberechtigten oder erziehungsbeauftragten Person darf Kindern und Jugendlichen unter 16 Jahren nicht und Jugendlichen ab 16 Jahren längstens bis 24 Uhr gestattet werden.

(2) Abweichend von Absatz 1 darf die Anwesenheit Kindern bis 22 Uhr und Jugendlichen unter 16 Jahren bis 24 Uhr gestattet werden, wenn die Tanzveranstaltung von einem anerkannten Träger der Jugendhilfe durchgeführt wird oder der künstlerischen Betätigung oder der Brauchtumspflege dient.

(3) Die zuständige Behörde [hier: Jugendamt] kann Ausnahmen genehmigen.

Jugendarbeitsschutzgesetz (JArbSchG)

§ 14 Nachtruhe

(1) Jugendliche dürfen nur in der Zeit von 6 bis 20 Uhr beschäftigt werden. [...]

(7) Jugendliche dürfen bei Musikaufführungen, Theatervorstellungen und anderen Aufführungen, bei Aufnahmen im Rundfunk (Hörfunk und Fernsehen), auf Ton- und Bildträger sowie bei Film- und Fotoaufnahmen bis 23 Uhr gestaltend mitwirken. Eine Mitwirkung ist nicht zulässig bei Veranstaltungen, Schaustellungen oder Darbietungen, bei denen die Anwesenheit Jugendlicher nach den Vorschriften des Jugendschutzgesetzes verboten ist. Nach Beendigung der Tätigkeit dürfen Jugendliche nicht vor Ablauf einer ununterbrochenen Freizeit von mindestens 14 Stunden beschäftigt werden.

Sächsisches Schulgesetz (SächsSchulG)

§ 28 Dauer und Ende der Schulpflicht

(1) Die Schulpflicht gliedert sich in 1. die Pflicht zum Besuch der Grundschule [...] und einer weiterführenden allgemeinbildenden Schule (Vollzeitschulpflicht) und 2. die Pflicht zum Besuch der Berufsschule (Berufsschulpflicht).

(2) Die Vollzeitschulpflicht dauert neun Schuljahre; die Berufsschulpflicht dauert in der Regel drei Schuljahre.

Bundesministerium der Justiz und für Verbraucherschutz: Bürgerliches Gesetzbuch (BGB), Jugendschutzgesetz (JuSchG), Jugendarbeitsschutzgesetz (JArbSchG). In: www.gesetze-im-internet.de und Sächsische Staatskanzlei: Sächsisches Schulgesetz (SächsSchulG). In: www.revosax.sachsen.de (Abruf jeweils am 06.04.2020).

M14 Wie kann es weitergehen?

Im Fall Hanna wird ein Konflikt zwischen den Eltern und ihrer Tochter deutlich.

Hanna Müller

Du bist eine 16-jährige Teenagerin, die von zu Hause abgehauen ist, weil du Stress mit deinen Eltern hattest. Du hast als Schlagzeugerin bei der Band „Firetime" gearbeitet und warst mit ihr auf Tour, doch der Erfolg blieb aus. Jetzt ist die Band pleite und du willst wieder bei deinen Eltern wohnen, doch die lassen dich nicht, denn sie haben die Nase voll von dir. Was wirst du jetzt tun?

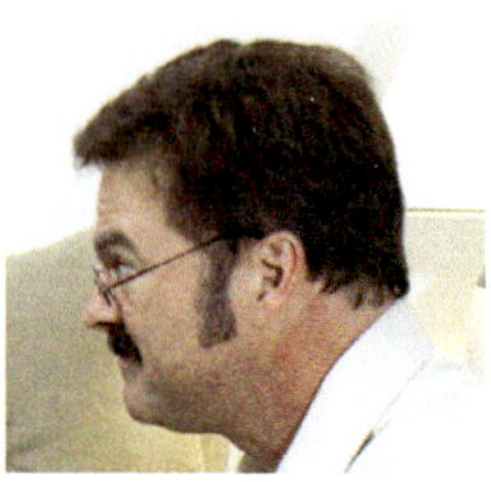

Hannas Vater

Deine 16-jährige Tochter Hanna ist vor einigen Monaten von zu Hause abgehauen, weil es Stress wegen ihrer beruflichen Zukunft gab und deine Tochter häufig nicht die von dir und deiner Frau getroffenen Entscheidungen akzeptiert hat. Ihren Wunsch, Musikerin zu werden, hieltest du für Spinnerei. Jetzt will deine Tochter wieder bei euch wohnen, denn ihre Band ist pleite. Doch ihr habt ihr die Tür vor der Nase zugeschlagen. Ist das wirklich eure endgültige Entscheidung?

Hannas Mutter

Deine 16-jährige Tochter Hanna ist vor einigen Monaten von zu Hause abgehauen, weil es Stress wegen ihrer beruflichen Zukunft gab und deine Tochter häufig nicht die von dir und deinem Mann getroffenen Entscheidungen akzeptiert hat. Ihren Wunsch, Musikerin zu werden, konntest du zwar mit der Zeit nachvollziehen, doch du hast deinen Mann unterstützt. Jetzt will deine Tochter wieder bei euch wohnen, denn ihre Band ist pleite. Doch ihr habt ihr die Tür vor der Nase zugeschlagen. Ist das wirklich eure endgültige Entscheidung?

Nach: Reinhardt, Sibylle: Politik-Didaktik. Praxishandbuch für die Sekundarstufe I und II. 7. Auflage. Berlin: Cornelsen Scriptor 2018, S. 132 f.

AUFGABEN

Bearbeitet die folgenden Aufgaben unter Hinzuziehung der Methode „Eine Fallstudie durchführen" (→ S. 157).

1. Im Bürgerlichen Gesetzbuch (BGB) ist festgelegt, welche Rechte und Pflichten Eltern und Kinder haben. Notiert rechtliche Fragen, die euch zum Fall Hanna einfallen (**M12**).
2. Teilt euch nun in arbeitsgleiche Gruppen ein und beantwortet mithilfe von **M13** die von euch in den Einstiegsaufgaben notierten Fragen zum Fall Hanna (**M12**).
3. Entwerft und diskutiert in eurer Gruppe verschiedene Alternativen für Hannas Handeln und für das Handeln ihrer Eltern (**M12, M14)**.
4. Entscheidet euch für einen eurer Vorschläge und stellt diesen mithilfe eines Rollenspiels (→ Methodenglossar) dar. Begründet anschließend, warum ihr euch für diese Variante entschieden habt (**M14**).
5. Diskutiert nach jedem Rollenspiel innerhalb der Klasse, ob die dargestellte Alternative
   a) eine realistische Lösung ist und
   b) eine Hilfe für Hanna und ihre Eltern ist.
6. Entwickelt nun gemeinsam verschiedene Vorschläge für Hannas Handeln: Was sollte sie tun?
7. Entscheidung im Blitzlicht (**Randspalte**): Versetzt euch in Hannas Situation und vervollständigt folgenden Satz: „Wenn ich Hanna wäre, würde ich…"
8. Stellt einem Experten den Fall und die von euch formulierten Lösungsvorschläge vor und besprecht mit ihm den Ablauf in einem vergleichbaren wirklichen Fall.

ebd.

Methode „Blitzlicht"
Methode des Feedbacks, die schnell Stimmung, Meinung und den Stand bzgl. der Inhalte und Beziehungen in einer Gruppe ermitteln kann. Man äußert sich dabei kurz und knapp – mit einem Satz – zu einem klar eingegrenzten Thema. Das sich aus einer Blitzlichtrunde ergebende Bild kann helfen, die Problemsituation positiv zu gestalten und lösungsorientiert zu verändern.

WAS WIR WISSEN

Rechtsgeschäfte von Kindern und Jugendlichen: beschränkte Geschäftsfähigkeit (··→ M1-M4)

Grundsätzlich unterliegen Jugendliche den gleichen Gesetzen wie Erwachsene. Man geht aber davon aus, dass ein Kind erst ab einem gewissen Alter das Bewusstsein für bestimmte Sachverhalte hat. Daher schränkt das Bürgerliche Gesetzbuch (BGB) einige Rechte von Kindern und Jugendlichen ein. So ist das Kind zwar von Geburt an rechtsfähig, d. h. es kann erben. Beschränkt geschäftsfähig ist es allerdings erst ab 7 Jahren, die Eltern müssen zuvor eingewilligt haben.
Eine Ausnahme dieser Regelung ist der sogenannte „Taschengeldparagraf". Er gilt nur für den beschränkt geschäftsfähigen Minderjährigen (also ab 7 Jahren). Der Gesetzgeber geht davon aus, dass das Taschengeld – ein geringer Geldbetrag – dem Kind gegeben wurde, damit es sich bestimmte Wünsche erfüllen kann. Im Streitfall jedoch gilt auch hier: Der Vertrag ist ungültig, wenn die Eltern nicht zustimmen.

Das Jugendschutzgesetz in Deutschland (··→ M6)

Die Regelungen des Jugendschutzgesetzes (JuSchG) sind Ausdruck der Fürsorgepflicht des Staates. Neben den Eltern trägt der Staat Sorge dafür, dass Kinder und Jugendliche vor Gefahren geschützt werden.
So regelt das Jugendschutzgesetz zum Beispiel, unter welchen Bedingungen sich ein Kind oder ein Jugendlicher in Gaststätten aufhalten darf und verbietet allen unter 18 Jahren in der Öffentlichkeit zu rauchen.
Kritiker meinen, dass Kindern und Jugendlichen durch eine Verschärfung der Gesetze, wie zum Beispiel die Anhebung des Mindestalters beim Rauchen von 16 auf 18 Jahre, nicht geholfen wird. Sie glauben, dass Verbote noch stärker locken und dann das genaue Gegenteil bewirken. Fest steht, eine gesetzliche Regelung zu haben, bedeutet noch nicht, dass man damit auch ein Problem gelöst hat.
Gesetzliche Regeln können dabei helfen, die Werte einer Gesellschaft einzufordern und Regelverstöße durch entsprechende Strafen zu sanktionieren.
Die Schwierigkeit für den Gesetzgeber besteht darin, Kindern und Jugendlichen ein Hineinwachsen in die Gesellschaft zu ermöglichen und ihnen dennoch Freiräume zu belassen. Nur so können sie lernen, als mündige Bürgerinnen und Bürger Verantwortung für sich selbst und für andere zu übernehmen.

Die Rechtsstellung von Kindern und Jugendlichen (··→ M10, M11)

Kinder und Jugendliche wachsen in unsere Rechtsordnung mit allen dazugehörigen Rechten und Pflichten langsam hinein. Mit zunehmendem Alter dürfen sie mehr Rechte wahrnehmen. Zugleich müssen sie sich immer stärker für ihr Handeln selber verantworten. Sowohl das Bürgerliche Gesetzbuch (BGB) als auch das Strafgesetzbuch (StGB) unterscheiden verschiedene Stufen der Deliktsfähigkeit bzw. der Strafmündigkeit.
Die volle Deliktsfähigkeit ist erst mit der Vollendung des 18. Lebensjahres erreicht. Man geht davon aus, dass in diesem Alter die Einsicht, dass man selber für einen Schaden zur Verantwortung gezogen werden kann, vorhanden ist. Die uneinge-

schränkte Strafmündigkeit beginnt ebenfalls mit Vollendung des 18. Lebensjahres. Bis zur Vollendung des 21. Lebensjahres kann jedoch auch noch das Jugendstrafrecht angewendet werden, wenn die Umstände es erfordern und die erforderliche Strafreife noch nicht erkennbar ist.

Das Bürgerliche Gesetzbuch (··→ M13)

Das Zusammenleben in einem Staat ist durch Gesetze geregelt. Das Bürgerliche Gesetzbuch (BGB) legt die Rechte und Pflichten der Bürgerinnen und Bürger fest. Es regelt nicht nur die Beziehung zwischen Eltern, Kindern und Verwandten, sondern auch Fragen rund um den Vertragsabschluss. Geht es um das Eigentum wie das eigene Haus oder die eigene Wohnung, regelt es den Umgang damit.

Rechtsfähigkeit (··→ M12, M13)

Rechtsfähigkeit meint die Fähigkeit, Träger von Rechten und Pflichten zu sein. Das Bürgerliche Gesetzbuch (BGB) spricht in diesem Zusammenhang natürlichen Personen (Menschen) und juristischen Personen (z. B. einer Aktiengesellschaft) die Rechtsfähigkeit zu:

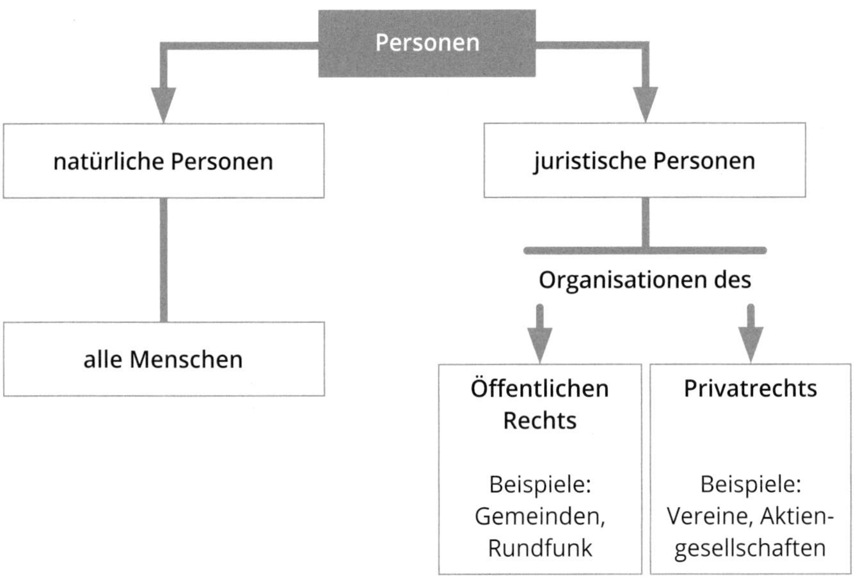

Jeder Mensch ist von Geburt an rechtsfähig, d. h., er kann Träger von Rechten und Pflichten sein. Ein Recht ist ein Anspruch, den man gegen jemand anderen hat. Eine Pflicht ist ein Anspruch, den jemand anderes gegen einen selbst hat. Es ist dabei für die Rechtsfähigkeit unerheblich, ob die Person – aufgrund des Alters, körperlicher oder geistiger Einschränkungen – die Rechte auch selbst ausüben kann. Die Rechtsfähigkeit des Menschen endet mit dem Tod.
Die Rechtsfähigkeit einer juristischen Person beginnt mit der Eintragung in ein amtliches Register und endet mit der Auflösung der Organisation und der Löschung im Register.

2.3 Jugendliche vor dem Gesetz

2.3.1 Jugendkriminalität: Werden Jugendliche immer krimineller?

Zum Thema: Immer wieder lesen und hören wir in den Medien von jugendlichen Straftätern. Dadurch haben viele Menschen das Gefühl, dass Jugendliche immer gewalttätiger werden. Nehmen Straftaten unter Jugendlichen aber wirklich immer mehr zu? Zur Beantwortung dieser Frage erhaltet ihr im folgenden Unterkapitel Zahlen und Fakten rund um das Thema Jugendkriminalität.

M1 Jugendliche Straftäter – immer brutaler?

1 „Gucci-Gang": 13- und 14-Jährige begehen Hunderte Straftaten – jetzt liegt ein 70-Jähriger im Koma

\+ + + +

Zwei 14-Jährige sollen in Wuppertal einen 70-Jährigen durch Schläge und Tritte lebensgefährlich verletzt haben. Sie gehören der stadtbekannten „Gucci-Gang" an, einer Gruppierung krimineller Kinder und Jugendlicher, für die die Behörden nach dem richtigen Mittel suchen.

Wüstenberg, Daniel: „Gucci-Gang": 13- und 14-Jährige begehen Hunderte Straftaten – jetzt liegt ein 70-Jähriger im Koma. In: www.stern.de, 24.05.2019.

2 Jugendkriminalität: Fälle schockieren, Zahlen sinken

Ein junger Mann wird urplötzlich an einer U-Bahn-Haltestelle attackiert. Tagsüber, mitten in Essen. Sechs Täter schlagen und treten auf ihn ein, schubsen ihn auf die Gleise. Erschreckend auch: Der mutmaßliche Haupttäter ist erst 14 Jahre alt.

dpa-infocom GmbH: Jugendkriminalität: Fälle schockieren, Zahlen sinken. In: www.welt.de, 17.07.2019.

3 + + +

JUGENDLICHE VERPRÜGELN MITSCHÜLER IM KLASSENRAUM MIT SCHLAGSTÖCKEN

\+ + +

Brauer, Markus/dpa: Jugendliche verprügeln Mitschüler im Klassenraum mit Schlagstöcken. In: www.stuttgarter-nachrichten.de, 14.01.2019.

4 Jugendbanden: Sechs straffällig Gewordene in Würzburg verhaftet

Die Polizei hat sechs Jugendliche festgenommen, die an verschiedenen Orten in Würzburg Straftaten begangen haben sollen. Neben Rauschgiftdelikten, Beleidigung und Sachbeschädigung geht es um gefährliche Körperverletzung, Diebstahl, Raub und Einbruch.

Filzek, Marcus: Jugendbanden: Sechs straffällig Gewordene in Würzburg verhaftet. In: www.br.de, 23.08.2019.

EINSTIEGSAUFGABEN

- Lest die Schlagzeilen 1-4 in **M1** und nennt spontan eure ersten Eindrücke.
- Stellt Vermutungen darüber an, ob Jugendliche wirklich immer krimineller und brutaler werden.

M2 Straffällige Jugend

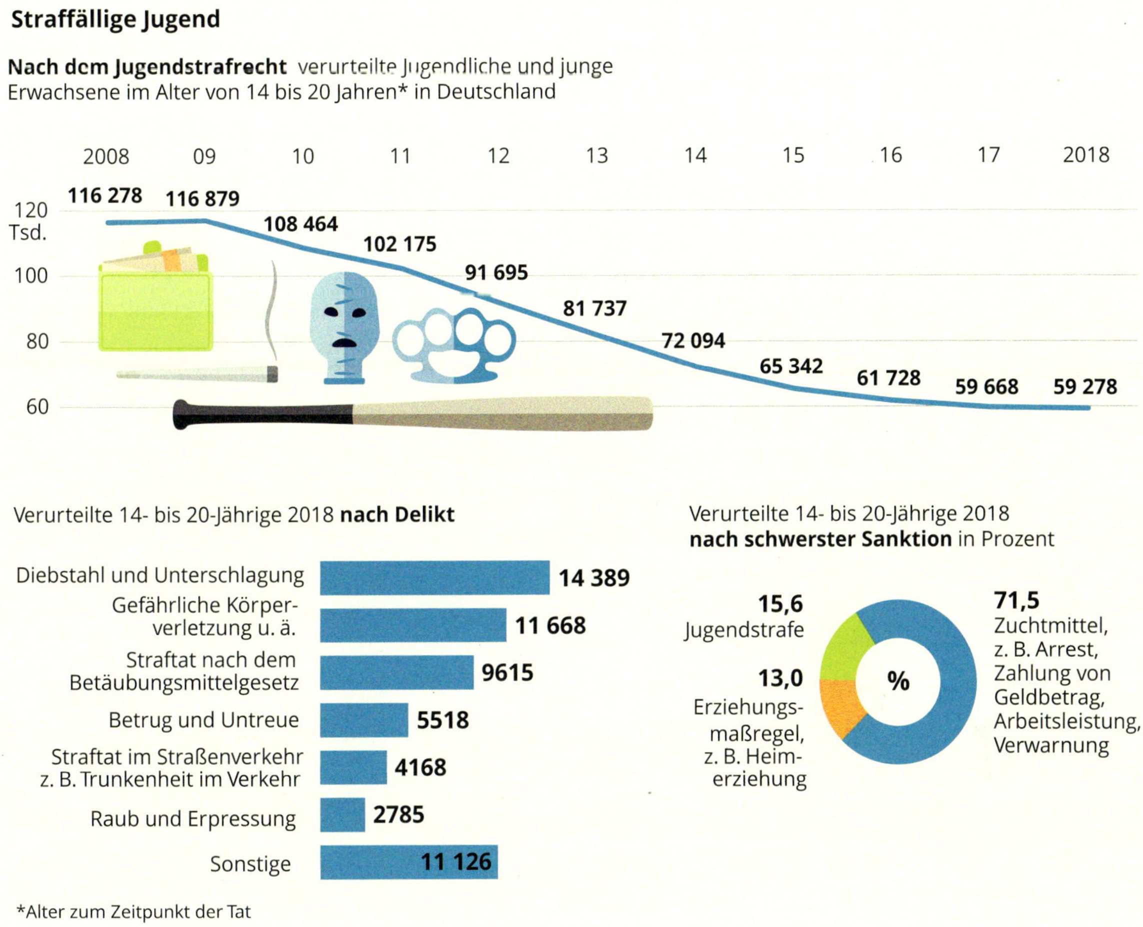

Globus-Grafik 13839: Quelle: Stat. Bundesamt (2018)

M3 Jugendkriminalität im Altersverlauf

Auch wenn viele Jugendliche gegen das Gesetz verstoßen, wächst sich dieses Verhalten in der Regel von selbst aus. Der Höhepunkt ist meist mit 14 oder 15 Jahren erreicht, danach nimmt die Neigung, rechtliche Grenzen zu überschreiten, deutlich ab. Das gilt selbst für die meisten der sogenannten Mehrfach- und Intensivtäter, also Jugendliche, die oft Straftaten begehen oder sehr gewalttätig sind. Eine Langzeitbefragung unter Duisburger Schülern hat ergeben, dass bei den 14- und 15-jährigen rund sechs Prozent als besonders kriminell einzustufen sind. Bei den 20-jährigen gab es nur noch 1,5 Prozent solcher Intensivtäter.

Zimmermann, Mechthild: Faktencheck Jugendkriminalität. In: www.mpg.de, 27.03.2017.

M4 Welche Präventionsmaßnahmen gibt es?

Polizei, Justiz und Jugendhilfe arbeiten eng zusammen, um durch zahlreiche Projekte Jugendliche davor zu bewahren, straffällig zu werden. Solche vorbeugenden Maßnahmen nennt man „Präventionsmaßnahmen". Diese Präventionsmaßnahmen orientieren sich an einem dreistufigen Modell. Man unterscheidet in primäre, sekundäre und tertiäre Prävention.

Die primäre Prävention zielt darauf ab, den allgemeinen Entstehungsbedingungen von Kriminalität in der Gesellschaft entgegenzuwirken. Dies kann durch Maßnahmen wie Wertevermittlung und Einübung gewaltfreier Konfliktlösung in Kindergärten und Schulen erfolgen.

Die sekundäre Prävention versucht, die Tatgelegenheiten zu verändern. Dazu gehört zum Beispiel, tatfördernde Situationen gezielt durch technische Mittel wie Wegfahrsperren oder Alarmanlagen zu reduzieren. Aber auch Maßnahmen, die dabei helfen, das eigene Verhalten zu ändern, sind hiervon erfasst. Eine davon ist der sogenannte „Warnschussarrest": Ist ein Richter der Meinung, dass eine Bewährungsstrafe nicht ausreicht, um den Täter zur Einsicht zu bringen, kann er zusätzlich einen Jugendarrest von bis zu vier Wochen verhängen. Jugendliche sollen dadurch die Erfahrung machen, was es bedeutet, eingesperrt zu sein.

Die tertiäre Prävention hingegen beschäftigt sich mit Maßnahmen, die eine erneute Straffälligkeit verhindern sollen. Dazu gehört etwa die Möglichkeit einer Berufsausbildung im Strafvollzug.

Basierend auf © Bundesministerium des Innern, für Bau und Heimat: Kriminalitätsbekämpfung und Gefahrenabwehr. In: www.bmi.bund.de (Abruf am 28.04.2020).

AUFGABEN

1. Beschreibt die Grafik **M2**. Was wird dort dargestellt?
2. Analysiert (→ Methodenglossar) die Formen von Jugendkriminalität in Deutschland (**M2**) im Hinblick auf Art und Häufigkeit vor dem Hintergrund von **M3**.
3. Laut offiziellen Statistiken ist die Jugendkriminalität in Deutschland rückläufig. Dennoch haben viele Menschen den Eindruck, dass die Jugendkriminalität eher zu- als abnimmt.
   a) Setzt euch in Kleingruppen zusammen und überlegt gemeinsam, woher diese negative öffentliche Meinung über die Jugend kommen könnte.
   b) Erstellt dazu anschließend eine Mindmap (→ Methodenglossar) und präsentiert diese in Form eines Kurzvortrags (→ Methodenglossar) vor der Klasse.
4. Erklärt, was man unter Präventionsmaßnahmen versteht (**M4**).
5. Diskutiert in der Klasse, ob ihr Präventionsmaßnahmen wie den „Warnschussarrest" für sinnvoll haltet, um Jugendkriminalität vorzubeugen (**M4**).

2.3.2 Jugendkriminalität: Was sind die Ursachen?

Zum Thema: Immer wieder lesen und hören wir in den Medien von jugendlichen Straftätern. Doch warum Jugendliche zu Straftätern werden, bleibt häufig unerwähnt. In diesem Kapitel werden mögliche Ursachen erklärt.

M5 Kriminell aus Langeweile?

Karikatur: Thomas Plaßmann/Baaske Cartoons

EINSTIEGSAUFGABEN

- Arbeitet die Aussage der Karikatur **M5** heraus.
- Stimmt ihr der Aussage des Karikaturisten zu? Begründet eure Antwort.

M6 Ursachen von Jugendkriminalität aus Sicht eines Jugendrichters

Ein fiktives Interview mit einem Jugendrichter und den Redakteuren der Schülerzeitung eines Gymnasiums über die Ursachen von Jugendkriminalität.

Schülerzeitung: Warum werden Jugendliche kriminell?

Jugendrichter: Es gibt nicht die eine Ursache oder den einen Faktor, warum Jugendliche kriminell werden, sondern ein ganzes Netz von Risikofaktoren. Dazu zählen beispielsweise ein gewalttätiges Elternhaus, eine geringe Schulbildung, Perspektivlosigkeit, Jugendarbeitslosigkeit, keine Zukunftsaussichten, ein schlechtes soziales Umfeld, das Konsumieren von brutalen Filmen und Computerspielen oder auch einfach Langeweile.

Schülerzeitung: Sie haben das Elternhaus als Risikofaktor angesprochen. Heißt das, alle Jugendlichen, die geschlagen wurden, werden selbst zu Gewalttätern?

Jugendrichter: Das darf man auf gar keinen Fall als einen Automatismus werten. Es gibt genügend Jugendliche, die ein gewalttätiges Elternhaus hatten und selbst nicht gewalttätig wurden und umgekehrt. Aber es stimmt schon, dass viele Täter oftmals selbst Opfer von Gewalt wurden.

Schülerzeitung: Gibt es eigentlich ein typisches Täterprofil?

Jugendrichter: Die meisten Gewalttäter sind junge Männer ohne Arbeit und Perspektive. Auch eine geringe Schulbildung und schlechte Noten tragen oft dazu bei, dass Jugendliche kriminell werden. Sie können im schulischen Bereich keine Anerkennung erreichen und wollen sich stattdessen durch Gewalttaten Respekt verschaffen. Sie suchen durch Gewalt nach Selbstbestätigung, wollen ihre Ehre verteidigen und dabei Stärke und Durchsetzungsvermögen demonstrieren. Dies vermittelt ihnen ein Gefühl von Macht und Überlegenheit gegenüber ihren Opfern. Diese Gewalt muss nicht immer körperlich erfolgen, sondern kann auch psychisch sein, zum Beispiel durch gezieltes Mobbing gegen Mitschüler.

Schülerzeitung: Stimmt es, dass auch immer mehr Mädchen gewalttätig werden?

Jugendrichter: Ja, dies ist ein Trend, den wir mit Sorge beobachten. Früher standen Mädchen vor allem wegen Diebstahlsdelikten vor Gericht. Beispielsweise, weil sie im Laden Kosmetika gestohlen hatten. Viele dieser Täterinnen stammen aus einem schlechten sozialen Umfeld und aus eher ärmlichen Verhältnissen. Auch sie wollen cool sein, sich schminken oder schicke Klamotten tragen. Da dies der Geldbeutel aber oftmals nicht hergibt, neigen sie dazu, Dinge im Laden „mitgehen" zu lassen. Dies ist zwar auch heute noch oft der Fall, allerdings muss ich auch immer häufiger junge Frauen verurteilen, die brutale Gewalttaten verübt haben. Laut Statistik steigt die Zahl der Täterinnen bei Gewalttaten kontinuierlich an.

Basierend auf: Middelhauve, Nils im Gespräch mit Nabel, Carsten: Bielefelder Richter: „Die Jugendlichen ziehen heute öfter ein Messer". In: www.nw.de, 08.08.2017 und Buth, Christine: Jugendgewalt in Deutschland. In: www.planet-wissen.de (Abruf am 28.04.2020).

M7 Ursachen für Jugendkriminalität aus Tätersicht

Als Beweggründe werden von den jungen Tätern selbst Leichtsinn, Übermut, Abenteuerlust, Neugier, Sport, Rauflust u.Ä. genannt; bewusst oder unbewusst spielen oft Konsumorientierung, Streben nach Prestige, Statussymbolen, Anerkennung und Zugehörigkeit zu einer (Bezugs-)Gruppe von Gleichaltrigen (Peergroups) eine Rolle. Letzteres weist darauf hin, dass Jugendkriminalität häufig eine Kriminalität von Gruppen ist, ohne die bestimmte Formen der Jugendkriminalität kaum vorstellbar erscheinen und die auch die Deliktsbegehung vielfach eine gemeinschaftliche sein lässt.

Duden Recht A-Z. Fachlexikon für Studium, Ausbildung und Beruf. 3. Aufl. Berlin: Bibliographisches Institut 2015. Lizenzausgabe Bonn: Bundeszentrale für politische Bildung.

M8 Ursachen für Jugendkriminalität aus wissenschaftlicher Sicht

Mithilfe theoretischer Erklärungsansätze versuchen Experten die Ursachen von Jugendkriminalität genauer zu erklären.

Laut **Entwicklungstheorie** sind Regelverletzungen bei Jugendlichen weit verbreitet, da Normen und Regeln erst erlernt werden müssen. Die Häufung jugendlicher Straftaten ist folglich durch die besondere Entwicklungsphase von Heranwachsenden bedingt. Verhaltensnormen werden in einem Erfahrungsprozess durch Reaktionen der Umwelt, z. B. durch Lob oder Tadel, erlangt.

Sozialisationstheorien erklären (Jugend-)Kriminalität als eine Folge misslungener Sozialisation von den ersten Kindheitsjahren an, denn in dieser Zeit wird die Entwicklung des Menschen maßgeblich bestimmt. Fehlentwicklungen sind hier häufig angelegt, wenn in der Kindheit eine dauerhafte Bezugsperson fehlte und kein Urvertrauen hergestellt worden ist. Allerdings kann die Verinnerlichung von Recht und Unrecht auch bei Inkonsequenz, bei falschen Erziehungsmethoden, bei Hartherzigkeit der Erziehungspersonen oder auch bei überzogener Verwöhnung behindert werden.

Bearbeiterin

M9 Ein schnelleres Strafverfahren für junge Täter – das Neuköllner Modell

Begehen junge Menschen zwischen 14 und 18 Jahren Gewalttaten, werden sie nach dem Jugendstrafrecht bestraft. [...] Dabei steht der Erziehungsgedanke nach §4 [Jugendgerichtsgesetz] (JGG) im Vordergrund. Das könnte beispielsweise die Teilnahme an einem sozialen Trainingskurs sein, in dem Jugendliche lernen auf Konfliktsituationen gewaltfrei zu reagieren.

Die Berliner Jugendrichterin Kirsten Heisig (1961-2010) erhielt am 23.09.2010 posthum (nach dem Tod) den Orden des Bundes Deutscher Kriminalbeamter (BDK). Der BDK hat über Jahre hinweg mit der Richterin in vielen Projekten zusammengearbeitet, um Jugendgewalt zurückzudrängen und zu minimieren.

Wenn die Erziehungsmaßregeln nicht genügen, wird die Straftat eines Jugendlichen härter geahndet. Dazu gehören beispielsweise gemeinnützige Arbeitsleistungen, Zahlung eines Geldbetrags oder Jugendarrest bis zu vier Wochen. Gefängnisstrafen werden nach dem Jugendstrafrecht selten verhängt. […]

Häufig dauern die Gerichtsverfahren lange. Dadurch ist der Zeitraum zwischen dem Begehen der Tat und der Verhängung der Strafe sehr groß. Die zuständige Richterin für den Berliner Bezirk Neukölln, Kirsten Heisig, war mit dieser langen Zeitperiode unzufrieden und verlangte nach einem schnelleren Strafverfahren. Ihrer Überzeugung nach, ist eine schnelle Strafe wichtig, um den Tätern zu verdeutlich, dass ihr Verhalten von der Gesellschaft nicht akzeptiert wird. Mit diesem Anspruch entwickelte sie das Neuköllner Modell. [Es] ist ein vereinfachtes Gerichtsverfahren (nach §§ 76 ff. des Jugendgerichtsgesetzes), das kriminelle Jugendliche innerhalb von drei bis fünf Wochen nach der Tat vor Gericht stellt.

Das Modell bietet der Polizei in Zusammenarbeit mit der Staatsanwaltschaft, der Jugendgerichtshilfe und dem Gericht, die Möglichkeit, ohne Einhaltung von Formen oder Fristen, unmittelbar auf Straftaten zu reagieren. Ziel des schnellen Verfahrens ist, dass dem Jugendlichen der Zusammenhang zwischen Tat, Urteil und Vollstreckung bewusst wird. […] Neben Arrest können auch Täter-Opfer-Gespräche, regelmäßige Schulbesuche oder Freizeitarbeit angeordnet werden.

© Das Erste: Was bedeutet Jugendkriminalität?. In: www.daserste.de (Abruf am 17.09.2019).

AUFGABEN

1. Nennt die Risikofaktoren, die der Jugendrichter als Ursachen für Jugendkriminalität anführt (**M6**).
2. Stellt dar, wie jugendliche Straftäter selbst und Wissenschaftler die Ursachen von Jugendkriminalität zu erklären versuchen (**M7, M8**).
3. „Den typischen Verbrecher gibt es nicht, die Lebensläufe sind unterschiedlich.“ Begründet ausgehend von **M7** und **M8**, ob ihr dieser Aussage persönlich zustimmt oder nicht.
4. Beurteilt die Notwendigkeit eines besonderen Strafrechts für Jugendliche mithilfe von **M6-M8**.
5. Das Neuköllner Modell (**M9**) hat aus verschiedenen Gründen (u. a. Personalmangel) nur bedingt funktioniert. Diskutiert in der Klasse, inwiefern das Neuköllner Modell dennoch ein wichtiger Schritt zur Bekämpfung der Ursachen von Jugendkriminalität sein kann.

F Aufgaben 1-3
Erläutert, wozu das Wissen um die Ursachen von Kriminalität dienlich sein könnte. Tauscht euch dazu mit einem Partner/einer Partnerin aus.

Mithilfe einer Expertenbefragung einen Podcast zum Thema Jugendstrafrecht erstellen

I. Worum geht es?

Das Wort „Podcast" setzt sich aus dem Wort „Pod" von der Marke eines tragbaren MP3-Players und dem Wort „cast" zusammen. „Cast" kommt vom englischen Wort „Broadcast" und heißt Rundfunk. Podcasts sind also aufgenommene Audiobeiträge, die man sich aus dem Internet auf einen MP3-Player oder ein Smartphone laden und anhören kann. Eigenproduzierte Podcasts können ebenfalls im Internet veröffentlicht werden, z. B. auf der Website eurer Schule.
Expertenbefragungen öffnen den Unterricht für die außerschulische soziale Welt und ermöglichen eine Form „realen Handelns". Dabei sollte der Begriff „Experte" nicht zu eng gefasst werden. Experten zum Thema Jugendstrafrecht und -gerichtsbarkeit können beispielsweise Jugendrichter, Schöffen (sogenannte „Laienrichter"), Staatsanwälte, Verteidiger, spezielle Fachkräfte des Jugendamtes (auch Jugendgerichtshilfen (JGH) genannt) oder Vollzugsbeamte einer Jugendstrafanstalt sein.

Aufgabe

Erstellt in Gruppen in einem von eurer Lehrkraft zu bestimmendem Zeitraum einen eigenen Podcast zum Thema Jugendstrafrecht. Befragt hierzu einen Rechtsexperten eurer Wahl. Spielt euch anschließend die Podcasts gegenseitig vor und erfahrt so, wie „Insider-Wissen" den Unterricht auf interessante Weise bereichern kann.

II. Geht dabei so vor:

1. Schritt: Vorklärungen

- Klärt zunächst, welcher Aspekt des Themas Jugendstrafrecht euch besonders interessiert. Nur so könnt ihr passende Experten finden.
- Nehmt Kontakt mit einem Experten auf und plant den zeitlichen, räumlichen und situativen Rahmen eurer Befragung. Wann und wo soll sie durchgeführt werden? Wie lange soll die Befragung dauern? Ist der Experte damit einverstanden, dass die Befragung aufgezeichnet und veröffentlicht wird (Datenschutz!)?

2. Schritt: Inhaltliche Vorbereitung

- Formuliert kurze, aber keine geschlossenen Fragen („Sind Sie der Meinung... oder nicht?")
- Vermeidet W-Fragen und wählt stattdessen Fragemuster, die einen weiteren Antworthorizont zulassen („Können Sie uns bitte erläutern...?")
- Fragt präzise. Der Experte sollte sich nicht gegängelt fühlen, aber auch nicht zu Abschweifungen verleitet werden.

- Bringt faktenorientierte „Einpunktfragen“ und problemorientierte offene Fragen in ein ausgewogenes Verhältnis.
- Verboten sind Suggestivfragen und Fragen mit versteckter Wertung sowie unfaire Fragen.

3. Schritt: Durchführung und Erstellung

- Sorgt für ein angenehmes Gesprächsklima (Begrüßung und Vorstellung, Danksagung etc.).
- Bestimmt einen Moderator, der auf die saubere Trennung von Befragung und Gedankenaustausch achtet und sich auch um die Einhaltung der übrigen Gesprächsregeln kümmert.
- Mithilfe eines Smartphones oder eines Laptops inkl. angeschlossenem Mikrofon könnt ihr die Befragung aufnehmen und habt somit gleichzeitig einen eigenen Podcast erstellt.
- Anhand des folgenden Medien- bzw. QR-Codes könnt ihr u. a. in Form eines kurzen Erklärfilms auf Informationen rund um die Produktion von Audiobeiträgen und Podcasts mit dem Smartphone zugreifen:

Mediencode:
71083-15

Nachbereitung

- Reflektiert den Erfolg der Befragung. Habt ihr herausgefunden, was ihr wissen wolltet?
- Betrachtet die Befragung unbedingt auch aus ideologiekritischer Perspektive. War die Darstellung des Experten einseitig bzw. parteiisch? Solltet ihr als Zuhörer argumentativ überwältigt werden?

Bearbeiterin

2.3.3 Jugendliche Täter – muss Strafe sein?

Zum Thema: Jeder kennt Situationen, in denen er bestraft wird, weil er z. B. im Bus keine gültige Fahrkarte gelöst hat. Doch welchen Zweck diese Strafe hat, bleibt meist im Unklaren. In diesem Unterkapitel geht es um die Frage, inwieweit Strafe einen Zweck erfüllen soll oder kann.

M10 Fallbeispiele: Hat Strafe Sinn?

1 Sabine fährt mit ihrem Mofa am frühen Morgen in die Schule. An diesem Tag ist es extrem glatt. Die Kinder auf der Straße bemerkt sie zu spät. Sie bremst stark ab, kommt ins Schleudern und verletzt sich und eines der Kinder stark.

2 Ferdinand fühlt sich vor dem Sportunterricht unbeobachtet. Als alle Jungen nach dem Umziehen in der Sporthalle verschwunden sind, nimmt er Marco das Smartphone aus der Jacke, die in der Umkleidekabine hängt.

3 Herr K. ist schon sehr lange wütend auf seine Ehefrau. Die ständigen Streitereien hält er kaum noch aus. Als sie wieder miteinander streiten, erwürgt er sie.

4 Der Jugendliche S. besucht eine Veranstaltung des örtlichen Jugendclubs in Torgau. Hier begegnet er zufällig einem Bekannten, auf den er aufgrund eines früheren Vorfalls immer noch eine große Wut verspürt. Er verlässt die Veranstaltung und schlägt in unmittelbarer Nähe die Fensterscheibe eines schon geschlossenen Kindergartens ein.

Bearbeiterin

EINSTIEGSAUFGABE

Begründet spontan, ob ihr in den Fällen 1-4 aus **M10** Strafen verhängen würdet.

M11 Prinzipien des deutschen Strafrechts: Vergeltung und/ oder Prävention

Wer Leben, Freiheit, Gesundheit, Ehre, Eigentum oder Vermögen angreift, gefährdet unsere rechtsstaatliche Ordnung. Strafe soll Abhilfe schaffen. Ihr Zweck ist ein Mix aus Vergeltung, Prävention und Resozialisierung von Tätern.

Vergeltungstheorien

Die Vergeltungstheorie – man spricht auch von der *absoluten Straftheorie* – verlangt den Ausgleich von Schuld und Sühne; sie lässt einen Verbrecher Verbrecher sein, soziale Aspekte spielen keine Rolle. Der Philosoph Immanuel Kant (1724-1804) war ein glühender Verfechter des Vergeltungsimperativs. Selbst wenn ein Inselvolk seine Heimat verlassen und sich in alle Winde zerstreuen würde, meinte Kant, müsste zuvor noch der letzte Mörder exekutiert werden – erst dann wäre der Gerechtigkeit Genüge getan. Liberalen Strafrechtsgelehrten war die Vergeltungstheorie ein Dorn im Auge. Sie stellten die reaktive Repression in Frage, weil sie darin keinen Nutzen für die Weiterentwicklung der Gemeinschaft sahen. [...]

Präventionstheorien

Die *Generalprävention* sieht die allgemeine Abschreckung als Strafzweck vor. Sie verhindert zwar nicht, dass Straftaten begangen werden, trägt aber dazu bei, sie in Grenzen zu halten.

Bei der Spezialprävention geht es darum, einen Täter zwar zu bestrafen, ihn aber vor allem davon abzuhalten, künftig Untaten zu begehen. Auch soll versucht werden, ihn im Rahmen der Resozialisierung zu bessern und wieder in die Gesellschaft einzugliedern. Dazu zählt unter anderem die therapeutische Betreuung von Straftätern während der Zeit des Freiheitsentzugs. [...]

Heute betrachten Juristen und Rechtsphilosophen die Strafe als sinnvoll, wenn sowohl der Vergeltung als der Prävention ausreichend Raum gegeben wird und die Resozialisierung ebenfalls nicht zu kurz kommt.

Eklkofer, Volker/Remus, Daniela: Prinzipien des deutschen Strafrechts. In: www.br.de, 10.10.2014.

M12 Eine besondere Strafe: der Täter-Opfer-Ausgleich (TOA)

Gesetzliche Regelungen für den Täter-Opfer-Ausgleich (TOA)

Die Paragrafen § 45 und § 47 JGG ermöglichen dem Staatsanwalt oder Richter eine Verfahrenseinstellung, wenn der Jugendliche sich um einen Ausgleich mit dem Rechtsverletzten bemüht. Nach § 10 JGG besteht für den Richter darüber hinaus die Möglichkeit, per Urteil dem Jugendlichen einen Täter-Opfer-Ausgleich als Weisung aufzuerlegen.

Wenn das Opfer oder der Täter einer Straftat es wollen, können sie die Möglichkeit eines Täter-Opfer-Ausgleichs (TOA) wahrnehmen. Oft regen Polizei oder Staatsanwaltschaft einen TOA an. Beim TOA nehmen Täter und Opfer einen neutralen Vermittler in Anspruch. Dieser unterstützt die beiden Konfliktparteien bei der Aufarbeitung der Tat, bei der Befriedung des Konflikts und bei der Aushandlung der Wiedergutmachung. Das Ergebnis wird der Justiz mitgeteilt. Letztlich aber ist es Sache der Staatsanwaltschaft oder des Gerichts, wie sie das so ausgehandelte Ergebnis bewertet.

Eine Einstellung des Verfahrens ist bei ganz schweren Straftaten nicht möglich, bei leichteren Fällen schon. Manchmal fällt das Strafmaß aufgrund eines gelungenen TOA geringer aus. Ein TOA findet statt, wenn folgende Bedingungen erfüllt sind:

- Die Teilnahme muss freiwillig sein.
- Der TOA muss am sozialen Konflikt und vor allem zukunftsorientiert sein.
- Die Parteien müssen sich persönlich begegnen. Die Begegnung wird durch einen Vermittler moderiert.
- Die Parteien müssen selbstbestimmt eine einvernehmliche Regelung treffen, wie sie mit dem Konflikt umgehen, und eine Wiedergutmachung vereinbaren.

Bearbeiterin

M13 Kontrovers diskutiert: Macht eine Gefängnisstrafe Sinn?

a) Pro: Gefängnis kann gut sein

Ich kann diese Mär „Böse Buben werden durch Arrest nur noch böser" nicht mehr hören! Wenn jemand vier Mal in kürzester Zeit vor einem Jugendrichter steht, muss man doch mal fragen, ob Sozialarbeit wirklich das Allheilmittel ist. Ein Richter hat die Möglichkeit, vier Wochen Jugendarrest zu verhängen. Davon kann er auch mal Gebrauch machen. Nur mit Sozialarbeit und Arbeitsauflagen alles wieder hinkriegen zu wollen oder zu denken, das Problem wächst sich raus, ist falsch. Da lachen sich manche Jugendliche tot! Arrest ist eine gesetzlich gegebene Möglichkeit zu erziehen. Im Gegensatz zur Jugendhaft taucht Jugendarrest noch nicht mal im Führungszeugnis auf. Ich persönlich würde gerne einigen Jugendlichen ermöglichen, sechs oder acht Wochen in diesen Freiheitsentzug zu gehen.

Pieper, Kira: Interview mit Jugendrichter Andreas Müller. In: www.weser-kurier.de, 01.03.2014.

b) Kontra: Gefängnisse machen alles nur schlimmer

Manche Inhaftierte kommen erst im Gefängnis so richtig auf falsche Ideen oder geraten in falsche Kreise. [...] Der Selbstwert der Inhaftierten wird durch und in Haft eher zerstört. [...] Wir müssen versuchen, Selbstwert und andere positive Ressourcen aufzubauen, und das ist unter den Bedingungen der Haft oft nur schwer möglich. Beziehungen können zerstört werden. Allgemein wird die soziale Einbindung, die ja nicht immer nur kriminogenen Charakter haben muss, sondern auch präventiv wirken kann, in vielen Fällen zerstört.

Galli, Thomas: Das Gefängnis und die Strafe der Zukunft – Vortrag zur Tagung, „Macht Gefängnis Sinn?". In: www.macht-gefaengnissinn.de, 02.04.2015.

Andreas Müller, Jugendrichter aus Berlin, fordert schnellere und härtere Strafen.

Thomas Galli war Gefängnisdirektor und arbeitet heute als Rechtsanwalt. Er spricht sich für die Abschaffung von Gefängnissen aus.

AUFGABEN

1. Beschreibt die Prinzipien des deutschen Strafrechts (**M11**).
2. Erklärt mithilfe von **M11** für die Fälle 1-4 aus **M10**, welcher Strafzweck hier eurer Ansicht nach jeweils angebracht sein könnte.
3. Nennt die Merkmale eines Täter-Opfer-Ausgleiches (**M12**). Berücksichtigt dabei den Strafzweck, der einem Täter-Opfer-Ausgleich zugrunde liegt.
4. Für Fall 4 in **M10** wurde ein Täter-Opfer-Ausgleich angeregt. Versetzt euch in die Konfliktparteien. Stellt mögliche Vorbehalte gegenüber der jeweils anderen Konfliktpartei in einer Tabelle einander gegenüber.
5. Bearbeitet **M13a-b** in Kleingruppen wie folgt:
   a) Nennt die Strafzwecke, die den Positionen in **M13a-b** zugrunde liegen.
   b) Beurteilt mithilfe der Argumente in **M13a-b** die Kapitelfrage: Jugendliche Täter – muss Strafe sein?

H **Aufgabe 1** → S. 190

H **Aufgabe 5b** → S. 190

2.3.4 Soll das Jugendstrafrecht erziehen oder bestrafen?

Zum Thema: In vielen Bereichen unseres Lebens haben Kinder und Jugendliche andere Rechte und Pflichten als Erwachsene. Dies gilt auch für das Strafrecht. Dieses Unterkapitel stellt dar, inwiefern Strafe für Jugendliche und Heranwachsende in Deutschland Erziehung und Wiedereingliederung in die Gesellschaft bedeuten kann.

M14 Fallbeispiel: Rico B. rastet aus

Am vergangenem Mittwoch fuhr Rico B. (16) mit seinem Freund Mark S. im Regionalexpress 1187 von Chemnitz nach Freiberg. Da Mark S. keinen gültigen Fahrausweis gelöst hatte, steckte Rico Mark, nachdem er selbst kontrolliert worden war, seine Monatskarte zu. Der kontrollierende Zugbegleiter Hartmut M. erkannte jedoch, dass es sich bei dem Ausweis nicht um das Eigentum Marks handelte und stellte Rico zur Rede. Rico begann daraufhin, den Zugbegleiter auf das Übelste zu beschimpfen. Hartmut M. rief daraufhin die zuständige Bahnpolizei und übergab Rico B. an der nächsten Haltestelle den wartenden Beamten, die ihn in Gewahrsam nahmen.

Bearbeiterin

EINSTIEGSAUFGABE

Soll Rico B. in **M14** eher besser erzogen oder bestraft werden? Begründet eure Entscheidung.

M15 Das Jugendstrafrecht in Deutschland

Das Jugendstrafrecht

Kinder und Jugendliche, die eine Straftat begangen haben, werden in Deutschland nicht nach dem allgemeinen Strafrecht, sondern nach einem speziellen Jugendstrafrecht beurteilt.

Für wen gilt es?

Jugendliche ab 14 Jahren
... gelten im Normalfall als reif genug, um das Unrecht einer Tat einzusehen und sich verantwortlich zu verhalten. Sie können nach dem Jugendstrafrecht bestraft werden. **Kinder bis 13 Jahre** gelten als **schuldunfähig**.

Junge Erwachsene bis 20 Jahre
... können ebenfalls vor ein Jugendgericht gestellt werden, wenn sie zum Zeitpunkt der Tat in ihrer Entwicklung noch einem Jugendlichen gleichstanden.

Welche Strafen gibt es?

Erziehungsmaßregeln wie
- Erziehung bei einer Familie oder im Heim
- Beaufsichtigung durch einen Betreuer
- Teilnahme an sozialem Trainingskurs
- Besuchsverbot von Personen oder Orten
- Entziehungskur

Sogenannte **Zuchtmittel**
- Verwarnung
- Erteilung von Auflagen (Schadenersatz, Entschuldigung, Arbeitsleistung, Geldbetrag)
- Arrest (mehrere Stunden in der Freizeit, mehrere Tage oder Wochen)

Jugendstrafe
- Freiheitsentzug von 6 Monaten bis zu 5 Jahren

Globus-Grafik 12089: Quelle: Jugendgerichtsgesetz, Bundeszentrale für pol. Bildung u. a.

Ein Jugendlicher, der in Deutschland eine Straftat begangen hat, wird in Deutschland nicht nach dem allgemeinen Strafrecht verurteilt, sondern nach dem Jugendstrafrecht. Voraussetzung ist, dass er zu dem Zeitpunkt, an dem er sich strafbar gemacht hat, „nach seiner sittlichen und geistigen Entwicklung reif genug war, das Unrecht der Tat einzusehen und nach dieser Einsicht zu handeln". So steht es im Jugendgerichtsgesetz. Nach diesem haben normalerweise Jugendliche ab einem Alter von 14 Jahren diese Reife. In der Schlussfolgerung haben Jüngere diese Reife noch nicht und gelten als schuldunfähig. Es gibt allerdings auch junge Erwachsene, die zum Zeitpunkt der Tat in ihrer Entwicklung noch einem Jugendlichen gleichstanden. Das Gesetz sieht daher vor, dass junge Erwachsene im Alter von bis zu 20 Jahren, bei denen dies zutrifft, noch nach dem Jugendstrafrecht beurteilt werden können. In Streitfällen, in denen es darum geht, ob ein junger Erwachsener in diese Kategorie fällt, muss ein Gutachten diese Frage klären. Noch nach dem Jugendstrafrecht verurteilt zu werden, hat für den Betroffenen den Vorteil, wahrscheinlich mit einer milderen Strafe davonzukommen.

Ebd.

M16 Jugendgerichte und Jugendgerichtshilfe

Jugendstraftaten werden in Deutschland vor sogenannten „Jugendgerichten" unter Ausschluss der Öffentlichkeit verhandelt. Die Jugendgerichtshilfe unterstützt das Gericht, indem sie die Persönlichkeit, die Entwicklung und das soziale Umfeld des Angeklagten untersucht. Da auch Heranwachsende zwischen 18 und 20 Jahren unter bestimmten Umständen noch nach dem Jugendstrafrecht verurteilt werden können, gibt sie eine Empfehlung darüber ab, ob der Heranwachsende nach Jugend- oder Erwachsenenstrafrecht verurteilt werden soll. Die Jugendgerichtshilfe kann jedoch keine Urteile fällen, sondern hat vor Gericht nur eine beratende Funktion. Zudem überprüft die Jugendgerichtshilfe, ob der Jugendliche den durch das Jugendgericht verhängten Weisungen und Auflagen, z. B. an einem Anti-Aggressionstraining teilzunehmen, nachkommt.

Bearbeiterin

M17 Trainingscamp statt Knast – eine Möglichkeit der Resozialisierung?

Eine Alternative zu einer Freiheitsstrafe stellt im Jugendstrafrecht neben dem Täter-Opfer-Ausgleich auch der Aufenthalt in einem sozialen Trainingscamp dar. Hier wird versucht, straffällig gewordene Jugendliche wieder auf die richtige Bahn zu bringen. Eine wichtige Rolle spielt dabei ein geregelter Tagesablauf.

Das Trainingscamp Diemelstadt im Norden Hessens bietet Platz für zwanzig männliche Jugendliche zwischen 13 und 19 Jahren. Es handelt sich hierbei um ein zeitlich begrenztes Erziehungsprogramm von sechs Monaten mit dem Ziel, „besonders schweren Fällen" der Jugendhilfe, die schon mehrmals bei der Polizei oder der Justiz negativ aufgefallen sind, durch ein breites Angebot erzieherischer Maßnahmen zu helfen.

Zentrale Elemente hierfür sind ein durchstrukturierter Tagesplan, sportliche Aktivitäten, die Teilnahme am Gemeinschaftsleben und immer wiederkehrende Rituale. [...]

Die jungen Täter haben Probleme bisher meistens mit Gewalt oder durch verweigerndes Verhalten gelöst. Im Trainingscamp sollen sie lernen, diese Verhaltensweisen abzulegen. Das Trainingscamp Diemelstadt liegt abseits von größeren Städten, eingebettet in Wälder und Agrarflächen. Die Jugendlichen dürfen das Gelände nur in Begleitung verlassen. Sportliche Aktivitäten bilden den Hauptteil des Tagesgeschehens. Hierbei stellen sich die Jugendlichen neuen Herausforderungen und lernen, ihre eigenen Grenzen zu überwinden.

Der Tagesablauf im Trainingscamp

05:55 Wecken	12:00 Mittagessen	18:00 Abendbrot
06:00 Frühsport	12:30 Mittagsruhe	18:40 Putzmittelausgabe
06:45 Bettenbau	14:00 Respekttraining	19:15 Zimmerkontrolle
07:00 Frühstück	15:00 Schweißcamp	19:30 Tagesbericht
07:30 Zähneputzen	16.30 Duschen	20:00 Gruppenaktivität
08:00 Mannschaftssport	17:00 Energiegetränke	22:20 Zähneputzen
10:00 Haus- und Campputz	17:30 Liegestütze - Kniebeugen	22:30 Nachtruhe
11:30 Duschen		

Nach: Böhle, Andreas: Konzept- & Infomappe – Das Trainingscamp Diemelstadt. In: www.bald-sportmedia.de (Abruf am 28.04.2020).

AUFGABEN

1. Rico B. aus **M14** erwartet ein Verfahren nach dem Jugendstrafrecht.
   a) Arbeitet die Kernpunkte des Jugendstrafrechts aus **M15** heraus.
   b) Erklärt die Funktion der Jugendgerichtshilfe (**M16**).
   c) Überprüft eure Entscheidungen aus der Einstiegsaufgabe vor dem Hintergrund von **M15**.
2. Stellt dar, welchem Zweck eine Strafe im Fall in **M14** dienen könnte.
3. Schaut euch den Tagesablaufplan des „Trainingscamps Diemelstadt" in **M17** an. Stellt anschließend Vermutungen darüber an, warum ein strikter Tagesablauf und sportliche Aktivitäten zu den Hauptelementen im Trainingscamp zählen.
4. Im Vordergrund des Jugendgerichtsgesetzes (JGG) steht der Erziehungsgedanke. Erörtert zu zweit am Beispiel des „Trainingscamps Diemelstadt" diese Grundabsicht des JGG (**M17**).
5. Beurteilt mithilfe von **M15-M17** die Aussage: „Das Jugendstrafrecht ist eher Erziehung als Strafe."

WAHLBEREICH

Recht und Gerechtigkeit

Eine Podiumsdiskussion zum Streitthema „Altersgrenze Strafmündigkeit" durchführen

I. Worum geht es?

Eine Podiumsdiskussion ist ein Austausch von unterschiedlichen Ideen und Interessen, bei der Experten und Mitglieder des Publikums die Möglichkeit haben, ein bestimmtes Thema zu diskutieren und sich in komplexe Konflikte und Themengebiete hineinzuversetzen.

II. Geht dabei so vor:

1. Schritt: Vorbereitung

Das Thema wird ausgewählt und die Hauptfrage des Themas als zugespitzter, vielleicht sogar provokanter Titel formuliert. Kurz vor der Veranstaltung wird der Raum hergerichtet: Das Podium wird mit Tischen, Stühlen und Namensschildern ausgestattet. Die Stühle für die Zuschauer werden so aufgestellt, dass das Podium von allen Plätzen gut zu sehen ist. Im Rahmen dieser Debatte werdet ihr mithilfe der folgenden Informationen eine Podiumsdiskussion zum Thema bzw. zur Frage **„Strafmündigkeit - sollte die Altersgrenze auf 12 Jahre abgesenkt werden?"** durchführen.

+ + + 13-Jähriger erschlägt Freund mit Stein + + +

Der 13-jährige Junge aus Bad Schmiedebach starb, weil laut Staatsanwaltschaft ein gleichaltriger Freund mit einem Gegenstand und massiver Gewalt auf dessen Kopf einschlug. [...]

Das tatverdächtige Kind habe Schläge auf seinen Freund zugegeben und sei in einer psychiatrischen Einrichtung untergebracht worden, teilten Polizei und Staatsanwaltschaft am Mittwoch in Dessau-Roßlau mit. Seine Angaben würden überprüft.

Nach intensiver Suche mit Fährtenhunden und einem Hubschrauber hatte die Polizei die Leiche des Schülers am Montag auf einem bewachsenen Gelände am Ortsrand der Kleinstadt Bad Schmiedeberg gefunden. Rechtsmediziner stellten fest, dass Fabian massive Gewalt am Kopf erlitt. Der Junge wurde seit Sonntagabend vermisst – er war nicht nach Hause gekommen. Die Polizei stieß auf den nun verdächtigen 13-Jährigen, als sie intensiv im Umfeld des Getöteten ermittelte und beispielsweise überprüfte, wer zuletzt Kontakt mit Fabian hatte.

tkr/dpa: Streit beim Spielen – Freund erschlug 13-Jährigen wahrscheinlich mit Stein. In: www.stern.de, 10.03.2016.

Die aktuelle Rechtslage

Unter „Strafmündigkeit" versteht man den Zeitpunkt im Leben eines Menschen, ab dem er damit rechnen muss, wegen einer Straftat gerichtlich verfolgt zu werden. [...] Paragraf 19 [Strafgesetzbuch] lautet: „Schuldunfähig ist, wer bei Begehung der Tat noch nicht vierzehn Jahre alt ist." [...] Bis zum 14. Geburtstag [kann] man also nach dem Gesetz [...] nicht strafrechtlich belangt werden. Dieser Grundsatz gilt „ohne Wenn und Aber", selbst wenn ein Kind im Einzelfall bei der Tat die erforderliche Reife schon hat. Der Gesetzgeber geht davon aus, dass Kinder noch nicht einsehen können, wenn sie etwas Falsches tun, und dass sie ihr Verhalten auch nicht entsprechend steuern können. [...] Deshalb können Kinder nicht bestraft werden [...]. Der Staat kommt an Kinder zwar nicht mit dem Strafrecht heran, die Familiengerichte können aber - auch gegenüber den Eltern - zu verschiedenen Mitteln greifen, um sehr junge Straftäter zu beeinflussen. Dazu gehört zum Beispiel die Anordnung, Leistungen der Kinder- und Jugendhilfe [wie z. B. Beratungsangebote] in Anspruch zu nehmen. Daneben sind auch schwerwiegendere Maßnahmen möglich wie die Entziehung des Sorgerechts und die Unterbringung straffälliger Kinder in einem Heim oder bei einer Pflegefamilie.

Nordhardt, Michael-Matthias: Wie ist die Strafmündigkeit geregelt?. In: www.tagesschau.de, 10.07.2019.

Spannungsverhältnis Recht und Gerechtigkeit

Recht bezeichnet durch Gesetze verbindlich festgelegte Normen und Regeln, die zu einer bestimmten Zeit für eine konkrete Gesellschaft gelten. [...] Mithilfe des Rechts wird das Zusammenleben also formell geregelt. [...]

Recht und **Gerechtigkeit** können in Konflikt miteinander geraten. In Situationen, in denen geltendes [...] Recht als [moralisch] ungerecht erlebt [...] wird, kann [Recht gesellschaftlich auch als „Unrecht" empfunden werden]. Zwei Beispiele: In einer Gesellschaft von Sklavenhaltern werden alle Sklaven gleich nach geltendem Recht behandelt. Im Sinne der Vorstellung von der grundsätzlichen Gleichheit aller Menschen ist Sklaverei generell eine Ungleichbehandlung und somit eine schreiende Ungerechtigkeit. Oder: In einem totalitären Staat dient das Recht zwar zur Stabilisierung der geltenden Ordnung, allerdings zum Zwecke des Machterhalts in einer ungerechten Situation.

© Stiftung Lesen Mainz 2013: Recht versus Gerechtigkeit. In: www.derlehrerclub.de (Abruf am 26.03.2020).

Rollenkarte: Befürworter einer Absenkung der Altersgrenze

Es sind [...] Kinder. [...] Zum Teil erst 12 oder 13 Jahre alt, aber sie begehen Straftaten. Vergewaltigungen kamen vor. Rentner wurden verprügelt. Zurück bleiben Opfer, die für den Rest ihres Lebens unter dem Geschehenen leiden [...]. Dürfen wir den Tätern diese schweren Taten ganz ohne Sanktion durchgehen lassen? [...] 70.000 strafunmündige Tatverdächtige wurden 2018 in Deutschland von der Statistik erfasst. Bei Gewaltdelikten, unter anderem gefährliche und schwere Körperverletzung, waren gut vier Prozent aller Tatverdächtigen jünger als 14 Jahre. [...] Unzweifelhaft geht es um wenige Intensivtäter, die erst 12 oder 13 Jahre alt sind. Sie begehen zum Teil mehrmals im Jahr Raubüberfälle und schwere Körperverletzungen. Es droht eine hohe Rückfallquote. Oft [kennen] diese jungen Leute [...] die Rechtslage und nutzen bewusst aus, dass sie vor Gericht nicht zur Rechenschaft gezogen werden können. [...] Deshalb brauchen wir eine Reform des Jugendstrafrechts. Wir müssen auch Täter, die jünger als 14 Jahre sind, in einem besonderen Verfahren einzelfallgerecht sanktionieren können. [...] Wie halten es denn andere europäische Staaten? In der Schweiz sind Kinder ab dem Alter von 10 Jahren strafmündig. In Frankreich müssen alle unter 18-Jährigen damit rechnen, wegen einer Straftat gerichtlich verfolgt zu werden. In den Niederlanden gilt Strafmündigkeit ab 12 Jahren.

Ullrich, Volker: Strafmündigkeit – Können Kinder Kriminelle sein?. In: www.zeit.de, 08.01.2020.

Rollenkarte: Gegner einer Absenkung der Altersgrenze

Dass Kinder schon im Kindergartenalter recht gut wissen, was böse und was verboten ist, ist unstreitig. Was bei Kindern noch nicht so gut funktioniert, [was sie also noch lernen müssen,] ist die Einhaltung der – im Prinzip akzeptierten – Normen. Die Bereitschaft, sich an Verbote zu halten, ist stark abhängig von dem sozialen Kontext, in dem sich die Kinder bewegen. Dieser Kontext wechselt mehrmals am Tag, zu Hause, in der Schule, beim Judo-Training oder wenn man zu viert durchs Viertel zieht. Regelüberschreitung ist in manchen sozialen Situationen strikt verboten, in anderen steht sie zur Diskussion oder wird gar als mutig unterstützt. [...] Der Vorstoß, Kinder ins Strafrecht einzubeziehen, erfolgt mit der Begründung, dass es kindliche Intensivtäter gibt und deren Zahl angeblich zunimmt. Es geht da überwiegend um Raub- und Gewaltdelikte, etwa um das „Abziehen" anderer Kinder unter Vorhalten eines Messers [...]. Die andere Teilgruppe von Intensivtätern stammt aus kriminellen Milieus, in denen [...] die deutschen Strafgesetze [nicht] akzeptiert werden und zu denen wir kaum Zugang haben. Um eine kleine Problemgruppe älterer Kinder strafrechtlich belangen zu können, soll das Jugendstrafrecht auf alle Kinder ausgeweitet werden? Auf dass dann nach jeder Schulhofschlägerei der Unterlegene Strafanzeige stellen kann? [...] Man könnte dann den zwölfjährigen Intensivtäter in eine Jugendhaftanstalt sperren; dort wird er auf kriminell gereifte Jugendliche und Heranwachsende treffen. [...] Ändern wird man ihn nicht, sondern nur den Beginn seiner Haftkarriere vorziehen.

Kröber, Hans-Ludwig: Strafmündigkeit – Können Kinder Kriminelle sein?. In: www.zeit.de, 08.01.2020.

2. Schritt: Durchführung

Führt eine Podiumsdiskussion zur Frage: **„Strafmündigkeit – sollte die Altersgrenze auf 12 Jahre abgesenkt werden?"** durch. Teilnehmerinnen und Teilnehmer der Podiumsdiskussion sind:

- Volker Ullrich (Befürworter einer Absenkung der Altersgrenze)
- Hans-Ludwig Kröber (Gegner einer Absenkung der Altersgrenze)
- Sönke Albers (15 Jahre alt; vor seinem 14. Lebensjahr wiederholt straffällig gewordener Jugendlicher, der seine Taten (u. a. Diebstahl, schwere Körperverletzung) mittlerweile bereut
- Martin Richter (14-jähriger Jugendlicher, der von einer Gruppe 13-jähriger beraubt und verprügelt wurde und sich härtere Strafen für die Angreifer wünscht)
- Moderator/in

Teilt euch dazu zunächst in zwei Gruppen auf. Erarbeitet mithilfe der Informationen aus dem „1. Schritt" überzeugende Argumente, die eurer Rolle entsprechen. Wählt eine Person in eurer Gruppe aus, die euch in der Diskussion vertritt. Stimmt am Ende der Diskussion im Plenum ab, welche Position ihr überzeugender findet und begründet eure Entscheidung.

Folgendes Vorgehen kann euch bei der Durchführung der Podiumsdiskussion unterstützen:

1. Eröffnung durch die Moderatorin/den Moderator
2. Die Podiumspersonen stellen sich daraufhin vor und bekommen die Gelegenheit, ihre Position ca. zwei Minuten zu erläutern.
3. Nach einiger Zeit wird das Publikum ebenfalls in die Diskussion mit einbezogen, indem Fragen an die Personen auf dem Podium gestellt werden.
4. Am Ende der Diskussion hält jede Podiumsperson sein Abschlussstatement.
5. Die Moderation fasst daraufhin die wichtigsten Punkte der Diskussion noch einmal zusammen.
6. Das Publikum hat während der Diskussion die Aufgabe, die Teilnehmer hinsichtlich ihres Diskussionsverhaltens zu bewerten und die für sie wichtigsten Argumente beider Positionen in der Tabelle schriftlich festzuhalten.

Goldene Regeln für die Diskussion:

- Inhalte kurz und präzise formulieren
- (ver)urteilende Aussagen über den Gesprächspartner vermeiden
- strukturierende Formulierungen zum besseren Verständnis für die Zuhörer (z. B. „Was ich noch ergänzen möchte“, „Im Gegensatz zu meinem Vorredner bin ich der Ansicht“ etc.) verwenden
- wichtige Punkte am Ende nennen, da sie vom Zuhörer am besten behalten werden
- den Gesprächspartner nicht unterbrechen
- ruhig zu erkennen geben, wenn ein gegnerisches Argument überzeugt hat
- das unpersönliche „man“ vermeiden
- freundlich und entspannt bleiben, Verärgerungen später klären

Nach: Brunsemann, Claudia u. a.: Mitreden – mitplanen – mitmachen. Kinder und Jugendliche in der Kommune. Berlin: Deutsches Kinderhilfswerk e.V. 1997, S. 138 ff.

3. Schritt: Auswertung

Fragen an alle Diskussionsteilnehmer:

1. Wie war es auf dem Podium zu stehen?
2. Wie habt ihr euch in eurer Rolle gefühlt? Was war leicht/schwer?
3. Warum habt ihr in eurer Rolle so gehandelt?
4. Welche anderen Handlungsmöglichkeiten gab es?

Frage an das Publikum:

Welche Argumente haben gut bzw. nachvollziehbar auf euch gewirkt/welche Argumente nicht?

Fragen an alle:

1. Welche Schlussfolgerungen zieht ihr aus der Diskussion?
2. Seht ihr – insbesondere vor dem Hintergrund des Gerechtigkeitsaspekts – Handlungsbedarf bei der Absenkung der Altersgrenze zur Strafmündigkeit?

	Ja zur Absenkung der Altersgrenze	Nein zur Absenkung der Altersgrenze
Argumente für die jeweilige Position	Ins Heft	Ins Heft
Diskussionsverhalten (Bewertungsraster: ++, +, +/–, –, –– mit Begründung)		

Bearbeiterin

WAS WIR WISSEN

Ursachen für Jugendkriminalität (··→ M6-M9)

Eine Straftat lässt sich in den meisten Fällen nicht auf nur eine Ursache zurückführen, sondern auf ein ganzes Bündel von Ursachen, das auch bei der Strafzumessung berücksichtigt werden muss. Wissenschaftler versuchen, Jugendkriminalität mithilfe der Entwicklungstheorie oder der Sozialisationstheorie zu erklären: jugendtypische Delikte häufen sich in einer Entwicklungsphase, in der Normen und Regeln erst erlernt werden müssen und können zudem häufig als Folge misslungener Sozialisation verstanden werden. Statistiken von Kriminalität im Altersverlauf unterstützen diese These. Ein möglicher Lösungsweg, Jugendkriminalität einzudämmen, ist z. B. eine verbesserte Koordination zwischen Polizei und Justizbehörden. Im Neuköllner Modell hat sich gezeigt: je eher die Gerichtsverhandlung nach der Tat stattfindet, desto mehr könne der Erziehungscharakter einer Strafe wirken.

Strafzwecke (··→ M11, M12)

Es gibt verschiedene Gründe, warum Menschen bestraft werden. Häufig ist mit der Strafe der Wunsch verbunden, dass sie als Abschreckung auch auf die anderen Gesellschaftsmitglieder wirkt und sich dadurch eine mögliche Straftat schon im Vorfeld verhindern lässt. Dieser Präventionsgedanke spiegelt sich als Spezialprävention besonders im Jugendstrafrecht wider. Wenn Jugendliche zu einer Gefängnisstrafe verurteilt werden, soll diese dabei helfen, den straffällig gewordenen Jugendlichen zu resozialisieren, d. h. ihn wieder „gesellschaftsfähig“ zu machen. Strafe kann aber zum Beispiel auch dazu dienen, Vergeltung zu üben, um auf diese Weise das eigene Leid zu lindern, das man durch den Täter erfahren hat. Zukünftige Straftaten lassen sich durch Vergeltung allerdings nicht verhindern. Auch deshalb spielt der Vergeltungsgedanke bei der Urteilsfindung deutscher Gerichte keine Rolle.

Das Jugendgerichtsgesetz (··→ M2-M4, M12, M15-M17)

Das Jugendgerichtsgesetz (JGG), auch Jugendstrafrecht, ist ein besonderes Strafrecht nur für Jugendliche und Heranwachsende. Anders als das Erwachsenenstrafrecht zielt es ausdrücklich nicht in erster Linie auf Bestrafung ab. Vielmehr soll es Jugendlichen und Heranwachsenden Möglichkeiten eröffnen, ein straffreies Leben zu führen. Jugendliche zwischen 14-17 Jahren werden und Heranwachsende zwischen 18-20 Jahren können deshalb anders bestraft werden als Erwachsene, weil sie aufgrund ihres Alters noch nicht die volle Einsicht haben können, eine Straftat begangen zu haben. Um ihnen die Wiedereingliederung in die Gesellschaft zu ermöglichen, stehen bei der Strafzumessung auf der Grundlage des Jugendgerichtsgesetzes sowohl der Erziehungsgedanke als auch Präventionsmaßnahmen im Vordergrund. Kinder können für Taten, die sowohl im Jugend- als auch im Erwachsenenstrafrecht unter Strafe stehen, grundsätzlich nicht belangt werden.

Corona-Stresstest für den Rechtsstaat – Debatte um Einschränkung der Grundrechte in Corona-Krise

Seit knapp drei Wochen befindet sich Thüringen im sogenannten „Shutdown". Das öffentliche Leben ist in weiten Teilen heruntergefahren. Noch bis zum 19. April soll nach dem Willen des Landes und der Kommunen dieser Zustand andauern. Dabei wird eine ganze Reihe von Grundrechten eingeschränkt. Doch ist das eigentlich zulässig und vor allem wie lange?

Deutschland erlebte in den Tagen der Corona-Krise einen bis dahin noch nie dagewesenen Eingriff in die Grundrechte.

Am Fall der Eventmanagerin Marie Müller (*Name geändert) ist gut nachvollziehbar, welche Grundrechte derzeit in Thüringen und ganz Deutschland eingeschränkt sind. Marie Müller organisiert unter anderem Hochzeiten, Firmenpartys oder Messen. Das macht sie nicht nur in Thüringen, sondern in ganz Deutschland. Doch nach den bundes- und landesweiten Verordnungen zur Bekämpfung der Corona-Pandemie, kann Marie Müller derzeit gar nichts machen. Damit werden aber eine ganze Reihe ihrer Grundrechte, die im Grundgesetz der Bundesrepublik festgeschrieben sind, erheblich eingeschränkt.

Eines davon ist das Versammlungsrecht. Momentan darf es keine öffentlichen oder privaten Veranstaltungen geben, bei dem sich Menschengruppen versammeln. Weil das so ist, ist für Marie Müller ein weiteres Grundrecht eingeschränkt: das Recht auf Ausübung ihres Berufes. Denn, wo sich keine Menschen versammeln können, gibt es keine Hochzeitsfeiern, keine Firmenpartys oder Messen zu organisieren. Wenn sie das nicht kann, ist sie in der Ausübung ihres Berufes eingeschränkt. Marie Müller kann auch nicht sagen, sie macht das jetzt für einen Auftraggeber in einem anderen Bundesland. Denn durch die Verordnungen ist auch die Bewegungsfreiheit innerhalb von Deutschland eingeschränkt.

Um die freie Zeit zu nutzen, würde Marie Müller gern in ihr Ferienhaus fahren – aber auch das darf sie nicht. Denn Ferienhausbesitzer aus ganz Deutschland können derzeit nicht an ihre Immobilien in Mecklenburg-Vorpommern oder Brandenburg fahren. Damit ist auch das Recht der Eigentumsgarantie eingeschränkt. Marie Müller kann auch nicht aus Frust über diese Lage eine Party bei sich zu Hause geben, denn dann kann die Polizei nach den geltenden Verordnungen die Feier auflösen. Damit greift der Staat in die Unverletzlichkeit der Wohnung ein, wenn er solche Kontaktverbote verfolgt. Die Glaubensfreiheit ist eingeschränkt, weil Gläubige nicht in Kirchen, Moscheen oder Synagogen gehen können. [...]

Doch sind damit die Grundrechte außer Kraft gesetzt? Nein, sagt der Jenaer Verfassungsrechtler Michael Brenner [...]. „Es sind Einschränkungen, die aber schon sehr weit gehen und in der Geschichte der Bundesrepublik einmalig sind", so der Jurist. Deshalb verweist Brenner auf einen wichtigen Aspekt: Die Verhältnismäßigkeit der Einschränkungen bemesse sich immer daran, wie lange sie aufrechterhalten werden. Um das zu prüfen, gehe es immer um die Abwägung von Gütern: Das individuelle Recht des Einzelnen auf seine Grundrechte gegenüber dem allgemeinen Wohl, im Falle von Corona der Gesundheit der Bevölkerung. Daher müsse alles unter drei Aspekten geprüft werden. Sind die Maßnahmen geeignet, erforderlich und zumutbar, so Brenner. Geeignet, eine rasante Ausbreitung der Pandemie zu verhindern seien sie und von daher auch erforderlich. Doch bei der Zumutbarkeit komme eben ein wichtiger Punkt ins Spiel, sagt der Jenaer Jurist. „Wie lange sind die Einschränkungen zumutbar?" [...]

Brenner pflichtet da dem früheren Präsidenten des Bundesverfassungsgerichts, Hans-Jürgen Papier bei. Der hatte [...] „im Zusammenhang mit Einschränkungen der Grundrechte gesagt: „Wenn sich das über eine längere Zeit hinzieht, dann hat der liberale Rechtsstaat abgedankt." Der Berliner Verfassungsrechtler Christoph Möllers sagte dem juristischen Online-Fachdienst „Legal Tribune": „Die Bundesregierung geht im Moment bis an rechtstaatliche Grenzen, aber ich denke, sie geht nicht klar darüber hinaus."

Da ist Strafrechtlerin Jesscia Hamed von der Uni Mainz skeptisch. Sie hält vor allem die Grundlage zur Einschränkungen der Grundrechte für rechtswidrig. Dabei meint Hamed das Infektionsschutzgesetz und den darin enthaltenen Paragrafen 28. Er werde herangezogen, um diverse Ausgangsbeschränkungen und Allgemeinverfügungen zu erlassen. Aber ob das rechtssicher ist, zweifelt Hamed in einem Gespräch mit der „Frankfurter Rundschau" an. Auch sie bringt den Zeitaspekt ins Spiel und sagt, dass „solche Maßnahmen nur kurzfristig verhängt werden dürfen". Denn im Gesetz heiße es klar: „Bis die notwendigen Schutzmaßnahmen durchgeführt worden sind." Darunter falle für sie keine pauschale wochenlange Verfügung mit Ausgangsbeschränkungen und Einschränkungen vieler Grundrechte. Hamed geht noch einen Schritt weiter und kritisiert, dass es immer schärfere Verordnungen und Maßnahme gebe, die bestehendes Recht einschränken. Das alles nach dem Motto „Im Krieg schweigen die Gesetze", so die Juristin.

Kendzia, Ludwig: Verfassung – Debatte um Einschränkung der Grundrechte in Corona-Krise. In: www.mdr.de, 07.04.2020.

AUFGABEN

1. Informiert euch mithilfe einer Internetrecherche (→ Methodenglossar) über die Auswirkungen, den Verlauf und den aktuellen Stand der Corona-Krise in Deutschland.
2. Diskutiert ausgehend von den Ergebnissen eurer Recherche und vom Text, ob die Einschränkung der Grundrechte für die Bürgerinnen und Bürger im Zuge der Corona-Krise gerechtfertigt waren oder rechtsstaatliche Grenzen bereits gebrochen wurden.
3. Beurteilt (→ Methode S. 25 f.), ob für euch persönlich das individuelle Recht des Einzelnen auf seine Grundrechte schwerer oder leichter gegenüber dem allgemeinen Wohle bzw. dem Gesundheitsschutz der Bevölkerung wiegt. Berücksichtigt dabei, ob die politisch getroffenen Maßnahmen zur Bekämpfung der Corona-Pandemie geeignet, erforderlich und zumutbar waren.

Ich kann...	Dazu benötige ich u. a. folgende Begriffe...	Das klappt schon...	Hier kann ich u. a. noch üben...
...darstellen, inwieweit die Grundsätze und Funktionen eines Rechtsstaates unser reales – und virtuelles – Leben prägen.	Rechtsstaat Friedensfunktion Ordnungsfunktion Gerechtigkeitsfunktion Gestaltungsfunktion		**Kap. 2.1** • M2, M3 • WWW S. 143
...erläutern, dass es auch Situationen gibt, in denen Grundrechte miteinander in Konflikt stehen.	Grundrechte Menschenwürde Artikel 1 Folterkonvention		**Kap. 2.1** • M6-M8 • WWW S. 144
...beschreiben, inwieweit unsere Rechtsordnung die vielen unterschiedlichen Rechtsfälle und -bereiche unterscheidet.	Öffentliches Recht Zivilrecht Zivil- und Strafprozess		**Kap. 2.1** • M11-M13 • WWW S. 144
...erklären, wie die Gesetzeslage bei Kaufverträgen ist.	Geschäftsfähigkeit Taschengeldparagraf Kaufvertrag		**Kap. 2.2** • M2-M4 • METHODE S. 148 f. • WWW S. 162
...erläutern, wie der Staat Kinder und Jugendliche in der Öffentlichkeit schützt.	Jugendschutzgesetz Deliktfähigkeit Strafmündigkeit		**Kap. 2.2** • M6, M7, M10, M11 • WWW S. 162f.
...darstellen, inwiefern das Bürgerliche Gesetzbuch (BGB) unseren Alltag bestimmt.	Bürgerliches Gesetzbuch (BGB) Rechtsfähigkeit		**Kap. 2.2** • M12, M13 • WWW S. 163
...beschreiben, welche Ursachen und Formen von Kriminalität jugendtypisch sind.	Jugendkriminalität im Altersverlauf Präventionsmaßnahmen Ursachen und Formen von Jugendkriminalität		**Kap. 2.3** • M3, M4, M6-M8 • WWW S. 184
...erklären, weshalb jugendliche Straftäter anders bestraft werden als Erwachsene.	Straftheorien Täter-Opfer-Ausgleich (TOA) Jugendstrafrecht		**Kap. 2.3** • M11, M12, M15 • WWW S. 184

Hilfen H zu den Aufgaben

Kapitel 1

Seite 14

Hilfe zu Aufgabe 3

Gegenüberstellung der zentralen Merkmale von Demokratien und Diktaturen:

Merkmale Demokratie	Merkmale Diktatur
Rechtsstaatlichkeit Erklärung:...	**Willkür** Die Gewährung von Menschenrechten wird dem Machterhalt untergeordnet.
Volkssouveränität Erklärung:...	Die **gesamte Staatsgewalt** liegt **in den Händen einer einzelnen regierenden Person (Diktator bzw. Führer) oder einer leitenden Gruppe aus Personen (Familie, Militärjunta, Partei)** mit einer nicht eingeschränkten politischen Macht.
Pluralismus Erklärung:...	**Monismus** bezeichnet eine Weltanschauung (Ideologie), wonach sich alle politischen Vorgänge und Entscheidungen auf ein einziges Grundprinzip zurückführen lassen. Individuelle Meinungen oder Überzeugungen werden nicht toleriert und in der Regel bekämpft.
Gewaltenteilung Erklärung:...	**Gewalteneinheit** bedeutet, dass der Herrscher auch gleichzeitig oberster Richter ist.

Ins Heft

Ins Heft

Seite 26

Hilfe zu „2. Schritt"

Beachtet bei der Überprüfung eures Spontanurteils aus dem „1. Schritt" und der Beantwortung der Frage „Welche Fakten bzw. Argumente sprechen innerhalb einer Kategorie bei den einzelnen Kriterien für oder gegen die aufgestellte Problemfrage?" stets die beiden Seiten „Effizienz" und „Legitimität/Grundwerte", damit eure Urteilsbildung ausgewogen ist.

Seite 26

Hilfe zu „3. Schritt"

Ordnet eure Argumente auf einer Skala von 1 bis 5 ein:

1 ———————————————————— 5

(unwichtig/nicht überzeugend) (sehr wichtig/sehr überzeugend)

Seite 38

Hilfe zu Aufgabe 3

Bittet eure Lehrkraft, euch ein Grundgesetz zu geben. Alternativ könnt ihr online bspw. über *https://www.gesetze-im-internet.de/gg/* auf das Grundgesetz zugreifen.

Seite 41

Hilfe zu Aufgabe 3

Nennt Ereignisse aus der deutschen Geschichte, die zu der heutigen Garantie der Menschenwürde im Grundgesetz geführt haben könnten.

Hilfe zu Aufgabe 1 **Seite 45**

Nachfolgende Grafik könnt ihr vervollständigen bzw. erweitern:

politische Beteiligung

verfasst | nicht verfasst

Hilfe zu Aufgabe 4 **Seite 48**

Eine Skizze könnte z. B. wie folgt aussehen:

Hilfe zu Aufgabe 1 **Seite 74**

Orientiert euch an folgenden Vergleichskriterien:

	Parteien	Verbände	Bürgerinitiativen
Verfassungsrechtliche Stellung			
Innerer Aufbau			
Zielsetzung	Ins Heft	Ins Heft	Ins Heft
Dauer des politischen Engagements			
Vertretenes Interessenspektrum			

Hilfe zu Aufgabe 4 **Seite 89**

Berücksichtigt bei eurer Begründung den Erklärfilm über das Phänomen „Lobbyismus" auf Seite 80 im Schulbuch (Mediencode: 71083-06).

Hilfe zu Aufgabe 1a **Seite 108**

Legt eine Tabelle mit fünf Spalten an:

	Politischer Extremismus	Rechts-extremismus	Links-extremismus	Islamismus
Allgemeine Merkmale	• …	• …	• …	• …

Hilfe zu Aufgabe 1 **Seite 112**

Haltet euch dabei an die Grundstruktur einer Karikaturenanalyse: 1. Beschreibung, 2. Deutung, 3. Bewertung. Nutzt dafür auch die Methode auf Seite 199.

Seite 112 **Hilfe zu Aufgabe 2**

Klärt zunächst, was genau mit jeder einzelnen Definition gemeint ist, indem ihr sie mit eigenen Worten wiedergibt. Notiert dann erst, welche Unterschiede bzw. Gemeinsamkeiten es gibt. Legt dazu eine Tabelle an.

Seite 114 **Hilfe zu Aufgabe 3**

Berücksichtigt bei der Bewertung des Protests u. a. folgende Kriterien:

- Legalität: Steht die Protestaktion im Einklang mit geltendem Recht?
- Legitimität: Ist sie gerechtfertigt?

Seite 118 **Hilfe zu Aufgabe 1a**

Einige Prinzipien kennt ihr bereits durch die Bearbeitung von Kapitel 1. Hier sind einige Beispiele:

Prinzipien	Beispiele
Menschenrechte	Schaut z. B. in die ersten Paragrafen des Grundgesetzes.
Volkssouveränität	Wer hat die Macht inne?
Gewaltenteilung	Schaut euch z. B. Gesetze an, die vom Bundesverfassungsgericht für unvereinbar mit dem Grundgesetz erklärt wurden.
...	

Hilfe zu Aufgabe 1b

Prinzipien der FDGO	Beispiele für Verstöße gegen die FDGO
Volkssouveränität	Islamismus: Gottesherrschaft... Linksextremismus: Anarchie (Herrschaftslosigkeit)
Menschenwürde	Rechtsextremismus:...
...	...

Kapitel 2

Seite 138 **Hilfe zu Aufgabe 1**

Denkt daran, dass die Grundrechte sowohl für das Opfer als auch für den Täter gelten.

Seite 152 **Hilfe zu Aufgabe 1**

Denkt unbedingt daran, wie ihr beim Lesen und Verstehen von Gesetzestexten vorgehen müsst. Berücksichtigt dabei auch die Methode „Gesetzestexte verstehen“ auf S. 148 f.

Seite 175 **Hilfe zu Aufgabe 1**

Unterscheidet bei der Beschreibung der Prinzipien des deutschen Strafrechts insbesondere zwischen Vergeltungstheorie und dem Präventionsgedanken.

Seite 175 **Hilfe zu Aufgabe 5b**

Bezieht die grundlegenden Prinzipien des deutschen Strafrechts (**M11**) in eure Überlegungen mit ein.

Methoden zur Bearbeitung der Aufgaben

Zur Bearbeitung der Aufgaben werden an vielen Stellen nachfolgende Bearbeitungsmethoden angeboten. Diese sind hier ausführlich erklärt.

Analyse von Diagrammen, Schaubildern und Statistiken

I. Worum geht es?

Die Statistik ist eine Zusammenfassung vieler verschiedener Daten. Die Daten können zum Beispiel sein: Anzahl von Menschen, Deutschen, Kindern, Frauen, Männern oder Höhe von Einkommen, Schulden, Taschengeld und vieles mehr.
Die Zusammenfassung der Daten (Statistik) wird mithilfe von Diagrammen oder Schaubildern dargestellt. Da diese oft sehr unterschiedlich aufgebaut werden, gilt es, diese zu analysieren.

II. Geht dabei so vor:

1. Schritt: Thema und Darstellungsform bestimmen

- Bestimmung des Themas: Schaut zunächst auf die Überschrift des Diagramms/des Schaubilds. Hier finden sich meist die gesuchten Informationen.
- Bestimmung der Darstellungsform: Es gibt verschiedene Arten von Diagrammen:
  a) **Balken- und Säulendiagramme:** Diese Diagramme können verschiedene Zahlenwerte gut miteinander vergleichen,
  b) **Linien- und Kurvendiagramme:** Diese Diagramme können zeitliche Entwicklungen gut darstellen.
  c) **Kreis-, Kuchen- oder Tortendiagramme:** Diese Diagramme können unterschiedliche Anteile an der Gesamtmenge gut aufzeigen.

2. Schritt: Beschreibung der Diagramme und Schaubilder

- In welcher Maßeinheit sind die Zahlenwerte angegeben? Handelt es sich um absolute Zahlen? Dann steht dort z. B. „in Tausend" oder „in Millionen".
- Welcher Zeitpunkt oder Zeitraum ist dargestellt?
- Woher kommen die Zahlen, was ist als Quelle der Darstellung angegeben?

3. Schritt: Analyse und Beurteilung der Diagramme und Schaubilder

- Was zeigen die Zahlen und Daten? Gibt es Besonderheiten oder Auffälligkeiten?
- Ist die Form der Darstellung korrekt?
- Wie ist die Aussage des Schaubilds/Diagramms in das Thema einzuordnen?

a)

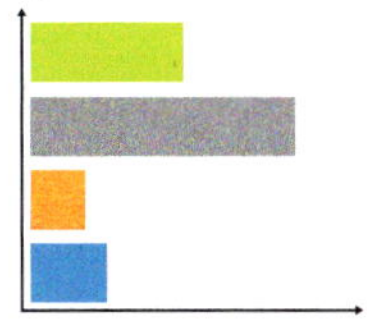

Balkendiagramm

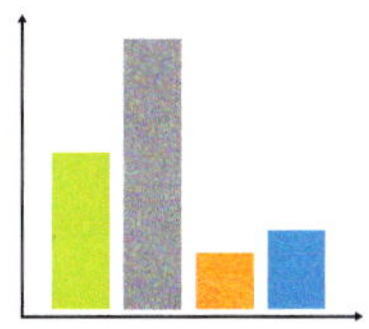

Säulendiagramm

b)

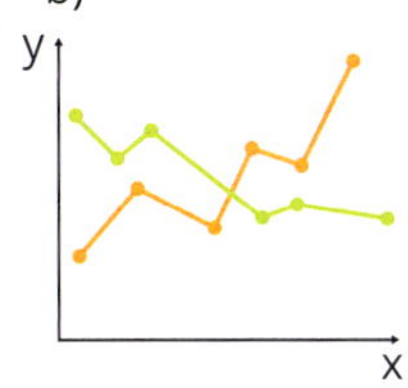

Liniendiagramm

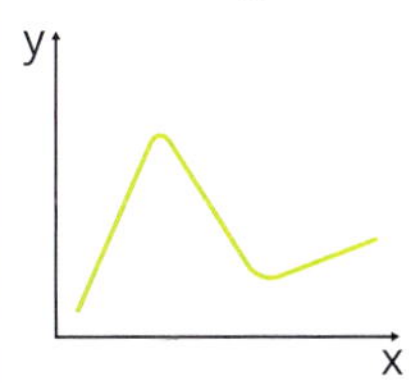

Kurvendiagramm

c)

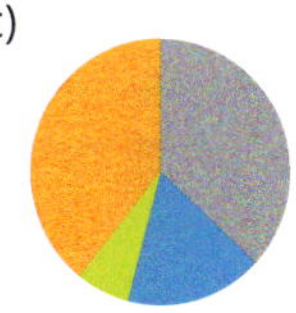

Kreis-/Kuchen-/Tortendiagramm

Bearbeiterin

Eine Erkundung durchführen

I. Worum geht es?

Bei einer „Erkundung" geht ihr aus der Schule heraus und versucht, etwas an anderen Orten „auszukundschaften". Mithilfe einer Erkundung soll das zuvor theoretisch Erlernte vor Ort durch eigenständige Erkundungserfahrungen überprüft und verknüpft werden. Bei der Erkundung bestimmt ihr den Erkundungsinhalt und die dafür nötige Organisation selbst.

II. Geht dabei so vor:

1. Schritt: Thema der Erkundung festlegen

Am Anfang stehen die Fragen, die durch die Erkundung beantwortet werden sollen. Stellt zunächst eine übergeordnete Frage (z. B.: Inwieweit reicht es aus, einen Minderheitenschutz per Verfassung festzuschreiben?) und entwickelt dann daraus mehrere Teilfragen.

2. Schritt: Vorbereitung

Klärt vorab u. a. folgende Fragen:

1. Welche Erkundungsorte sind geeignet?
2. Wann kann der Ort aufgesucht werden?
3. Wie melden wir unseren Besuch an?
4. Welche Fragen sollen wem gestellt werden? (Interviewleitfaden entwickeln)
5. Was lohnt sich zu dokumentieren? (Interviews, Räume, Bilder/Fotos, Szenen u. a.)
6. Wie soll dokumentiert werden? (Notizen, Digitalbilder, Tonaufnahmen u. a.)

3. Schritt: Durchführung

Wenn ihr den Erkundungsort aufsucht, ist es wichtig, sich zunächst selbst vorzustellen und das eigene Vorhaben zu beschreiben. Möglicherweise wird ein Repräsentant (z. B. ein Angehöriger einer Minderheit oder ein Anwalt für Verfassungsrecht) euch zunächst einen Überblick geben. Danach könnt ihr eure Fragen stellen und die ausgewählten Stellen aufsuchen.

4. Schritt: Dokumentation

Dokumentiert die Ergebnisse z. B. in Form eines Zeitungsberichts. Wählt eine passende Überschrift, die Interesse weckt. Der Bericht kann auch Teile eines Interviews und Bilder enthalten.

Tipp für eine Erkundung zur Beantwortung der Frage: „Inwieweit reicht es aus, einen Minderheitenschutz per Verfassung festzuschreiben?"
Mögliche Erkundungsziele können sein:

- Gericht
- Anwaltskanzlei
- NGO-Büros in der Region bzw. regionale Niederlassungen von zivilgesellschaftlichen Organisationen wie bspw. „Domowina – Bund Lausitzer Sorben e. V.", „Zentralrat Deutscher Sinti und Roma", „Amnesty International", „Pro Asyl", „Medinetz Dresden e. V.", „Gesellschaft für bedrohte Völker" etc.

Bearbeiter

Ein Experteninterview führen

I. Worum geht es?

Experteninterviews öffnen den Unterricht für die außerschulische soziale Welt und ermöglichen eine Form des „realen Handelns". Dabei sollte der Begriff „Experte" nicht zu eng gefasst werden. Nicht nur wissenschaftlich oder beruflich gut ausgebildete Spezialisten, sondern auch engagierte Bürger oder Zeitzeugen (z. B. Mitstreitende in einer Bürgerinitiative) verfügen über „Insider-Wissen", das den Unterricht auf interessante Weise bereichern kann.

II. Geht dabei so vor:

1. Schritt: Vorklärungen

- Klärt, was genau ihr wissen wollt und warum. Nur so könnt ihr passgenaue Fragen finden.
- Stellt Überlegungen an, welcher Experte sich am besten für das Thema „Fremdenfeindlichkeit" eignet.
- Plant den zeitlichen, räumlichen und situativen Rahmen eures Interviews. Wo soll sie durchgeführt werden?

2. Schritt: Inhaltliche Vorbereitung (Erstellung eines Fragenkatalogs)

- Formuliert kurze, aber keine geschlossenen Fragen („Sind Sie der Meinung ... oder nicht?"). Vermeidet W-Fragen und wählt stattdessen Fragemuster, die einen weiteren Antworthorizont zulassen („Können Sie uns bitte erläutern...").
- Fragt präzise. Der Experte sollte sich nicht gegängelt fühlen, aber auch nicht zu Abschweifungen verleitet werden.
- Bringt faktenorientierte „Einpunktfragen" und problemorientierte offene Fragen in ein ausgewogenes Verhältnis.
- Verboten sind Suggestivfragen und Fragen mit versteckter Wertung sowie unfaire Fragen.

3. Schritt: Durchführung

- Sorgt für ein angenehmes Gesprächsklima (Raumregie, Getränkeauswahl für den Experten, Begrüßung und Vorstellung, Danksagung etc.).
- Bestimmt einen Moderator, der auf eine saubere Trennung von Befragung und Gedankenaustausch achtet und sich auch um die Einhaltung der übrigen Gesprächsregeln kümmert.
- Legt fest, wie die Ergebnisse des Interviews festgehalten werden sollen (Beobachtungsbogen).

Nachbereitung

- Reflektiert den Erfolg des Interviews. Habt ihr herausgefunden, was ihr wissen wolltet?
- Betrachtet das Interview unbedingt auch aus ideologiekritischer Perspektive. War die Darstellung des Experten einseitig bzw. parteiisch? Solltet ihr als Zuhörer argumentativ überwältigt werden?

Bearbeiter

Ein Flussdiagramm erstellen

I. Worum geht es?

Die Beziehungen zwischen juristisch, ökonomisch oder politisch relevanten Ereignissen können sehr komplex sein. Um sie zu erfassen, reicht das Denken von einer Ursache zu einer Wirkung nicht aus. Mithilfe von Flussdiagrammen lassen sich systemische Zusammenhänge darstellen und modellieren, die Abfolge einzelner Schritte eines Prozesses verdeutlichen sowie modellhafte Handlungsschritte in einem Problemzusammenhang oder zur Veranschaulichung der Schritte einer Argumentation visualisieren.

II. Geht dabei so vor:

1. Schritt: Ermittlung der relevanten Systemelemente

Für die Visualisierung eines Themenkomplexes müssen zuerst die für die Frage- oder Problemstellung relevanten Systemelemente ermittelt werden. Hierfür sind vorher die Systemgrenzen und die Systembedingungen zu klären. Die Systemelemente können z. B. nach Ursache, Wirkung, Ziel, Maßnahme, Folgen etc. gruppiert werden. Die Richtung der Beeinflussung der Systemelemente wird durch Pfeile dargestellt.

2. Schritt: Visualisierung eines Themenkomplexes

Beispiel eines Flussdiagramms anhand der Entwicklung von Nachfrage und Angebot auf dem Markt für Bio-Lebensmittel:

1990: Bio-Markt ist Nischenmarkt → Bio wird ausschließlich im Bio-Fachhandel angeboten. → Gesellschaftlicher Wandel → Gesunde Ernährung und Reduktion der Schadstoffbelastung nehmen an Bedeutung zu.

↓

Bildung und Einkommen haben einen signifikanten Einfluss auf die Kaufintensität bei Bio-Produkten. → Nachfrage nach Bio-Produkten steigt. → Bio ist in den Medien täglich präsent; hohes gesellschaftliches Interesse. → Bio ist ein selbstverständlicher Bestandteil der deutschen Ernährungskultur geworden.

↓

Zahl der Bio-Supermärkte nimmt zu. → Klassischer Lebensmitteleinzelhandel verliert bei Bio Marktanteile an Discounter und Drogeriemärkte → Heute greifen Käufer aus allen Bevölkerungsschichten zu Bio. → Änderung des Einkaufsverhaltens: Grundnahrungsmittel werden vermehrt bei Discountern gekauft.

↓

Neben konventionellen Supermarktketten nehmen auch Discounter und Drogeriemärkte Bio-Produkte in ihr Sortiment auf. → Der Naturkostfachhandel wächst vor allem im Frischebereich (Milch, Obst, Gemüse, Fleisch) und bei den Produkten, die im konventionellen Handel nicht zu erhalten sind. → Nur Einzelhandelsketten mit einem besonders starken Öko-Profil verzeichnen weiter deutliche Umsatzzuwächse. → Heute: Unterschiedliche Chancen für die Anbieter von Bio-Produkten

Bearbeiter

Einen Flyer erstellen

I. Worum geht es?

Flyer (auch „Handzettel“, „Flugblätter“) dienen in der Regel der Werbung bzw. der Öffentlichkeitsarbeit von Firmen, Organisationen und Institutionen. Sie werden kostenlos verteilt oder liegen zur Mitnahme aus. Obwohl sie nur aus einem, meist gefalteten Blatt Papier bestehen, zählen sie zu den Printmedien. Die Aufgabe, im Unterricht einen Flyer herzustellen, fordert dazu heraus, das Gelernte knapp, präzise, adressatenbezogen und werbewirksam zu formulieren. Sie ist daher auch sinnvoll, wenn Handzettel nicht „in echt“ hergestellt werden sollen, wie z. B. bei dem Auftrag, einen Flyer zum Thema „Scientology“ für Jugendliche zu entwerfen.

II. Geht dabei so vor:

1. Schritt: Vorbereitung

Konzentriert euch auf wenige Kernaussagen und formuliert diese präzise und knapp. Um das Kommunikationsziel zu erreichen, sollten die Assoziationen, die zentrale Begriffe des Textes wecken (können), genau bedacht werden. Auch auf die emotionale Wirkung kommt es an. Nicht legitim ist es allerdings, bei der Kritik an anderen Meinungen, Personen und Gruppen den sachlichen Grundton zu verlassen. Im Hinblick auf das Layout empfiehlt sich im Allgemeinen die Konzentration auf ein zentrales Symbol anstelle von vielen kleinen Grafikelementen [...].

2. Schritt: Durchführung

- Bei der Entscheidung für oder gegen einen farbigen Druck (2- bzw. 4-Farben-Druck) sind neben der Wirkung auch die Kosten zu bedenken. Auch ein Schwarz-Weiß-Druck kann sehr wirkungsvoll sein. In diesem Fall empfehlen Grafik-Experten in der Regel ein Layout in klaren Kontrasten.
- Bei der Erstellung und Verbreitung von Flyern sind auch rechtliche Fragen zu bedenken, z. B. muss bei der Verwendung von Bildern und Grafikelementen darauf geachtet werden, dass diese auch (kostenlos) veröffentlicht werden dürfen (Urheberrechte, Persönlichkeitsrechte...).
- Beim Verteilen von Flyern sowohl in der Öffentlichkeit als auch auf Privatgelände ist eine Genehmigung einzuholen und zu klären, ob ein Impressum notwendig ist.

Grundlayout für DIN A4-Papier

Einklappseite	Rückseite	Titel
Inhaltsseiten	Inhaltsseiten	Inhaltsseiten

Nach: Gojny, Tanja u. a.: Ortswechsel 8. München: Claudius 2010, S. 128.

Einen Gallery Walk durchführen

I. Worum geht es?

Einzelne von euch oder Gruppen stellen Ergebnisse aus, die sie zuvor in einer Arbeitsphase erarbeitet haben. Die anderen haben die Möglichkeit, einen „Galery Walk" zu unternehmen. Dabei könnt ihr an den ausgestellten Ergebnissen vorbeispazieren, die Ergebnisse betrachten und vielleicht auch Fragen dazu stellen.

II. Geht dabei so vor:

1. Schritt: Vorbereitung

- Nummeriert eure Plakate, damit ihr sie in der Auswertungsphase gut auseinanderhalten könnt.
- Wählt dazu einen Gruppensprecher, der in der Nähe von eurem Plakat steht und es bei Bedarf erklären kann. Wechselt euch zwischendrin ab, damit jeder auch die anderen Ergebnisse anschauen kann.
- Verabredet eine Zeit, z. B. 20 Minuten, die ihr für euren Galery Walk nutzen wollt. Haltet diese verabredete Zeit unbedingt ein, damit ihr anschließend gemeinsam ein Auswertungsgespräch führen könnt.

2. Schritt: Eindrücke notieren

Damit ihr im Anschluss an euren Galeriegang nicht alles vergessen habt, ist es sinnvoll, sich ein paar Notizen zu machen (siehe Tabelle). Ihr könnt weitere Kriterien ergänzen.

	Plakat 1	Plakat 2	Plakat 3	...
Layout				
Idee/Originalität				
Aussage				
...				

3. Schritt: Plakate ausstellen

Hängt nun eure Plakate im Klassenzimmer oder zum Beispiel im Flur eurer Schule aus. Ihr solltet den Platz so wählen, dass er frei zugänglich ist, d. h. jeder sollte sich problemlos davorstellen und die Bilder betrachten können. Der Galeriespaziergang kann beginnen.

4. Schritt: Plakate beurteilen

Nun könnt ihr auf der Basis der eigenen Notizen entscheiden, welche/s Plakat/e in Bezug auf die Aufgabenstellung besonders gut gelungen ist bzw. sind. Bedenkt, dass einem Urteil immer eine sachliche Begründung zugrunde liegen sollte.

Bearbeiter

Ein Gutachten erstellen

I. Worum geht es?

Diese Methode wird dann eingesetzt, wenn eine Stellungnahme (eine Bewertung, eine Einschätzung) zu einem speziellen Thema gefordert wird.
Der Zweck liegt darin, von einem Sachverständigen (Spezialisten, Fachkundigen, Experten) eine fachlich fundierte (begründete) Meinung (Beurteilung) im Hinblick auf ein bestimmtes Ziel bzw. eine bestimmte Fragestellung zu erhalten. Die letztendliche Entscheidung trifft nicht der Gutachter, sondern der Auftraggeber – der Entscheider. Der Gutachter ist immer Experte, so dass er sein Wissen zur Problemlösung für andere – den Entscheider – einsetzt.

II. Geht dabei so vor:

1. Schritt: Ausgangssituation

Der Sachverständige erhält vom Entscheider den Auftrag, sich mit einer bestimmten Problematik auseinander zu setzen und diese zu beurteilen.

2. Schritt: Vorbereitung des Gutachtens

Der Gutachter macht sich intensiv mit der Angelegenheit vertraut. Entweder wählt er ein geeignetes Beurteilungsinstrument aus. In Frage kommen hier z. B. die Chancen- und Risiko-Analyse. Er stellt dafür geeignete Beurteilungskriterien auf. Oder er verwendet vorgegebene Maßstäbe (z. B. Gesetze, Regeln, Richtwerte).

3. Schritt: Erstellen des Gutachtens

Der Gutachter fällt ein Urteil. Dies ist sein Standpunkt.
Er formuliert anhand des vorangegangenen Prozesses ein eindeutiges, begründetes und für den Entscheider nachvollziehbares Ergebnis.
Dies ist das eigentliche Gutachten.

Nach: Riepel, Ricarda/Riepel, Hans-Albert: Methode Gutachten. In: www.riepel.net (Abruf am 16.02.2017).

Im Internet recherchieren

I. Worum geht es?

Suchmaschinen bieten oft viele Tausend verschiedene Internetseiten an. Eine Recherche im Internet muss daher strukturiert angegangen werden.

II. Geht dabei so vor:

1. Schritt: Suche eingrenzen und Begriffe finden

Ihr solltet die Suchanfrage genau eingrenzen. Am besten schreibt ihr passende Begriffe so genau wie möglich in das Suchfeld. Durch das +-Zeichen sucht die Suchmaschine nach Internetseiten, in denen alle Begriffe vorkommen, durch Anführungsstriche könnt ihr Begriffe verbinden, die Suchmaschine sucht dann nur nach dieser Kombination (z. B. „Neugliederung Bundesgebiet Grundgesetz"). Wenn ihr bei der ersten Eingabe nicht erfolgreich wart, könnt ihr einen oder mehrere Suchbegriffe wieder herausnehmen oder austauschen.

2. Schritt: Suchergebnis auswählen

Als Ergebnis erhaltet ihr in der Regel eine lange Liste an Treffern von Internetseiten. Wenn die ersten Angaben eurer Suche entsprechen, lest die kurze Beschreibung unter der Überschrift. Die URL (fängt mit „www." an und wird häufig in grüner Schrift dargestellt) gibt oft darüber Auskunft, wer der Anbieter der Internetseite ist. Einrichtungen, Ministerien, Tageszeitungen u. Ä. verwenden in der Regel ihren Namen als URL, sodass ihr gleich wisst, dass ihr euch auf die Informationen verlassen könnt. Klickt die Seite an, die am besten zu eurer Suche passt, und überfliegt den Inhalt. War die Seite nicht richtig für euch, geht im Browser (wahrscheinlich arbeitet ihr mit dem Internet Explorer oder Mozilla Firefox) oben links auf den Pfeil nach links (zurück).

3. Schritt: Die Bewertung von Internetseiten

Ihr könnt die Identität des Verfassers beispielsweise über das Impressum oder die Rubrik „Wir über uns" herausfinden. Auch der Hintergrund des Autors sollte bekannt sein, d. h. in welchem Umfeld die Website veröffentlicht wurde (z. B. Universität, Unternehmen, Organisation). Schließlich sollte der Text aktuell sein. Dabei kann ein Blick auf weiterführende Links helfen.

4. Schritt: Ergebnisse sichern

Sichert vor dem Schließen der Browserfenster eure Ergebnisse (z. B. durch Ausdrucken, Link speichern...).

Bearbeiter

Karikaturen analysieren

I. Worum geht es?

Eine Karikatur (ital. caricare = „übertreiben“, „verzerren“) ist eine Darstellungsform, bei der ein Zeichner gesellschaftliche, politische und wirtschaftliche Sachverhalte bewusst überspitzt darstellt. Dabei soll der Betrachter nicht nur unterhalten, sondern auch zum Nachdenken über die dargestellten Ereignisse, Entwicklungen, Zustände oder Personen angeregt werden. Um die Aussageabsicht einer Karikatur zu entschlüsseln, muss diese zunächst genau analysiert werden. Für eine vollständige Entschlüsselung von Karikaturen empfiehlt sich folgendes Vorgehen:

II. Geht dabei so vor:

1. Schritt: Beschreiben

- Wie ist die Karikatur aufgebaut? (Bild-/Textelemente...)
- Wen oder was zeigt die Karikatur?
- Was wird thematisiert?
- Welche Darstellungsmittel werden gewählt?

2. Schritt: Deutung

- Welche Bedeutung haben verwendete Symbole?
- Was ist die Kernaussage?
- Wer ist der Adressat?
- Welchen Standpunkt nimmt der Karikaturist ein?

3. Schritt: Bewertung

- Worin ist dem Karikaturisten zuzustimmen?
- Was ist dem Karikaturisten entegegen zu halten?
- Wie ist die zeichnerische Qualität einzuschätzen?

Bearbeiter

Einen Kurzvortrag halten

I. Worum geht es?

Ein Kurzvortrag ist ein Vortrag über ein Thema, der in einer begrenzten Zeit (etwa 5-15 Minuten) gehalten wird. Häufig wird er in Form von Übungsreferaten in der Schule eingesetzt.

Der erste Eindruck ist entscheidend!...

...Der letzte Eindruck bleibt!

II. Geht dabei so vor:

1. Schritt: Vorbereitung und Einleitung

Beginnt euren Vortrag pünktlich. Eine gelungene Eröffnung des Vortrags ist die beste Möglichkeit, um beim Publikum Interesse für die Darbietung zu wecken. Ihr könnt euer Thema entsprechend verschiedene Einstiegsvarianten auswählen. Sicher kennt ihr die schlechteste Variante aus eigener Erfahrung: „Wir wollen heute einen Vortrag zum Thema ... halten." Und schon habt ihr das Desinteresse der Zuhörer auf eurer Seite. Also solltet ihr einen Einstieg wählen, der das Publikum • visuell einstimmt, • provoziert, • persönlich anspricht, • durch eine kluge Fragestellung einbezieht, • mit einem Vergleich konfrontiert, • spontan anspricht, • überrascht oder • erheitert.

2. Schritt: Durchführung

Interessiert sich euer Publikum erst einmal für euer Thema, könnt ihr Thema und Gliederung vorstellen. Damit beginnt ihr den Hauptteil des Vortrags – das „Filetstück". Eure Gliederung als „Fahrplan" der Darbietung schreibt ihr am besten auf eine Folie oder bringst sie vor Beginn des Referates auf einem Flipchart oder einer Tafel an. So kann das Publikum dem Inhalt eures Vortrags gut folgen. Plant den Hauptteil wie eine Regieanweisung. Da ihr im Team euer Thema präsentiert, ist es umso wichtiger, für jeden handhab- und nachvollziehbar den Ablauf zu skizzieren. Es sollte auch vermerkt werden, wer den gerade Vortragenden mit dem Auflegen einer Folie oder dem Zeigen von Bildern usw. unterstützt, damit dieser sich voll seinem Vortrag widmen kann und nicht aus dem Konzept kommt.

3. Schritt: Abschluss

Der Schluss fasst die wesentlichen Aspekte eures Vortrags zusammen. Hütet euch aber vor solchen Formulierungen: „Jetzt sind wir am Ende unseres Vortrags" oder „Alles Wesentliche wurde gesagt, wir fassen nur noch einmal zusammen". Gut ist es, wenn Einstieg und Schluss einen gewissen Rahmen des Referates bilden.

Bearbeiterin

Eine Mindmap erstellen

I. Worum geht es?

Eine Mindmap (englisch: *mind map*; auch: *Gedanken[land]karte, Gedächtnis[land]karte*) erstellen, ist eine Technik, die für das Erschließen oder das visuelle Darstellen eines Themengebietes oft zum Einsatz kommt. Hierbei sollen Gedanken freien Lauf erhalten und so die Fähigkeit des Gehirns zur Kategorienbildung genutzt werden.

II. Geht dabei so vor:

1. Schritt: Das Thema bestimmen

Zuerst gilt es, ein möglichst konkretes Thema bzw. einen bestimmten Begriff zu bestimmen. Schreibt dieses Thema/diesen Begriff in die Mitte eines Papiers.

2. Schritt: Hauptäste setzen

Zieht Linien/Hauptäste von dem Thema/Begriff in verschiedene Richtungen. Schreibt dann Oberbegriffe in Großbuchstaben am Ende der Hauptäste. Mit diesen Oberbegriffen strukturiert ihr das Thema/den Begriff grundlegend, überlegt hier also genau, welche Begriffe ihr für die Hauptäste wählt.

3. Schritt: Nebenarme setzen

Ergänzt nun Nebenarme mit einer zweiten (und evtl. dritten) Gedankenebene.

4. Schritt: Erweiterung und Abschluss

Nun erweitert eure Mindmap: Ihr könnt an jedem Arm Begriffe und Ideen ergänzen, gerade wo euch etwas einfällt.

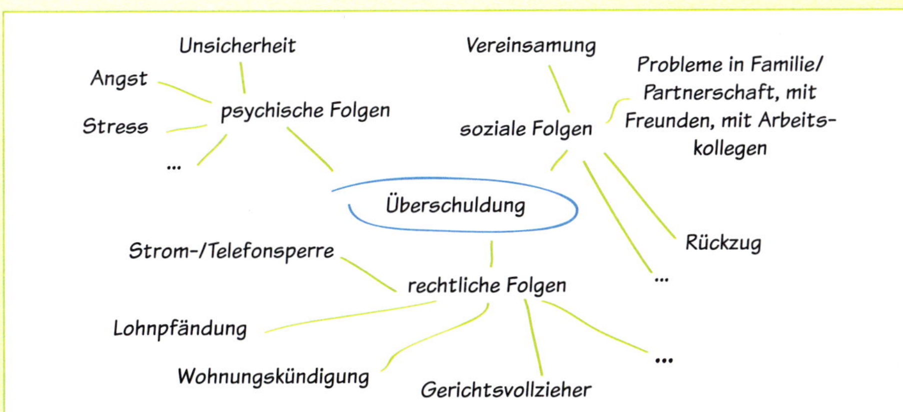

Bearbeiter

Der Politikzyklus – einen politischen Prozess analysieren

I. Worum geht es?

Modelle dienen in den Wissenschaften dazu, die komplexe Wirklichkeit vereinfacht abzubilden und zu erschließen – so auch in der Politikwissenschaft.
Der Politikzyklus ist ein Analysemodell, mit dem politische Prozesse, die in einer Demokratie oft lange dauern, veranschaulicht werden. Dazu wird der Prozess in mehrere idealtypische Phasen eingeteilt, die jeweils besondere Aspekte in den Mittelpunkt der Betrachtung rücken. Zum einen wird so der (chronologische) Ablauf eines politischen Prozesses deutlich, zum anderen kann man die politischen Zusammenhänge besser erkennen, weil sie etwas reduziert und damit auch vereinfacht dargestellt werden.

II. Geht dabei so vor:

Anlass/Problem

- Was ist der Anlass?
- Was ist das Problem?

Auseinandersetzung/Debatte

- Welche Interessen werden von welchen Akteuren vertreten?
- Über welche Machtmittel verfügen die Akteure?
- Was sind die rechtlichen Grundlagen, auf die sich die/einige Akteure berufen?

Gesetzgebungsprozess

- Welche politischen Institutionen treffen eine Entscheidung?
- Welche Abläufe sind hierbei wichtig?

Entscheidung/Beschlussfassung

Welche Entscheidung wurde mit welcher Begründung getroffen?

Umsetzung der Entscheidung

- Welche Akteure sind an der Umsetzung beteiligt?
- Welche Probleme können sich ergeben?

Reaktionen/Bewertungen

- Welche Interessengruppen/Einzelpersonen reagieren wie?
- Welche Folgen sind zu erwarten?

Bearbeiterin

Eine Positionslinie bilden

I. Worum geht es?

Mithilfe einer Positionslinie können Einstellungen körperlich zum Ausdruck gebracht werden. Dies kann in jedem größeren Raum geschehen, z. B. in eurem Klassenraum.

II. Geht dabei so vor:

1. Schritt: Vorbereitung

Auf einer gedachten oder durch einen Klebestreifen auf dem Boden markierten Linie positionieren sich die Schüler zu einer Frage oder zu einem Problem. Die Enden dieser Linie stellen alternative Pole (ja/nein; stimmt/stimmt nicht), der Abstand zwischen diesen Punkten entsprechend abgestufte Positionen dar.

2. Schritt: Durchführung

Die Schüler werden dann aufgefordert, ihre Positionen zu begründen und sich auch argumentativ aufeinander zu beziehen.

Scholz, Lothar: Spielerisch Politik lernen – Methoden des Kompetenzerwerbs im Politik- und Sozialkundeunterricht. Schwalbach am Taunus: Wochenschau Verlag 2003, S. 114.

Ein Rollenspiel durchführen

I. Worum geht es?

Bei einem Rollenspiel könnt ihr in einer vorgegebenen Situation in Rollen schlüpfen, die durch Rollenkarten vorgeschrieben sind oder auch von euch selbst ausgestaltet werden können. Dabei geht es darum, so zu spielen, als ob ihr eine bestimmte Person in einer bestimmten Situation seid. Auf diese Weise könnt ihr bei einem Konflikt die eigenen Einstellungen erkennen, aber auch die Interessen und Sichtweisen anderer Beteiligter besser nachvollziehen.

II. Geht dabei so vor:

1. Schritt: Rollenvergabe und inhaltliche Vorbereitung

- Klärt, wie viele Rollen in eurem Rollenspiel vergeben werden sollen.
- Verteilt die Rollen auf möglichst gleich große Gruppen in der Klasse. Jede Gruppe übernimmt jeweils eine Rolle.
- Macht euch mit eurer Rolle vertraut, indem ihr euch in der Gruppe über die Rolle austauscht.
- Besprecht eure Rolle, tauscht euer inhaltliches Wissen untereinander aus und erweitert die Rolle mit euren eigenen Ideen.
- Bestimmt außerdem die Person, die für eure Gruppe die Rolle im Rollenspiel übernimmt.
- Der Rest eurer Gruppe wird zu Beobachtern.

2. Schritt: Durchführung des Rollenspiels und Reflexion

- Führt das Rollenspiel durch. Baut euer Klassenzimmer dafür entsprechend um.
- Beantwortet nach dem Rollenspiel in der Klasse folgende Fragen:
  a) Welche Rolle konnte wie überzeugen?
  b) Wie lautet das Ergebnis des Rollenspiels?
  c) Wurde ein Ergebnis gefunden, das alle Rollen vertreten können?
  d) Welche Besonderheiten sind euch im Allgemeinen aufgefallen?

Bearbeiter

Ein Wandplakat erstellen

I. Worum geht es?

Neben der permanenten Präsenz im Klassenraum bietet ein Wandplakat den Vorteil, den gelernten Inhalt zu visualisieren. Während die Visualisierung oftmals von der Lehrperson geleistet wird, besteht die Aufgabe nicht selten darin, zuzuschauen, zuzuhören sowie den Inhalt nachzuvollziehen und abzuschreiben. Problematisch ist dieses Vorgehen insofern, als die visuellen Vorgaben der Lehrkraft oftmals nicht so nachzuvollziehen sind, wie dies aus Lehrersicht erscheint. Somit empfiehlt es sich, möglichst eigene visuelle Grundmuster zu entwickeln, da sich so eigene gedankliche Verknüpfungen und Verankerungen ausbilden.

II. Geht dabei so vor:

1. Schritt: Vorbereitung

Haltet das Wichtigste fest. Hierbei können euch folgende Materialien helfen:

- Bilder, Tabellen, Fotos...
- kurze Informationstexte

2. Schritt: Gestaltung

- klare, saubere, deutliche Schrift
- keine Rechtschreibfehler
- Farben verwenden, die auch von weitem gut erkennbar sind
- Raum gut aufteilen (nicht dicht gedrängt)

Nach: Klippert, Heinz: Methodentraining – Übungsbausteine für den Unterricht. 10. Auflage. Weinheim/Basel: Beltz Verlag 1999, S. 168.

Operatoren in den Aufgaben

Die Aufgaben in „**Politik & Co. 9**“ enthalten sogenannte Operatoren. Operatoren sind bestimmte Verben, die euch in den Aufgaben mitteilen, welche Tätigkeiten und welche Lösungsdarstellungen von euch erwartet werden.
Damit es zu keinen Missverständnissen kommt, was ihr genau machen sollt, wenn ihr in den Aufgaben unterschiedliche Operatoren lest, findet ihr in den nachfolgenden Tabellen genaue Beschreibungen der allermeisten in „**Politik & Co. 9**“ verwendeten Operatoren.
Das vorliegende Lehrbuch „**Politik & Co. 9**“ hat sich dabei an den Operatoren der Einheitlichen Prüfungsanforderungen in der Abiturprüfung Sozialkunde/Politik orientiert – hier aber stark vereinfacht. Die Operatoren sind drei Gruppen von unterschiedlichen Anforderungsbereichen zugeordnet.

Operatoren im Anforderungsbereich I (Reproduktion)

Operator	Beschreibung
aufzählen nennen wiedergeben zusammenfassen	Fachbegriffe, Daten, Fakten und Aussagen in zusammengefasster Form darstellen.
benennen bezeichnen	Sachverhalte, Prozesse und Strukturen mit richtigen Begriffen korrekt aufführen.
beschreiben darlegen darstellen	Wesentliche Sachverhalte im logischen Zusammenhang mithilfe von Fachsprache wiedergeben.

Anforderungsbereich II (Reorganisation und Transfer)

Operator	Beschreibung
analysieren	Materialien oder Sachverhalte systematisch auswerten. Es reicht nicht, alle Besonderheiten aufzuzählen, diese müssen auch geordnet, ausgewertet und in einen Zusammenhang gesetzt werden.
auswerten	Verschiedene Daten oder Einzelergebnisse zu einer abschließenden Gesamtaussage zusammenführen.
charakterisieren	Sachverhalte in ihren Eigenarten beschreiben und diese dann unter einem bestimmten Gesichtspunkt zusammenführen.
einordnen	Eine Position zuordnen oder einen Sachverhalt in einen Zusammenhang stellen.
erklären	Sachverhalte durch Wissen und Einsichten in einen Zusammenhang (z. B. Regel, Gesetz) einordnen und deuten.
erläutern	Wie erklären, aber durch zusätzliche Informationen und Beispiele verdeutlichen.

Operator	Beschreibung
herausarbeiten ermitteln erschließen	Aus Materialien bestimmte Sachverhalte herausfinden, auch wenn sie nicht explizit genannt werden, und Zusammenhänge zwischen ihnen herstellen.
interpretieren	Sinnzusammenhänge aus Materialien erschließen.
vergleichen	Sachverhalte gegenüberstellen, um Gemeinsamkeiten, Ähnlichkeiten und Unterschiede herauszufinden.
widerlegen	Argumente dafür anführen, dass Daten, eine Behauptung, ein Konzept oder eine Position nicht haltbar sind.

Anforderungsbereich III (Reflexion und Problemlösung)

Operator	Beschreibung
begründen	Zu einem Thema oder Sachverhalt komplexe Grundgedanken logisch und schlüssig entwickeln.
beurteilen	Den Stellenwert von Sachverhalten oder Prozessen in einem Zusammenhang bestimmen, um mithilfe von Prüfsteinen zu einem begründeten Urteil zu gelangen.
bewerten Stellung nehmen	Wie beurteilen, aber zusätzlich mit Berücksichtigung weiterer Werte wie z. B. Gerechtigkeit, Gesetzmäßigkeit, Vielfalt...
entwerfen	Ein Konzept in seinen wesentlichen Zügen erstellen.
entwickeln	Zu einem Sachverhalt oder zu einer Problemstellung ein konkretes Lösungsmodell, eine Gegenposition, ein Lösungskonzept oder einen Regelungsentwurf begründend skizzieren.
gestalten	Entwerfen von eigenen Reden, Strategien, Beratungsskizzen, Karikaturen, Szenarien, Spots und von anderen medialen Produkten sowie das Entwickeln von eigenen Handlungsvorschlägen und Modellen.
problematisieren	Widersprüche herausarbeiten, Positionen begründend hinterfragen.
prüfen überprüfen	Inhalte, Sachverhalte, Vermutungen oder Hypothesen auf der Grundlage eigener Kenntnisse oder mithilfe zusätzlicher Materialien auf ihre sachliche Richtigkeit bzw. auf ihre innere Logik hin untersuchen.
sich auseinandersetzen diskutieren	Zu einem Sachverhalt, zu einem Konzept, zu einer Problemstellung oder zu einer These eine Argumentation entwickeln, die zu einer begründeten Bewertung führt.

Nach: Kultusministerkonferenz: Einheitliche Prüfungsanforderungen in der Abiturprüfung Sozialkunde/Politik – Beschluss der Kultusministerkonferenz vom 01.12.1989 in der Fassung vom 17.11.2005. In: www.kmk.org (Abruf am 27.01.2020).

Kleines GRW-Lexikon

A

Abgeordnete
Die gewählten Mitglieder eines Parlaments

B

Bürgerinitiative
Lockerer, zeitlich befristeter Zusammenschluss von Bürgerinnen und Bürgern, die wegen eines bestimmten Anliegens Einfluss auf die Politik nehmen möchten.

Bürgerliches Gesetzbuch (BGB)
In ihm stehen die wichtigsten rechtlichen Regelungen, die das Zusammenleben der Bürger betreffen, z. B. zu den Rechten und Pflichten beim Kaufvertrag.

Bund (Bundesstaat)
Der Zusammenschluss mehrerer Staaten zu einem Gesamtstaat

Bundeskanzler
Der Chef der Bundesregierung. Er bestimmt die Richtlinien der Politik und trägt die Verantwortung dafür.

Bundespräsident
Das Staatsoberhaupt der Bundesrepublik. Er repräsentiert Deutschland nach außen. Außerdem gehören zu seinen Aufgaben die Ernennung und Entlassung der höchsten Staatsbeamten und die Unterzeichnung der vom Bundestag verabschiedeten Gesetze.

Bundesrat
Der Bundesrat ist ein Teil der Legislative. Über ihn wirken die Länder an der Gesetzgebung des Bundes mit. Der Bundesrat muss bei Gesetzen, die Länderinteressen berühren oder die Verfassung ändern, zustimmen, damit diese in Kraft treten können. Bei anderen Gesetzen kann er Einspruch erheben, der aber vom Bundestag überstimmt werden kann.

Bundestag
Der Bundestag ist der Name des deutschen Parlaments. Er hat seinen Sitz im Reichstag in Berlin. Der Bundestag wird als einziges Verfassungsorgan des Bundes direkt vom Volk gewählt.

Bundesverfassungsgericht
Höchstes deutsches Gericht mit Sitz in Karlsruhe. Das Bundesverfassungsgericht wacht darüber, dass Parlamente, Regierungen und Gerichte in Deutschland das Grundgesetz einhalten. Jeder Bürger kann eine Verfassungsbeschwerde beim Bundesverfassungsgericht einreichen.

D

Demokratie
Das Wort stammt aus dem Griechischen und bedeutet Herrschaft des Volkes. Die Herrschaftsform Demokratie beinhaltet als fundamentales Merkmal die Volkssouveränität. Das Prinzip der Volkssouveränität ist Grundlage aller staatlichen Gewalt. Legitimationsquelle der politischen Macht muss das Volk sein. Dies bedingt regelmäßig stattfindende freie Wahlen. Jene sind u. a. Ausdruck des Pluralismus, dessen Prinzip einen freien Wettbewerb verschiedener Interessen beinhaltet.

E

Exekutive
Die ausführende Gewalt, d. h. Regierung und Verwaltung

F

Föderalismus
Gliederung eines Staates in Gliedstaaten (in der Bundesrepublik Deutschland die Bundesländer) mit eigener Verfassung, Regierung und Parlament. Bezeichnet auch das Bestreben, die Rechte der Gliedstaaten zu wahren.

Fraktion
Vereinigung im Parlament, die i. d. R. aus den Abgeordneten einer Partei besteht. Auch Mitglieder verschiedener Parteien, die gleichgerichtete politische Ziele verfolgen, können sich zu einer Fraktion zusammenschließen.

Fünf-Prozent-Klausel
Vorschrift, dass alle Parteien bei einer Wahl mindestens fünf Prozent der gültigen Zweitstimmen erhalten müssen, um ins Parlament zu kommen, bzw. um an der Sitzverteilung teilnehmen zu können.

G

Geschäftsfähigkeit
Die Fähigkeit, gültige Rechtsgeschäfte abzuschließen. Die beschränkte Geschäftsfähigkeit beginnt mit der Vollendung des 7. und endet mit der Vollendung des 18. Lebensjahres. Mit Vollendung des 18. Lebensjahres erhält man die volle Geschäftsfähigkeit.

Gesellschaft
Eine Gesellschaft bezeichnet einen relativ dauerhaften Verbund von Gemeinschaften/Gruppen, die innerhalb einer politischen und wirtschaftlichen Ordnung leben und gemeinsame Normen und Werte teilen.

Gesetz
Ein Gesetz ist eine verbindliche Vorschrift, die das Ziel hat, das Zusammenleben der Menschen zu regeln. Es muss in einem dafür vorgesehenen Verfahren rechtmäßig zu Stande kommen. Gesetze werden von den Parlamenten (Bundestag, Landtag) beschlossen. Anmerkung: Gemeindevertretungen können lediglich Verordnungen auf Grundlage von bereits existierenden Gesetzen erlassen.

Gewaltenteilung
Verteilung der drei Gewalten Gesetzgebung (Legislative), Verwaltung (Exekutive) und Gerichtsbarkeit (Judikative) auf verschiedene, voneinander unabhängige Staatsorgane. In der Regel sind dies Parlament, Regierung und Verwaltung und eine unabhängige Richterschaft. In der Bundesrepublik Deutschland ist die klassische Gewaltenteilung teilweise durchbrochen (Gewaltenverschränkung).

Grundgesetz (GG)
Das Grundgesetz (GG) wurde am 23. Mai 1949 verkündet und trat am darauffolgenden Tag als Verfassung der Bundesrepublik Deutschland in Kraft. In ihm sind die wesentlichen Bestimmungen für das Verhältnis von Individuum und Staat sowie für die staatliche Ordnung festgelegt.

Grundrechte
In der Verfassung garantierte Rechte, die für jeden Einzelnen gewährleistet werden, wie zum Beispiel die Meinungsfreiheit, die Versammlungsfreiheit und die Menschenwürde.

H

Herrschaftsformen
Herrschaftsformen charakterisieren die tatsächliche Art und Weise der Herrschaftsausübung und berücksichtigen hierbei unter anderem, welche Perso-

nen oder Gruppen politische Macht ausüben. So übt in der Demokratie das Volk die politische Herrschaft aus.

I

Interessenverbände
Organisatorisch fester Zusammenschluss von Personen in einem bestimmten Lebensbereich, die ihre gemeinsamen Interessen in der Öffentlichkeit durchsetzen wollen. Dazu versuchen sie u. a. auf die Gesetzgebung Einfluss zu nehmen. Im Gegensatz zu Parteien nicht wählbar.

J

Judikative
Die rechtsprechende Gewalt; sämtliche Gerichte der Bundesrepublik Deutschland

Jugendstrafrecht
Das Jugendstrafrecht ist ein besonderes Strafrecht für Jugendliche, das im Jugendgerichtsgesetz (JGG) geregelt ist. Es findet Anwendung auf Jugendliche zwischen 14 und 18 Jahren. Auf Heranwachsende zwischen 18 und 21 Jahren kann es angewendet werden. Kinder unter 14 Jahren sind strafunmündig. Während Erwachsene mit Haft- oder Geldstrafen bestraft werden, sieht das JGG einen breiten Katalog von Strafmöglichkeiten vor, der Strafzweck der Erziehung steht im Vordergrund.

K

Kabinett
Der Kanzler, die Minister und politischen Beamten (Staatssekretäre)

Kaufvertrag
Wird beim Kauf zwischen Verkäufer und Käufer geschlossen. Er besteht in dem Austausch von Sachen gegen Geld. Der Verkäufer muss dem Käufer das Eigentum verschaffen und dieser den vereinbarten Kaufpreis zahlen und den Gegenstand abnehmen.

Koalition
Zusammenschluss zweier oder mehrerer Parteien bzw. Fraktionen, die gemeinsam eine Regierung bilden und Gesetzentwürfe ausarbeiten.

Konflikt
Ein Konflikt ist ein Spannungszustand zwischen zwei oder mehreren Personen. Er entsteht dadurch, dass es zwischen den Personen oder Personengruppen unterschiedliche Zielvorstellungen und Interessen gibt, die zunächst unvereinbar gegeneinanderstehen.

Konstruktives Misstrauensvotum
Der Bundestag kann den Bundeskanzler nur durch die Wahl eines neuen Kanzlers (konstruktiv!) zum Rücktritt zwingen.

L

Legislative
Die gesetzgebende Gewalt; sie wird in der Bundesrepublik Deutschland von Bundestag und Bundesrat ausgeübt (auf Landesebene von den Länderparlamenten).

Lobbyismus
Der Begriff Lobbyismus bezieht sich auf die Vorhalle des Parlaments, die Lobby. Sie galt insbesondere in US-amerikanischen und britischen Parlamenten als der klassische Treffpunkt von Interessenvertretern und Abgeordneten. Lobbyismus beschreibt eine Methode der Einwirkung auf politische Interessenvertreter. Dabei geht es meist nicht um die Vermittlung allgemeiner Interessen, sondern um die gezielte Einflussnahme auf Gesetzesvorhaben. Lobbyisten versuchen, Gesetzentwürfe

möglichst in der Phase ihrer Entstehung zu gestalten, für sie unliebsame Entwicklungen früh zu erkennen und möglichst noch im Entscheidungsprozess zu verhindern. Sie stellen den Mitgliedern der Ministerialbürokratie und den Parlamentariern im Gegenzug Informationen zur Verfügung, die diese sonst nicht bekämen.

M

Mandat
Auftrag; der Wähler beauftragt durch die Wahl einen Politiker, seine Interessen zu vertreten.

Massenmedien
Sammelbezeichnung für Presse, Rundfunk, Fernsehen und Internet. Allgemein Kommunikationsmittel, mit denen Informationen durch Schrift, Ton oder Bild einseitig an ein sehr breites Publikum übermittelt werden können.

Mediendemokratie
Form der Demokratie, in der die Artikulation und Diskussion von politischen Problemen in erster Linie von den Medien angestoßen und vermittelt wird.

Mehrheitswahlrecht
Danach ist gewählt, wer in seinem Wahlkreis die Mehrheit der Stimmen erhalten hat, die Minderheiten werden nicht berücksichtigt. Relative Mehrheit: Gewählt ist, wer die meisten Stimmen hat. Absolute Mehrheit: Gewählt ist, wer mehr als die Hälfte der Stimmen erzielt. Qualifizierte Mehrheit: eine vereinbarte Mehrheit, z. B. 2/3 der Stimmen, muss erreicht werden.

Menschenrechte
Das sind die persönlichen Rechte, die jedem Menschen von Geburt an zustehen, z. B. das Recht auf Meinungsfreiheit.

Mobbing
Mobbing bedeutet, dass jemand schikaniert, belästigt, drangsaliert, beleidigt, ausgegrenzt wird. Wenn man eine negative Handlung als Mobbing bezeichnen möchte, dann muss diese häufig und wiederholt auftreten und sich über einen längeren Zeitraum erstrecken. Das Mobbingopfer ist der Situation häufig hilflos ausgeliefert und leidet stark unter der Situation.

P

Parlament
Die Versammlung der vom Volk gewählten Abgeordneten. Das Parlament regt Gesetze an, bewilligt sie und kontrolliert die Regierung. In einer parlamentarischen Demokratie nimmt vor allem die Opposition die Kontrollfunktion wahr, da die Mehrheit im Parlament die Regierung trägt.

Parteien
Parteien sind nach dem Parteiengesetz Vereinigungen von Bürgern, die folgende Bedingungen erfüllen müssen:

- Dauernd oder für längere Zeit für den Bereich des Bundes oder eines Landes auf die politische Willensbildung Einfluss nehmen,
- an der Vertretung des Volkes im Deutschen Bundestag oder einem Landtag mitwirken wollen und
- an Bundestags- oder Landtagswahlen mit eigenen Wahlvorschlägen teilnehmen. Tun sie dies sechs Jahre lang nicht, verlieren sie ihre Stellung als Parteien.

Art. 21 des Grundgesetzes hebt die besondere Bedeutung der Parteien für die politische Willensbildung in der Bundesrepublik Deutschland hervor und schreibt ihnen Verfassungsrang zu: „Die Parteien wirken bei der politischen Willensbildung des Volkes mit. Ihre Gründung ist frei. Ihre innere Ordnung muss demokratischen Grundsätzen entsprechen. Sie müssen über die Herkunft und Verwendung ihrer Mittel sowie über ihr Vermögen öffentlich Rechenschaft geben." Parteien übernehmen also eine öffentliche Aufgabe. Der Begriff Partei, abgeleitet vom lateinischen pars (= Teil), weist darauf hin, dass eine Partei nur einen Teil der Bevölkerung, i. d. R. eine politische Strömung der Gesellschaft, repräsentiert. Parteien versuchen die politischen Entscheidungen in den dafür vorgesehenen Organen (Parlamenten, Regierungen) zu beeinflussen, indem sie Schlüsselpositionen in diesen Organen mit eigenen Kandidaten besetzen. Um dies zu erreichen, streben sie danach, bei Wahlen Mehrheiten für ihre Programme und Kandidaten zu erringen.

Pluralismus
Unter Pluralismus ist der legitime Wettbewerb unterschiedlichster und zum Teil auch entgegengesetzter Interessen zu verstehen. Er basiert auf der Gewährleistung zentraler Grundrechte wie der Meinungs- und Pressefreiheit, der Versammlungsfreiheit und dem Recht auf Bildung von Vereinen und Parteien.

Pressefreiheit
Garantie für die freie Berichterstattung und Veröffentlichung von Informationen und Meinungen. Sie ist im Grundgesetz festgeschrieben (Art. 5 GG) und gilt als Grundlage der Demokratie, da sich die Bürger nur mithilfe der Informationen an politischen Entscheidungen beteiligen können.

Propagandadelikte
Propaganda beschreibt eine Tätigkeit, die darauf abzielt, politische Meinungen und öffentliche Sichtweisen zu beeinflussen und zu manipulieren. Delikt ist eine Bezeichnung für eine strafrechtliche Verfehlung.

R

Rechtsextremismus
Politische Einstellung, die sich gegen die demokratische Ordnung des Staates stellt und gesellschaftliche Vielfalt ablehnt. Rassismus basiert auf Intoleranz und Vorurteilen (z. B. gegen Ausländer und Minderheiten), fördert autoritäres Verhalten und verherrlicht Macht und Gewalt.

Rechtsfähigkeit
Mit der Geburt ist der Mensch Träger von Rechten und Pflichten.

Rechtsstaat
Unter Rechtsstaatlichkeit ist zunächst zu verstehen, dass die Gesetze in einem Staat sowohl nach bestimmten Regeln zustande kommen als auch, dass sich der Staat an diese Gesetze hält (formales Rechtsstaatprinzip). In modernen Demokratien gilt neben dem formalen Rechtsstaatsprinzip auch das materielle Rechtsstaatsprinzip. Danach ist der Staat nicht nur an die von ihm verabschiedeten Gesetze gebunden, sondern handelt auch nach dem Gleichheits- und Gerechtigkeitsprinzip und darf nicht gegen die Grund- und Menschenrechte verstoßen.

Republik
Die Bezeichnung Bundesrepublik Deutschland schließt die Monarchie mit einem gekrönten oder fürstlichen Staatsoberhaupt als Staatsform aus.

S

Sozialstaat
Bezeichnung für einen Staat, der sei-

nen Bürgern ein Existenzminimum sichert, wenn sie in Not geraten sind, und für einen gerechten Ausgleich zwischen Reichen und Bedürftigen sorgt. In Deutschland geschieht dies z. B. durch die Sozialversicherungspflicht und durch staatliche Unterstützung, wie die Sozialhilfe, Kindergeld oder Ausbildungs- und Arbeitsförderung.

Sozialstaatsprinzip
In Art. 20 Abs. 1 des Grundgesetzes wird die Bundesrepublik Deutschland als „demokratischer und sozialer Bundesstaat" definiert. Art. 28 Abs. 1 GG führt näher aus: „Die verfassungsmäßige Ordnung in den Ländern muss den Grundsätzen des republikanischen und sozialen Rechtsstaates im Sinne dieses Grundgesetzes entsprechen." Aufgrund dieses Sozialstaatsgebots (auch: Sozialstaatsprinzip) des Grundgesetzes formulierten die Richter des Bundesverfassungsgerichts zwei Aufgaben für alle staatlichen Organe:

1. durch entsprechende politische Maßnahmen ist für sozialen Ausgleich und
2. für die Sicherung der sozialen Existenz der Bürger zu sorgen.

Konkret bedeutet dies:

- Schutz vor Not;
- Sicherung gegen Wechselfälle des Lebens (z. B. Einkommensausfall infolge von Alter, Krankheit, Invalidität oder Arbeitslosigkeit);
- Bekämpfung großer sozialer Ungleichheit;
- Mehrung des Wohlstandes insgesamt.

Die Wege zur Erreichung dieser Ziele werden der Gestaltung durch demokratische Mehrheiten überlassen (Offenheit des Sozialstaatsprinzips).

Sozialversicherungssystem
Bezeichnung für die Gesamtheit gesetzlicher Pflichtversicherungen in Deutschland (Arbeitslosen-, Renten-, Kranken-, Pflege- und Unfallversicherung). Die Sozialversicherung versichert den Einzelnen gegen Risiken für seine Existenz. Sie ist organisiert nach dem Solidarprinzip. Sozialversicherungspflichtig sind alle abhängig Beschäftigten. Die Versicherungsbeiträge teilen sich Arbeitgeber und Arbeitnehmer.

Staat
Die sog. „Drei-Elemente-Lehre" basiert auf den Überlegungen des deutschösterreichischen Staatsrechtlers Georg Jellinek (1851-1911). Demnach wird ein Staat durch ein abgegrenztes Hoheitsgebiet (Staatsgebiet), eine darauf ansässige (Kern-)Bevölkerung (Staatsvolk) sowie eine auf diesem Gebiet herrschende Gewalt (Staatsgewalt) definiert.

Strafgesetzbuch (StGB)
Das Strafgesetzbuch regelt das Strafrecht. Hier sind die Voraussetzungen und Rechtsfolgen für strafbare Handlungen festgehalten. Es ist gilt mittlerweile seit rund 150 Jahren.

Streitbare/wehrhafte Demokratie
Begriff für eine Demokratie, die Mittel bereithält, um gegen Feinde der Demokratie vorzugehen. So können in Deutschland zum Beispiel Parteien oder Vereine verboten werden, die sich gegen die freiheitlich-demokratische Grundordnung wenden.

T

Taschengeldparagraf
Regelung des BGB, die besagt, dass Geschäfte von Minderjährigen dann wirksam sind, wenn diese mit Mitteln bezahlt werden (in der Regel Taschengeld),

die ihm zur freien Verfügung von den gesetzlichen Vertretern (Eltern) überlassen worden sind.

V

Verfassungsorgan

Verfassungsorgane sind diejenigen Staatsorgane, deren Rechte und Pflichten im Grundgesetz festgeschrieben sind. Sie stehen in einem gegenseitigen Treueverhältnis zueinander. Deshalb darf sich kein Verfassungsorgan so verhalten, dass ein anderes dadurch an seiner Pflichtausübung gehindert wird. Die Verfassungsorgane sind zudem in ihren Funktionen aufeinander abgestimmt. Der Bundestag ist das einzige Verfassungsorgan, welches von der Bevölkerung direkt gewählt wird. Er kann deshalb als die zentrale Institution im politischen System der Bundesrepublik Deutschland bezeichnet werden. Die weiteren ständigen Verfassungsorgane sind der „Bundesrat", der „Bundespräsident", die „Bundesregierung" und das „Bundesverfassungsgericht". Daneben existieren zwei weitere nichtständige Verfassungsorgane: Die „Bundesversammlung", welche sich ausschließlich für die Bundespräsidentenwahl konstituiert und der „Gemeinsame Ausschuss", welcher im Verteidigungsfall als „Notparlament" dient.

Verhältniswahlrecht

Jede Partei bekommt so viele Sitze im Parlament, wie sie prozentual Stimmen von den Wählern erhalten hat. Auch Minderheiten werden berücksichtigt.

Volkspartei

Partei, die aufgrund ihres Programms für Wähler und Mitglieder aller gesellschaftlichen Schichten unterschiedlicher Weltanschauungen offen ist.

Volkssouveränität

Volkssouveränität ist ein fundamentales Merkmal aller Demokratien, welches besagt, dass die höchste Gewalt des Staates und oberste Quelle der Legitimität das Staatsvolk selbst ist („Alle Staatsgewalt geht vom Volke aus.", Art. 20 Abs. 2 GG).

Volksverhetzung

Volksverhetzung bezeichnet einen Tatbestand, der unter Strafe steht. Volksverhetzung liegt laut § 130 des Strafgesetzbuches vor, wenn: „(1) [...] eine nationale, rassische, religiöse oder durch ihre ethnische Herkunft bestimmte Gruppe, gegen Teile der Bevölkerung oder gegen einen Einzelnen wegen seiner Zugehörigkeit zu einer vorbezeichneten Gruppe oder zu einem Teil der Bevölkerung zum Hass aufstachelt, zu Gewalt- oder Willkürmaßnahmen auffordert oder (2) die Menschenwürde anderer dadurch angreift, dass er eine vorbezeichnete Gruppe, Teile der Bevölkerung oder einen Einzelnen wegen seiner Zugehörigkeit zu einer vorbezeichneten Gruppe oder zu einem Teil der Bevölkerung beschimpft, böswillig verächtlich macht oder verleumdet [...]".

W

Wahlen

Verfahren der Berufung von Personen in bestimmte Ämter durch Stimmabgabe einer Wählerschaft. In Demokratien werden die wichtigsten Staatsämter durch Wahlen besetzt. Freie Wahlen müssen bestimmte Wahlgrundsätze erfüllen. Bei den Bundestagswahlen sind dies nach Art. 38 (1) GG die fünf Wahlgrundsätze allgemein, unmittelbar, frei, gleich und geheim. Das genaue Wahlverfahren (Verhältniswahl, Mehrheitswahl) ist meist in Wahlgesetzen geregelt.

Register

M

N

O

P

R

S

T

U

V

W

Z

Bildnachweis

AdobeStock / ALAIN VERMEULEN – S. 128; - / Fotoschlick – S. 128; - / Marcito – S. 185 • Alamy Stock Photo / Peter Probst – S. 52 • Alternative für Deutschland (AfD) / www.afd.de – S. 53 • Archiv für soziale Demokratie der Friedrich-Ebert-Stiftung, Bonn – S. 51, 53 • Baaske Cartoons, Müllheim / Bengen – S. 71, 75; - / Mester – S. 49, 119; - / Plaßmann – S. 21, 49, 88, 118, 167 • Bergmoser + Höller Verlag AG, Aachen – S. 16, 20, 22, 28, 37, 64, 68, 70, 91, 93, 140, 141, 144 • Marcus Büchmann@Proclamanten.com – S. 74 • Bündnis 90 / Die Grünen / www.gruene.de – S. 50, 53 • cartoonexpress.ch – S. 73 • CDU-Bundesgeschäftsstelle, Berlin – S. 50, 53 • Christlich-Soziale-Union / Landesgeschäftsstelle, München – S. 50 • © Deutsche Post AG – S. 17 • © Deutscher Bundestag / Achim Melde – Cover, S. 67, 98, 100 • DIE LINKE – S. 50, 53 • dpa Picture-Alliance / Andreas Gebert – S.- 86, 111; - / AP, David Guttenfelder – S. 14; - / AP Bilder, Don Ritter – S. 74; - / Bernd von Jutrczenka – S. 67; - / Boris Roessler – S. 136; - / Fabian Sommer – S. 46; - / Gregor Fischer – S. 113; - / Kay Nietfeld – S. 64, 72; - / Michael Kappeler – S. 67; - / Peer Grimm – S. 10; - / Rainer Jensen – S. 169; - / REUTERS, Hannibal Hanschke – S. 106; - / ROPI – S. 105; - / Staatstheater Mainz – S. 114; - / Uli Deck – S. 10; - / Werner Baum – S. 138; - / Wolfgang Kumm – Cover, S. 10 (2); - / Xinhua – S. 12; - / ZB, Jens Büttner – S. 113; - / ZB, Jens Kalaene – S. 74; - / ZB, Klaus Franke – S. 80; - / ZB, Patrick Pleul – S. 175; - / ZB, Ralf Hirschberger – S. 74; - / ZB, Sebastian Willnow – S. 105 • dpa-infografik / Globus-Grafik – S. 50, 165, 176 • © Europäische Union 1998 – S. 109 • FDP – S. 51, 53 • Fotolia / Lisa F. Young – S. 156, 160, 161; - / Yuri Arcurs – S. 150 • Getty Images / AFP, Stringer – S. 39 • Getty Images Plus / iStock Editorial, Jchambers – S. 10; - / iStock Editorial, theJIPEN – S. 43; - / iStockphoto, dimitris_k – S. 153; - / iStockphoto, Meinzahn – Cover; - / iStockphoto, milosradin – S. 64; - / iStockphoto, monkeybusinessimages – S. 128; - / iStockphoto, oksun70 – S. 128; - / iStockphoto, rui_noronha – S. 64; - / iStockphoto, tuaindeed – S. 128; - / iStockphoto, ximacx – S. 67 • humenrightslogo.net – S. 39 • iStockphoto, tobi – S. 10 • Mario Lars / Farbfiguren – S. 90 • © privat – S. 81 • Heiko Sakurai, Köln – S. 102 • SLT / Giersch – S. 27; - / Oliver Killig – S. 30 (2); - / Thiere – S. 27 • statista.com – S. 46, 122 • © Ed Stein – S. 95 • toonpool / Jan Tomaschoff – S. 52 • Ullstein-Bild / dpa – S. 18 • Diana K. Weilandt, Dresden – S. 175 • wikimedia / Dontworry, CC BY-SA 3.0 – S. 40 • wikimedia.org – S. 28; - / Madden – S. 28 • www.landtag.sachsen.de – S. 31